KB184424

영화의 풍경, 세상의 풍경

The Cinematic Landscape and the World

지은이

오길영 吳吉泳, Oh Gil-young

서울대와 뉴욕주립대에서 영문학과 비교문학을 공부하고 영문학 박사를 받았다. 비평이론, 현대영미소설, 비교문학 등이 주요 연구 분야이다. 현재 충남대학교 영문과 교수로 있으며 문학평론가로 활동 중이다. 영화애호가이기도 하다. 저서로 평론집 『아름다움의 지성』(2020), 『힘의 포획』(2015), 산문집 『아름다운 단단함』(2019), 연구서 『포스트미메시스 문학이론』(2018), 『세계문학공간의 조이스와 한국문학』(2013) 등이 있다.

영화의 풍경, 세상의 풍경

초판발행 2025년 1월 30일

지은이 오길영

펴낸이 박성모
펴낸곳 소명출판
출판등록 제1998-000017호
주소 서울시 서초구 사임당로14길 15 서광빌딩 2층
전화 02-585-7840
팩스 02-585-7848
이메일 somyungbooks@daum.net
홈페이지 www.somyong.co.kr

ISBN 979-11-5905-481-5 03800
정가 28,000원

2024년도 충남대학교 국립대학육성사업 지원에 의하여 제작되었음.

영화의 풍경, 세상의 풍경

The Cinematic Landscape and the World

오길영 영화산문집

머리말_ 영화애호가의 즐거움

1.

몇 년 전에 몸이 안 좋아 병원에 갔었다. 의사가 스트레스를 어떻게 푸느냐고, 혹시 술, 담배를 하느냐고 물었다. 둘 다 안 한다고 답했다. 커피는 마시냐고 물었다. 카페인 때문에 수면 문제가 있어서 마시지 않는다고 했다. 그리고 나온 질문. "무슨 재미로 사세요?" 아마도 그 의사는 술, 담배, 커피를 즐기는 분이었나 보다. 그래서 답했다. "시간 나면 영화 보는 게 거의 유일한 취미입니다." 가능하면 매일 헬스장에 가서 운동하려고 하지만, 그건 건강을 위해서 하는 것이니 취미라고 할 수는 없겠다. 그런 유용성을 따지지 않고 하는 일이 취미라면 내 일상적 취미는 영화 보기가 유일하다. 영문학을 가르치는 선생이고 한국문학과 번역된 외국문학작품을 대상으로 평론 활동도 하지만 그런 일도 내게는 취미가 아니라 일이다. 나와 다른 일을 하는 지인들은 문학작품을 가르치는 일로 밥벌이는 한다니 얼마나 좋냐고 부러워하지만, 세상일이 다 그렇듯이 아무리 좋은 일도 그것이 직업이 되면 사정은 달라진다. 나는 문학을 업으로 삼는 내 일을 좋아하고 글을 읽고 쓰는 일에서 보람과 재미도 느끼지만 어쨌든, 일은 일이기에 일정한 부담이 따른다. 그런데 영화를 볼 때 나는 문학평론가가 아니라 영화애호가, 영화판에서는 쓰는 표현으로는 씨네필Cine-phil이 된다. 그러니까 여기 묶인 글은 당연히 영화평론이 아니라 영화애호가가 본 영화와 영화 책에 관한 생각과 느낌을 담은 것이다. 이건 무슨 변명이 아니라 사실의 진술이다. 그리고 나는 씨네필이 되는 시간이 즐겁다. 그 즐거움이 계속되는 한 나는 영화를 계속 찾아볼 것이다.

2.

본격적인 영화공부를 한 적이 없기에 비록 영화에 관한 관심으로 영화에 관한 책도 읽고 영화의 기술과 형식적인 측면을 다룬 책도 듬성듬성 읽었고 그런 책들에 대한 독서평을 이 책에도 실었지만, 나는 영화에 사용된 구체적인 기술적이고 형식적인 요소를 제대로 분석할 역량이 없다. 장면의 기본적인 세팅, 촬영 기법, 영화의 숏을 나누고 붙이는 것에 대한 약간의 지식을 아는 정도다. 나는 영화평론가나 전문가가 아니기에 그런 전문적인 지식이 없기에 내 나름대로 영화를 보는데 어려움은 별로 없다. 그냥 내가 보고 싶은 대로 볼 뿐이다. 그게 영화애호가의 장점이다. 서사장르가 아니라 종합예술이라고 할 영화를 영화의 내용과 형식 면에서 종합적으로 분석할 역량은 없지만, 명색이 문학 선생 / 평론가이기에 서사적 성격이 들어 있는, 영화에 나타난 서사적 요소, 즉 캐릭터나 서사의 구성, 플롯, 그리고 당연히 주제 등에 관심이 쏠린다. 문학평론가의 자연스러운 반응이다. 이 책에 실린 글도 그런 점에 초점을 맞춰 쓴 것이다. 아마추어 영화애호가로서 또 다른 영화애호가와 나누고 싶은 마음을 담은 글을 쓰려고 했다.

3.

이 책의 3부에 소개한 영화 관련 책들, 주로 영화평론집을 읽으면서 나는 많은 걸 배웠다. 문학에서도 그렇지만 영화에서도 좋은 평론은 독자의 눈을 일깨우는 역할을 한다. 좋은 평론집의 역할이다. 하지만 그런 평론집의 수준에는 이르지 못하지만, 영화를 아끼는 사람의 시각에서 영화를 읽고 쓴 책도 나름의 의미는 있지 않을까 싶다. 전문가는 전문가의 시각에서 대상을 분석하는 것이고, 평범한 독자나 관객은 또 그의 시각에서 대상을 살필 수 있는 법이라 자위한다. 예컨대 이 책에서도 언급했지만, 나는 다수의 영화평론가가 이구동성으로 높이 평가하는 홍상수 감독 영화를 굳이 찾아보지 않는다. 몇 편 본 홍 감독의 영화도 별로 내 마음에는 들지 않았다. 영화평론가와 영화애호가의 차이가 드러나는 지점이다. 비슷한 예를 들자면 나는 소위 예술영화나 독립영화를 굳이 찾아서 보지도 않는다. 평범한 관객으로서 그럴 정도의 열정은 내게 없다. 나는 손쉬운 접근이 가능한 상업영화, OTT영화나 드라마 시리즈를 본다. 이 책에 실린 글이 대부분 상업영화인 이유다.

4.

그러므로 영화애호가로서 나는 예컨대 김혜리의 영화평이 보여주는 것 같은 영화의 형식과 이미지의 배열을 내적으로 섬세하게 분석하는 글은 쓰지 못한다. 그런 분석의 글을 읽으면 자주 감탄한다. 내가 영화평론에서 배우는 점이다. 대신에 나는 책의 제목인 '영화의 풍경, 세상의 풍경'

이 드러내듯이, 인문학자이자 문학평론가로서 세상과 연결된 영화의 의미를 이모저모 따져보려 했다. '풍경'이라는 말은 그 안에 사람과 생명체와 자연과 문명을 품고 있는 세계를 가리킨다. 그래서 이미지로 드러나는 영화의 풍경은 그 영화를 탄생시키고 수용하는 세상의 풍경과 얽혀 있다. 이 말을 영화의 풍경은 세상의 풍경을 반영한다고 손쉽게 정리해서는 곤란하다. 오히려 좋은 영화는 세상을 반영하거나 비추는 데 그치지 않고 우리가 세상에서 잊는 것, 보지 못하는 것, 느끼지 못하는 것을 감각하게 한다. 혹은 우리가 알지 못하는 다른 세상의 모습을 느끼게 도와준다. 현실의 세상과는 다른 세상의 모습을 영화는 생생한 이미지와 소리로 관객에게 제시한다. 영화는 현실과는 다른 시간의 감각을 제공한다. 김혜리 책에서 인용한 다음 구절이 그 점을 잘 짚는다. "우리는 기상천외한 사건이 아니라, 양질의 시간을 찾아서 영화관에 간다. 안드레이 타르콥스키가 『봉인된 시간』에 쓴 대로다. 인간은 보통 잃어버린 시간, 놓쳐버린 시간, 또는 아직 성취하지 못한 시간 때문에 영화관에 간다."김혜리, 『묘사하는 마음』 그렇다. 우리는 현실에서 미처 감각하지 못한 "잃어버린 시간, 놓쳐버린 시간, 또는 아직 성취하지 못한 시간"을 재발견하기 위해 영화를 본다. 그 시간이 즐거워서 영화를 보고 또 본다. 그러므로 제목 '영화의 풍경, 세상의 풍경'은 곧 '영화의 시간, 세상의 시간'으로 바꿔도 무방하다.

5.

문학도 그렇지만 영화도 그것을 즐기고 평가하는 데 정답은 없다. 우리는 각자 보고 읽고 느끼는 대로 자신이 만난 작품을 평할 자유가 있다. 하지만 동시에 좋은 영화는 뭔가 그 영화에 대해 말하고 쓰고 싶은 욕망을 불러일으킨다. 오래전 평론가 김현이 김지하의 시 한 편에 관해 쓰고 싶은 욕망을 말했던 것처럼.

> 모든 글들이 다 글 쓰고 싶다는 내 욕망을 자극하는 것은 아니다. 어떤 글들은 아주 평판이 높아 그것을 읽고 싶다는 욕망을 자극하지만 마음을 조금도 움직이지 않게 하고, 어떤 글들은 첫 줄부터 마음을 사로잡아 되풀이 그것을 읽게 만들고, 나아가 그것에 대해 무엇인가를 말하게 한다. 문학비평가로서 가장 즐거운 때는 그런 글들을 만날 때이다. 내 마음속의 무엇이 움직여 그 글로 내 마음을 무의식적으로 이끌리게 하는 것일까? 내 마음의 움직임과 내 마음을 움직이게 한 글을 쓴 사람의 마음의 움직임은 한 시인이 '수정의 메아리'라고 부른 수면의 파문처럼 겹쳐 떨린다. 나는 최근에 그런 떨림을 느끼게 한 한 편의 시를 읽었다. 그 시는 김지하의 「무화과」라는 시이다.김현, 「속 꽃 핀 열매의 꿈」, 『분석과 해석』

그렇게 좋은 영화는 서로 다른 견해를 자유롭게 나누는, "수정의 메아리라고 부른 수면의 파문"을 느끼는 대화의 장을 열어놓는다. 나도 영화를 보고 나서 주위 사람과 그런 대화의 시간을 갖는 것이 즐겁다. 이 책도 그렇게 읽히길 바란다. 아마추어 영화애호가로서 '나는 이 영화를 이렇게 봤는데, 당신은 어떻게 보셨나요?'라고 청하는 대화의 책이 되길 나는 욕망한다.

책은 3부로 구성했다. 1부는 한국영화, 2부는 외국영화, 3부는 영화에 관한 책을 다룬 글을 모았다. 1부와 2부는 내가 영화를 최근에 본 순서대로, 3부는 책이 최근 출간된 순서대로 배치했다. 첫 번째 산문집 『아름다운 단단함』을 낸 소명출판에서 이번에는 영화산문집을 출간하게 되어서, 기쁜 마음이다. 출간제의를 받아준 박성모 대표, 정성스럽게 책으로 만들어준 이선아 편집자께 감사드린다.

차례

제3부
영화의 리듬과 이미지 289

제1부

여백을 품은 영화

무시당한 것들

〈파묘〉

화제작이라는 장재현 감독의 〈파묘〉를 봤다. 스포일러가 돌아다녀서 영화 보는 기분 망치지 않으려고 짬을 내서 봤다. 평일인데도 좌석의 절반 이상이 찼다. 미리 본 사람의 평은 엇갈린다. 영화가 어수선하다는 비판도 있다. 올해의 한국영화라고 높이 평가하는 글도 있다. 영화 내용을 간략히 소개하자.

> 무당 화림김고은에게 미국 LA에서 의뢰가 들어온다. 대물림되는 유전병으로 고통받던 한 의뢰인이 병의 이유를 찾아달라고 한 것이다. 거액의 보상에 매력을 느낀 화림은 또 다른 무당 봉길이도현을 대동하고 박씨 가문의 장손을 만난다. 조상의 묫자리가 병의 원인임을 단번에 파악한 화림은 장손에게 이장을 권한다. 그런 화림의 주도로 풍수사 상덕최민식과 장의사 영근유해진이 이장에 합류한다. "전부 잘 알 거야…… 묘 하나 잘못 건들면 어떻게 되는지." 묫자리를 살피던 상덕은 그곳이 절대 사람이 묻힐 수 없는 악지 중의 악지임을 확인한다. 불길한 기운을 느낀 상덕은 일을 거절하려 하나 화림의 설득으로 결국 파묘가 시작된다.『씨네21』

내용 소개에도 나오지만 〈파묘〉는 초자연적인 현상, 현실에서 벌어지지 않을 것 같은 사건을 다루는 오컬트 장르에 속한다. 뜻밖에도 개봉과 동시에 화제작이 되기 전부터 영화를 기대하고 있었다. 다음 주에 개봉하는, 내가 좋아하는 감독인 드니 빌뇌브의 〈듄-파트 2〉와 함께. 〈파묘〉를 기다린 이유는 장재현 감독을 신뢰하기 때문이다. 나는 어느 분야에서든 자기만의 전문 분야가 있고 거기서 아마추어가 아닌 프로다운 모습을 보여주는 이를 좋아한다. 내 판단으로 장 감독은 한국에서 다소 홀대받는 오컬트 장르에서 꾸준히 자기만의 영토를 개척하고 있다. 찾아보니 〈파묘〉는 제74회 베를린국제영화제 초청작이다.

어느 장르든 하나의 장르가 그 예술의 영토에 뿌리내리면 그 안에서 자기만의 색깔을 새기고 독창적인 작품을 만들기 쉽지 않다. 문학도 그렇지만 영화도 이미 장르의 역사에서 쌓인 작품이 있다. 기존의 작품과 조금이라도 다른 영화를 만들어야 한다는 강박이 생긴다. 그래서 나는 영화 소개에서나 혹은 영화가 시작하고 나서 꽤 시간이 지날 때까지 도대체 이 영화가 어떤 방향으로 갈지를 짐작하기 어려운 영화를 좋아한다. 이건 단지 관객을 놀라게 하는 반전의 필요성을 말하는 게 아니다. 개성 있는 영화는 영화가 끝날 때까지 처음 만나는 내용과 형식을 지닌 영화다. 〈파묘〉는 그 점에서 인정할 만하다. 장 감독의 전작인 〈검은 사제들〉과 〈사바하〉를 좋아하는 이유다. 나는 〈사바하〉는 뛰어난 영화라고 평가한다. 〈사바하〉에 대해서는 내 첫 산문집 『아름다운 단단함』에 단평을 실었다.

〈파묘〉는 전반부까지는 위의 내용 소개대로 흘러간다. 이장을 위해 파묘를 했더니 거기서 '뭔가'가 나왔다. 그 뭔가와 등장인물이 싸우게 되고 그 악한 뭔가를 제거하는 이야기. 예상할 수 있는 스토리다. 감독도 이런 진부한 스토리의 한계를 느꼈을 것이다. 그래서 영화의 후반부에서 자신만의 색깔을 입히려고 한다. 영화의 미덕이다. 〈파묘〉는 미신이나 비과학적이라고 폄하되는 음양오행, 신점, 풍수지리, 정령, 영혼, 부적 등을 홀대하지 않는다. 따지고 보면 이것들도 사람살이에 필요해서 나왔다. 〈파묘〉의 주요인물인 장의사 영근이 독실한 기독교 신자로 묘사되면서도 무당 화림, 풍수사 상덕과 어울려 일하는 모습은 그런 시각을 보여준다. 때로 그런 장면이 코믹하게 그려지기도 하지만 나는 그걸 풍자라기보다는 기독교 같은 제도권 종교와 그렇지 않은 토속 신앙을 차별하지 않으려는 태도라고 봤다.

이런 얘기를 하는 이유는 전근대적이고 비과학적이라고 홀대받아 온 애니미즘이나 토테미즘을 다시 봐야 한다고 생각하기 때문이다. 〈파묘〉에도 나오듯이 우리는 다 죽으면 흙으로 돌아간다. 상덕의 말대로 풍수가 필요하다. 〈파묘〉에서는 나무도 영혼을 지닌 것으로 대한다. 무당 화림은 그런 태도를 보여준다. 〈파묘〉는 무당, 풍수사, 장의사, 무속을 존중한다. 존중한다고 해서 그걸 믿으라는 뜻이 아니다. 무시하지 말란 뜻이다. 한국 사회는 자신의 견해와 다른 것을 쉽게 무시한다. 독선이고 독단이다. 좋은 예술은 그런 독선과 독단에 이의를 제기한다. 나는 〈파묘〉가 괜찮은 영화, 꽤 잘 만든 재미있는 영화라고 본다. 하지만 내 생각으로는 걸작의 수준에 올랐다고 평가하는 〈사바하〉보다 못하다. 그 이유는? 첫째 이유는 앞에서 이미 말한 셈이다. 감독은 오컬트 장르에서 자신만의 인장을 새기기 위해 영화 뒷부분에 한국 근현대사, 더 나아가 일본 역사를 끌어들인다. 그걸 끌어들이는 의도는 인정할 만하다. 그런데 그게 다소 무리이다. 앞부분에 제시된 주제와 부드럽게 연결되지 않는다. 〈파묘〉를 높이 평가하는 시각에서는 뒷부분의 무거운 주제에 주목한다. 문학이든 영화든 평가는 무거운 주제를 다뤘다는 소재주의가 아니라, 그 주제를 얼마나 문학적, 영화적으로 설득력 있게 만들었는가에 달렸다. '무엇이' 문제가 아니라 '어떻게'가 예술에서는 문제다. 잘 만드는 게well-made 관건이다. 〈파묘〉

는 그 점에서 아쉽다. 제한된 상영 시간 때문이겠지만 애초 사건의 발단이 된 박씨 집안의 한국 근현대사와 얽힌 착잡한 내력을 좀 더 깊이 파고들지 못한 게 아쉽다. 그 이야기만 잘했어도 영화는 다른 영화가 됐을 것이다.

이런 비판은 〈파묘〉가 캐릭터와 사건 중에서 사건이 앞선 경우라는 뜻이다. 부정적으로 하는 말이다. 기본적으로 사건은 인물과 인물이 맺는 관계에서 벌어진다. 그런 사건을 다루는 건 필요하고 좋은 일이다. 그러나 그렇지 않은 사건도 있다. 특히 역사적으로 의미가 있는 사건historic event인 경우는 인물의 외부에서 주어진다. 그럴 때 캐릭터는 수동적으로 되기 쉽다. 그걸 조심해야 한다. 예컨대 한국 현대사에서 일제강점이나 한국전쟁 같은 경우를 다룰 경우다. 〈파묘〉는 그런 사건을 고유한 개성으로 대하는 캐릭터 형상화가 약하다. 감독의 이전 작품과 다른 점이다. 〈사바하〉의 경우 박 목사이정재, 나한박정민 그리고 미지의 존재 '그것'이 모두 자신만의 사연을 갖고 있다. 나는 '그것'이라는 캐릭터에 매료되었다. 악을 없애기 위해 스스로 악의 모습을 선택하는 존재. 선과 악의 경계가 무엇인지를 묻게 하는 캐릭터. 그런 캐릭터를 〈사바하〉는 매력적으로 심지어는 뭉클하게 그렸다. 〈파묘〉에는 그런 캐릭터가 없다. 인물의 사연을 알 수가 없다. 상덕, 화림, 영근은 벌어지는 사건을 처리하기에 급급하다. 그들이 어떤 인물인지를, 어떤 사연과 곡절을 지녔는지를 알기 어렵다. 영화가 뒤로 갈수록 힘에 부치는 이유다. 영화의 엔딩은 필요 없는 사족처럼 느껴진다. 주로 비판적인 평가를 했지만 어쨌든 보고 나서 뭔가 쓰고 싶은 영화를 만드는 감독의 역량을 인정한다. 되풀이 말해 자신만의 세계를 만들어 가는 감독의 행로를 기대하는 건 즐겁다.2024.2

국제전쟁과 영웅

〈노량〉

이순신 3부작 중 마지막 영화인 〈노량—죽음의 바다〉이하 <노량>을 뒤늦게 봤다. 현재 관객 수는 450만 명 정도다. 손익분기점이 700만 명 정도라니 기대에는 못 미쳤다. 그 이유가 뭔지는 따로 따져볼 일이다. 영화 내용은 이렇다.

> 도요토미 히데요시가 사망했다. 혼란한 일본에서는 조명연합 수군의 수세에 밀려 거듭 패배하던 왜군을 철병하기로 결정한다. 하지만 조선-명나라 연합군은 사로병진 전략을 밀어붙이면서 조선에 남아 있는 왜군을 섬멸하기로 결심한다. 이에 고니시 유키나가이무생는 명나라 군을 이끄는 진린정재영을 찾아가 이미 끝난 전쟁이니 더이상의 출혈을 막아야 하지 않느냐며 퇴로를 열어 달라 간곡히 요청한다. 한편 이순신김윤석은 막내아들을 잃은 트라우마에 시달리고 있다. 그는 아들은 물론 지난 7년간 죽어나간 병사들과 백성들을 떠올리며 전쟁을 이대로 끝내서는 안된다고 다짐한다. 하지만 진린이 고니시의 뇌물에 넘어가 퇴로를 열어주고 왜군 수장 시마즈백윤식가 고니시의 함대를 지원하기 위해 나서면서 오히려 조명연합 수군은 위기를 맞이하게 된다. 퇴각하려는 왜군과 이를 막아내 그들을 섬멸하려는 조선과 명이 노량해협에서 최후의 전투를 시작한다.『씨네21』

줄거리에도 나오듯이 〈노량〉은 전투 장면을 보여주기 전에 거의 영화의 절반 가까운 시간을 들여서 조선, 명나라, 일본이 전쟁을 대하는 다른 시각을 보여준다. 어떤 평에서는 이 부분이 너무 길어서 지루했다고 하던데, 내 생각은 반대다. 이 부분이 재미있었고 더 깊이 있게 다루지 않은 게 아쉬웠다. 조선의 시각에서 보자면 이 전쟁은 임진왜란이었다. 왜가 일으킨 동란이다. 이건 마치 1950년 한국전쟁이 한국으로서는 '6·25동란'이지만 국제정치학적 시각에서는 '한국전쟁Korean War'인 것과 비슷하다. 모든 전쟁이 그렇듯이 이순신이 구국의 영웅으로 떠오른, 혹은 재발견된 임진왜란도 동아시아 국제정세에서는 임진왜란이 아니라 7년전쟁인 것과 비슷하다. 이 문제와 관련해서 얼마 전 읽은 책인 『제국과 의로운 민족』오드 아르네 베스타이 상기되었다. 중국과 한반도의 몇백 년에 걸친 국제 관계를 통사적으로 연구한 이 책은 7년전쟁과 관련해서도 재미 역사학자인 김자현의 연구를 인용하며 흥미로운 지적을 했다. 핵심 내용을 요약하면 이렇다.

김자현은 한반도 민족주의의 기원을 16세기 후반에 발발한 임진전쟁임진왜란에서 찾는다. 김자현은 한반도가 독특한 민족 개념을 지니고 있으며 한반도인이 생각하는 민족에 대한 관점과 감각을 표현할 수 있는 적확한 영어 개념이 존재하지 않는다고 해석한다. 한반도 정체성의 발견은 이웃 나라인 중국과 일본의 엄청난 압력 속에서 이루어졌다. 한반도의 경우 누군가를 배제하는 문제보다도 민족의 명확한 속성이 더 중요했다. 김자현은 일본의 공격과 이후 벌어진 사건들이 조선인에게 민족에 대한 관념을 확인해 주었다고 주장했다. 김자현은 민족 개념에 지속적인 영향을 미친 7가지 주제를 제시한다. 일본 침략자가 가한 잔혹한 행동 경험, 조상들이 살던 조선 땅에 대한 신성화, 조선 문화의 확인, 개인의 도덕적 의무와 헌신, 누가 나라를 위해 목숨을 바치고 희생할 것인가, 문명의 수호, 중흥과 평화에 대한 열망 등이다. 여기에는 중국이 문명의 중심에 있으며, 그 속에서 조선이 특별하다는 지위의식, 희생과 취약함에 대한 강한 느낌을 추가할 수 있다. 전쟁 중 조선과 명나라의 관계는 양측 모두에게 복잡했다. 조선인은 조선군이 전투 대부분을 담당하고 있지만, 명의 지원이 조선의 생존에 중요하다는 사실을 알고 있었다. 조선은 명나라가 보급에 있어 과도한 요구를 하고 있으며, 조선 민간인들에 대한 일상적인 학대, 그리고 명나라가 군사 전략을 독점하는 상황에 분개했다. 조선의 두려움은 명나라가 히데요시와 협상하여, 조선의 영토를 두고 흥정하는 것이었다. 중국 측은 조선의 허약함, 조직의 미숙함, 비겁함을 비웃었다. 명 조정은 조선 관료, 지방관, 장군이 일본과 비밀리에 접촉했다고 의심했다. 명 조정의 관료들은 선조를 강제로 폐위시키고, 조선을 제국에 편입시켜야 한다고 주장했다.

위의 설명은 〈노량〉에서 왜 이순신이 고집에 가까울 정도로 패색이 짙은 왜군의 철군을 용인하지 않고 끝까지 싸우려고 했는지를 이해하는 데 도움이 된다. 〈노량〉을 끌고 가는 핵심 질문이다. 영화에서 반복적으로 묘사하듯이 노량해전을 앞둔 이순신의 상황은 불행했다. 그의 어머니가 돌아가시고 셋째 아들 이면은 전투에서 죽었다. 많은 동료는 전사했다. 그들은 유령의 모습으로 나타난다. 이순신은 외롭고 고통스럽다. 보통 사람은 이런 상황에서 전투보다는 화친과 협상을 택할 것이다. 명나라 해군도독 진린이 권하는 길이다. 관객도 동의할 만한 이성적인 방안이다. 이순신은 충성을 다하는 부하들이 만류하는 걸 뿌리치고 전투를 끝까지 밀어붙인다. 다시 묻는다. 왜 그랬을까? 〈노량〉은 이 질문에 명료한 답변을 주지 않는다. 진실은 영원히 알 수 없을 것이다. 진린의 주장대로 아들과 수많은 동료의 죽음을 복수하기 위해서였을까? 영화에서 이순신이 되풀이

해서 강조하듯이 "여기서 전쟁을 멈춘다면 더 큰 원한을 불러올 것이고, 열도 끝까지 쫓아가서 완전한 항복을 받아내야 한다"는 믿음 때문일까? 영화가 제시하는 답은 이걸로 보인다. 많은 관객이 감동한다면 이런 애국심 때문일 것이다. 나는 그런 애국심보다는 다른 지점에 〈노량〉의 미덕이 있다고 판단한다. 〈노량〉은 조선만이 아니라 명이나 일본도 그들로서는 정치적 입장을 지닌 주체로 묘사한다. 7년에 걸친 국제전쟁이 지닌 복잡함이다. 일본 전국시대를 통일한 도요토미 히데요시의 처지에서는 할 일이 없어진 일본 내 무사, 군인의 욕구를 외부로 돌려 새로운 지배 영토를 개척하려는 의도가 작동했다. 명으로서는 건방지게 중화中華에 도전하는 일본을 그냥 두기 힘들었다. 조선이 무너지면 완충 지대가 사라지는 것이기에 방관할 수 없다. 전쟁 중에도 전쟁 이후의 정치적 이익만 따지는 조선 궁정의 한심함도 작용한다. 극 중 이순신의 탄식대로 아직 전쟁이 끝나지 않았는데, 전쟁 이후만 걱정하고 있는 모습이다.

〈노량〉은 한반도 민족주의의 탄생을 가져온 "조상들이 살던 조선 땅에 대한 신성화, 조선 문화의 확인, 개인의 도덕적 의무와 헌신, 누가 나라를 위해 목숨을 바치고 희생할 것인가, 문명의 수호, 중흥과 평화에 대한 열망"이 복합적으로 작용한 결과 나타나는 성리학적 의義를 지키려는 이순신의 분투를 그린다. 〈노량〉은 100여 분을 할애한 전투 장면, 이순신의 죽음을 앞둔 장면에서 승리와 복수가 아니라 각자의 처지에서 살려고 애쓰는 군인, 특히 하급 군인이 죽고 죽이는 모습을 보여준다. 영웅의 고독한 결단이 가져온 의도치 않은 결과다. 〈노량〉이 구국 영웅의 고독한 결단과 투쟁이라는 뻔한 이미지에 굴복하지 않은 지점이다. 야간 해상전은 한국 영화의 기술 수준을 보여준다. 다양한 전투 장면과 작전, 위장술, 화공, 이 전투구가 벌어지는 백병전 등은 실감 난다. 전투 장면에서 느끼는 건 통쾌함보다는 권력자의 욕망 때문에 희생당하는 사람들이 알려주는 전쟁의 허무함이다. "살고 싶다"고 울부짖는 왜군의 모습은 그들에게만 해당하는 건 아니다. 아름다운 전쟁은 없다. 이순신 3부작이 인기를 얻은 데는 영웅 대망론이 깔려 있다. 난세를 평정할 영웅을 기대하는 건 대중의 욕망이다. 이순신은 그런 욕망에 부합한다. 하지만 영웅 대망론은 위험하다. 누군가가 '나'를 대신해서 문제를 해결해 주길 바라는 순간 위험해진다. 내가 〈노량〉에서 공감하는 건 영웅이 아니라 김훈이 장편소설 『칼의 노래』에서 조명했던 외로운 인물, 외로움과 고독에 굴복하지 않고 투쟁하는 인물의 모습이다.2024.1

슴슴한 사람 이야기

〈박하경 여행기〉

드라마 시리즈 〈박하경 여행기〉이하 <여행기>를 뒤늦게 봤다. 총 8편이다. 이런 드라마가 있다는 건 알고 있었다. 평도 좋다고 들었다. 뒤늦게라도 보게 된 이유는 내가 구독하는 영화주간지 『씨네21』이 연말에 실시하는 올해의 영화, 올해의 드라마 시리즈에서 2023년 드라마 5위를 했기 때문이다. 선정 사유로 나온 표현이다. "올해 가장 즐겁게 본 시리즈, 올해의 드라마이자 올해의 숨구멍, 현대인이라면 느낄 법한 일상의 피로와 외로움, 사라지지 않는 절망과 슬픔의 단면을 사려 깊게 그려내며 자신을 돌볼 틈과 타인을 향한 이해와 존중의 공간을 넓혀주는 드라마, 에피소드당 25분의 미드폼 편성 등 드라마를 둘러싼 모든 요소가 전에 없던 것." 대체로 동의한다. 나라면 5위가 아니라 최소 3위권으로 뽑았을 것이다. 나는 한국영화를 챙겨보지만, 종종 그 표현의 격함, 극단적이고 잔인한 묘사 등이 불편하다. 아마 그런 점이 세계적으로 한국영화와 드라마가 인기를 끄는 이유겠다. 한국 사회가 그만큼 혼란스럽고 좋게 말하면 역동적이고 극적이다. 사회가 그러니 영화나 드라마도 그렇게 격한 정서가 표현된다고 볼 수 있다. 이해하면서도 불편하다. 예컨대 살인과 폭력을 묘사하는 장면도 굳이 노골적인 이미지로 표현할 필요가 있을까 하는 생각이 든다. 심심해서 재미없다는 말을 듣는 일본영화나 드라마를 가끔 찾아보는 이유다.

〈여행기〉가 일본 드라마 같다는 뜻은 아니다. 만화나 판타지소설처럼 현실의 쟁점을 아예 외면하면서 말랑말랑한 이야기를 다루는 일본 드라마와는 다르다. 그 얘기를 하기 전에 〈여행기〉를 소개하면 이렇다.

> 고등학교 국어 교사인 하경[이나영]은 반복되는 일상을 보내다가 일주일 중 하루, 토요일에 당일치기 여행을 떠난다. 하경의 짐은 그녀의 걸음만큼 단순하고 가볍다. 대단한 계획 없이도 '떠나고 싶다'는 사소하지만 강력한 동기만 품을 수 있다면, 하경은 이미 다른 곳에 도착해 있다. 하경은 숙박 없는 절반짜리 템플 스테이를 하러 땅끝 마을로 향하고, 제자의 전시를 보겠다는 목표만으로 군산에 가기도 한다. 무엇보다 하경에게 여행은 의무나 숙제가 아니다. 하경의 여행은 종종 당일치기라는 규칙을 벗어나기도 하는데, 여행의 동기와 형식이 단순하기에 우연과 즉흥을 끌어안을 수 있다.『씨네21』

'슴슴하다'는 우리 말 표현이 있다. 반대말은 '자극적이다'이다. 〈여행기〉는 슴슴하다. 25분의 분량에 자극적인 이야기를 담기도 어렵겠지만 이 드라마가 현실 도피용 영화는 아니다. 〈여행기〉에 특별한 사건이랄 것도 없다. 당일 박하경이 마음 내키는 대로 토요일 당일치기 여행을 가서 누군가를 만난다. 〈여행기〉는 모든 좋은 영화나 드라마가 그렇듯이 박하경이라는 사람, 하경이 만나는 많지 않은 사람들의 이야기다. 사람 이야기다. 그렇다고 〈여행기〉가 무거운 이야기를 담은 건 아니다. 전체적인 톤은 가볍다. 그렇다고 일본 드라마에서 종종 발견하는 일상생활의 현실과 여행의 판타지 사이에 대립 구도를 설정하지는 않는다. 여행을 가도 고등학교 선생이고 혼자 사는, 40대로 짐작되는 여성생활인 박하경을 따라다니는 생활상의 고민은 사라지지는 않는다.

박하경이 말하듯이 여행은 사실 쓸데없는 일이다. 나는 그 말을 들으며 오래전 문학의 무용론을 말했던 평론가 김현의 말이 떠올랐다. 문학은 현실에서 쓸모가 없기에 오히려 역설적으로 유용하다는 것. 다소 현학적으로 표현하면 모든 것이 시장의 교환가치로만 평가받는 빡빡하게 돌아가는 유용성의 세계에서 문학은 쓸모없는 여백의 시간을 주기에 오히려 필요하고 유용하다는 뜻이다. 여행도 그렇다. 내가 가장 인상 깊게 본 마지막 8화 드라마에서 박하경은 오래전 죽은 친구 진솔심은경을 경주에서 마음으로 만나면서 말한다. "진솔과의 시절은 참 쓸데없었다. 대단히 재밌지도, 의미 있지도 않았다. 시시한 얘기나 하면서 빈둥빈둥 시간을 보내는 게 다였다. 그래서 즐거웠다." 내가 좋아하는 배우 중 한 명인 심은경이 나오기에 경주 편이 특히 좋았다. 우리 시대에는 "시시한 얘기나 하면서 빈둥빈둥" 보내는 일은 악덕으로 여겨진다. 여행을 가도 빈둥빈둥하지 않고 뭔가 쓸모가 있는 일을 하려고 애쓴다. 나도 그렇다. 그러나 박하경은 다르다. "나는 여전히 여행이 쓸데없는 일이라고 생각한다. 대단히 재밌지도, 의미 있지도 않다. 특별한 목적도 없이 떠돌아다니다가, 간혹 어떤 순간을 실감하는 게 다다. 그래서 즐겁다."

그렇다고 〈여행기〉가 박하경의 성장기는 아니다. 그녀는 불쑥 떠난 여행에서 누군가를 만나고 그 만남에서 느낀 자신의 마음을 드러낼 뿐이다. 예컨대 군산에서 만난 예전의 제자가 자신이 하고 싶은 일을 잘해가길 바라는 마음, 생각이 다른 노인을 만나 언쟁을 하지만 그 노인의 모습에서 부모의 모습을 발견하고 사과하는 마음, 빵집 순례를 떠난 제주도에서 우연히 만난 어린이가 원하는 빵을 사고 무사히 귀가하길 바라는 마음이 아이에게는 아픈 사연이 있다는 것이 뒤에 드러난다, 경주에서 오래전 세상을 떠난 친구를 그리위하며 상상으로 대화를 나누는 마음. 나는 그런 마음이 좋았다. 그래서 7화 제주 편, 8화 경주 편이 특히 울림이 있었다.

〈여행기〉에는 해남, 군산, 부산, 대전, 속초, 서울, 제주, 경주 등이 배경으로 나온다. 내가 사정을 아는 대전같이 재미없는 도시가 나온 이유도 〈여행기〉가 장소가 아니라 그곳에서 만나는 사람의 이야기, 그들을 대하는 박하경의 마음에 관한 이야기이기 때문이다. 격한 이야기가 눈길을 끄는 시대에, "걷고 먹고 멍 때릴 수만 있다면, 어디든지 좋으니까"라고 말하는 드라마가 있는 것이, 마음에 든다. 어디서나 다양한 것이 좋다. 아무리 세상이 혼란스럽고 정신없이 돌아가고 유용성만을 따져도 인간은 잠시 아무 생각 없이 멍 때리면서, 쓸모없는 시간을 가질 필요가 있다는 것을 보여주는 〈여행기〉 같은 드라마가 좋다. 독특한 색깔을 지닌 좋은 드라마이다.2024.1

우리가 몰랐던 김대중

〈길 위에 김대중〉

김대중 대통령이하 호칭 생략의 삶을 다룬 다큐멘터리 〈길 위에 김대중〉이하 <길 위에>을 봤다. 평일 오후인데도 의외로 극장에 관객이 많았다. 김대중의 삶은 이미 널리 알려져 있으므로 줄거리 소개는 필요 없지만 대략 이런 내용이다.

> 사상 최초로 공개되는 미공개 영상과 시각 자료, 김대중 전 대통령 주변인의 목격담과 증언은 그가 민주주의를 실현하고 정착시키기 위해 공들인 시간을 증명한다. 작은 배 한 척으로 시작한 해운회사로 목포의 유망한 청년 사업가가 된 김대중은 사업 규모를 빠르게 전국 단위로 키워 나갔다. 경제 순환의 중심에 선 그는 가장 먼저 전국에서 가장 큰 지방신문사인 『목포일보』를 인수했다. 6·25전쟁 발발 이후, 무고한 시민들을 향한 이승만 정권의 횡포와 폭압, 무책임을 목격한 김대중은 사상과 이념, 전쟁과 평화에 대한 자기만의 답변을 찾아갔다. 그리고 그 꿈을 직접적으로 이루는 방안으로 정치인의 길을 선택했다. 〈길 위에 김대중〉은 그가 정치에 입문하고 대통령 자리에 오르기까지의 긴 역사를 다양한 관점을 빌려 나열한다. 순탄치 않은 삶의 굴곡은 김대중의 투지를 더 빛나게 비춘다.『씨네21』

위의 소개는 〈길 위에〉의 요점을 요약한다. 그것이 사람이든 대상이든 우리가 잘 알고 있다고 믿고 있지만 잘 따져보면 그렇지 않은 경우도 많다. 우리는 대충의 그림을 갖고 사람과 대상을 잘 안다고 믿는다. 김대중도 마찬가지다. 김대중을 대하는 시각은 세대에 따라 다르다. 젊은 세대에게 그는 말 그대로 역사적 인물일 것이다. 내 세대에게는 김대중은 그의 동료이자 경쟁자였던 김영삼과 마찬가지로 지나간 인물이 아니다. 내 세대에게 김대중은 영화에도 나오듯이 종종 열렬한 지지의 대상이자 가끔은 날카로운 비판의 대상영화에도 나오는 1987년 대선 불출마 문제 등이기도 했다. 그를 비판적으로 보는 이들에게 김대중은 대통령병 환자라는 말도 들었다. 나는 다양한 시각 중에서 무엇이 맞고 틀리는지를 따지는 데는 관심이 없다. 그건 더 시간이 지나면 역사학자나 정치학자가 정리할 것이다. 〈길 위에〉를 보면서 김대중이라는 인간, 그런 인간을 대하는 내 마음에 대해서만 생각했다.

〈길 위에〉는 김대중이 고향인 하의도를 떠나 나은 교육을 받기 위해 식민지시대 주요 도시로 성장한 목포로 나왔던 일을 회상하는 장면부터 시작한다. 1924년 1월 6일생인얼마 전 탄생 100주년이었다 김대중은 일제강점기에 성장기를 보냈다. 영화에도 그가 일본어를 능숙하게 구사하는 장면이 나오는데 성장 배경과 관련이 있을 것이다. 해방정국의 혼란기에 그는 사업가적 안목을 키우면서 성공했다. 나도 그렇지만 사람들은 정치가로서의 김대중만을 기억하지만 〈길 위에〉를 보면 정치가로서 그가 보였던 예리한 현실 감각은 사업가로서 성공했던 경험에서 익힌 것이라는 생각이 든다. 김대중의 어록 중 유명한 것이 "어느 분야에서나 성공하려면 서생적 문제의식과 상인적 현실 감각을 겸비해야 한다"는 말이다. 이 말이 관념에서 나온 것이 아니라 그의 사업가적 경험과 깊은 관련이 있다는 것을 영화를 보면서 느꼈다. 사람은 배운 대로 생각하고 행동한다. 1980년대 중후반기에 대학(원)을 다닌 내게 그때와 그 이후의 김대중의 행적은 친숙하다. 젊은 김대중이 활발한 정치 활동을 했던 1960~1970년대 모습이 인상적이었다. 그 모습 중에는 의외로 강한 현실주의자, 타협과 협상을 중시하는 의회주의자의 면모도 있다. 1960년대 박정권이 추진했던 한일 국교 정상화 문제가 한 사례다. 당시 야당과 지식인, 청년은 이 협정을 굴욕적 매국 협상이라고 원천 거부를 주장했다. 나는 김대중도 거기에 합류했을 거로 생각했다. 아니었다. 김대중은 협상을 인정하면서도 구체적인 항목을 따지면서 국익에 도움이 되는 협정을 맺는 안을 지지했다. 당시 박정희 정권은 각론을 파고드는 김대중을 원칙적 반대론자보다도 더 두려워했다고 한다.

정치가의 자질도 총론이 아니라 각론에서 드러난다는 걸 김대중은 입증했다. 이런 일이 가능했던 이유는 김대중이 공부하고 사유하는 정치인이었기 때문이다. 원론이 아니라 각론을 파고들며 정치를 정책의 문제로 전환하려 했던 데 김대중의 탁월한 자질이 있다. 이런 자질은 그 뒤에도 여러 번 확인된다. 〈길 위에〉에서 인상 깊은 대목은 광주항쟁 이후 1987년 9월 광주와 목포를 다시 찾은 김대중이 광주 희생자들 묘소에서 정말 아이처럼 우는 장면이다. 나는 김대중이 그렇게 우는 모습을 이 장면과 나중에 노무현 대통령 영결식 장면에서 봤다. 광주의 그 울음이 지닌 의미를 짐작도 할 수 없지만 나는 그 울음이 정치인 김대중이 인간 김대중을 잊어버리지 않는 모습을 보여준다고 느꼈다. 지금도 그렇지만 수많은 정치인이 광주를 들먹이지만, 광주의 죽음에 대한 부채감을 평생 짊어지고 그 죽음을 의식하고 행동한 정치인은 김대중이다. 〈길 위에〉에도 나오는 살해를 위한 납치 시도, 수많은 투옥과 가택 연금, 사형선고를 이겨내는 김대중의 놀라운 의지와 태도에 놀랐다. 그것이 개인의 역량만은 아니라는 생각이 든다. 김대중도 그것을 모르지 않았다. 김대중이 끝까지 민주주의의 저력을 믿은 데는 자신이 앞에 섰지만, 자신 뒤에 섰던 이름 없는 사람들의 역경, 투쟁, 죽음이 있었기 때문이다. 그 핵심에는 광주 민주화 항쟁이 있었다. 〈길 위에〉는 1987년 대선을 앞둔 두 김씨의 분열을 보여주면서 끝난다. 영화에서는 직선제 개헌이 이뤄진다면 불출마를 선언했던 김대중이 6·29직선제개헌선언 이후 정국에서 대선 출마를 하게 되는 과정을 우호적으로 그린다. 나는 그 점에 대해서는 선뜻 동의하지 못한다. 그 경위가 어떻든 6·29 이후 김대중-김영삼의 반목과 대선 동시 출마는 한국 민주화의 과정을 후퇴시키는 결과를 낳았다.

〈길 위에〉에서는 깊이 파고들지 않지만, 김대중이 신산스러운 삶의 어려움을 이겨낸 데는 그가 30대부터 가졌다고 하는 신앙심천주교이 큰 역할을 했다고 본다. 김대중의 삶과 정치에서 종교의 역할에 관해서는 별도의 연구가 필요할 것이다. 찾아보니 그는 1957년에 가톨릭 신앙을 갖게 되었다. 세례명은 영국 정치철학자 토머스 모어Thomas More. 권력에 맞서다 처형된 모어의 삶과 김대중의 삶이 묘하게 겹친다. 김대중은 복잡다단한 한국 현대사의 분기점을 힘겹게 돌파하면서 대통령이 되었다. 그냥 대통령이 된 것이 아니라 거의 유일하게 존경할 만한 대통령이 되었다. 그는 말 그대로 한국 현대사가 만들어 놓은 준비된 대통령이었다. 여기서도 인물은 그 개인의 역량만이 아니라 시대가 만든다는 걸 확인한다. 시련을 겪지 않고 그 시련을 통해 단련되지 않은 위대한 인물, 위대한 정치가를 나는 알지 못한다. 김대중 같은 정치인이 되지는 못하겠지만, 그래도 정치를 하겠다는 이들이 이 영화를 보기 바란다. 그리고 과연 정치는 무엇을 위한 것인지를 생각해 보길 바란다. 영화는 1987년 이

후의 삶을 다룬 후속작이 나올 것이라는 걸 알리면서 끝난다. 후속편도 기대한다.2024.1

감춰진 진실을 드러내기

〈서울의 봄〉

어제 독회 모임에서 영화 〈서울의 봄〉이하 <봄>을 봤다. 안 보려고 했던 영화다. 스트레스를 받고 싶지 않아서다. 다른 세대도 그렇지만 나처럼 20대를 전두광(의 본체인 전모 씨) 치하에서 보냈고 광주항쟁의 기억을 사후적으로 알고 새겼던 세대는 정서적인 스트레스가 심하다. 다른 세대는 또 그 세대의 감각으로 영화를 볼 것이다. 젊은 세대도 이 영화를 많이 보고 분노한다는데, 그 이유를 나는 알 수 없다. 그건 따로 다뤄볼 일이다. 알려진 역사적 사실에 기반하지만 대략적인 줄거리는 이렇다.

> 1979년 10·26사태 이후 정국이 혼란한 상황에서 계엄사령관에 임명된 정상호 육군참모총장이성민은 사명감 투철한 이태신 소장정우성에게 수도경비사령관을 맡긴다. 사태의 수사를 책임지는 합동수사본부장에 오른 뒤 기고만장해진 전두광 보안사령관황정민을 견제하기 위한 것. 권력을 장악할 계획이었던 전두광은 12월 12일, 사태와의 연관을 빌미로 정 총장을 강제 연행하고자 대통령정동환의 재가를 받아내려 하고 함정에 빠져 있던 이태신은 계략을 눈치챈다. 김성수 감독이 〈아수라〉 이후 7년 만에 신작을 내놨다. 12·12군사반란을 다루는 〈서울의 봄〉은 구체적인 기록으로 남아 있지 않은 진압군과 반란군의 격전의 시간을 근거 있는 상상력으로 촘촘히 재구성한 작품이다.『씨네21』

〈봄〉이 역사적 사실에 근거한다고 했지만, 역사소설과 마찬가지로 실제 일어난 사실을 다룬 역사영화도 팩트에 근거해서만 만들 수는 없다. 10·26이나 12·12반란도 거의 40여 년 전 일이다. 아무리 생생한 기억이 있더라도 당시 일을 완벽히 재현할 수는 없다. 영화의 중핵인 12·12 반란도 실상을 제대로 알 수는 없다. 영화적 상상력이 요구된다. 나부터도 그런 일이 있었다는 건 알고 있지만 정확히 그날 무슨 일이 벌어졌는지는 모른다. 궁금증이 생긴다. 영화나 문학은 그런 사건의 이면, 혹은 그 사건에 반응했던 사람들의 반응reaction에 초점을 둔다. 상상력이 작동하는 부분이고, 역사물의 경우 그 상상력은 캐릭터를 통해 표현된다.

역사영화의 장점 중 하나는 많은 사람이 그 사건을 얼추 알고 있기에 긴 도입부 설명이 필요 없다는 것이다. 단점으로는 10·26이나 12·12같이 충격적인 사건인 경우는 사건 자체가 주는 충격이 있고 군사 반란과 진압처럼 가담하는 사람이 많은 경우는 인물의 리액션보다는 사건의 전개에 초점을 두기 쉽다는 점이다. 한마디로 사건이 인물을 압도할 수 있다. 〈봄〉은 어떤가? 영화는 그런 위험을 피하려고 영화를 전두광과 이태신의 대립 구도로 끌고 간다. 새로운 구도는 아니다. 탐욕과 명분, 정치군인 대 참된 군인, 무리를 끌고 다니는 하이에나 대 홀로 움직이는 호랑이의 구도다. 이 구도를 살리기 위해 실존인물에 근거를 두고 형상화했다. 훨씬 이상적인 군인으로 표현된 쿠데타 진압군의 핵심인물로 이태신을 설정한 이유다. 그 이유는 상황의 재현이 아니라 그때 이런 인물이 한 명이라도 있었으면 하고 바라는 소망 충족wishful thinking의 표현이라고 나는 해석한다. 천만 관객 영화가 될 것이 분명한 〈봄〉을 찾는 이유다. 문학이나 영화는 종종 현실에서 달성되지 못한 억눌린 욕망과 바람을 대리 충족해 주는 역할을 한다.

사실 이런 얘기는 짐작할 수 있는 설명이다. 내가 흥미롭게 본 것은 별을 달고 무게를 잡지만 사실은 지질한 속칭 x별의 실상을 적나라하게 보여주는 장면이다. 그런 지질함은 반란군이나 진압군이나 다르지 않다. 역사는 둘 중 더 한심스러운 쪽이 패배했다는 걸 보여준다. 군사 반란과 진압을 다룬 영화지만 의외로 총격전 장면이 자주 나오지 않는 이유다. 총격전을 효율적으로 활용한 장면도 있다. 〈봄〉에서 가슴 아프고, 조금은 감상적으로 처리된 장면은 신군부의 회유에 넘어가 그를 배신한 부하들에게 총격전 끝에 체포된 공수혁 특전사령관과 그를 지키다 동료의 총에 맞아 전사한 오진호 소령의 이야기가 그렇다. 실제 비극적 사건을 재현한 것이기에 보는 마음이 편치 않다. 〈봄〉의 백미는 전투 장면이 아니라 육군본부, 국무총리 공관, 반란군이 모였던 30경비단 등 x별이 모여 있는 공간에서 벌어지는 그들의 지질한 모습이다. 저런 자들이 국가의 방위와 안위를 책임지고 있었다는 것을 새삼 깨닫게 하는 효과라고 할까? 이 시대라고 다를까, 하는 생각이 겹친다. 가치 평가를 논외로 하면, 권력은 이상이나 명분이 아니라 더 치밀하고 과감하고 단호한 쪽이 차지한다는 냉혹한 진실을 확인한다. 〈봄〉에서 전두광이 하는 말이 그 점을 보여준다. 전두광을 사악한 자라고 욕하는 건 쉽다. 요는 그런 자가 어떻게 권력을 장악했는지를 냉철하게 이해하는 것이다. 현대사에서 자주 사악한 자들이 권력을 차지하는 이유를 살펴보는 게 중요하다.

군사 반란이나 진압, 권력을 얻으려는 탐욕 등의 외피를 벗겨버리면 〈봄〉은 남자들, 좀 더 속된 표현을 쓰자면 힘 자랑을 하는 수컷들 사이에서 벌어지는 대립과 갈등, 싸움의 이야기다. 언제나 무리를 지어 다니는 전두광 일당은 먹잇감을 노리는 하이에나 무리를 연상시킨다. 그들은 집단으로 움직이며 사냥한다. 하나회라는 이름은 하이에나 무리에 어울린다. 거기에 맞선 이태신은 홀로 움직이는 호랑이의 이미지다. 그 외로움은 그가 자초한 것이 아니라 그와 같은 호랑이가 없기 때문이다. 현실은 탐욕과 이익으로 똘똘 뭉친 하이에나 집단이 호랑이를 잡아먹는다. 영웅은 멋있지만, 한 명의 영웅이 하이에나 무리를 맞설 수는 없다. 〈봄〉이 보여주는 판타지에 마음이 끌리면서도 불편한 이유다. 전씨같은 자가 가혹한 응징을 받지 않고 천수를 누린 걸 두고 '세상에 정의는, 신은 존재하는가?'라고 묻는 회의감이 든다고 한다. 나도 공감한다. 하지만 이런 영화를 보면 육체적 죽음 이후에도 심판은 계속 이뤄진다고 생각한다. 전씨 같은 자는 앞으로 두고두고 더러운 삶과 행적이 다양한 방식으로 기록되고 기억될 것이다. 그것이 문학이든 영화든 다른 방식이든. 그 말은 지금 이곳에서 벌어지는 희한한 일도 시간이 지나면 언젠가 〈봄〉과 같은 방식으로 기록될 것이라는 점이다.

나는 역사의 심판 운운하는 말을 별로 좋아하지 않지만, 힘이 없어 보이는 문학, 영화, 예술이 사악한 자들을 심판하는 방법을 〈봄〉 같은 영화가 예증한다고 생각한다. 이걸 과장이라고 여길 수 있지만 그렇게라도 자기 위안을 한다. 영화 전문가가 아닌 나로서는 〈봄〉이 영화 미학적으로 얼마나 잘 만든 영화인지를 판단할 수는 없다. 그런 점에서는 딱히 새로운 점은 없다. 그러나 관객이 대충 알고 있다고 믿는 사건을 눈을 부릅뜨고 따라가면서 잊힌 '9시간의 진실'을 드러내려는 힘은 인정할 만하다. 걸작이라고 할 수는 없고 영화를 보면 내내 스트레스가 올라가지만, 극장에서 볼 만하다.2023.12

아파트라는 신화

〈콘크리트 유토피아〉

독회 모임에서 스피노자의 미완성 유고작 『정치론』을 다루기로 해서 읽고 있다. 많이 배운다. "인간을 있는 대로 파악하지 않고 있기를 바라는 대로 파악"하려는 관점을 날카롭게 비판하는 점에서 스피노자가 냉철한 현실주의자 마키아벨리의 후계자라는 걸 확인한다. 스피노자의 인간관을 요약하면 인간은 이성적 존재가 아니라 욕망하는 존재이다. 스피노자는 욕망이론을 핵으로 삼는 정신분석학의 선구자다. 예컨대 이런 구절.

> 그러므로 만약 인간의 본성이 이렇게 만들어져 있다면, 즉 인간이 이성의 지침만을 따라 살도록, 그리고 그 외의 다른 것을 추구하지 않도록 만들어져 있다면, 자연의 권리는 인간종에게 고유한 것으로 여겨지는 한에서 오직 이성의 힘에 의해서만 결정될 것이다. 그러나 인간은 이성보다 눈먼 욕망에 의해 더 많이 이끌린다. 그러므로 인간의 자연적 힘 또는 권리는 이성을 통해 정의되어서는 안 되며, 인간을 행동하도록 결정하고 자기를 보존하기 위해 노력하도록 만드는 그 어떤 욕구를 통해 정의되어야 한다.스피노자, 『정치론』

예리한 지적이다. 인간은 "이성보다 눈먼 욕망에 더 많이 이끌린다". 하물며 생존이 위협받는 상황에 부닥칠 때는 인간은 어떤 모습을 보이겠는가? 영화 〈콘크리트 유토피아〉이하 <콘유>를 보면서 묻는 질문이다. 영화 소개는 이렇다.

> 〈콘크리트 유토피아〉는 대지진으로 모든 것이 무너진 도시에서 유일하게 멀쩡한 황궁 아파트를 무대로 인간 군상의 내면과 사회적 무의식을 들여다보는 재난영화다. 지진 이후 찾아온 한파로 사람들이 거리에서 얼어 죽는 가운데 사람들은 자연스레 황궁 아파트로 모여든다. 불안을 느낀 아파트 주민들은 단체를 조직해 외부인을 쫓아내고, 이른바 아파트 정비 사업을 통해 거주자만을 위한 폐쇄적인 왕국을 만들어 나간다. 엉겁결에 대표로 추대된 영탁이병헌은 아파트를 지켜야 한다는 목적에 잠식되어 간다. 공무원이란 이유로 직책을 맡은 민성박서준은 영탁에게 점차 물들어 가고 아내 명화박보영는 그런 민성의 모습에 점점 불안해한다.『씨네21』

맑스는 자본주의를 상징하는 핵심 대상object으로 상품commodity을 꼽았다. 그렇다면 한국을 상징하는 대표 상품은 무엇일까? 아파트일 것이다. 한국에서 아파트는 단순한 주거 공간이 아니다. 한국 자본주의의 욕망이 집약된 가장 비싸고 투자 혹은 투기 가치가 있는 상품이다. 다른 나라와 비교할 때 독특하고 괴기스러운 특징이다. 어느 동네, 어떤 브랜드 아파트, 어떤 크기 아파트에 거주하는가가 그이의 사회적 지위를 나타낸다. 아파트는 사회적 위계질서에서 자신의 위치를 표현하는 기호가 된다. 〈콘유〉에도 그런 점을 드러내는 대사가 나온다. 한국에서 아파트는 언제부터 부와 사회적 위상을 보여주는 상징이 되었는가? 오프닝 시퀀스는 압축적으로 한국 아파트의 역사를 뉴스 숏을 편집한 몽타주 기법으로 보여준다. 기록물을 활용한 장면이다. 낯선 주거 공간이었던 아파트가 어떻게 투자,

투기의 대상이 되고 욕망의 목표물이 되었는지를 보여준다. 배경에 깔리는 경쾌한 음악 「즐거운 나의 집」처럼 아파트가 "즐거운 나의 집"이 아니라 한국 자본주의의 발전 과정에서 욕망의 표상이자 큰 수익이 남는 투자 상품이 된다. 재난영화, 혹은 대재앙apocalypse 이후의 묵시론적, 파국적 상황을 다루는 포스트-아포칼립스영화는 많이 나왔다. 영화 제목의 '유토피아'가 뜻하는 건 양면적이다. 유일하게 무너지지 않은 황궁 아파트 한 동은 그곳 입주자들에게나 그들이 경멸적으로 부르는 바퀴벌레 같은 외부인에게는 동경의 대상, 유토피아적 공간이다. 한국 사회에서 초고가 아파트는 유토피아적 대상이 되었다. 그러나 지진으로 세상은 유토피아가 아니라 황량한 디스토피아가 되었다. 이런 질문이 가능하다. 세상이 다 무너졌는데, '나'와 '우리'가 사는 아파트만 유토피아가 될 수 있는가?

재난영화의 기본 틀을 효율적이고 인상적으로 활용한 영화는 조지 밀러 감독의 〈매드맥스－분노의 도로Mad Max : Fury Road〉2015이다. 〈매드맥스〉는 핵전쟁 이후 문명 이전의 약육강식시대가 된 암울한 상황에 자원과 식량이 부족해서 폭력을 행사하는 자가 우두머리가 되어 자원과 식량을 통제하는 상황, 그에 맞선 저항의 모습 등을 활달한 액션으로 보여준다. 〈콘유〉도 그런 서사 틀과 요소를 가져온다. 핵전쟁이 아니라 대지진으로 무너진 도시, 문명과 국가의 붕괴로 초래된 자원과 식량 부족 사태, 떠오르는 지도자, 그가 행하는 통제, 통제에 대한 이견의 대두와 투쟁 등. 〈콘유〉가 평범한 재난영화가 되지 않으려면 재난영화의 틀에 기대되 그것을 비틀어 새로운 색을 입혀야 한다. 감독은 영리하게 한국 자본주의를 상징하는 아파트를 서사의 축으로 삼는다. 황궁 아파트는 한국 사회와 국가의 집약체이다. 국가 시스템의 몰락은 영화 초반부에 무게만 잡으려다 쫓겨나 비참하게 죽는 국회의원의 추레한 몰골로 표현된다. 민성의 직업이 공무원인 것도 흥미롭다. 민성은 처음에는 공무원의 역할을 염두에 두고 말하고 행동하지만, 점차 무너진 시스템이 요구하는 규율과 폭력에 익숙해진다. 민성의 아내 명화가 보기에 그는 점차 흑화된다. 더 어려운 건 흑화되지 않고 살아남을 수 있는 뾰족한 방도가 없다는 것이다. 그게 디스토피아다.

이 시대 민족 국가nation-state가 그렇듯이 국가는 국민의 자격을 요구하고 기준에 부합하지 않는 이들을 배척한다. 국가는 언제나 국경, 경계를 요구한다. 영화에서 반복적으로 등장하는 "아파트는 주민의 것"이란 구호는 곧 "국가는 국적을 지닌 국민의 것"이란 관념을 축약한다. 평상시에는 아파트 / 국가 밖의 외부인은 그저 무시 혹은 부러움영화에서 브랜드가 가치가 높은 드림팰리스 아파트처럼이지만 디스토피아적 상황에서는 제거해야 할 바퀴벌레가 된다. 저들을 제거해야 우리가 산다는 것이다. 그렇게 인간은 짐승이 된다. 〈콘유〉는 도균김도윤처럼 "인간이 이래서는 안 된다"라는 믿음을 견지하는 사람도 보여주지만, 그런 외침은 물정 모르는 헛소리로 치부된다. 그렇게 치부해야 살아남은 사람들이 죄의식 없이 살아갈 수 있다. 도덕과 윤리는 생존 뒤에 온다. 역시 영화 얘기만이 아니다. 〈콘유〉는 영리하게도 아파트 주민 혹은 국가의 국민 자격이 무엇인지를 영탁의 비밀이 점차 드러나는 후반부에서 서스펜스 스릴러 틀로 보여준다. 영화를 보고 나서 묻게 되는 질문은 이것이다. 치매를 앓고 있고 거동을 거의 못하는 노모와 같이 살고 있는 902호 주민(이라고 사람들이 믿고 있는) 영탁은 왜 처음에 엉겁결에 대표로 추대되었을 때 거부하지 않았을까? 소영웅주의 때문인가? 영탁은 감추어야 하는 치명적인 비밀을 갖고 있는데 그런 상황에서는 남의 눈에 띄지 않는 게 낫지 않은가? 아니면 그런 비밀이 있기에 더 의도적으로 남을 구하는 의협심을 보여주고 선뜻 아파트 대표가 된 것인가? 지진 후 1

층에 난 화재를 진압해서 얼떨결에 신뢰를 얻은 영탁을 아파트 대표로 선출하는 건 어떻게 봐야 하는가? 신뢰라는 게 그렇게 한 번의 행동으로 얻을 수 있는 것인가? 과장해서 말하면 이런 질문은 위기에 처한 민주주의에서 지도자가 선출되는 과정을 보여준다고 볼 수 있지 않을까? 자신의 비밀을 알고 있는 옆집 903호 주민인 혜원에 대한 영탁의 파괴적 행동은 어떤 의도에서 나온 것인가? 〈콘유〉는 명료한 답을 제시하지 않는다. 좋은 영화는 답이 아니라 이런 질문을 계속 제기한다. 〈콘유〉의 결말은 흐릿한 희망을 말한다. 제도가 무너지고, 문명이 붕괴하고, 지도자도 믿을 수 없고, 인간들은 생존을 위해 몸부림치면서 짐승보다 못한 존재가 되었을 때이렇게 적고 보니 영화 얘기가 아니라 지금, 이곳의 상황 묘사로 보인다, 어떤 희망을 말할 수 있을까? 〈콘유〉가 흥행에 얼마나 성공할지 모르지만 장르영화의 틈새에 이런 물음을 끼워 넣은 솜씨는 인정할 만하다.2023.8

영화의 재미를 묻는다

〈밀수〉

류승완 감독의 〈밀수〉에 대한 평이 엇갈린다. 내 소감을 당겨 말하면, 괜찮다. 걸작까지는 아니지만 잘 만든 영화다. 영화를 보고 나서 예전에 미야베 미유키 소설을 다루면서 내가 계간 『황해문화』에 썼던 문학평에서 인용했던 구절이 떠올랐다.

> 이건 봉준호의 창작 방식과도 연관이 있는데 그는 정치 사회적 메시지의 깃발을 휘두르기보다는 장르적인 쾌감, 이를테면 서스펜스나 쇼크 등으로 상황을 장악하는 쪽의 감독이다. 그의 출발은 늘 '재미있는' 영화이며 해외 관객들에게 통하는 지점도 바로 여기에 있다. 즉, 영화라는 공통의 언어를 기반으로 구축된 구조물이기에 공감의 통로도 여기에 있다. 문제는 이런 표현이 적절할지 모르겠지만 '지나치게' 깔끔하고 재미있다는 거다. 봉준호의 표현처럼 한창 재미있게 즐기고 집에 가서 누우면 정치 사회적 메시지들이 스멀스멀 피어나는 영화인 셈인데, 그 심리적 거리감이 국가마다 다소 차이가 있을 수 있다. 송경원, 『씨네21』 기자 / 영화평론가

물론 류승완 감독은 봉 감독이 아니다. 류 감독 영화를 꽤 많이 본 느낌으로는 류 감독 영화에서 "정치 사회적 메시지들이 스멀스멀 피어나"지는 않는다. 〈베를린〉 같은 영화도 있지만 그 경우도 액션과 인물의 관계가

초점이지 정치 사회적 메시지가 도드라진 영화는 아니었다. 하지만 공통점도 있다. 두 감독은 B급 장르영화의 틀을 적극적으로 활용한다. 그래서 "장르적인 쾌감, 이를테면 서스펜스나 쇼크 등으로 상황을 장악"한다. 〈밀수〉도 그렇다. 두 감독은 다른 의미에서 재미있는 영화를 만든다.

영화의 재미는 무엇인가? 사전을 찾아보면 재미는 "아기자기하게 즐거운 기분이나 느낌"이라고 되어 있다. 재미의 어원을 따져보면 순수한 한국어는 아니라는 게 정설이다. 재미는 어원적으로는 한자어인 자미滋味와 연결된다는 해석이 있다. 자미는 영양분이 많고 맛있는 음식이라는 뜻이다. 재미는 맛의 문제다. 음식, 영화, 소설을 맛보는 주체의 반응에 속하는 것이다. 영어의 어원을 살펴봐도 유사하다. 흥미롭다는 뜻의 interesting의 어원은 라틴어의 interest이다. 그 뜻은 '어느 사이에 있는', '중요한', '관심을 불러일으키는' 등이다. 작품의 내적 요소가 독자에게 관심, 호기심, 흥미, 욕망을 자극하거나 불러일으키는 지점을 건드릴 때 재미가 발생한다. 해석학적 비평에서는 그것을 '지평의 융합the fusion of horizons'이라고 설명할 것이다. B급 영화 장르 중에 하이스트heist영화가 있다. 하이스트는 강도질, 약탈질을 뜻한다. 하이스트영화는 범죄자들이 계획적으로 금고, 은행, 자본가, 권력가 등을 털어 돈이나 귀중품을 훔치는 행위를 다룬다. 강도 행위의 위법 여부를 논외로 하면 범죄 행위 자체가 주는 긴박함과 긴장감, 거기에 따라오는 음모, 추적, 캐릭터 사이의 갈등, 그리고 쫓고 쫓기는 상황에서 벌어지는 액션이 주는 재미가 장르영화의 매력이다. 좋은 하이스트영화, 범죄영화는 그런 재미로만 그치지 않는다. 영화 전문가가 아닌 나는 범죄영화의 계보나 특징을 요령 있게 정리할 수 없다. 영화애호가로서 볼 때도 좋은 범죄영화는 범죄 행위 자체만이 아니라 범죄를 둘러싼 사회문화적 맥락을 짚는다. 한국영화에서 일단 떠오르는 사례가 봉준호 감독의 〈살인의 추억〉이다.

〈밀수〉에는 잔혹한 장면도 나오지만 경쾌하고 유머가 있고 장르적 쾌감에 충실하다. 〈밀수〉의 미덕에도 사회문화적 맥락이 작용한다. 그 점이 뾰족하게 두드러지지는 않지만, 캐릭터의 생각과 활동에 영향을 미치는 지점을 요령 있게 짚는다. 줄거리는 이렇다.

> 1970년대 중반 바다를 낀 군천 지역의 해녀들은 근방에 들어선 화학공장으로 인해 바다가 오염되자 해산물 채취만으로 생계가 곤란해진다. 브로커 삼촌김원해은 이들에게 바다에 던져진 밀수품을 건져내기만 하면 떼돈을 벌 수 있다는 솔깃한 제안을 건넨다. 춘자김혜수와 진숙염정아을 필두로 한 군천의 해녀들은 밀수 운반 범죄에 가담한다. 여느 때처럼 밀수품을 건지는 데 여념 없던 해녀들의 작업 현장을 세관 계장 이장춘김종수이 급습한다. 체포가 이루어지던 날 진숙의 가족들은 바다 위에서 목숨을 잃고, 춘자는 배에서 몰래 탈출해 종적을 감춘다. 2년 후, 춘자는 서울에서 전국구 밀수왕 권 상사조인성를 만나 함께 밀수판을 점령하러 다시 군천에 내려온다. 몇 년 새 군천의 순박한 청년에서 해운 사업가가 된 장도리박정민와 다방 막내에서 주인 자리까지 꿰찬 고옥분고민시도 이 밀수판에 각기 다른 마음을 품고 뛰어든다.『씨네21』

가상의 지역인 군천은 군산을 떠올리게 한다. 군산은 일제강점기 한반도 수탈의 기지가 되었던 곳 중 하나다. 〈밀수〉에서 주요 밀수품이 일본 제품이라는 것과 관련된다. 영화에 나오는 미군 군수품 밀매, 미제 바세린, 일제 라디오와 전자 제품 등이 역사적 배경을 표시하는 디테일이다. 1970년대 중반, 정확히 말하면 1975년과 2년 뒤인 1977년이 시대 배경이다. 1960년대 초반에 시작된 박정희 정권의 경제개발 계획이 본격화되면서 1970년대부터는 3차, 4차 경제개발 계획이 실행된다. 재벌 중심의 수출 주도형 중화학 공업 육성과 산업 구조의 고도화, 석유파동으로 인한 경제 위기를 건설업의 중동 진출 등으로 극복, 새마을운동의 전개1970년 시작 등으로 요약되는 시대였다.

한국 경제의 격동기는 자연스럽게 밀수의 성행을 가져왔다. 〈밀수〉는 그 지점에 주목한다. 영화가 시작하면 중화학 공업화의 상징인 공장 때문에 오염된 바다, 그런 바다에서 생활하는 해녀의 어려움이 바로 나온다. 전체 영화의 세팅이다. 다시 범죄영화의 재미에 대해 덧붙이자면, 범죄영화는 그 범죄의 대상인 기업, 권력집단이 더 큰 악일 때 관객에게 호소력이 커진다. 〈밀수〉의 재미도 그 점에 있다. 춘자, 진숙 등의 해녀들이 하는 바다 밀수는 위법 행위다. 그러나 그들이 감행하는 위법 행위는 넓게 보면 상황이 만들어 낸 것이다. 생활의 터전인 바다는 오염되었다. 먹고 살기 위해 뭔가 해야 한다. 해녀들의 생활형 밀수 범죄는 전국적 단위의 밀수꾼, 당시 유행가 가사를 떠올리게 하는 월남에서 돌아온 권상사, 그리고 (말단) 권력기관의 협잡과 부패와 연결된다. 범죄를 잡겠다는 쪽이 보여주는 더 큰 범죄성. 이 영화가 옛날 얘기만은 아닌 이유다. 〈밀수〉의 재미는 생활형 범죄자인 해녀들여성들의 우정과 연대이 폭력적이고 기고만장한 (남성들의) 더 큰 범죄와 충돌하는 데서 발생한다. 잘생긴 권 상사의 도움이 부분적으로 있지만, 상황을 주도하는 건 춘자와 진숙이다. 클라이맥스라고 할 수중 격투 장면은 그런 충동을 집약해서 통쾌하게 보여준다. 류 감독은 액션 시퀀스를 짜는데 장인의 솜씨를 보여준다. 〈밀수〉는 영리하게 두 여성 사이의 관계를 서사의 뼈대로 삼고 거기서 발생하는 우정, 오해, 갈등, 이해, 그리고 연대 등의 요소를 덧붙인다. 〈밀수〉의 매력은 남녀 사이의 상투적인 로맨스를 넣지 않은 것이다. 춘자와 권 상사 사이에 미묘한 기운이 있지만, 딱 그 선에 멈춘다. 어떤 평에서는 김혜수 배우의 연기가 과장되었다고 하던데, 나는 그렇게 보지 않았다. 춘자라는 캐릭터가 지닌 위치, 정체성의 분열을 고려하면 그런 연기는 이해할 만하다. 연기 얘기를 하자면 박정민, 고민시 배우가 눈에 띈다. 〈밀수〉가 관객을 끌어들이게 만드는 데는, 특히 나같이 1970년대에 민감한 10대 시절을 보낸 이에게는 영화음악으로 사용된 1970년대 유행했던 노래의 역할이 크다. 싱어송라이터 장기하가 처음 음악감독을 맡았다는데, 기대 이상이다. 장면과 잘 결합한 노래를 적재적소에 활용한다.2023.7

고귀한 것은 드물다

〈어른 김장하〉

종종 페이스북에서 유용한 정보를 얻는다. 책, 여행지, 음식점, 영화 등의 정보가 도움이 된다. 고수들이 많다. 다큐멘터리 〈어른 김장하〉이하 <김장하>를 그렇게 알았다. 설 연휴 기간에 다시 방영했다고 하는데 나는 유튜브에 올라온 영상을 봤다. 많은 분이 〈김장하〉를 보고 감동한 이야기를 했다. 하지만 적지 않은 돈을 자기 것이라고 여기지 않고 사회에 돌려준 사례는 그전에도 꽤 많았다. 자신이 세운 고등학교를 국가에 헌납, 문화 재단에서 지급한 수많은 장학금, 사람살이의 문제를 고민하는 형평운동에 오랫동안 참여하고 후원, 다수의 시민 사회단체를 남모르게 지원, 지역 신문 지원 등이 소개됐다. 많은 사람이 지적했듯이 아무나 할 수 있는 일이 아니다. 그것만으로도 물신이 지배하는 이 시대에는 보기 힘든 사례다. 내가 주목한 지점을 조금 덧붙이고 싶다. 나는 〈김장하〉를 보면서 이런 질문을 해봤다. 사람은 남에게 인정받고 싶은 욕망을 얼마나 절제할 수 있는가? 여러 철학자나 정신분석학이론에서 어려운 개념으로 설명했듯이, 인간이 뿌리치기 힘든 가장 강력한 욕망이 인정 욕망the desire of recognition이다. 이런 질문을 해보면 된다. 왜 권력, 돈을 얻으려 하는가? 그것들 자체가 주는 매력도 있지만 더 큰 이유는 그것을 소유하게 되면 남들이 '나'를 인정해주기 때문이다. 한마디로 남들이 알아주는 맛에 우리는 산다. 그 인정이 '나'라는 존재의 가치를 높여준다고 생각 혹은 착각한다. 그게 삶을 움직이는 동력이다. 인정 욕망은 힘이 세다.

눈에 보이는 권세나 돈만 그런 게 아니다. 명예 혹은 상징 권력symbolic power을 얻고자 하는 욕망도 마찬가지다. 소설가나 시인, 혹은 나 같은 평론가도 다르지 않다. 문학예술인은 물질에는 초연한 척한다. 혹은 현실적으로 초연할 수 밖에 없다. 안정된 수입을 갖고 사는 문학예술인은 드물다. 대부분 불안정한 수입으로 어렵게 생활한다. 내가 수많은 문학상에 기본적으로 비판적이면서도 그 상에 딸려오는 상금을 생활비로 쓰는 작가, 시인의 사정을 동시에 고려하는 이유다. 세상일이 만만치 않다. 따져 보면 이름을 남기는 상징 권력에 대한 욕망이 더 힘이 세다. 돈과 권력은 시간이 지나면 사라질 수 있다. 남이 알아주는 이름, 명예는 오래간다. "문학사에 영원히 새겨질 이름" 운운하는 말이 그걸 보여준다. 나는 욕망이 없다는 언설을 믿지 않는다. 도사니 성자니 하는 말을 좋아하지 않는다. 스스로 도사나 성자를 자임하는 이들은 대체로 사기꾼들이다. 김장하 선생이하 호칭 생략을 그렇게 규정하려는 시각이 있다. 나는 동의하지 않는다. 김장하의 행적이 놀라운 것은 욕망이 없어서가 아니라 그 욕망이 따지고 보면 부질없다는 걸 알았다는 점이다. 그렇게 살려고 하는 모습을 보여주기 때문이다. 우리가 할 수 있는 건 자신의 욕망을 인지하는가, 아니면 무지한가 중에서 선택하는 것뿐이다. 엉터리 도사나 성자를 좋아하지 않고 제도권 종교에 비판적이지만, 그래도 종교에서 배워야 할 점이 있다. 예컨대 예수 혹은 기독교를 세계화했다고 말하는 바울이 되풀이 강조하는 게 세상의 주인이 '내'가 아니라는 것이다. 기독교에서 말하는 주님the Lord 개념이 그 점을 요약한다. 돈도 권력도 주인이 아니다. 주님은 따로 있다. 불교에서 내가 가장 의미 있게 보는 개념이 무아자기 없음, 아나타인데, 그 의미를 나는 비슷하게 해석한다. 따지고 보면 '나'는 없다. 그렇다면 '내' 소유,

'내' 권력, '내' 돈, '내' 명예도 없다.

하지만 이런 개념을 머리로 아는 것과 그렇게 사는 건 별개다. 나도 그렇다. 그래서 점점 더 말과 글을 예전보다 덜 신뢰한다. 말과 글이 자신을 속이고 세상을 현혹하는 걸 자주 보기 때문이다. 한마디로 말과 글은 기만적이다. 우아한 말을 하고 멋진 글을 쓰는 이들은 세상에 많다. 어쩌면 예전보다 더 많아진 것처럼 보인다. 그래서 세상이 더 좋아졌나? 우아한 말과 글보다 더 희귀해진 것은 그럴듯한 말과 글을 따라 사는 것이다. 그렇게 노력하는 모습이다. 제대로 된 기독교인이나 불교도가 되는 근거가 교회와 절을 열심히 다니는 문제가 아니라 예수와 붓다를 따라 사는가에 따라 좌우되는 것처럼. 〈김장하〉를 보면서 마음에 다가온 건 자신을 감추고 자신의 이름을 드러내지 않으려는, 이 시대에 보기 드문 모습이다. 조금만 내세울 게 있으면 그걸 더 멋지게 포장해야 인정받고, 그렇게 하는 게 훌륭한 처세술로 통하는 세상이다. 드물지만 그렇게 살려고 하지 않는 이들도 있다. 김장하는 그런 사람으로 보인다. 이번 방송으로 세상에 널리 알려졌으니 김장하가 유명해진 걸 반길지는 모르겠다. 아마도 아닐 것이다. 하지만 어쩔 수 없이 이 시대는 김장하가 보여준 드문 삶의 모습을 이렇게라도 알리는 게 필요하다. 악하고 추잡한 모습만이 눈에 보이고 그런 자들이 힘을 행사하는 것처럼 보이기에, 좌절감과 우울함이 커지기 때문이다.

위선과 위악이 득세하는 시대에 드물지만 시대에 어긋나게 사는 분이 있다는 걸 아는 건 위안이 된다. 위안이 된다고 해서 김장하처럼 산다는 게 쉽다는 뜻은 아니다. 세상은 망조가 들었다. 돌이키기 어렵다. 스피노자가 지적했듯이 "모든 고귀한 것은 극히 드물고 힘들다". 그러나 김장하가 지적하듯이 세상을 움직이는 이들은 소수의 고귀한 자가 아니다. 고귀한 이들은 본보기가 되지만 "우리 사회는 평범한 사람이 지탱한다". 잘 되지 못해서 기대에 부응하지 못해 부끄럽다는 장학생에게 김장하가 해준 말이다. 이 말을 나 같은 다수의 평범한 이에게 해주는 조언으로 들었다. 그래도 가끔은 이런 분을 만나야 평범한 이들은 힘을 얻는다. 아주 오랜만에 '어른'을 만난 느낌이다. 이때 어른은 나이의 문제가 아니라는 걸 다시 말할 필요는 없을 것이다.2023.1

소망 충족의 역할

〈유령〉

요즘 극장까지 찾아가 볼 만한 영화가 많지 않다. 다른 말로 극장에 가지 않더라도 다양한 방식으로 볼 영상물이 많다. 이제는 굳이 극장에 찾아가서 봐야 할 영화여야 관객을 끌어들일 수 있다. 극장값이 물가 인상을 고려해도 싸지 않다. 나는 통신사 할인을 받아서 봤지만 그래도 1만 원을 넘는다. 이 정도 비용을 내면서 찾아가서 볼만한 영화가 있는가? 이게 앞으로 극장이 살아남을지를 결정할 포인트가 될 것이다. 견문이 적은 얘기이기만, 영화는 둘 중의 하나는 해야 한다. 첫째, 〈아바타 2〉 처럼 대형 화면으로 봐야 할 정도로 이미지가 제공하는 감각적 충격이 있는 경우. 둘째, 세부적인 디테일이 흥미로워서 그 디테일의 의미를 큰 화면과 음향으로 즐기는 것이 더 좋을 때. 예컨대 〈헤어질 결심〉 같은 영화. 둘 중 하나를 충족시키지 못하면 극장영화는 살아남기 힘들 것이다. 그러면 〈유령〉이해영 감독은 어떤가? 줄거리는 이렇다.

유령에게 고함. 작전을 시작한다. 성공하기 전까지는 멈춰서는 안된다. 상하이에 이어 경성에서도 총독부 고위 간부를 노린 테러가 발생한다. 항일조직 '흑색단'이 '유령'이라는 이름의 스파이를 곳곳에 심어놓고 이같은 작전을 준비해왔다는 사실이 드러나자 총독부는 수사를 시작한다. 신임 경호대장 카이토박해수는 일부러 흑색단 방식으로 가짜 공지를 보내 외딴 호텔로 5명의 용의자를 불러모은다. 통신과 감독관 무라야마 쥰지설경구, 통신과 암호 전문 기록 담당 박차경이하늬, 정무총감 직속 비서 유리코박소담, 암호 해독 담당 천은호 계장서현우 그리고 통신과 직원 백호김동희는 자신이 살아남기 위해 서로를 고발하고 누명을 씌워야 하는 벼랑 끝 상황에 놓인다.『씨네21』

〈유령〉의 시대 배경은 1933년이다. 일제강점기이고, 일본의 식민 지배가 20여 년이 되면서 조선인에게 식민 지배가 피부로 느껴지는 시대다. 내가 참여한 지역학 공동 연구의 한 파트가 일본이다. 구체적으로는 일본에서 본토와 홋카이도의 관계를 살펴보는 것이다. 자연스럽게 일본과 한반도의 관계도 따져 보게 된다. 일제강점기 시절에 관련된 책을 몇 권 읽었다. 나처럼 구체적인 식민 지배 과정을 잘 모를 때에는 식민 지배를 대하는 당대 조선인들의 견해를 볼 수 있는데, 지식인들의 관점이 특히 흥미롭다. 1930년 같은 시대가 주목받는 이유다. 〈유령〉에서도 그 점이 또렷하게 부각되지는 않지만, 내가 흥미롭게 본 지점이다.

결론을 당겨 말하면 〈유령〉은 전개 과정이 매끄럽지 않다. 이야기의 전개가 부조화하고 균질적이지 않다. 무슨 뜻인가? 이 말은 칭찬일 수도 있지만 나는 그렇게 보지 않았다. 〈유령〉은 앞부분에서는 줄거리 소개에 나오듯이, 유령이 누구인지를 밝히는 미스터리 장르처럼 보인다. 작년에 나온 〈헌트〉이정재 감독와 비슷하다. 〈유령〉에서는 신임 조선 총독을, 〈헌트〉에서는 독재자를 제거하려는 시도가 있고 그 용의자를 찾아가는 과정이 서사의 골격이다. 누가 유령인지는 이미 영화 초반부에 몇 개의 실마리를 제공한다. 영화 뒷부분에서 유령의 정체에 대한 약간의 반전이 있지만, 〈유령〉의 관심사가 애초부터 유령 찾기에 있지 않다는 뜻이다. 그렇다고 해서 후반부 서사를 구성하는, 급박하게 펼쳐지는 스파이 액션이 매끄럽게 느껴지지는 않는다. 영화의 톤이 급격하게 달라지는데 그게 자연스럽지 않다는 뜻이다. 인상적으로 본 것은 1930년대 식민지 현실, 조선의 식민지 독립이 어려워 보이는 시점에서 현실추수주의를 내세우는 이들의 모습이다. 이런 상황에서 조선의 독립을 믿는 자들은 시대 변화를 읽지 못하는 무지한 자들이라는 시각. 앞서 비슷한 주제를 다룬 〈암살〉이나 〈밀정〉에서도 이미 봤던 모습이다. 그런데 이런 현실추수주의는 배웠다고 하는 지식인이나 현실에서 힘을 행사하는 자리에 있는 이들에게서 강하게 나타난다. 이해가 된다. 문득 생각해봤다. 내가 저 시대를 살았더라도 조선의 독립을 믿었을까? 이성적으로만 생각하면 식민 지배가 20년이 지난 시점에서 여전히 조선 독립을 꿈꾸는 것은 시대착오로 보일 테니까.

나는 이 지점에서 지식, 이성, 논리 등의 한계를 생각한다. 지식과 이성과 논리는 필요하지만 종종 역사는 그런 것들이 아니라 믿음과 신념에 따라 움직인다. 오래전 이탈리아 맑스주의 이론가이자 정치가인 그람시가 했던 말처럼. "이성으로는 비관하되, 의지로 낙관하라." 〈유령〉이 그 점을 심층적으로 다루지 못한 건 아쉽지만 그런 인식을 언뜻 보여준다. 〈유령〉의 주요인물은 자기가 독립운동에 뛰어든 이유를 사랑했던 사람의 신념 때문이라고 말한다. 그 말은 별로 울림이 없다. 〈유령〉은 초반부에 보이는 힌트와는 다르게 캐릭터를 깊이 있게 살펴보는 데는 관심이 없다. 그런 구멍을 후반부의 스파이 액션으로 메우려고 한다. 그런 시도가 성공했는지는 의문이다. 〈유령〉의 결말은 분명 판타지다. 1930년대 갱스터 영화를 연상시키는 화려한 이미지로 판타지를 장식한다. 그걸 판타지라고 비판하기는 쉽다. 감독이 그걸 모르고서 영화를 끝내지는 않았을 것이다. 나는 그런 판타지가 마음에 들었다. 영화는 단지 현실의 재현이 아니다. 역사에서는 이루지 못한 소원을 대리 충족해주는, 정신분석학적으로 표현하자면 소망 충족wishful thinking의 역할을 한다. 저명한 문예이론가 프레드릭 제임슨이 쓴 표현에 기대면 문학이나 영화는 현실모순의 상상적 해결imginary solution을 제시한다. 〈유령〉이 보여주는 해결은 허구다. 허구적이고 상상적인 해결을 보면서 관객은 실제 역사에서 이루지 못했던 것, 하지만 꼭 해야 했던 일이 무엇인지를 떠올리게 된다. 〈유령〉을 뛰어난 영화라고 평하기는 어렵다. 영화의 톤을 조정하지 못했다. 불균질하고 캐릭터를 입체적으로 다루지는 못했다. 그래도 〈유령〉은 어떤 힘이 있다. 그 힘은 아마도 영화 자체가 아니라 영화가 다루는 1930년대라는 독특한 시대를 포착한 것에서 오는 것이겠지만.2023.1

비정한 권력

〈올빼미〉

〈올빼미〉안태진 감독를 본 이유는 내가 신뢰하는 몇몇 영화평론가가 좋은 영화라고 평해서다. 걸작이라고까지는 할 수 없지만 잘 만든 영화다. 영화의 얼개는 이렇다.

> 세자는 본국에 돌아온 지 얼마 안 되어 병을 얻었고 병이 난 지 수일 만에 죽었는데 (…중략…) 그 얼굴빛을 분별할 수 없어서 마치 약물에 중독되어 죽은 사람과 같았다.<인조실록>, 23년 6월 27일 〈올빼미〉의 상상은 이 미스터리한 문장에서 시작되었다. 낮엔 아무것도 볼 수 없으나 밤이 되면 희미한 시력을 되찾는 맹인 침술사 경수류준열는 어느 날 밤 소현세자김성철가 독살당하는 장면을 목격하게 된다. '보다'는 결국 '알다'와 같은 말일까? 아는 자를 색출해내려는 음모와 억울한 누명과 죽음을 밝혀내려는 움직임이 팽팽한 접점을 만들며 영화는 빠른 속도로 질주한다. 그 끝에 무엇이 있는지 '본 자'만이 답할 수 있다.『씨네21』

내 판단으로는 조선 역사에서 가장 무능한 왕을 꼽으라면 선조와 인조다. 그들이 전쟁을 막지 못했다거나 승리하지 못했기 때문만이 아니다. 그들은 당대 주변 정세 변화를 냉철하게 인지하지 못했다. 공적인 관점이 아니라 사적인 감정을 앞세워 통치했다. 어느 시대나 지도자에게 무능함은 치명적인 악덕이다. 더욱이 왕이 그렇다면 그 결과가 뻔하다. 무능한 왕에게 세상의 흐름을 간파하는 명민한 세자가 있었다면 어떤 일이 벌어질까? 〈올빼미〉는 이런 흥미로운 질문에서 출발한다.

병자호란에서 청에게 대패한 뒤 청에 끌려가 8년을 살다가 귀국한 소현세자가 실제로 어떤 자질이 있었는지를 나는 모른다. 오래전에 배운 국사책에서 그 이름 정도를 들은 기억만 있는 정도다. 소현세자의 동생으로 역시 청으로 같이 끌려갔던 봉림대군훗날의 효종이 청에 맞서는 북벌정책을 펼치다가 뜻을 이루지 못했다는 정보 정도를 갖고 있다.

〈올빼미〉는 표면적으로는 '누가 소현세자를 독살했는가'라는 미스터리 장르의 틀에 기댄다. 소현세자 독살설에 대해서는 학계에서도 논란이 있는 걸로 알지만, 영화는 그걸 전제한다. 〈올빼미〉의 알맹이는 권력이란 무언인가라는 질문이다. 설령 무능한 왕일지라도, 더욱이 반정을 통해 왕위에 오른 인조 같은 왕일지라도 외국 군대에게 치욕적인 패배를 당한 왕이라면 그 뒤 무슨 생각을 하고 살았을까? 이런 정신분석학적 질문을 〈올빼미〉는 제기한다. 누구든, 특히 그것이 왕이라면 자신이 겪은 굴욕적 패배를 자기 탓으로 여기기는 쉽지 않다. 그런 냉철한 판단을 할 수 있다면 그런 왕은 현명한 왕이다. 인조 같은 왕에게 기대하기 어려운 점이다. 자기가 아니라 남 탓으로 굴욕감을 돌리는 게 손쉬운 길이다. 많은 권력자가 선택하는 길이다. 짐작건대 인조의 내면은 열등감, 불안감, 그리고 자기보다 나은 자를 시기하고 질투하는 정념이 지배했을 것이다. 그 대상이 설령 자기 아들일지라도. 〈올빼미〉에서 아쉬운 점은 굴욕을 당한 왕과 새로운 세계를 보고 당위나 명분이 아니라 현실정치 논리를 따를 것을 제안하는 세자 사이의 갈등 구조가 더 예리하게 다뤄지지 않은 것이다. 영화의 초점이 소현세자의 죽음을 둘러싼 비밀을 파헤치는 미스터리 구조를 취하고 있기에 제약이 있지만, 정치와 외교에서 당위와 현실의 관계, 공적 권력과 사적 가족 관계의 의미를 좀 더 파고들었으면 하는 느낌은 든다. 당연히 이런 질문은 우리 시대 정치와 외교를 떠올리게 한다.

공적으로는 절대권력자인 왕과 왕세자의 관계지만 사적으로는 아버지와 아들 사이에 작동하는 착잡한 가족 관계는 흥미로운 소재다. 그 소재를 영조와 사도세자의 관계를 다룬 〈사도〉에서도 끌어온 적이 있지만, 인조와 소현세자의 관계는 또 다른 부자 관계의 양상을 드러낸다. 영화 제목인 '올빼미'가 핵심을 짚는다. 침술사 경수는 올빼미처럼 낮에는 제대로 보지 못하고 밤에만 볼 수 있는 주맹증을 갖고 있다야맹증과 다른 주맹증이 있다는 걸 영화를 보면서 처음 알았다. 경수의 특이한 조건이 영화의 서사를 끌고 간다. 영리한 선택이다. 경수가 왕과 왕실 가족에게 접근할 수 있는 침술사라는 설정도 설득력 있다. 경수는 병을 앓고 있는 동생을 살리기 위해 궁에 들어간다. 자유로운 일상생활이 불가능한 그에게는 어렵게 구한 일자리로 살아가는 게 중요하다. 권력 투쟁은 남의 일이다. 경수는 보고 들은 것도 못 보고 못 들은 듯이 처신해야 한다. 생존법이다. 그 점에서 낮에는 못 보는 경수의 독특한 위치는 그에게 유리하게 작용하는 듯 보인다. 동시에 사태의 진실을 남들보다 앞서 알게 되었다는 점에서 위험하다. 권력은 약자를 배려하지 않는다. 〈올빼미〉의 백미는 마지막 부분에서 나온다. 경수는 막강한 권력에 맞서기 위해 다른 권력에 의지한다. 그러나 봉준호의 〈설국열차〉가 예리하게 보여줬듯이, 흔히 지배 권력과 대항 권력은 그 권력 시스템을 유지하기 위해 결탁한다. 그 시스템에서 경수 같은 약자는 이용당하고 종국에는 배제당한다. 하지만 〈올빼미〉는 의외로 단호하게 시적 정의poetic truth를 보여준다. 현실에서는 단행되지 못했지만 그렇게 돼야 했을 시적 정의. 나는 그 점이 마음에 들었다. 〈올빼미〉를 보고 나면 묻게 된다. 권력이란 무엇인가? 알고 보면 허망한 권력을 위해 모든 걸 거는 욕망은 무엇인가? 권력자에게 가족이란 무엇인가? 이런 질문을 다시 묻게 한다는 점에서 〈올빼미〉는 괜찮은 영화다. 2022.11

악과 더 나쁜 악

〈헌트〉

여름 극장가에서 주목하는 영화 4편 중 마지막 개봉작인 〈헌트〉를 봤다. 사실은 별로 볼 생각이 없었다. 시사회 리뷰를 읽고 마음을 바꿨다. 직접 보고 호평이 맞는지 판단해보고 싶었다. 줄거리는 이렇다.

> 흑과 백이 상대의 사냥터에서 서로를 뒤쫓는다. 〈헌트〉는 1980년대 신군부 정권의 국가안전기획부이하 안기부를 배경으로 시대의 모순 한가운데 던져진 이들의 암투를 그린다. 미국 순방 중 대통령 암살 기도가 벌어지자 이를 사전에 막지 못한 안기부 내 분위기가 뒤숭숭하다. 이어 일본에서 진행된 북측 고위 인사 망명 작전마저 실패로 돌아가자 내부 첩자가 있다고 확신한 윗선에선 소문으로만 떠돌던 북한 스파이 '동림'을 잡아들이라는 명령을 내린다. 이에 해외팀 차장 박평호이정재와 국내팀 차장 김정도정우성는 목적을 숨긴 채 서로를 의심하며 뒤를 캐기 시작한다.『씨네21』

편견이라는 게 무서워서 나는 연기자 출신 감독 영화를 대체로 신뢰하지 않는다. 그런 감독이 많지 않지만 국내외를 막론하고 좋은 연기자라고 해도 좋은 감독이 되는 건 별개 문제다. 예외가 있다면 클린트 이스트우드 정도다. 이정재 배우가 갈수록 연기력이 좋아지는 배우라고 생각해 왔다. 하지만 그가 만든 데뷔 영화라고 하니, 솔직히 '과연 어떨까' 하는 선입견이 강했다. 배우가 연기를 오래 하면 연출도 하고 싶은 욕망이 생긴다던데, 자기 능력을 과신하는 섣부른 욕망의 결과가 아닐까? 그런 우려가 있었다. 영화를 보고 우선 든 생각은 내 선입견이 잘못되었다는 것이다. 배우가 아니라 초짜 감독 이정재의 첫 연출작이라는 게 믿기지 않을 정도로 좋다. 좋다고 했지만, 여기에는 나 같은 중년세대가 갖는 특수성도 작용한다. 나하고 다른 세대, 특히 나보다 아래 세대에게는 〈헌트〉가 다르게 다가갈 수 있다. 〈헌트〉는 시대적 맥락을 느껴야 즐길 수 있다. 〈헌트〉는 1983년을 전후로 전개된다. 학살자가 집권한 시대다. 나처럼 1980년대 초중반 무렵에 대학을 다니거나 청년기를 보낸 이들에게는 평생 잊지 못할 각인이 새겨진 시대다.

〈헌트〉는 허구다. 하지만 허구에는 광주학살과 그때를 살았던 이들만이 느낄 수 있는 아웅산사건, 미그기를 몰고 남쪽으로 넘어온 이웅평 대위사건 등이 역사적 배경으로 깔린다. 영화는 역사적 배경을 깔고 그 시대 무지막지했던 학살 권력의 메커니즘, 서로를 이용하려는 남북 권력집단의 행태, 거기에 복종하는 추종자들의 모습을 실감나게 그린다. 이렇게 쓰자니 〈헌트〉가 정치 드라마처럼 보이지만, 그건 아니다. 〈헌트〉는 첩보물 장르의 틀에 기댄다. 안기부에 잠입한 (혹은 그렇다고 의심되는) 북한 일급 스파이 동림을 찾는 과정이 서사의 골격이다. 〈헌트〉는 그 골격 위에 다양한 당대의 정치, 외교, 군사적인 맥락을 영리하게 입힌다. 두 핵심 캐릭터 박평호와 김정도는 각자의 이유로 동림을 추적한다. 그 과정에서 국가정보기관이 저지른 악행이 드러난다. 체포, 고문, 협잡, 서로 공을 세우기 위해 상대방을 제압하려는 음모 등. 영화는 안전기획부가 목표로 하는 '안전기획'이 누구를 위한 것인가를 묻는다. 국가가 아니라 최고 권력자, 학살자를 위한 안전기획이 첫 번째 목표다. 최고 권력이 명령하면, 그 명령이 아무리 황당해도 생각 없는 기계처럼 정보기관은 움직인다. 사건을 조작하고 없는 진실도 만들어 낸다. 거기서 일하는 자들은 스스로 국가를 위한다고 믿지만, 그때 국가는 허구에 불과하다. 그들에게 국가는 곧 최고 권력을 뜻한다. 〈헌트〉는 국가정보기관의 내부 실상에 대한 날카로운 리포트다. 〈헌트〉의 매력은 실제로 오랜 친구 사이라는 이정재, 정우성 배우가 연기한 박평호, 김정도 캐릭터 사이에서 벌어지는 두 남자의 팽팽한 신경전, 의심, 협상, 그리고 이용 과정에서 발생한다. 강렬한 개성을 지닌 두 캐릭터가 복잡할 수 있는 여러 가닥의 이야기를 묶어주고 집중력 있게 끌고 나간다. 통상적인 첩보물영화라면 북한 스파이 동림의 정체가 드러나는 순간 영화는 끝날 것이다. 〈헌트〉의 독특함은 이 영화가 하고 싶은 이야기가 동림의 정체가 밝혀지는 때부터 시작된다는 데 있다. 영화는 끝까지 서사의 긴장을 놓치지 않고 밀고 나간다.

박평호와 김정도가 각자 가졌던 목표, 그 목표를 위해 서로가 상대를 대하는 태도 등이 또렷하게 영화 안에서 설명되지는 않는다. 특히 박평호가 그렇다. 그가 왜 그런 결심과 행동을 했는지가 서사적으로 명료한 설득력이 있었는지는 의문이다. 결말 부분이 한편으로는 이해가 되면서도 고개를 갸우뚱하게 되는 이유다. 〈헌트〉를 보면서도, 혹은 보고 나서 뜬금없이 떠오른 것은 최인훈 소설 『광장』이다. 한국 현대문학의 고전이 된 이 작품에서 주인공 이명준은 남과 북 어느 쪽도 택하지 않는다. 아니, 선택하지 못한다. 소설은 장황하지 않으면서도 예리하게 그 이유를 이명준의 눈을 통해 드러낸다. 이명준이 느꼈던 곤혹스러움이 〈헌트〉에서도 나타난다. 남쪽 학살자를 제거하는 일에는 찬성하지만, 제거의 결말이 북쪽의 한심스러운 독재 체제를 끌어들이는 결과가 된다면 어떻게 할 것인가? 하나의 악을 제거하기 위해 더 나쁜 악을 이용하는 건 용납할 수 있는가?

〈헌트〉는 이런 질문을 제기한다. 나는 이정재 감독 / 연기자가 『광장』을 읽었는지, 참조했는지는 모른다. 그러나 〈헌트〉의 서사, 특히 결말은 명확히 『광장』의 문제의식을 잇는다. 예리한 시선이다. 박평호와 김정도의 선택을 모두 납득할 수 없으면서도 그들의 마지막 모습에 꽤 공감하게 되는 이유다. 한반도 분단 시스템에서 남북을 넘어서는 제3의 길을 찾기는 만만치 않다.

되풀이 말해 〈헌트〉는 이 영화가 다루는 1980년대 초엽에 예민한 청년기를 보냈던 관객에게는 상당한 호소력을 지닌다. 그렇지 않은 다른 관객은 어떨까? 특히 젊은 세대에게는? 영화가 보여주는 시대적 맥락을 전혀 몰라도 〈헌트〉가 흥미로울까? 나로서는 뭐라 말할 수 없다. 그런 경우에는 첩보물 장르 자체의 매력, 예컨대 숨겨진 스파이의 정체가 밝혀지는 과정에서 드러나는 반전, 긴박감 있는 첩보전과 음모전의 전개, 리얼한 액션 등이 필요할 것이다. 그런 장르물 자체의 매력도 〈헌트〉는 꽤 갖고 있다고 나는 판단하지만, 요즘 젊은 관객이 어떻게 반응할지는 궁금하다. 나는 〈헌트〉를 보면서 쿠엔티 타란티노 감독이 만든 대체 역사영화인 〈바스터즈–거친 녀석들〉과 〈장고–분노의 추적자〉를 떠올렸다. 이정재 감독이 그런 확실한 대체 역사영화를 만들었으면 어땠을까 하는 상상을 했다. 타란티노 감독은 현실 역사에서는 하지 못했던 일을 영화에서는 그냥 해버린다. 심판했어야 할 대상을 가차 없이 제거해버린다. 물론 그 해결은 판타지다. 하지만 현실이 너무 갑갑할 때 우리는 상상일지라도 그런 욕망을 갖는다. 그런 점에서 영화의 홍보 이미지는 흥미롭다. "대통령을 제거하라." 배우 이정재가 만든 영화라는 선입견을 버리고 감독 이정재의 데뷔작이라고 생각하고 보면 꽤 잘 만든 영화다. 구상하고 각본을 완성하고 영화를 찍기까지 꽤 많은 시간과 공력이 들었다. 노력의 결실이 알차다고 본다. 나는 영화의 기술적인 측면을 잘 모르지만 촬영과 음향도 훌륭하다. 특히 총격전 상황에서 사운드 처리는 실감 난다. 2022.8

장르적 틀을 비틀기

〈비상선언〉

오늘도 덥다. 피서 겸해서 영화관에 갔다. 생각보다 사람이 많았다. 여름 극장가에서 시선을 끄는 영화인 한재림 감독의 〈비상선언〉이하 <비상>을 봤다. 감독의 전작인 〈관상〉과 〈더 킹〉을 재미있게 봤기에 기대가 있었다. 영화가 다루는 사건 속에 묵직하게 시대의 인장을 새겨 놓는 재주가 있는 감독이라고 생각해 왔다. 〈비상〉도 그런가? 줄거리는 이렇다.

> 재난 상황에 직면한 항공기가 정상적인 운항이 불가능하여, 무조건적인 착륙을 요청하는 비상사태를 뜻하는 항공 용어. 제목의 의미부터 명료하게 풀어낸 후 즉시 본론에 들어가는 〈비상선언〉은 주인공들의 즐거운 한때를 묘사하거나 빌런의 정체를 추적하는 재난영화의 공식에는 관심이 없다. 다짜고짜 사람들이 많이 타는 노선을 물으며 등장부터 수상쩍은 진석임시완을 일찌감치 노출시킨 뒤 무작위하게 선택된 생화학 테러의 대상자들을 점묘하듯 보여준다. 딸의 아토피를 치료하기 위해 비행공포증을 감수한 재혁이병헌, 과거 재혁과 인연이 있었던 것처럼 보이는 부기장 현수김남길, 언제나 침착함을 잃지 않는 베테랑 사무장 희진김소진 등이 하와이행 KI501 항공편에 차례로 탑승한다. 지상에서는 비행기 테러 예고 영상의 진위 여부를 놓고 경찰이 수사에 나선다. 본능적으로 사태의 심각성을 감지한 형사팀장 인호송강호는 용의자가 친구들과 하와이 여행을 떠난 아내와 같은 비행기에 있을

지 모른다는 불길한 예감에 휩싸인다.『씨네21』

장르영화에는 재난영화 장르도 있다. 〈비상선언〉은 재난영화에 속한다. 이 경우에는 자연재해가 아니라 인위적 재해, 즉 테러에 따른 상황이 벌어지지만, 재난의 공간이 외부 탈출구가 없는 비행기라는 닫힌 공간이기에 재난 상황이 주는 공포감이 더 커진다. 장르적 틀을 가져오는 경우 감독은 고민하게 될 것이다. 수많은 장르영화와 어떻게 다른 내용과 형식을 구현할 것인가? 그걸 잘하면 기억에 남는 작품이 탄생한다. 예컨대 박찬욱 감독의 〈헤어질 결심〉이 그렇다.

〈헤어질 결심〉의 엔딩에서 카메라는 주인공 서래의 얼굴을 온전히 보여주지 않는다. 아마 다른 감독이라면 그걸 보여주는 게 편한 선택이었을 것이다. 돌이킬 수 없는 마지막 결단을 내린 순간을 맞이하는 주인공의 모습을 카메라가 외면하기는 쉽지 않다. 그걸 보여줘야 주인공이 느끼는 슬픔을 이해할 수 있으니까. 박찬욱 감독은 다른 선택을 한다. 카메라는 의도적으로 서래의 마지막 모습을 외면한다. 그녀에게 밀어닥치는 파도만을 보여준다. 그 장면을 보면서 관객은 서래의 결단과 슬픔만이 아니라 그걸 바라보는 자신의 슬픔을 생각하게 된다. 그 결과 서래를 연기한 탕웨이 배우조차 서래를 바라보는 자신이 슬픔을 느낀다고 고백했다. 이렇게 주어진 장르를 어떻게 해석하는가에 따라 영화는 자신만의 고유한 색깔을 갖게 된다. 비행기 테러를 소재로 삼은 영화라는 말을 듣게 되면 어쩔 수 없이 관객은 그동안 봤던 같은 부류의 영화를 떠올린다. 재난 상황의 긴박함을 실감나게 찍은 장면, 상황에 대처하는 인물들, 특히 영웅적 인물의 활동, 재난 상황이기에 어쩔 수 없이 부각되는 국가기관의 행태 등. 재난영화에서 자연스럽게 연상되는 것들이다. 〈비상〉이 좋은 영화인지 아닌지도 이런 기존의 틀을 얼마나 독창적으로 변주하고 재해석했는지가 중요한 판단기준이 되겠다.

먼저 재난 상황 묘사에 대해 살펴보자. 〈비상〉은 테러 행위 자체를 길게 다루지 않는다. 종래 영화와 다른 지점이다. 테러범이 누구인지는 영화 초반부터 드러나고 테러는 영화 초반부에 바로 시작된다. 그 테러범을 어떻게 설정하느냐가 영화의 독특성이 될 수 있다. 테러를 저지른 자는 무조건 악인이라고 치부하기는 쉽다. 할리우드영화에서 익히 보던 모습이다. 〈비상〉은 다른가? 악인은 왜 테러를 저지르는가? 동기가 무엇인가? 〈비상〉은 관객이 던질 법한 중요한 질문을 숙고하지 않는다. 몇 가지 흐릿한 설정을 해두고 넘어간다. 물론 악을 온전히 해명할 수는 없다. 그렇다고 해명의 노력조차 없는 건 다른 문제다. 악이 추상적으로 설정되면 영화의 서사가 힘있게 진행되지 못한다. 설령 악인일자라도 그에게도 발언권을 주는 게 영화예술의 역할이다. 다른 역사적 맥락이지만 〈한산〉이 그렇게 했듯이.

둘째, 재난 상황에 대하는 인물의 반응에 대해. 재난영화에서 독창성이 발휘되길 기대하는 건 이 지점이다. 요즘은 컴퓨터 그래픽 이미지 기술 발전으로 재난 상황 자체를 실감나게 이미지화하는 것은 돈이야 적지 않게 들겠지만 어렵지 않다. 다양한 재난 상황을 엄청난 스케일로 이미지화하는 할리우드영화가 그렇다. 이제는 재난 묘사조차 낡아진다. 재난 상황조차 상투화되는 느낌이다. 인간의 한계를 초월하는 재해를 스펙터클하게 보여주고, 기능적으로 배치된 인간들이 보여주는 뻔한 휴머니즘적 반응을 배치하기. 할리우드 재난영화의 전형적 모습이다. 별다른 감흥이 생기지 않는다. 〈부산행〉을 연상시키면서 〈비상〉은 극한적 상황에 놓이게 될 때 드러나는 다양한 인간 군상을 보여준다. 〈비상〉에서 누가 테러범인지는 영화의 초점이 아니라고 한 이유는 주된 관심사가 벌어진 재난 상황을 대하는 사람들의 반응에 있기 때문이다. 짐작할 만한 모습이 나타난다. 이성을 상실하고 자기만 살겠다고 나서는 행태, 그 와중에도 남들에 대한 배려를 잃지 않는 모습, 여러 가족, 부부, 부모 관계 등의 양상 등. 그런데 그게 얼마나 기존 재난영화가 보여준 인물 형상화와 다른지는 의문이다. 각각의 사연이 있는 탑승객 재혁, 부기장 현수, 경찰 인호가 서사의 초점에 놓이지만 그들이 펼치는 이야기는 대략 짐작할 수 있다.

셋째, 재난 상황에서 주목받을 수밖에 없는 국가와 공동체의 본성과 역할에 대해. 이 부분이 〈비상〉이 갖는 나름의 차별성이다. 뒷부분에 드러나는, 허둥대는 국가기관의 모습이나 자신에게 해가 될까 싶어 비상착륙을 거부하는 여러 집단과 조직의 모습은, 나에게는 세월호 참사를 연상시킨다. 국가의 존재 이유는 비상 상황에서 선명하게 드러나는 법이다. 〈비상〉은 이런 질문을 파고들지만 어물쩍 넘어간다. 애매한 휴머니즘으로 쟁점을 덮는다는 느낌이다. 끝부분에 꽤 길게 나오는 재혁의 말은 많이 듣던 얘기다. 관객은 그 정도의 뻔한 대사에 넘어가지 않는다. 〈비상〉은 다뤄야 할 주제를 조금씩은 다룬다. 주제를 솜씨 있게 연결해 서사의 골격을 구성한다. 하지만 도드라지는 색깔은 찾기 어렵다. 차라리 나름의 사연이 있을 법한 진석이라는 캐릭터를 더 입체적으로 만드는 걸 고민했으면 어땠을까 싶다. 아직도 한국문학이든 한국영화든 악을 다루는 솜씨가 서툴다. 악을 두고 어찌해야 할지 몰라서 머뭇거리는 모습이다. 혹시라도 악을 옹호하는 걸로 비칠까 겁내는 걸까? 좋은 문학과 영화는 선보다는 악을 다루는 역량에서 그 진가가 드러난다. 인간은 선보다는 악에 더 가깝기 때문이다.2022.8

지도자의 덕목

〈한산–용의 출현〉

개봉일에 영화 〈한산〉을 봤다. 날이 더워서 극장 가는 게 피서다. 더위에 지쳐서 평을 쓸 기운도 없지만 기억이 흐릿해지기 전에 단평을 적는다. 줄거리는 이렇다.

> 1592년 4월 13일, 왜군의 침략으로 임진왜란이 발발한다. 기습적인 공격으로 순식간에 한양의 도성을 잃고 선조는 평양으로 거처를 옮긴다. 왜군들은 조선을 정복하고 나아가 중국, 인도까지 손에 쥐려는 계획을 세우는데, 이들의 행보를 막아선 이가 바로 이순신 장군박해일이다. 이순신 삼부작 중 〈명량〉에 이은 두 번째 작품으로 명량해전보다 5년 앞선 한산대첩을 다룬다. 영화는 한산대첩이 벌어지기 전, 왜군과 조선군 양측이 서로 첩자를 보내 적군의 상황을 파악하고 전술을 바꿔 대처하는 시점부터 충실히 묘사한다. 이순신 장군, 왜군 장수 와키자카 야스하루변요한를 비롯한 군사들의 캐릭터 및 관계를 그리며 관객이 텍스트에 쉽게 몰입할 수 있도록 돕는다.『씨네21』

〈한산〉이나 〈명량〉처럼 실존인물, 그것도 민족의 영웅으로 평가되는 인물을 영화가 다룰 때는 몇 가지 배경 얘기를 할 수밖에 없다. 먼저 역사를 설명할 때 종종 언급되는 영웅사관에 대해. 내가 대학(원)을 다닐 때부터 종래의 영웅사관을 비판하면서 역사를 민중 혹은 보통 사람의 시각에서 조망하고 서술하려는 운동이 생겼다. 민중사관의 등장이다. 그런 노력으로 『한국민중사』 같은 책도 나왔다. 나는 민중사관에 동의한다. 역사는 영웅이나 엘리트의 것이 아니다. 그렇다고 해서 역사에 간혹 등장하는 걸출한 인물의 역할을 무시해서는 안된다. 국가나 공동체가 위기에 처했을 때 중요한 역할을 했던 인물들이 있다. 이순신은 유별난 사례다. 왜 이순신이 역사학에서 민족의 영웅으로 발굴되었는지는 상술하지 않겠다.

역사는 현재 시점에서 (재)해석되는 것이니 인물의 재발견 혹은 발굴은 당연하다. 나는 조선 역사를 잘 모르지만, 이순신의 경우는 재발견의 정치적 의도와는 별개로 그가 보였던 탁월한 역량과 업적은 공인된 사실이 되었다. 나는 모든 걸 특정한 역사적 인물이 다 했다는 식의 영웅사관에 동의하지 않지만, 임진왜란 같은 국난에서 이순신 같은 걸출한 지도자가 했던 역할도 인정한다. 문제는 그 역할을 과대평가하지 않으면서 적절한 균형 감각을 지키면서 당대의 상황에 인물을 배치하는 것이다. 어렵고 중요한 건 균형 감각이다. 미리 결론을 말하면 〈한산〉은 그 점에서 〈명량〉보다 낫다. 〈한산〉 같은 역사영화나 역사소설을 평할 때 그것이 역사적 사실fact에 얼마나 부합하는지를 지나치게 따지는 건 별무소득이다. 터무니없는 역사적 오류는 지적할 수 있겠지만 사료나 역사서에 기술된 사실은 제한적이다. 역사적 사실은 역사적 진실truth과는 다르다. 사료와 역사서에는 많은 구멍이 있다. 그 자체가 이미 해석된 것이다. 역사영화나 역사소설은 상상력을 동원해서 사실의 구멍을 메우고 당대 상황을 다시 바라보는 시각을 제공한다. 우리는 이순신이라는 인물을 잘 안다고 생각한다. 과연 그럴까? 〈한산〉을 보고 나서 나 자신에게 물어봤다. 나는 이순신에 관해 단편적인 지식밖에 없다. 오래전 학교 교과서에서 배웠던 지식 정도다.

김훈 장편소설 『칼의 노래』를 읽으면서 얻었던 이미지가 몇 개 남았다. 그의 내면에 관한 생각들이 그렇다. 이순신이 참전했던 중요한 전투에 대해서도 잘 모른다. 조심스러운 판단이지만 대부분 평범한 시민도 나와 비슷한 정도의 이순신에 대한 단편적 지식과 이미지를 갖고 있을 것이다. 좋은 문학이나 영화는 우리가 막연하게 알고 있던 인물에 대해 다시 생각하게 만든다. 〈한산〉은 그 점에서 의미 있게 이바지한다.

배경 얘기가 길었다. 되풀이 말해 〈한산〉이 〈명량〉보다 내 마음에 들었던 이유는 이 영화가 상대적으로 이순신을 이상화, 영웅화하지 않기 때문이다. 내가 〈명량〉을 뒤늦게 보고 불편해했던 점이다. 〈한산〉의 주인공을 꼽자면 이순신이 아니라 한산대첩이라는 사건 자체, 혹은 그 사건에 참여했던 모든 사람이다. 영화는 이순신을 서사의 초점에 두지만 수많은 보조인물의 역할에 합당한 조명을 한다. 그것이 기계적인 배분처럼 보일 수 있지만, 나는 그런 배분에서도 손쉬운 영웅사관과 거리를 두려는 감독의 시각을 느낄 수 있었다. 〈한산〉은 의도적으로 종종 왜군 장수 와키자카의 시점에서 전개되기도 하고 조선군만큼이나 왜군의 동향과 시점을 자주 보여준다. 전반부는 실제 전투가 일어나기 전에 치열하게 전개되었던 조선군-왜군의 전략, 세작스파이 작전, 음모, 계략, 서로 다른 입장을 지닌 군 세력 간의 알력과 연대 등을 다룬다. 실제 한산전투는 후반부에야 전개된다. 화끈한 전투 장면이 너무 늦게 나온다고 실망할 사람도 있겠지만, 나는 이런 구성이 마음에 들었다. 예컨대 이순신에 투항한 왜군 캐릭터인 준사김성규가 그렇다. 이런 캐릭터는 종래의 국뽕 영화에서는 찾기 힘들다. 여기에도 손쉬운 국뽕 이데올로기에 편승하지 않으면서 가능한 한 냉정하게 당대 전쟁 상황, 세력 관계를 파악하려는 감독의 시각이 작동한다.

얼마 전 내가 참여하는 공동 연구 독회에서 『제국과 의로운 민족*Empire*

and Righteous Nation』을 읽었다. 몇백 년에 걸친 한국-중국 관계를 다룬 책이다. 개설서 성격의 책이지만 흥미롭게 읽었다. 〈한산〉에서 이순신이 거듭 말하는 "의義와 불의不義 사이의 전쟁"에서 의로움이 무엇을 뜻하는지를 이해하는 데 도움이 되었다. 예컨대 이런 대목.

> 세 번째로 설명해야 할 개념은 '의로움Righteous'이다. 유교적 사고방식에서 의로움은 도덕적 적합성, 충성심, 원리에 대한 충실함을 의미한다. 의로움의 개념을 한반도 (혹은 한반도인의 정치)에 적용할 때 이는 대부분의 한반도인이 특별히 더 의롭다거나, 의로움에 더 사로잡혀 있다는 의미가 아니다. 나는 한국의 역사에서 의로움이 궁극적으로 좋은 가치로 선언되거나, 국내외를 막론하고 억압적인 정권에 대항하는 기치로 소환되었다는 사실에 주목했다. 1590년대 일본의 점령에 대항한 조선인 군대와, 한 세대 이후 만주족의 조선 침공에 대항했던 조선인 군대는 모두 의병義兵으로 불렸고, 이는 20세기 초의 식민지화에 대항하는 경우에도 마찬가지였다. 내가 생각할 때 그 연결고리는 600여 년간 한반도 역사에서 중요한 역할을 한 성리학신유학 사상이다.

이순신은 반복해서 "의義와 불의不義 사이의 전쟁"이라고 말한다. 그때 의로움은 조선이 "특별히 더 의롭다거나, 의로움에 더 사로잡혀 있다는 의미"가 아니라 인간으로서 지켜야 할 "도덕적 적합성, 충성심, 원리에 대한 충실함"을 가리킨다. 〈한산〉의 미덕은 단순한 이분법보다는 전쟁이 어떻게 굴러가는지를 냉정하게 접근한 데 있다. 전쟁은 의로워서 이기는 것이 아니라 치밀하고 냉철하고 집요한 쪽이 이긴다. 정치도 그렇다. 〈한산〉은 그 점을 주목한다.

〈명량〉과 달리 〈한산〉의 이순신을 거의 말을 하지 않는 신중함과 과묵함을 지닌 인물로 설정한 것도 납득할 만하다. 이순신은 불리한 상황에서도 쉽게 좌절하지도, 흥분하지도 않는다. 그는 냉정하게 상황을 분석하고 참모들의 이야기를 듣고 최종 판단을 내린다. 이런 캐릭터를 보면서 관객이 우리 시대 지도자들을 비춰보는 건 자연스럽다. 난세에 지도자에게 필요한 덕목은 무엇인가를 물으면서. 후반부의 실제 전투 장면도 꽤 만족스럽다. 왜군이 복카이센[귀신 거북]이라고 두려워했던 거북선의 등장은 눈길을 끈다. 어떤 이들은 이미지화된 거북선의 모습이 역사적 사실과 다르다고 비판한다. 거북선이 상대방 배와 충돌해서 파괴하는 충파[衝破] 기능이 있었는가에 대해서 사실과 다르다고 지적한다. 나는 그런 비판에 동의하지 않는다. 내가 알기로 아직도 거북선의 정확한 모습과 기능에 대해서는 합의된 정설이 없다. 그 점에서 〈한산〉이 보여주는 거북선의 모습은 영화적으로는 설득력이 있고 흥미롭다. 정리하면 나는 〈한산〉이 〈명량〉보다 좋았다. 나는 뜨거운 파토스가 넘실대는 영화보다는 서늘하고 냉정한 톤이 깔린 영화가 좋다. 내가 〈헤어질 결심〉 같은 영화를 좋아하는 이유다. 설령 그것이 전쟁영화라 하더라도 그렇다. 〈명량〉 같은 영화를 기대한다면 실망할지 모르지만, 색다른 이순신 영화를 기대한다면 볼만하다.[2022.7]

안이함의 결과

〈외계+인〉

최동훈 감독의 영화를 다 봤다. 〈범죄의 재구성〉, 〈타짜〉, 〈전우치〉, 〈도둑들〉, 〈암살〉 등. 걸작을 만드는 감독이라고는 평가하지 않는다. 하지만 장르 틀 안에서 자기 색깔을 특색 있게 보여주는 재능 있는 감독이라고 생각해 왔다. 과잉보다는 절제하는 능력이 있는 감독이다. 넘칠 때와 그렇지 않을 때를 적절히 판단할 줄 아는 감독이다. 하지만 〈외계+인〉이하 <외계인>을 보고 실망했다. 내가 짐작하는 이유는 이런 거다. 자신이 만든 영화가 계속 흥행에 성공하면서 최 감독이 자기 확신에 빠진 게 아닌가라고 추측한다. 감독이든 작가든 창작자가 자신감이 있는 건 이해하지만, 자신감이 지나쳐서 아무렇게나 영화를 만들어도 통할 거라고 믿는다면, 오만함이다. 오만은 위험하다. 길게 평을 쓸 가치도 없지만 시간을 내서 본 영화이니 평을 쓴다. 줄거리는 이렇다.

오래 전부터 외계인들은 인간의 몸에 외계인 죄수를 가둬왔다. 간혹 죄수들이 인간의 몸에서 탈출하는 경우가 발생하는데 이 탈옥을 막을 목적으로 로봇 가드김우빈와 썬더는 지구에 오랜 시간 머물게 된다. 어느 날, 탈옥수를 잡는 과정에서 남겨진 아기를 발견한 썬더는 아기에게 이안이라는 이름을 붙여주고 함께 살아간다. 500년 전 고려 말, 도사 무륵류준열은 도둑들을 잡아 관아에 넘기고 현상금을 챙긴다. 어마어마한 현상금이 걸린 신검의 행방을 찾던 무륵은 마찬가지로 신검을 손에 넣으려는 천둥총을 쏘는 처자 이안(김태리)과 맞닥뜨린다. 여기에 삼각산의 신선 흑설염정아과 청운조우진, 그리고 악의 세력 밀본의 수장인 자장 법사김의성가 합류하면서 신검을 차지하려는 자들의 치열한 대결이 펼쳐진다.『씨네21』

줄거리만 봐도 〈외계인〉이 잘 조율하지 않으면 방향을 못 잡고 산으로 갈 수 있겠다는 느낌을 받는다. 유감스럽게도 예상에서 벗어나지 않는다. 감독은 SF영화의 틀을 답습하는 대신에 고려시대와 현재 시대라는 두 개의 시공간을 오가고 포개면서 서사를 전개하면 새로움이 생길 거라고 판단했을 것이다. 그 의도가 실현되었는지는 별개 문제다. 끝부분에 억지로 두 시공간을 이어 붙이려 하지만 관객이 쉽게 설득될지는 의문이다.

엉성한 시나리오도 문제지만 화려한 캐스팅이 독이 된 영화다. 비중 있는 배우가 맡은 캐릭터들을 배려 하다 보니 주요인물과 보조인물의 설정조차 감을 못 잡는다. 하나의 인물을 보여주고 나서 바쁘게 다음 인물로 넘어가는 꼴이다. SF장르에 대한 몰이해에서 비롯된 결과다. 국내외 SF영화나 문학을 보면 기존 문학보다도 캐릭터의 내면, 성격, 상황에 대해 섬세한 접근을 시도한다. 그런 캐릭터를 보면서 독자와 관객은 인간과 인간(중심)주의를 되돌아본다. 〈외계인〉에서는 어느 캐릭터도 확실한 조명을 받지 않는다. 그렇다고 인물을 끌고 가는 사건이 매력적인 것도 아니다. 우선 '외계+인'이라는 독특한 제목부터 그 의미를 파고들지 못한다. 왜 제목을 쉽게 '외계인'이라고 하지 않고 '외계+인'이라고 했을까? 줄거리에 나온 서사 설정에 대한 질문으로 이어진다. "오래전부터 외계인들은 인간의 몸에 외계인 죄수를 가둬왔다." 그래서 외계+인이다. 하지만 영화는 '왜 굳이 그렇게 했을까?'라는 질문을 묵살한다. 그냥 그렇게 해왔다는 것이다. 그 결과 흥미로운 분석 대상이 될 수 있는 주요 캐릭터인 로봇 가드를 기능적으로만 써먹는다. 뻔한 휴머니즘이 작동한다. 인간의 감정이 지닌 힘 운운하는 휴머니즘. 좋은 SF영화는 인간 / 비인간을 나누는 틀에 사로잡히지 않고 틀 자체의 근거를 묻는다. 현 단계 SF영화의 수준이 어디까지 와있는지를 제대로 공부하지 않고 만든 결과다.

내용은 그렇다 치고 〈외계인〉의 비주얼은 독창적인가? 서사와 캐릭터가 수준 이하라면 SF영화답게 비주얼이라도 뭔가 달라야 하는데, 그것도 별로다. 어디서 많이 본 이미지를 재탕한다. 가드와 외계인의 격투 장면이 실감 나지만, 딱 그 장면 정도다. 나는 영화의 기술적 면모를 잘 모르지만, 문학평론을 하는 영화애호가로서 영화를 만들 때도 소설과 마찬가지로 전체적인 톤tone을 어떻게 가져갈지가 중요하다는 건 안다. 영화 용어로는 톤 앤 매너tone and manner의 문제다. 영화 전체의 색조를 세심하게 고려하고 장면을 찍고 배치해야 한다는 것이다. 〈외계인〉은 현재 시점은 꽤 심각한 톤으로, 고려시대는 코믹한 톤으로 찍었다. 두 개의 다른 톤이 조화롭게 어울리지 않고 삐걱댄다. 인간의 뇌를 장악해서 외계 죄수를 가둔다는 설정은 가볍게 다룰 이슈가 아니다. 그 지점을 두고 많은 흥미로운 얘기를 할 수 있다. 영화는 톤의 설정에 실패하면서 중요한 쟁점을 그냥 넘어간다. 안이한 태도다. 최 감독이 오랫동안 준비하고 공들인 영화라고 들었다. 그래서 실망이 크다. 내년에 2편이 나온다는데 별로 볼 마음이 안 든다. 이번 실패에서 뭔가 배우길 바란다.2022.7

사랑 얘기를 또 하는 이유

〈헤어질 결심〉

박찬욱 감독의 〈헤어질 결심〉이하 <결심>을 드디어 봤다. '드디어'라고 쓴 이유는 지난주에 두 번이나 예약했다가 갑작스러운 일이 생겨 취소했기 때문이다. 그렇게까지 해서 본 보람이 있는 영화일까? 박찬욱의 영화가 늘 그렇듯이 줄거리가 중요하지 않은 영화지만 이야기는 이렇게 전개된다.

> 우아한 태와 다르게 형사 해준박해일은 그의 아내가 묘사하는 것처럼 "살인과 폭력이 있어야 기쁜" 남자다. 어느 날 산악 유튜버 기도수가 바위산에서 떨어져 죽는 사건이 발생하자 그는 타살 의혹을 품은 채 기도수의 중국인 부인 서래탕웨이를 의심하기 시작한다. 불면증이 심해 잠복을 즐기는 형사는 여자를 취조하는 동시에 매일 밤 망원경으로 엿본다. 남편의 폭력에 시달리면서도 추방될까 두려워 신고하지 않고 살아온 서래는 건너온 생의 고비만큼 초연한 구석이 있는 여자다. 낮에는 간병인으로 일하고 매일 아이스크림과 담배 한 대로 저녁을 때우던 여자에게도 새로운 바람이 생긴다. "저 친절한 형사의 심장을 갖"고 싶다는 것. 누아르의 관습 아래서 이를 위배하는 희한한 디테일들과 사소한 유머를 쌓아나간다.『씨네21』

마지막 문장이 눈길을 끈다. "누아르의 관습 아래서 이를 위배하는 희한한 디테일들과 사소한 유머를 쌓아나간다." 봉준호 영화가 그렇듯이 박찬욱 영화도 예술영화와는 거리가 멀다. 두 감독은 다양한 B급 장르영화의 틀을 가져오되 그걸 비틀고 "위배"하면서 자신만의 색깔을 집어넣는다. 그게 변태스럽게 느껴질 수도 있다. 나는 전부터 박찬욱이 섹슈얼리티를 묘사하는 시각은 강하게 말하면 변태스럽고, 부드럽게 말하면 주어진 규범을 뒤트는데 그 방법이 좋은 의미든 나쁜 의미든 인공적이라고 생각해 왔다. 인공적이라는 말은 다르게 표현하면 사실주의리얼리즘와는 거리가 있는, 뭔가 비사실적unreal이며 연극적, 신화적이라는 뜻이다. 봉준호 영화와 구별되는 지점이다. 〈결심〉에서도 숏을 구성하는 박찬욱만의 연극적이며 신화적인 독특함이 돋보인다. 〈결심〉에서 어떤 장면을 두고 '저런 일은 현실에서는 불가능해'라고 말하는 건 과녁을 벗어난 비판이다.

영화나 문학 얘기를 하면서 이런저런 이론에 기대는 게 탐탁지 않지만, 〈결심〉의 경우는 그 얘기를 약간 해야겠다. 어떤 평에서는 박찬욱이 어른들의 사랑에 대해 말하기 시작했다고 지적한다. 하지만 〈결심〉의 사랑 얘기가 새롭지는 않다. 사실은 이런 말도 정확하지는 않다. 어차피 사랑에 대해 근본적으로 독창적인 작품은 불가능하다. 나는 정신분석학 비평 강의에서 정신분석학자 자크 라캉의 실재계the Real 개념을 설명하면서 대표적인 사례로 죽음과 사랑을 꼽는다. 우리가 살아가는 상징계the Symbolic의 어떤 말과 글과 이미지를 사용해도그게 상징계를 벗어날 수 없는 인간 주체의 숙명이다, 사랑과 죽음이라는 실재를 모두 담을 수는 없다. 말과 이미지는 사랑의 실재에 도달하지 못한다. 문학과 영화가 수천 번, 수만 번 사랑을 말하고 또 말하는 이유다. 그 반복의 행렬에 〈결심〉이 더해졌다. 조금은 다른 방식으로. 그 점에서 〈결심〉에서 송서래 캐릭터를 한국어가 서투른 중국인 / 한국인의 복합적 정체성을 지닌 인물로 설정한 게 이해가 된다. 서래의 외할아버지는 독립운동을 했던 조선인이었다는 설정이다. 서래가 한국에서 강제추방되지 않은 이유다. 하지만 이런 사실은 영화에서 특별한 역할을 하지 않는다. 서래는 한국에 왔지만 한국에서는 이방인이다. 일단 그녀는 한국어가 서툴다. 어느 인터뷰에서 박찬욱은 애초에 〈결심〉을 만들려고 마음먹었을 때 탕웨이 배우를 염두에 두고 각본을 썼다고 말했다. 해준과 서래는 한국어로 소통하지만, 그 소통은 늘 지연되고, 오해된다. 서래는 다급한 마음을 전할 때는 중국어로 말하고 번역 앱을 사용한다. 말은 그렇게 실재를 담지 못한다. 말과 함께 사랑도 지연되고 과녁을 벗어난다.

가끔 수업시간에 학생들에게 사랑의 본질과 성적 관계에 관한 탁월한 단편인 제임스 조이스의 「에블린」이나 「가슴 아픈 사건」을 강의하면서 이런 질문을 한다. 누군가와 깊은 성적 관계를 맺을 때 최종적으로 해야 하는 질문은 무엇인가? '상대방이 나를 사랑하는가'라는 질문은 부질없다. '나'는 상대방의 마음은 알 수 없으며, 다만 상대가 '나'를 사랑한다고 믿을 뿐이다. 가능한 질문은 '내'가 상대를 정말 사랑하는가라는 질문뿐이다. 종종 이 질문은 두렵다. 왜냐하면 종종 '내'가 느끼는 사랑을 뒤늦게 깨닫거나 모르고 지나치기 때문이다. '내' 마음을 '나'도 모른다. 근년에 나온 뛰어난 단편인 권여선의 「사랑을 믿다」가 잘 보여주는 점이다. 미스터리 장르의 틀을 가져와 박찬욱은 피의자 여성과 남성 형사 사이의 긴장된 성적 관계를 구성한다. 〈결심〉의 전반부까지는 그런 틀을 따라가는 것처럼 보이기에 심심하다. 중반을 지나면서 영화는 해묵은 질문, 그래서 여전히 답이 없는 질문을 본격적으로 탐구한다. 왜 해진과 서래는 서로 끌렸는가? 해진은 서래를 사랑하는가? 서래는 해진을 사랑하는가? 서래는 왜 그런 치명적 결정을 마지막에 내리는가? 해진은 서래를 사랑한 이유가 "꼿꼿해서"라면서 얼버무리지만, 그 말은 해진 자신도 믿지 못할 말이다. 아마 해진, 서래 모두 그 질문의 답을 명료하게 설명 못 할 것이다. 나는 이런 추측을 한다. 조이스 단편 「에블린」이나 「가슴 아픈 사건」에서 절묘하게 보여주듯이 여성에게 사랑은 어쩌면 부차적이다. 생물학적 남성으로서 내가 이런 말을 하는 게 조심스럽지만, 그렇게 생각한다. 에블린의 형상화가 설득력 있게 보여주듯이, 여성에게는 생존하는 것to survive, 살아남는 게to live 먼저다. 가부장제 사회에서 여성에게 사랑은 생존 뒤에 고려할 문제다. 〈결심〉에 나오는 두 번에 걸친 서래의 어떤 선택을 나는 그렇게 읽었다. 그녀는 살아남기 위해 / 사랑하기 때문에 헤어질 결심을 한다.

서래 같은 여성에게도 자신이 '누군가를 사랑하는구나'라고 느끼는 순간이 드물게 찾아온다. 그때 어떤 여성은 서래처럼 결단한다. 그 사랑을 위해 자신의 생존을 뒤로 미루는 일이 발생한다. 사랑의 본질이 그렇듯이 그런 사랑은 빗나간다. 〈결심〉은 그 빗나감의 과정을 세심하게 천착한다. 조심스러운 말이지만, 나는 섹슈얼리티와 정서의 측면에서 남성은 여성보다 진화가 덜 되었다고 본다. 그 격차가 종종 비극을 만들어 낸다. 나는 〈결심〉이 지금까지 나온 박찬욱 영화 중 최고라고 생각하지는 않는다. 여전히 〈올드 보이〉가 내가 꼽는 최고 작품이다. 내 취향은 박찬욱보다는 봉준호 영화에 더 끌린다. 하지만 하나하나 따지고 보면 뭔가 아귀가 맞지 않아서 자주 덜컹거리고, 대사도 인공적이라는 느낌을 받지만 〈결심〉에는 사람을 움직이게 하는 힘이 있다. 그 힘은 이렇게 글로는 설명할 수 없고 오직 영화적 이미지로만 표현된다. 서래의 마지막 선택이 좋은 예이다. 박 감독도, 서래를 연기한 탕웨이 배우도 서래가 내리는 마지막 결단의 마음이 무엇인지를 설명 못 할 것이다. 내가 구독하는 영화주간지 『씨네21』에는 영화 제작에 참여한 스태프들의 인터뷰 기사가 특집으로 실렸다. 박 감독과 공동으로 각본을 쓴 정서경 작가의 말이 인상적이다.

> 이번엔 특히 분장감독의 마음을 많이 생각했다. '불쌍하다'는 느낌을 어떻게 분장으로 보여줄 수 있을까? 그런데 우리는 서래 캐릭터의 마음을 다 느낄 수 있다. 보통은 주인공이 눈물 흘리는 모습을 클로즈업하면 관객이 이입하고 관객 또한 눈물을 흘리게 되는데, 〈헤어질 결심〉은 서래가 사라진 자리만 보여주는데도 슬프다. 이건 관객이 그 사람이 되었기 때문이 아니라 그 캐릭터를 위해 슬퍼하는 거다. 탕웨이도 '영화를 보고 눈물을 흘렸는데, 나를 위해 운 게 아니라 서래가 안쓰러워서다'라고 했다.

탕웨이 배우에게 왜 영화를 보면서 눈물을 흘렸는지를 물어보면 그 이유를 명료하게 설명하지 못할 것이다. 답을 몰라도 감독은 연출하고 배우는 연기를 하는 게 영화다. 좋은 영화는 좋은 문학과 마찬가지로 명료한 답을 제시하는 게 아니라 묻고 또 묻고, 계속 탐구할 뿐이다. 〈결심〉은 사랑의 본질이란 무엇인가를 날카롭게 묻는 영화다. 박해일 배우의 연기도 좋았지만, 나로서는 탕웨이를 발견한 영화다. 서래 역을 다른 배우가 맡았다면 이 정도의 감흥이 있었을지 의문이다.2022.7

기술낙관주의를 생각한다

〈고요의 바다〉

며칠에 걸쳐 넷플릭스 드라마 시리즈 〈고요의 바다〉이하 <고요>를 봤다. 마음이 편해서가 아니라 잡념이 많은 때라 그걸 잊으려고 봤다. 시놉시스는 이렇다.

> 시리즈는 필수 자원인 물이 고갈되었다는 설정에서부터 시작한다. 영아 사망률이 급격히 치솟고, 식수 배급을 둘러싼 갈등이 빚어진다. 우주생물학 분야에서 손꼽히는 과학자인 '송지안'배두나은 식수를 가장 많이 배급받을 수 있는 '골드 카드'를 소지했지만 어쩐지 탐탁지 않아 한다. 송지안은 우주항공국의 제안을 받고 달에 있는 한국 최초의 탐사기지인 발해기지로 향하는 임무에 합류한다. 그곳엔 우주항공국 최연소 탐사 대장 '한윤재'공유를 비롯해 엔지니어 '류태석'이준, 의사 '홍닥'김선영, 보안 팀장 '공수혁'이무생, 조종사 '김썬'이성욱 등이 함께한다. 발해 기지는 5년 전 170명 이상의 연구원이 동시에 사망하는 사고가 일어난 후 폐쇄되었다.『민중의 소리』

드라마의 만듦새에 대해서 호평과 악평이 엇갈린다. SF영화를 만드는 때 필요한 기술력은 어느 정도는 인정해줄 만하다. 〈고요〉는 스타워즈나 할리우드 SF물에서 화려하게 그려지는 우주 전투 같은 장대한 장면을 보여주지 않는다. 우주여행의 묘미도 없다. 얼마 전 나온 SF물인 〈승리호〉

와도 다르다. 〈승리호〉를 별로 재미있게 보지 못했다. 이유는 기술적인 문제보다는 이야기의 엉성함 때문이었다. 〈고요〉는 〈승리호〉와는 달리 실내극이다. 대부분의 이야기는 달에 있는 발해 기지 안에서 벌어진다발해라는 이름이 흥미롭다. 왜 하필 발해인가?. 영리한 판단이다. 여러 고려요소가 필요한 우주 활극을 포기한 대신 어디서나 발생하는 인간들의 관계, 혹은 인간과 비인간 / 괴물과의 대결을 선택한다. 그렇다면 이 대결(?)이 흥미로운지가 문제다. 언제나 문제는 저들이 아니라 우리 인간에게 있다.

발해 기지나 달을 표현하는 비주얼은 나쁘지 않다. 문제는 거기서 벌어지는 사건을 통해 조명하려는 인간 관계다. 회당 약 40분 분량, 8회의 〈고요〉는 각 인물을 입체적으로 조명하지 않으면서도 소소한 사건의 발생과 그에 대한 캐릭터의 대응으로 서사를 끌고 간다. 전체적인 인상이 지지부진하고 처진다. 그렇다고 특정 캐릭터의 개성이 명료하게 드러나지도 않는다. 극장용 영화로 만들었다면 2시간에도 충분한 서사구조다. 〈고요〉의 핵은 송지안과 5년 전 달 기지 사고로 죽은 언니 송원경강말금의 관계다. 더 많은 얘기를 끄집어낼 수 있는 흥미로운 관계다. 그런 암시를 주기도 한다. 그런데 거기서 멈춘다. 드라마 뒷부분에 드러나는 비밀과 송지안의 반응이 클라이맥스가 될 수 있다. 〈고요〉는 이들의 독특한 관계를 "언니가 보고 싶다"라는 송지안의 말로 퉁치는 인상이다. 언니의 비밀을 알고 난 뒤에도 이렇게 반응하는 게 자연스럽지 않다. 대충 곤란한 상황을 얼버무리는 인상이다. 캐릭터의 깊이를 별로 고민하지 않은 결과다. 한윤재 캐릭터도 그렇다. 어떤 마음의 상처 때문에 달 탐사에 참여한 그는 일단 탐사대장으로서 매우 무능하다. 그래서 많은 부하를 잃는다. 그런데도 한결같이 태연하다. 그건 그럴 수 있다. 문제는 그의 가족 관계에서 할 수 있는 많은 이야기에 슬쩍 눈길만 주고 간다는 인상이다. 엔딩에서 보이는 감상주의적 해결로는 다 해결되지 않는 구멍이다.

〈고요〉는 물 부족으로 어려움을 겪는 지구 상황에서 시작한다. 그 주제는 의미 있다. 이런 이슈를 다루는 할리우드 SF가 그렇듯이 인류가 자랑스러워하는 기술력을 동원해 해결하려 한다. 요즘 사이토 고헤이가 쓴 『지속 불가능 자본주의』를 재미있게 읽고 있다. 더욱 발전된 기술로 기후 문제 등 현 단계 인류가 처한 문제를 해결할 수 있다는 기술낙관주의를 신랄히 비판하는 대목이 그렇다. 물이 부족하면 (혹은 어떤 자원이라도) 그 물을 대량으로 생산하는 기술만 개발하면 될 거라는 기술낙관주의다. 그런 과정에서 다수 혹은 전체를 위해 소수 인간 / 비인간의 희생은 용인될 수 있다는 시각이 나온다. 나는 정치적으로 올바른 시각을 〈고요〉를 비롯한 이런 부류의 SF영화나 드라마가 보여주지 못했다고 비판하는 게 아니다. 그건 문학, 영화가 할 일은 아니다. 다만 어떤 문제를 제기했으면 그 문제를 영화적으로 숙고하려는 노력은 필요하다. 물 부족을 비롯한 거창한 문제를 그냥 배경으로 써먹으려는 게 아니라면.

삐딱한 말을 적는 이유. 나는 인류의 미래가 어둡다고 보는 비관주의자다. 어떤 기술적 노력으로도 돌이킬 수 없는 망조에 접어든 추세를 바로잡기 힘들다고 판단한다. 부디 내가 틀리길 바란다. 그렇다고 지구 밖으로 나가면 문제를 해결할 수 있을까? 같은 일이 반복될 뿐이다. 사태를 이 지경으로 만든 원인이 바로 인류에게 있는 이상은. 〈고요〉에 등장하는 어떤 존재의 앞날이 궁금해진다. 그 존재가 희망이 될 수 있을까? 나는 그렇게 보지 않는다. 별 생각 없이 무료한 연말연시를 보내기 위한 드라마로는 볼만하다. 나름대로 잘 만들었다. 첫발을 내디딘 한국형 SF영화 상황을 고려하면 나쁘지 않다. 앞서 말했지만 비주얼의 수준은 괜찮다. 큰 기대를 하고 볼만한 영화는 아니다. 구멍은 비주얼에 있지 않다. 배우들의 연기는 그냥 그렇다. 그건 배우들의 역량 문제라기보다는 배우의 잠재력을 끌어낼 수 없게 구성된 이야기의 허술함에서 나온다.

사족 — 점점 영화와 드라마의 경계가 무너진다. 나도 이 글을 쓰면서 무심코 영화와 드라마라는 표현을 번갈아 썼다가 고쳤다. 요즘은 시네마틱 드라마cinematic drama라는 말도 쓴다고 한다. 이 추세가 계속되면 극장영화에는 큰 화면으로 봐야 진가가 느껴질 영화 정도만 보러 가지 않을까 싶다.2021.12

우리가 모르는 세계

〈모가디슈〉

날은 무덥고 급히 청탁받은 원고를 써야 해서 정신이 없지만 오랜만에 극장에서 〈모가디슈〉를 봤다. 류승완 감독의 영화이기 때문이다. 〈모가디슈〉는 류 감독의 11번째 영화라고 한다. 결론을 당겨 말하면 감독의 역량이 더 커졌다는 걸 확인한다. 줄거리는 이렇다.

> 유엔 가입을 위해 다수의 투표권을 지닌 아프리카 대륙에서 열심히 외교 활동을 벌이던 1990년. 소말리아의 수도 모가디슈에서도 남북의 외교전은 불이 붙는다. 한신성 주 소말리아 한국 대사김윤석와 안기부 출신의 강대진 참사관조인성, 북한의 림용수 대사허준호와 태준기 참사관구교환은 함정을 파거나 거짓 정보를 흘려가며 서로를 견제한다. 소말리아의 상황은 불안하기 그지없다. 독재정권을 몰아내려는 반군과 정부군의 대치는 1990년 12월 30일 반군이 수도 모가디슈에 입성하면서 내전으로 번진다. 북한 대사관 사람들은 반군의 공격으로 갈 곳을 잃고, 한신성 대사는 도움을 요청한 북한 사람들을 관저로 들인다. 이들은 '생존'이라는 공통의 목표 아래 모가디슈를 탈출하기 위해 손발을 맞춘다.『씨네21』

줄거리만 봐도 〈모가디슈〉의 키워드를 알 수 있다. 유엔. 소말리아, 모가디슈, 탈출, 생존. 영화가 시작하면 자막으로 이런 키워드를 중심으로 영화가 어떤 정치적, 역사적 맥락을 깔고 전개될 것인지를 요약한다. 언뜻 보기에도 만만치 않은 개념들이다. 이 무거운 개념들을 〈모가디슈〉는 어떻게 이음새 없이 연결하고 이어붙여서 서사를 짜고 재미를 전할 것인가? 감독은 이 과제를 정공법으로 돌파한다. 서사의 핵은 사건과 캐릭터이다. 영화의 사건은 실제 사실에 근거한다. 등장인물의 이름을 조금 바꾸고예컨대 강신성 대사를 한신성으로 변경, 극적 효과를 위해 남측 외교관과 북측 외교관 사이에 벌어지는 미묘한 견제, 갈등, 협력의 세부적인 이야기를 상상으로 덧붙인다. 목숨이 위태로운 극한적 내전 상황에서 남북이 협력하여 탈출하는 극적 사건이 흥미롭다. 더욱이 30년 전에 머나먼 타국에서 벌어진 일이라니 흥미를 끌 만한 사건이다.

그러나 극적인 사건만으로 영화가 만들어지지는 않는다. 격동하는 사건의 흐름에 놓인 인물들이 중요하다. 캐릭터들이 범상치 않다. 국제외교 무대에서 서로를 견제하고 주도권을 잡기 위한 남북의 치열한 대치 상황을 몸으로 실천해야 하는 외교관, 정보기관원, 그들의 가족 등이다. 영화 도입부에는 상대의 외교전을 제압하기 위한 지저분한 작전의 디테일이 실감나게 묘사된다. 행동도 있지만 말의 싸움도 있다. 남북의 대사를 맡은 김윤석, 허준호 배우의 연기가 그걸 감당한다. 허준호 배우는 영화 전반에 걸쳐 자신이 믿는 이념과 공관원들의 생존 사이에서 곤혹스러운 결단을 내려야 하는 모습을 실감나게 보여준다. 허준호는 나이 들수록 좋은 의미의 카리스마가 화면을 통해 뿜어 나온다. 약간은 허당기가 있어 보이는 캐릭터를 연기한 김윤석 배우도 좋다. 류 감독은 유엔 가입이나 소말리아내전, 남북 외교전의 복잡한 내막을 전면으로 다루지 않는다. 당연하다. 〈모가디슈〉는 정치 다큐멘터리가 아니라 극영화, 상업영화다. 류 감독은 무거운 시대적 배경을 지우지 않으면서도 극영화가 제공하는 재미를 놓치지 않는다. 그만큼 소말리아라는 낯선 나라에서 벌어지는 내전 상황이 극한적이기 때문이다. 뒷부분에서 신사협정을 남북 공관원이 맺고 공관원과 가족은 자동차를 이용한 탈출을 시도한다. 소말리아 정부군과 반군이 이들을 맹렬히 뒤쫓는다. 긴박한 차량 액션은 한국영화가 기술적 측면에서도 할리우드 영화에게 뒤지지 않는다는 걸 보여준다. 사실적이고 긴박한 촬영이 생생한 현장의 기운을 전한다.

〈모가디슈〉는 감상주의나 휴머니즘과 거리를 둔다. 이 점을 좋게 봤다. 생존이 위협받는 상황에서는 살아남기 위한 협력과 도움과 이해가 필요하다. 하지만 상황이 종료되었을 때는 그들이 속한 남북의 정치적 입장과 이해 관계와 날카롭게 대립하는 이념의 체계로 돌아가야 한다. 그래야 살 수 있다. 거기에 섣부른 감상주의는 끼어들 여지가 없다. 누가 옳고 그르고의 문제가 아니다. 고마운 마음, 정이 쌓인 마음은 소중하지만, 그것들이 고착된 이념을 깰 수는 없다. 체제의 압력이다. 영화는 이런 문제에 대해 섣부른 평가를 하지 않고 건조하게 상황을 보여줄 뿐이다. 감독의 냉철한 시선을 느낀다. 이런 시선은 2013년에 내놓은, 역시 남북 관계를 다룬 영화 〈베를린〉에서도 나타났다. 좋은 문학작품이나 영화는 그 작품의 독자나 관객이 작품에서 벌어진 일을 더 알고 싶도록 부추긴다. 작품 밖으로 나가 관련 정보를 찾게 만든다. 한국에서 소말리아내전을 아는 이가 얼마나 될까? 소말리아나 모가디슈라는 지명을 아는 이도 거의 없을 것이다. 영화애호가라면 전쟁영화의 걸작이라는 〈블랙 호크 다운〉 같은 영화의 배경으로 알 것이다. 나도 그렇다. 수십 년 동안 지속된 내전으로 함부로 방문하기도 어려운 나라, 살기 어려워 어민들이 해적으로 내몰린 나라 정도로 알고 있다. 이런 이유로 촬영도 소말리아가 아니라 모로코에서 이뤄졌다고 한다. 영화를 보고 나면 소말리아에서 어떤 일이 벌어졌는지 궁금해진다. 그것도 영화의 성취다.

〈모가디슈〉는 정면으로 소말리아내전 문제를 다루지 않지만 잘 배치된 장면과 캐릭터로 이 내전이 왜 비극인지를 보여준다. 멋진 대의를 내세웠지만 부패한 독재 정부, 정부에 맞서는 반군, 대의는 사라진 채 사적 이익과 복수를 위해 총기를 난사하는 정부군과 반군, 철부지 아이들이 총기를 들고 낄낄대는 모습 등. 인류 역사에 있어온 수많은 내전이 공통으로 보여준 끔찍한 모습이다. 정치적 대의들[국가, 국민, 혁명, 독재 타도 등]이 어떻게 현실의 이해 관계와 욕망의 아귀다툼 속에서 타락해가는가를 냉정한 시선으로 보여준다. 물론 이건 외부자의 시선이다. 소말리아 사람들이 이 영화를 보면 어떻게 반응할지는 알 수 없다. 그러나 사태의 진실을 내부자라고 해서 잘 아는 것은 아니다. 세상에는 우리가 모르는 참혹한 일이 많이 벌어진다. 좋은 영화는 우리가 아는 세계 밖을 돌아보길 권한다. 그것이 당장 즉각적 행동을 촉발하지 않더라도, 일단 아는 것은 필요하다. 알아야 다음 행동이 따라온다.

배우들의 연기는 전체적으로 훌륭하다. 북한 보안요원 역을 한 구교환 배우가 눈에 띈다. 소말리아의 내전 상황을 리얼하게 보여주는 장면 세팅이나 촬영도 훌륭하다. 아프리카 현지에서 사람을 모아 촬영을 하는 게 쉽지 않았을 텐데, 이것도 한국영화의 저력을 보여주는 듯하다.[2021.8]

무정부주의자의 복수

〈킹덤-아신전〉

날이 덥다. 쌓아둔 책을 읽거나 영화를 본다. 무슨 계획이 있는 게 아니라 마구잡이로 읽고 본다. 이번 여름은 코로나로 어디 가기도 어렵다. 넷플릭스 시리즈인 〈킹덤〉의 프리퀄로 홍보된 〈킹덤-아신전〉이하 <아신전>을 봤다. 극장 상영을 안 하고 온라인 스트리밍 서비스로 바로 개봉하는 영화를 웹영화로 부른다는 걸 최근에 알았다. 나는 킹덤 시리즈 1부는 다 봤지만 2부는 중간 부분까지만 봤다. 쳐지는 느낌을 받아서다. 〈아신전〉이 킹덤 시리즈의 기원을 거슬러 올라가는 영화라지만, 킹덤 시리즈를 몰라도 그 자체로 즐길 수 있는 영화다. 내가 보기에 〈아신전〉은 한마디로 무정부주의 여성이 감행하는 복수극이다. 내용은 이렇다.

> 극 중 아신전지현은 갑작스러운 습격으로 가족과 터전을 모조리 잃은 인물이다. 어린 시절 아신은 우연히 발견한 동굴 벽화에서 죽은 자를 되살리는 생사초의 비밀을 알게 됐다. 이후 찾아온 불행은 밝고 명랑했던 아신을 집어삼켰고 돼지 농장 옆에서 생을 연명하는 신세로 전락했다. 민치록박병은은 아신을 이용해 여진족의 동태를 살폈고 아신은 어떠한 의지도 없이 그저 좀비처럼 지시에 따른다. 그러던 중 아신은 자신의 불행이 민치록을 비롯한 조선인과 여진족 때문에 야기됐다는 사실을 알게 되며 모두를 몰살할 복수에 나선다.『한국일보』

영화 얘기를 더하기 전에 복수라는 정념에 대해 잠시 살펴보자. 사람이 지닌 여러 정념이 있지만 가장 강력한 정념은 복수다. 복수극의 한 획을 그은 영화 〈올드 보이〉에서 이우진은 오대수에게 그 점을 일갈한 바 있다. 사람을 살게 만드는 강력한 힘이 복수라고. 하지만 그 복수가 끝나면 그 뒤에는 어떻게 살 것이냐고 물으면서.

복수극 하면 떠오르는 영화가 타란티노 감독의 복수극 시리즈다. 나는 〈아신전〉을 보면서 〈킬 빌〉 시리즈를 떠올렸다. 자신을 짓밟은 자들에게 처절한 복수를 감행하는 한 여성의 이야기. 그런데 〈킬 빌〉과 〈아신전〉 사이에는 차이가 있다. 〈킬 빌〉의 복수는 철저히 사적인 복수다. 〈아신전〉도 언뜻 그렇게 보인다. 자신의 아버지와 가족과 이웃들을 빼앗아간 자들에 대한 복수극. 〈아신전〉을 사적인 복수극이라고 말하기에는 영화의 맥락이 흥미롭다. 아신은 조선인이 아니다. 북방 국경에서 조선과 대치하는 여진족도 아니다. 종족으로 보자면 여진인이라 하겠지만 오래전 조선 땅으로 넘어와 조선에서 살아가는 일종의 이주민이다. 이들은 성저야인이라 불린다. 이들은 조선인으로 인정받지 못한다. 이런 대목에서 우리 시대의 이주민을 떠올리게도 된다. 조선에도 여진에도 속하지 않기에 핍박과 멸시를 받는 경계에 선 존재다. 아신의 아버지도 여진 진영을 정탐하는 조선의 밀정으로 일하다가 비극을 맞는다. 아신이 감행하는 복수는 이런 복잡한 맥락에서 이뤄진다. 그녀의 복수는 사적인 복수를 넘어서 자신과 그녀가 아끼는 사람들을 이용하고 버린 두 집단인 조선과 여진 모두에 대한 복수다. 킹덤 시리즈에서 역병을 일으키는 사생초를 아신은 자신의 복수를 위한 수단으로 이용하며 다짐한다. 조선과 여진의 살아있는 모든 사람을 죽이겠다고. 생사초는 그걸 위한 수단일 뿐이다.

〈아신전〉의 영화적 완성도를 두고 다양한 평이 나올 수 있다. 예컨대 어린 아신의 이야기가 조금 길게 다뤄진 데 비해 어른이 된 아신의 이야기는 조금 급하게 진행된 듯해 아쉽다. 이렇게 이야기를 맺은 걸 나는 이해하는 쪽이다. 조선과 여진 모두에 대한 복수를 맹세하는 아신의 이후 이야기는 별도의 영화를 요구한다. 그 점에서 〈아신전〉이 킹덤 시리즈보다 더 관심이 간다. 나는 국가와 민족이 배척한 이들의 이야기를 다룬 무정부주의 서사에 끌린다. 한국영화에서 주인공이 한국인조선 혹은 그 이전의 국가를 포함해서이 아닌 경우를 거의 본 적이 없다. 민족주의나 국가주의 얘기를 하지 않더라도, 암묵적으로 한국영화는 한국인의 정체성과 시각을 전제한다. 나는 〈아신전〉의 매력이 서사의 핵심을 그 어느 집단에도 속하지 않는, 혹은 못 하는 한 여성의 시각에서 설정한 데서 찾는다. 아신에게 조선과 여진은 공히 자신이 속한 공동체를 파괴한 적일 뿐이다. 아신의 복수는 사적 복수이기도 하지만 동시에 공적 복수다. 정확히 말하면 국가의 의미를 묻는 무정부주의에서 나온 복수다. 나는 그 시각이 마음에 든다.

킹덤 시리즈도 그렇지만, 〈아산전〉이 문제 삼는 것도 욕망의 문제다. 욕망의 배후에는 국가와 권력과 복수심이 깔려 있다. 욕망을 이루기 위해 사람들이 얼마나 희생되는지는 중요하지 않다. 좀비는 그런 욕망이 낳은 결과물이다. K-좀비를 포함한 좀비영화의 매력이 여기 있다. 그들은 우리인간, 국가와 민족의 구성원에게 속하면서도 우리의 욕망이 만들어 낸, 그래서 우리가 배척한, 우리가 아닌 존재들비인간, 비민족이다. 좀비가 보여주는 끔찍함과 폭력성과 동물성은 우리가 감추고자 하는 욕망의 실재the real를 드러낸다. 아신이 복수를 위해 사생초를 이용하는 것도 그런 맥락에서 이해된다. 영화의 끝부분에 나오는 충격적인 장면은 아신의 욕망을 보여준다. 아신이 자신의 복수를 끝내기 전까지 그들은 죽어서는 안 된다. 최근 한국영화나 드라마의 기술적 완성도는 누구와 비교해도 떨어지지 않는다. 관건은 이야기의 힘이다. 킹덤 시리즈나 〈아신전〉은 이야기의 매력을 보여준다. 한반도의 오랜 역사는 수많은 이야기의 자원이 묻혀있는 광맥이다. 그 광맥에서 무엇을 캐내서 재미있고 현재성을 지닌 이야기를 만들지는 감독과 작가의 역량이다. 요즘 글 잘 쓰는 이들이 문학계가 아니라 영화나 방송계로 더 많이 진출한다는 데, 그걸 실감한다.2021.7

여백을 담은 영화

〈윤희에게〉

어떤 영화는 보고 나서 시간이 지나도 깊은 여운이 남는다. 다시 보고 싶어진다. 2019년에 나온 임대형 감독의 〈윤희에게〉가 그런 영화다. 최근에 내가 극장이나 넷플릭스에서 찾아본 영화와 드라마 중에서 특히 인상적이다. 줄거리는 이렇다.

> 윤희김희애는 "사람을 외롭게 하는 사람"이다. 왜일까? 그녀는 어쩌다 자기 자신과 주변 사람들까지 외롭게 만들어버렸을까. 임대형 감독의 두 번째 장편영화 〈윤희에게〉는 남편유재명과 이혼하고 고등학생 딸 새봄김소혜과 살아가는 윤희김희애의 삶에 편지 한 통을 띄운다. 조금 먼 곳에 사는, 오래전 친구가 보낸 그 편지 한 통은 곧이어 윤희와 새봄을 계획에 없던 여행으로 이끈다. 자신을 감추고 물러서는 데 익숙해져야 했던 여성 윤희가 온전한 회고와 그리움에 잠길 수 있도록 허락하는 곳, 그들이 도착한 곳은 시간이 느리게 흘러가는 아름다운 설경의 도시다. 이제 막 사랑을 배워가는 딸과 사랑의 상실을 복기하는 엄마는 그렇게 타지에서 서로의 마음을 확인하는 동시에 고대하던 누군가와의 재회를 꿈꾼다.『씨네21』

이 영화를 규정하는 여러 시각이 있을 것이다. 중년 여성 간의 사랑을 다룬 퀴어영화라고 볼 수 있다. 〈윤희에게〉가 다른 퀴어영화와 다른 점은 그 사람이 격렬하게 불타올랐던 그 순간을 담는 것이 아니라 예컨대 <타오르는 여인의 초상> 같은 영화, 20년의 세월이 지난 시점에서 과거의 순간을 마음에 담고 지우지 못한 채 살아가는 인물들을 그린 데 있다. 거기에는 애틋함과 회한 등의 감정이 실린다. 그러나 퀴어영화로만 못 박기에는 영화의 울림이 더 깊다. 내가 보기에 이 영화는 좋은 심리영화다. 더 정확히 말하면 마음의 영화다. 물론 마음은 밖으로 온전하게 드러나지 않는다. 말과 몸짓과 행동으로 각 인물이 지닌 심리를 다른 캐릭터나 관객이 짐작할 수 있을 뿐이다. 영화가 끝날 때까지 각 인물의 내면과 생각과 마음과 고통과 슬픔을 관객은 정확히 헤아릴 수 없다. 그 지점에 〈윤희에게〉의 독특한 매력이 있다. 그렇지만 영화를 이해하려면 각 인물 얘기를 하는 게 편한 접근법이다.

먼저 윤희라는 캐릭터. 그녀는 20년 전에 준 나카무라 유코을 사랑했던 기억으로 상처를 평생 안고 간다. 결말 부분까지 윤희의 표정은 어둡다. 공허해 보인다. 마음에 구멍을 지닌 사람처럼 보인다. 동성애를 허락하지 않는 상황에서 준과 헤어진 뒤 오빠의 소개로 한 남성과 결혼한다. 마음을 덮기 위한 결혼은 윤희에게는 불행했던 결혼이다. 윤희가 왜 남편과 헤어지게 되었는지를 영화는 자세히 보여주지 않는다. 어쩌면 윤희의 남편도 또 다른 희생자일 수 있다. 전前남편이 딸 새봄 김소혜에게 하는 말. "너희 엄마는 좀 사람을 외롭게 하는 사람이야." 깨어진 부부 관계는 누구 책임인가? 새봄은 엄마가 외로울까 봐 이혼 후 엄마를 선택했다고 털어놓는다. 윤희의 외로움이 윤희의 잘못이 아니듯이 전남편의 잘못도 아니다. 이 영화에 악인은 없다. 굳이 말하면 윤희가 살았던 시대가 악이다. 전남편은 윤희에게 재혼한다는 소식을 전해주면서 운다. 윤희는 행복하라는 말을 전하며 그를 안아준다 이 포옹 장면은 뒤에 준과 마사코의 포옹 장면으로 연결된다. 영화의 시대적 배경은 정확히 나오지 않지만, 오빠를 위해 대학도 가지 못했고 자신이 사랑했던 사람과도 맺어지지 못했던 윤희의 삶을 영화는 담담하게 사후적으로 보여준다. 그 담담함이 더 마음에 아프게 다가온다.

준은 누구인가? 그녀는 일본인인 아버지와 한국인인 어머니가 이혼한 뒤 일본에 돌아와서 고모와 함께 오타루에 산다. 준은 동물병원 수의사다. 준이 윤희와 헤어진 뒤 어떤 마음으로 살아왔는지를 보여주는 대사가 있다. 병원에 찾아온 여성 손님 료코와 나누는 대화. "자신은 엄마가 한국인이라는 걸 숨기고 살아왔다. 불이익이 있을까 봐. 당신도 당신의 비밀을 숨겨라." 준이 말하는 "당신의 비밀"은 자신에게 아마도 호의 이상의 감정을 품는 료코의 모습에서 오래전 자신의 모습을 준이 발견하기 때문이다. 마음의 비밀을 감추지 못했기에 상처를 입었다고 준은 믿는다. 자신의 성적 정체성을 숨겨야만 하는 일본과 한국의 상황이 드러난다. 준은 그녀를 아끼는 고모와 고양이와 산다.

준의 고모 마사코키노 하나가 나온다. 준에게는 엄마이자 아빠 같은 역할을 하는 캐릭터다. 준과 마사코는 둘 다 미혼이다. 마사코는 준에게 오래전에 잠깐 만났던 남자 얘기를 해준다. 불과 6개월 만났던 그 남자가 가끔 생각난다는 말, 그래서 어쩌면 그 남자를 평생 잊지 않은 셈이라는 말. 이 말들에는 윤희와 준의 관계가 비친다. 준도 윤희를 잊지 못했다. 그래서 윤희에게 편지를 쓴다. 이 영화에서 가장 인상적인 장면 하나. 어느 날 집에 귀가한 준을 아무 말 없이 안아주는 마사코의 모습이다. 그걸 여성들 사이에서만 가능한 공감과 연대라고 해석할 수 있겠다. 나는 그 이상의 느낌을 받았다. 사람은 결국 단 한 사람이라도 자기를 이해하고 사랑해주는 사람이 있으면 살아갈 수 있다는 진실 같은 것. 윤희에게는 그런 사람이 있나? 윤희에게는 딸 새봄이 있다.

새봄은 누구인가? 대학도 못 간 윤희와는 달리 새봄은 대학을 가기 위해 살던 곳을 떠난다. 여기에는 다른 세대를 사는 여성의 삶이 있다. 엄마와 딸 사이에도 거리가 있다. 하지만 새봄은 엄마가 느끼는 외로움의 뿌리를 어루만지려 한다. 새봄이 준이 사는 홋카이도 오타루로 여행을 윤희에게 제안하는 이유다. 왜 이름이 새봄인가? 마사코가 되풀이하는 대사에 힌트가 있다. 눈이 계속 내리는 오타루에서 마사코와 준은 쌓이는 눈을 계속 치운다. 그때 마사코가 하는 말. "이 눈은 언제 그치려나."

눈도 때가 되면 그칠 것이다. 봄이 오면 녹을 것이다. 그게 인생이다. 새봄이라는 이름은 눈이 더는 내리지 않고 따뜻한 햇살이 느껴지는 봄을 가리킨다. 영화의 엔딩을 해피엔딩이라고 쉽게 단정하기는 어렵지만, 영화 내내 보기 힘들었던 윤희의 미소는 작은 희망을 떠올리게 한다. 섣부른 희망을 말하지 않아서 좋다.

그리고 오타루라는 도시가 있다. 내가 〈윤희에게〉에게 끌린 건 무엇보다 홋카이도의 소도시 오타루 때문이다. 영화 〈러브 레터〉의 주요 배경이 되는 그 오타루. 문학작품이나 영화를 보면서 장소나 도시에 매료되는 경우가 있는데, 오타루가 그런 곳이다. 오타루는 겨울과 눈과 연결된다. 〈윤희에게〉의 첫 씬scene에 나오는, 삿포로에서 오타루로 가는 열차 차창 밖으로 비치는 바다를 보면서 이 영화가 마음에 쏙 들어왔다. 나는 여름에 오타루를 가봤지만, 〈윤희에게〉와 〈러브 레터〉에 나오는 겨울 오타루는 못 가봤다. 〈윤희에게〉에서 마사코는 오타루는 "눈, 달, 밤, 고요"라고 말한다. 이런 표현은 윤희나 준에게 어울린다. 준이 키우는 고양이의 이름도 달이다. 영화의 정조를 보여주는 이미지다.

문학이든 영화든 점점 여백이 있는 작품이 좋다. 삶이나 세상일은 명쾌하게 정리되지 않는다. 연애를 포함한 인간 관계도 그렇다. 그 관계가 명쾌하게 정리될 수 있다면 사람살이의 애환이 그렇게 많지 않을 것이다. 삶에는 정리될 수 없는 여백, 결, 단층이 있기에 좋은 작품은 여백을 그 안에 품는다. 〈윤희에게〉에 나온 표현으로는 그게 "눈, 달, 밤, 고요"다. 나는 그런 것들을 보여주는 영화가 좋다. 점점 더 강하고 세지는, 솟구치는 정념의 세계를 다루는 한국영화가 지닌 미덕을 인정한다. 하지만 그런 영화만을 볼 수는 없다. 그래서 〈윤희에게〉가 반갑다. 이런 영화도 있어야 한다. 배우들의 연기도 좋다. 나는 이 영화를 보고 김희애 배우를 다시 보게 되었다. 좋은 영화는 배우의 역량을 높은 단계로 끌어 올린다. 일본 배우인 나카무라 유코, 키노 하나도 뛰어나다. 사람의 마음을 표현하는 이런 영화에서는 배우들의 연기가 중요한데 이들 배우가 영화를 살렸다.2021.5

따뜻한 공동체가 주는 힘

〈찬실이는 복도 많지〉

영화를 좋아하지만 모든 영화를 일부러 찾아가서 보지는 않는다. 그 정도의 영화광은 못 된다. 독립영화, 예술영화를 많이 보지 않는, 못하는 이유다. 독립영화인 〈찬실이는 복도 많지〉이하 <찬실이>가 좋다는 얘기는 들었다. 이 영화가 넷플릭스에 올라온 걸 알고 찾아봤다. 좋았다. 줄거리는 이렇다.

> 영화 프로듀서로 일하던 찬실강말금은 함께 작업하던 감독의 갑작스러운 죽음 이후로 실업자 신세가 된다. 친한 후배 소피윤승아는 찬실에게 금전적인 도움을 주겠다고 말하지만, 찬실은 "일해서 벌어야 한다"며 그의 가정부로 일하기를 자처한다. 그러던 찬실은 소피의 프랑스어 선생님 김영배유람을 만나게 되는데, 그가 현재 시나리오를 쓰는 단편영화 감독이라는 것을 알게 된 후 영과 가까워진다. 제작사 대표는, 영화는 감독의 예술이라 믿으며 찬실의 존재를 무가치하다 여기고, 주인집 할머니윤여정도 자기 업무를 명확히 설명하지 못하는 찬실을 이상하다고 말한다. 그즈음 찬실 앞에 옷도 제대로 입지 않은 남자가 돌아다니기 시작한다. 한 가닥의 앞머리를 내린 그는 자신을 장국영김영민이라 소개한다.『씨네21』

소개에서도 드러나듯이 이 영화에 극적인 사건의 전개는 없다. 제목이 흥미롭다. 찬실이는 왜 복이 많은가? 영화를 보고 나서 먼저 든 생각. 참 제목을 잘 지었구나 하는 것이었다. '찬실이는 복도 많지.' 제목은 두 가지를 질문하게 만든다. 찬실이는 누구인가? 찬실이는 왜 복도 많은가? 먼저 주인공 찬실이에 대해. 찬실이는 영화 피디다. 나이가 40살 정도 된 미혼 여성이다. "시집은 못 가도 영화는 찍고 살 줄 알았던" 영화광이다. 그녀가 좋아하는 영화는 오즈 야스지의 작품이다. 크리스토퍼 놀런을 좋아한다는 불어 선생 김영을 못마땅해한다. 젊었을 때는 장국영을 좋아하기도 했다. 〈찬실이〉는 찬실이 그렇게도 좋아하는 일인영화를 못 하게 된 상황의 발단부터 보여준다. 같이 일하던 감독의 어이없는 죽음 때문이다. 그 죽음을 보여주는 장면부터가 심상치 않다. 분명 끔찍한 일인데 그렇게만 느껴지지 않는다. 그냥 어이없다는 느낌이 든다. 뜻대로 되지 않는 게 삶이라는 느낌을 받는다. 감상주의가 없다. 그렇다고 마냥 드라이한 것도 아니다. 찬실은 제작자최화정에게도 무시당하고 도와주겠다는 소피의 제안도 뿌리친다소피라는 이름이 재미있다. 유럽식 이름이 아니라 '소란을 피한다'는 한자어라고 소피는 설명한다. 감독의 재치가 있다. "아니, 일해서 벌어야 한다"라면서 소피 집의 가사도우미가 된다. 이렇게만 적으면 찬실이의 생활은 팍팍해 보인다. 아니, 실제로 그렇다.

〈찬실이〉의 매력은 생활의 팍팍함에 주인공이 짓눌리지 않는다는 점이다. 꿋꿋함은 찬실이가 구사하는 부산 사투리가 주는 독특한 질감에서도 나오지만, 그게 다는 아니다. 그녀는 마치 오래된 만화 『달려라 하니』의 하니처럼 꿋꿋하지만, 그것만이 다는 아니다. 그녀가 누리는 다른 "복"이 있다. 두 번째 질문. 찬실이는 왜 복이 많은가? 찬실이가 관계 맺는 작은 공동체가 주는 복이다. 앞부분에서 같이 일하던 감독이 죽은 후 산동네 셋집으로 이사를 하는 찬실이를 도와주는 영화판 동료들의 모습이 나온다. 이 장면은 영화의 끝부분에서 거의 같은 모습으로 반복된다. 그들은 말한다. "피디님, 우리 언제 영화 같이 만들어요." 영화가 끝난 후 실제 찬실이와 그의 영화 동료가 영화를 만들 수 있을지는 알 수 없다. 아마 쉽지 않을 것이다. 그러나 찬실에게는 그런 동료가 있다. 작은 공동체와 인간 관계의 힘이다. 인간은 거창한 공동체 속에서 살지 않는다. 국가나 사회를 종종 언급하지만, 정확히 말하면 인간은 국가와 사회 속에서 살지 않는다. 범박하게 말하면 국가나 사회는 관념적 개념에 불과하다. 아주 가끔 실체를 느끼는 대상이다. 사람은 거창한 관계가 아니라 작은 관계의 공동체에서 살다가 간다. 가족, 친구, 이웃, 동료가 작은 공동체를 구성한다. 사람의 행복은 이런 일상적 관계의 질에 따라 결정적으로 좌우된다.

찬실이 놓인 상황은 밝지 않다. 종종 찬실은 낙담한다. "내가 좋아하는 일만은 나를 꽉 채워줄 거라 믿었어요. 그런데 잘못 생각했어요. 채워도 채워도 그런 거로는 갈증이 채워지지 않더라고요. 목이 말라서 꾸는 꿈은 행복이 아니에요." 그녀의 낙담이 암울함으로 비치지 않는 이유는 찬실에게는 그가 기댈 수 있는 관계의 공동체가 있기 때문이다. 〈찬실이〉에는 악인이 없다. 영화 일을 못 하게 된 딸이 걱정 돼서 손으로 쓴 편지를 보내는 아버지, 궂은일을 마다 않고 도와주는 영화 동료, 까칠해 보이지만 속 깊은 정이 있는 집주인 할머니윤여정에게 어울리는 역이다, 찬실이 잠시 연정을 품는 전직 단편영화 감독 / 현직 불어 선생 등은 모두 찬실이를 도와준다. 심지어는 장국영조차 유령으로 등장해 찬실이 영화를 포기하지 않도록 격려한다. "멀리 우주에서도 응원하겠다"라는 장국영의 유령, 혹은 찬실의 내면에 있는 영화의 꿈을 상징하는 장국영의 모습은 찬실이 왜 복도 많은지를 집약해서 표현한다. 그녀는 따뜻한 공동체 안에 산다. 딸을 먼저 떠나보낸 집주인과 찬실이 나누는 대화는 그런 온기를 전달한다. 영화를 보고 나면 구질구질하지 않다. 찬실이 앞으로 씩씩하게 살아갈 거라는 믿음을 갖게 된다. 그 길이 쉽지는 않겠지만.

내가 생각하는 한국영화의 취약점 중 하나는 일상의 이야기를 잘 다루지 못한다는 것이다. 강한 영화는 꽤 솜씨 있게 만들지만, 일상을 다룰 때는 서툴다. 영화 전문가들은 홍상수 영화를 종종 언급하지만 나는 홍상수 영화를 일상의 영화라고 여기지 않는다. 내가 일상을 다루는 일본영화를 종종 찾아보는 이유다. 그런데 〈찬실이〉는 일본영화와도 느낌이 다르다. 다른 매력이 있다. 많은 독립영화처럼 팍팍한 현실을 고발하는 차원에 그치지 않는 시각이 좋다. 결론이 뻔히 보이지 않아서 좋다. 사람은 상황의 영향을 강하게 받을 수밖에 없지만, 그 압력에 일방적으로 굴복하지는 않는다. 그것이 인간이 지닌 생기다스피노자는 그걸 코나투스라고 불렀다. 어떤 외부압력도, 생활의 중력도 생기를 완벽하게 짓누를 수는 없다. 그 생기를 포착하는 영화를 더 많이 보고 싶다. 찬실 역을 한 강말금 배우를 처음 알았다. 강말금 배우가 아니었으면 〈찬실이〉는 다른 느낌의 영화가 되었을 것이다. 배우의 힘을 확인한다.2021.5

복수는 여성의 것

〈낙원의 밤〉

기억이 희미해지기 전에 며칠 전 본 넷플릭스영화 〈낙원의 밤〉이하 <낙원>에 대한 단상을 적는다. 이 영화의 시놉시스는 간략하게 요약할 수 있다. "조직의 타깃이 된 한 남자와 삶의 끝에 서 있는 한 여자의 이야기를 그린 작품." 조직은 한국영화에서 많이 우려먹은 조직폭력배조폭를 가리킨다. 〈낙원〉의 핵심은 "한 여자의 이야기"에 있다. 좀 더 자세한 줄거리는 이렇다.

양도수박호산 사장의 명령으로 경쟁 관계에 있는 북성파를 제치려고 하지만 번번이 실패를 맛보던 박태구엄태구는 돌연 비보를 접한다. 누나와 조카가 모두 '교통사고'로 사망했다는 것. 북성파가 작업에 들어온 것으로 의심한 태구는 즉시 그들의 보스를 공격하고, 북성파의 2인자인 마상길차승원 이사의 복수를 피하기 위해 도망가기로 결정한다. 러시아로 가기 전 잠시 들른 제주도에서 태구는 묘한 분위기의 재연전여빈을 만난다. 사격 연습을 하다가 갑자기 총을 자신의 머리에 겨누는 등 건잡을 수 없는 그녀로부터 그는 뭐라 말하기 어려운 동질감을 느끼며 조금씩 편안함을 되찾지만, 태구를 향한 복수의 칼날은 이내 제주도로 들이닥친다.『오마이뉴스』

이런 추가적인 설명도 있다.

〈신세계〉2012로 한국 갱스터 누아르영화에 새로운 장을 연 박훈정 감독인 만큼 〈낙원의 밤〉에서도 액션을 구성하는 손끝은 여전히 살아있다. 날붙이 액션부터 카 체이싱까지 엄태구 배우가 활약하는 장면들은 생기가 넘친다. 하지만 이 영화의 심장은 후반부 전여빈 배우가 움켜쥐고 있다고 해도 과언이 아니다. 전작 〈마녀〉2018에서 매력적인 여성 액션 캐릭터를 선보였던 박훈정 감독의 또 다른 도전이다. 내성적인 갱스터물이 가진 매력의 십 중 팔 할은 엄태구 배우의 몫이다. 상남자의 얼굴과 섬세하고 여린 몸짓의 부조화가 기묘한 보호 본능과 호기심을 불러일으킨다.『씨네21』

줄거리와 관람 포인트를 적었지만 〈낙원〉에서 줄거리는 별로 중요하지 않다. 비판이다. 숱한 조폭영화를 왜 만들고 보는 걸까? 관객이 잘 모르는 어두운 세계에 대한 호기심을 충족시켜주기 위해서? 조폭의 의리와 배신과 암투를 통해 그와 별로 다르지 않은 낮의 세계가 지닌 추악한 면모를 드러내기 위해서? 혹은 조폭과 결탁한 법의 추악함을 들추기 위해서? 그냥 날 것의 폭력을 즐기기 위해서? 〈낙원〉은 이 중에서 조폭조직의 의리와 배신과 이권 다툼에 초점을 맞춘다. 이런 이야기 역시 진부하다. 영화의 전반부를 끌고 가는 박태구가 겪는 비극적인 사건도 상투적이며, 조폭조직의 배신과 폭력의 묘사도 참신하지 않다. 상투성을 지우기 위해 수위가 꽤 높은 폭력묘사를 시도하지만, 역시 새롭지 않다. 그냥 수위가 세구나 싶다. 잔인한 장면을 날 것으로 전시한다고 해서 영화의 가치가 높아지는 건 아니다.

이렇게 적자니 〈낙원〉이 영화가 그저 그런 조폭영화처럼 보이지만, 꼭 그렇지는 않다. 이 영화가 지닌 나름의 매력이 있다. 그 매력은 〈낙원〉을 조폭영화가 아니라 한 여성의 복수극으로 볼 때 발생한다. 참고 참은 복수를 결국 감행하는 "한 여자의 이야기." 영화의 후반부, 특히 엔딩 씬을 보면서 영화 〈킬 빌〉을 떠올렸다. 모든 걸 빼앗긴 여성이 벌이는 처절한 복수의 향연. 그렇게 보면 〈낙원〉의 주인공은 태구가 아니라 재연이다. 영화의 서사에서 태구와 재연이 맺는 관계의 양상이 조금씩 깊어지는 장면이 나오지만, 그것도 영화의 핵은 아니다. 그들의 관계를 좀 더 파고 들어가지 못한 것이 아쉬울지 모르지만, 나는 그렇게 하지 않은 게 오히려 미덕이라고 본다. 이 영화는 멜로영화가 아니다. 그 선을 지킨 건 좋았다. 하지만 재연의 사연을 언급은 하지만, 그녀의 사연이 과장되어 있고 작위적이라는 느낌을 준다. 그러나 그것도 별 문제 아니다. 차라리 재연을 초점화자로 영화를 구성했다면 영화의 힘이 더 커지지 않았을까? 박훈정 감독의 전작 〈마녀〉를 재미있게 봤는데, 박 감독은 여성 캐릭터에 초점을 맞추는 영화를 만들 때 장점이 부각된다.

영화의 엔딩에서 재연은 자신의 복수를 완성한다. 복수는 재연에게는 긴 전사前史를 매듭짓는 결말이다. 복수의 결말이 해피엔딩은 아니다. 영화는 결말을 곳곳에서 예견한다. 복수를 완성하는 건 공권력도 아니고 정의의 레토릭도 아니고 더 큰 폭력과 힘이다. 재연은 그 수단을 자신만의 방식으로 확보한다. 이 영화를 보면서 〈킬 빌〉을 떠올린 이유다. 공권력은 무기력할 뿐 아니라 어떤 점에서 조폭조직만큼 썩었다는 비관주의가 두 영화에 있다. 〈킬 빌〉처럼 〈낙원〉은 여성 캐릭터의 극한적 행동으로 비관주의를 돌파하려 한다. 영화 제목에서 '낙원'은 영화의 장소인 제주도를 가리킨다. 〈낙원〉은 제주의 아름다운 도로를 달리는 태구와 재연이 탄 차를 부감 숏으로 보여준다. 자연은 이렇게 아름답다. 그곳에서 벌어지는 인간들의 행동은 추하고 역겹다. 그런데 제주도는 폭력과 잔인함이 아름다운 풍광에 가려진 역사를 지닌 섬이다. 감독이 그걸 알고서 영화의 로케이션을 제주로 했는지는 모르지만. 나는 전여빈 배우를 잘 몰랐는데, 이 영화에서 주목하게 되었다. 요즘은 여성 배우가 강한 역할을 소화하면 칭찬하는 분위기가 있는데, 꼭 그런 의미에서 좋게 봤다는 뜻은 아니다. 여성 캐릭터의 상투성을 벗어나려 했다는 점에서는 돋보인다. 허무의 폭력을 보여준다고 할까? 악역인 마상길 역을 맡은 차승원 배우도 영화의 힘을 전달하는 데 일조한다. 잔인하고 능글맞으면서도 나름의 포스를 지닌 악당 역할을 감당하는 내공을 보여준다.2021.5

균형 잡기의 어려움

〈승리호〉

영화 〈승리호〉는 극장 개봉이 계속 연기되다가 결국 넷플릭스에서 개봉했다. 앞으로 이런 현상이 계속 생길 텐데, 그것이 바람직한지 모르겠다. 더욱이 큰 화면을 전제로 만든 SF영화를 작은 화면으로 보는 아쉬움이 있다. 상당한 제작비를 들였다고 하던데 그런 효과가 작은 화면에서 얼마나 사는지는 모르겠다. 어쨌든 한국영화에서도 우주를 배경으로 한 SF영화를 만들었다는 의미는 있겠다. 〈승리호〉에 나오는 우주를 배경으로 한 비주얼은 볼만하다는 뜻이다. 뻔한 내용이지만 줄거리는 이렇다.

> 2092년, 지구는 병들고 우주 위성궤도에 인류의 새로운 보금자리인 UTS가 만들어졌다. 돈 되는 일이라면, 뭐든 하는 조종사 '태호'송중기. 과거, 우주 해적단을 이끌었던 '장선장'김태리. 갱단 두목이었지만 이제는 기관사가 된 '타이거 박'진선규. 평생 이루고 싶은 꿈을 가진 작살잡이 로봇 '업동이'유해진. 이들은 우주 쓰레기를 주워 돈을 버는 청소선 '승리호'의 선원들이다. 어느 날, 사고 우주정을 수거한 '승리호'는 그 안에 숨어있던 대량살상무기로 알려진 인간형 로봇 '도로시'를 발견한다. 돈이 절실한 선원들은 '도로시'를 거액의 돈과 맞바꾸기 위한 위험한 거래를 계획한다.『씨네21』

내용 소개를 읽어보면 〈승리호〉의 서사가 할리우드 SF영화와 다르지 않다는 걸 알 수 있다. 몰락해가는 지구, 대안으로 인위적으로 조성된 지구 밖 거주공간, 그 공간에 들어갈 수 있는지를 결정하는 차별과 배제의 메커니즘, 자신만이 진리를 쥐고 있다는 강박증적 악당, 나름의 사연을 지닌 캐릭터 등 대체로 이미 익숙한 모습이다. 한마디로 예상을 벗어나지 않는다. 아이를 모티프로 해서 이야기를 끌어가려 한 시도는 새롭다. 하지만 동시에 보기에 불편하다. 아이를 매개로 서사를 끌어가는 건 편하면서도 조심해야 한다. 아이는 천사로 이상화되거나 아니면 모두를 구하는 특별한 능력을 지닌 존재로 형상화되기 쉽다. 아이를 악인으로 그릴 수는 없지 않은가? 이런 식의 상투적 생각에 사로잡히기 쉽다. 그래서 아이를 중심으로 영화를 끌고 가는 건 신중해야 한다. 자칫 감상주의나 뻔한 상투형으로 빠질 염려가 있다. 그런 선택은 쉽게 관객의 감정을 움직일 수 있다는 점에서 편하지만, 영화의 행로를 뻔하게 만든다. 〈승리호〉도 뻔함의 공식에서 벗어났다고 하기 힘들다.

〈승리호〉는 좋은 배우를 활용하지 못했다. 장선장을 비롯해 모든 캐릭터가 납작하다. 개성을 찾기 힘들다. 김태리처럼 역량 있는 배우가 굳이 그 배역을 맡은 이유를 찾기 어렵다. 각 캐릭터의 전사前史도 다른 SF영화에서 봤다. 기존 SF영화의 캐릭터들을 모아서 적당히 조립한 인상이다. 캐릭터 형상화를 안이하게 접근한 결과다. SF영화든 어떤 영화든 캐릭터 형상화에 실패하면서 좋은 영화가 될 수는 없다. 그런대로 잘 만든 영화다. 한국영화를 제작하는 수준은 좋아졌다. 그런데 좋은 영화는 단지 잘 만든 영화여서는 안된다. 어떤 지점에서든 뾰족하고, 개성적이고, 균질적이지 않고, 울퉁불퉁한 데가 있어야 한다. 매끈하게 빠진 영화는 그 행로가 뻔히 보여서 재미가 없다. 장면 구성과 할리우드영화에 뒤지지 않는 SF 비주얼을 만들기에 신경을 쓰느라 시나리오를 촘촘하게 다듬지 못한 결과다. 영화는 이미지 예술이지만 동시에 이미지의 날카로운 조립과 구성으로 독특한 이야기를 전개하는 서사 예술이다. 둘 사이의 균형을 잡는 건 쉽지 않지만, 〈승리호〉에서도 그 점이 아쉽다. 〈승리호〉가 거둔 성취와 한계를 넘어서 개성적인 한국형 SF영화가 더 많이 나오길 기대한다.2021.2

누구를 위한 기도인가

〈다만 악에서 구하소서〉

홍원찬 감독의 영화 〈다만 악에서 구하소서〉이하 <다만>는 평자들이 지적하듯이 하드보일드 추격전을 다룬다. 하드보일드란 영화가 인물의 내적인 감정이나 정서에는 관심이 없다는 뜻이다. 오직 캐릭터들이 겉으로 드러내는 표정과 행동에만 집중한다. 캐릭터들은 속내를 드러내지 않는다. 〈다만〉의 톤은 전형적인 하드보일드소설이나 영화가 보여주는 드라이함과는 다르다. 줄거리가 별로 중요하지 않지만 영화는 이렇게 전개된다.

> 타이에서 납치사건이 벌어지고, 마지막 청부 살해를 끝낸 암살자 인남황정민은 그 납치사건이 자신과 관련된 일임을 알게 된다. 인남은 타이로 가 조력자 유이박정민를 만난 뒤 사건을 좇는다. 한편 레이이정재는 자신의 형제가 인남에게 당했다는 사실을 알고 복수를 위해 인남을 추격한다. 줄거리를 보면 황정민과 이정재, 에너지가 어마어마한 두 배우가 한국, 타이, 일본 3개국을 넘나들며 지독한 사투를 벌이는 그림을 짐작할 수 있겠다. 인남을 돕는 역할이라는 사실 외에 알려진 게 거의 없는 박정민이 이 영화의 히든카드로 보인다.『씨네21』

〈다만〉은 납치된 딸을 구하려는 킬러 인남과 인남이 죽인 형의 복수를 위해 인남의 뒤를 쫓는 다른 킬러 레이이정재의 추격전, 거기에 끼어드는 태국 범죄집단의 추격전이 골격을 이룬다. 꼬이고 꼬인 추격전의 얽힘이다. 그 과정에서 벌어지는 액션, 폭력, 죽음의 이야기가 전부다. 무슨 심오한 인간 내면의 탐구는 없다. 인남과 레이가 왜 저러는지 알 수가 없다. 이 말은 〈다만〉이 촘촘한 서사의 전개에는 관심이 없다는 뜻이다. 서사가 전개되려면 인물의 내적 동력과 사연이 펼쳐져야 하는데 그 점은 빈약하다. 그런데도 영화는 힘이 있다.

나는 〈다만〉을 보면서 문자예술인 문학과 이미지 예술인 영화의 차이를 느꼈다. 문학, 특히 소설에서는 사건의 전개 자체가 중요하기 보다는 대중문학의 서브 장르인 미스터리소설에서 그런 경향이 나타나긴 하지만, 사건에 반응하는 인물들의 감각과 태도가 중요하다. 영화적으로 표현하면 액션보다 리액션이 더 중요한 게 소설이다. 소설에서는 인물이 어떻게 살아왔고, 살아가고 있는지를 보여주는 생활의 세목을 구체적으로 묘사하는 것이 요구된다. 〈다만〉 같은 영화는 그렇지 않다. 연극에서도 인물보다는 플롯 특히 그 플롯을 움직이는 행동이 중요하지만, 액션으로 끌고 가는 〈다만〉 같은 영화는 특히 그렇다. 이 영화를 소설로 옮겨쓸 수는 없다. 〈다만〉은 압도적으로 액션, 특히 폭력만을 그린다. 그런데 거기서 어떤 에너지가 발생한다. 〈다만〉의 주요인물인 인남과 레이는 무엇을, 왜 추격하는가? 영화는 그들의 과거사를 거의 언급하지 않는다. 전직 정보요원이었던 인남은 알 수 없는 어떤 이유로 조직을 떠난다. 애인과도 헤어진다. 애인이 자신의 아이를 가졌다는 것도 알지 못한 채. 그리고 역시 알 수 없는 이유로 전문 킬러가 된다. 영화의 몇 장면에서 드러나듯이 인남은 삶의 욕망이 없다. 그는 피곤하고 고립되어 있고 무기력하다. 그래서 저 먼 곳, 그것도 우연히 발견한 사진의 파나마를 보고 그곳으로 가려 한다. 도피다. 인남을 움직이게 하는 건, 뒤늦게 알게 된 예전 애인인 영주최희서와 딸의 존재다. 그 딸이 실종되었다.

딸의 실종은 긴말이 필요 없는 추적의 모티프다. 더욱이 아직 9살밖에 안 된 아이라면, 그 아이가 잔혹한 아동유괴와 장기 적출의 희생자가 되는 상황이라면 더욱 그렇다. 여기에는 '왜'라는 질문이 불필요하다. 아마 그걸 노리고서 이런 구도를 만들었을 것이다. 영화 〈아저씨〉에서 본 스토리다. 아이의 고통만큼 사람들을 힘들게 하고 공감하게 만드는 서사는 찾기 힘들다. 요약하면 딸을 찾기 위한 인남의 추적은 상투적이다. 달리 말하면 그렇게밖에 인남의 추적을 끌고 나갈 서사의 동력이 없다. 그는 삶의 의욕을 잃었다. 레이의 형상화에서도 인남을 추적하는 동기를 찾기 힘들다. 레이는 거의 인간이 아니라 기계처럼 보인다. 주입된 프로그램에 따라 돌진하는 살인 기계. 처음에는 인남이 죽인 형의 복수라고 말하지만, 뒤로 갈수록 애초 동기는 무의미해진다. 자신이 왜 인남을 추격하려는지 모르겠다고 토로한다. 태국 범죄집단의 우두머리가 묻는다. "왜 이렇게 죽이려하나?" 레이의 답변. "나도 이제 그게 뭔지 모르겠다." 레이는 살인 기계, 혹은 영화의 표현을 따르면 짐승을 도살하듯이 사람을 도살하는 백정이다. 그에게는 도살이 삶의 목적이다. 이정재 배우가 연기했기에 그 모습과 액션이 멋있어 보일지 모르지만. 인남이나 레이는 정도의 차이는 있지만, 코믹 맥카시 원작 소설을 영화로 만든 〈노인을 위한 나라는 없다〉의 추격자 / 살인마 안톤 쉬거의 후계자들이다. 쉬거의 추격이 무서운 이유? 그에게서 인간적인 면모를 찾을 수 없다. 그는 동물적으로, 기계적으로 무자비하게 추격하고 목표를 제거한다. 〈단지〉에서 인남과 레이는 동물처럼 싸운다. 그런 싸움을 밀고 나가면 남는 건 안톤 쉬거의 무생물과 같은 차가운 폭력이 된다.

요약하면 〈단지〉는 서사적으로는 진부하다. 다 아는 얘기이다. 결말 부분에서 레이의 말대로 "처음부터 이렇게 될 걸 알고 있었잖아". 〈단지〉는 맹목적인 추격과 폭력과 잔인함의 열기로 인해 표면적으로는 뜨거워 보인다. 하지만 이면에서는 차갑고 공허한 허무의 톤이 스며 나온다. 인물들이 같은 최후를 맞아서가 아니라 도대체 저들이 왜 저러는지 이유를 모르겠다는 점에서 허무하다. 〈다만〉의 에너지는 뜨거운 액션과 차갑고 공허한 내면의 대조에서 발생한다. 어쩌면 이게 이 시대 삶의 모습은 아닐까 묻게 되는 그런 대조다. 그러면 〈다만〉은 졸작인가? 그건 아니다. 문학과 비교해 영화의 차이를 언급한 이유가 여기 있다. 〈다만〉은 잘 만든well-made 하드보일드 추격전 영화다. 공의 상당 몫은 홍경표 촬영 감독에게 돌려야 한다. 〈단지〉에서는 감독만큼이나 촬영감독이 영화를 움직인다. 진부한 서사의 구멍을 메우고, 상투적일 수 있는 인물을 그래도 생생하게 만드는 건 그들이 움직이는 동선과 공간에 독특한 질감과 색채와 톤을 부여한 촬영의 힘이다. 모든 것이 종료된 뒤를 보여주는, 마치 회화나 사진의 프레임 숏을 연상시키는 엔딩 씬이 그렇다. 촬영감독이 영화의 성공에 얼마나 중요한지를 보여주는 사례다. 미장센과 구도에서 움직이는 캐릭터의 부딪침이 긴박감을 부여한다. 인남과 레이가 처음 만났을 때의 장면이 그렇다. 그들은 어떤 말도 없이 눈빛만으로 상대를 인지하고 싸움에 돌입한다. 되풀이 말해 이 영화는 말이 아니라 행동으로 모든 걸 표현한다. 여기서는 칭찬이다. 한국영화에서 폭력을 다룰 때 쓸데없이 폭력과 살인을 세세하게 전시하는 듯한 폭력의 포르노그래피가 있다고 생각했다. 〈다만〉은 적어도 그 문제를 의식한다. 굳이 폭력과 살인의 전시가 필요 없는 장면에서는 간접적으로만 그것을 암시한다. 추격전의 영화에서 폭력과 살인의 이미지를 피할 수는 없고 뒤로 갈수록 그런 모습은 강해진다. 아동유괴와 장기 적출과 관련된 장면은 상당한 절제를 했다고도 보이지만, 관객으로서 보기에 고통스럽다. 그런 일이 현실에서 벌어지기에 외면할 수 없다지만 〈다만〉 같은 영화가 그런 일을 어떻게 다뤄야 할지는 심사숙고해야 한다. 그런 절제의 노력을 확인했다는 점은 〈다만〉의 미덕이다.

영화를 보면서 궁금했다. 인남의 딸박소이은 엄청난 폭력과 살인을 겪으면서 얻게 된 트라우마를 어떻게 극복할 수 있을까? 짐승 같은 어른의 액션과 폭력이 관객이 보기에 멋지다고 해도 그것이 아이에게 가져다준 상처를 덮을 수는 없기 때문이다. 영화의 제목을 다시 생각하게 된다. '다만 악에서 구하소서'라고 기도할 수 있는 이는 누구일까? 돈과 복수를 위해 자신과 다른 이들을 파괴하는 어른이 만드는 끔찍한 지옥에서 하는 기도는 누가, 누구를 위해 하는 걸까? 황정민, 이정재 배우의 연기는 훌륭하다. 이정재는 선한 사람보다 악인을 연기할 때 사악한 기운을 내뿜는 데서 뛰어난 면모를 보인다. 돋보이는 건 트랜스젠더 조력자 유이를 연기한 박정민 배우다. 그 세대 배우 중에서 돋보인다. 인남의 아내 영주 역을 맡은 최희서 배우도 많은 장면에 나오지는 않지만, 인상적이다.2020.8

두 남자의 우정

〈천문〉

〈천문〉은 이런 글귀로 시작한다. “대호군 장영실이 안여임금이 타는 가마 만드는 것을 감독하였는데 튼튼하지 못하여 부러지고 허물어졌으므로 의금부에 내려 국문하게 하였다”『세종실록』, 1442년(세종24년) 3월 16일. 〈천문〉은 이 기록에 영감을 받아 만들었다고 한다. 기록에는 의문이 담겨 있다. 대호군 장영실은 누구인가? 대호군은 종3품 관직이다. 장영실은 천민 출신으로 고위 관직에 오른 인물이다. 아버지는 중국원나라에서 넘어온 이주자였고 어머니는 기생이었다고 한다. 그는 어떻게 그런 자리에 올랐는가? 임금세종의 가마는 왜 부서졌는가? 누가 부쉈는가? 정치적 목적이 있는 것인가? 아니면 단순한 사고인가? 세종은 장영실을 국문하게 하고 어떤 조치를 내렸는가? 국문 이후에 장영실은 어디로 갔는가? 근본적인 질문은 이것이다. 세종과 장영실은 무슨 관계였는가? 조선시대를 통틀어 가장 뛰어난 국왕과 천민 출신의 걸출한 과학자 / 기술자 사이에는 어떤 일이 있었는가? 세종에 대해서는 수많은 말과 글이 나왔고, 영화, 드라마가 만들어졌다. 내 궁금증은 세종보다는 장영실로 향한다. 이름은 알고 그가 어떤 일을 했는지는 예전 국사 수업을 통해서 어렴풋이 배웠다. 거기까지다. 우리는 장영실의 행적을 정확히 모른다. 영화적 상상력이 꽃필 공간이 열린다. 〈천문〉에서는 세종이 장영실을 발탁한 거로 나온다. 자료를 찾아보니 태종이 궁중 기술자로 이미 발탁했다. 그때 신분은 궁중 소속 노비관노였다. 세종 때 노비 신분을 벗어나고 고위 관료가 되었다. 흥미로운 인생이다. 이런 인물을 다룰 때 서사의 길은 두 개다. 계급상승의 극적인 드라마를 이룩한 입지전적인 이야기. 〈천문〉에서도 이런 묘사를 한다. 철저한 신분 사회에서 작동하는 신분 구조의 위계질서, 천한 계급 출신이 잘 나가는 것을 두고 하는 시기와 질시 등. 능히 짐작할 만한 이슈이지만 〈천문〉의 초점은 다른 데 있다.

〈천문〉은 장영실의 입지전보다는 다른 신분인 세종과 장영실이 맺는 관계와 감정의 굴곡을 다룬다. 한국 멜로영화예컨대 <봄날은 간다>를 대표하는 허진호 감독의 특징이 두드러진다. 감독은 권력의 문제보다는 서로를 알아보는 지음知音의 관계를 맺었던 둘의 애증, 거의 브로맨스로 보이는 관계를 묘사하는 걸 기둥 서사로 삼는다. 둘이 처음 만났던 세종 4년에서 시작되어 가마 사건이 일어나는 세종 24년에 이르는 20년간의 세월을 파고든다. 긴 세월 동안 둘은 어떤 우정 혹은 애정의 관계를 맺었는가? 영화가 다룰 만한 제재다. 이런 질문이 제기된다. 왕과 신하의 우정은 어디까지 가능한가? 그들이 서로에게 바라는 것은 무엇인가? 〈천문〉을 보면서 다른 영화가 떠올랐다. 18세기 초 영국 앤 여왕 시기 궁중에서 펼쳐지는 권력 관계의 속내를 다룬 영화 〈더 페이버릿〉. 페이버릿the favorite은 왕이 아끼는 신하를 가리킨다. 외로울 수밖에 없는 권력자에게 필요한 친구, 벗, 동료의 의미를 파고든다는 점에서는 두 영화는 유사하다. 〈천문〉에서도 세종은 장영실을 벗이라고 부른다. 〈더 페이버릿〉이 냉철하게 드러내듯이 왕과 신하는 우정의 관계를 쉽게 맺을 수 없다. 권력이 그걸 용납하지 않는다. 궁중생활의 비극이다. 비극의 원인은 왕이나 신하가 지닌 인격 때문이 아니다. 권력 구조의 문제다. 조선 왕조에서는 세종 시기를 포함한 왕조 창립기에는 왕권과 사대부 권력 사이의 긴장이 팽팽했다. 〈천문〉도 그 점을 포착한다. 영화 후반부에서 톤이 다소 감상주의로 흐른 건 걸린다. 둘의 우정 혹은 애정을 강조하다 보니 생긴 문제이다. 권력과 멜로의 결합은 어려운 법이다.

〈천문〉에서는 권력 관계의 문제를 정면으로 다루지는 않는다. 그걸 외부의 압력, 즉 명나라와의 관계로 돌린다. 〈천문〉은 세종과 장영실의 관계가 지닌 위기를 명과의 사대 관계를 어떻게 볼 것인가라는 문제로 덮는다. 가능한 서사적 선택이지만 정공법은 아니다. 명나라의 관계에서 조선은 어떤 관점을 취할 것인가? 어려운 문제를 두고 세종과 신하들은 대립한다. 이런 장면에서 우리 시대 강대국과의 관계 문제를 떠올리게 되는 건 자연스럽다. 내 의문은 이것이다. 세종 24년 세종이 결국은 장영실을 내치게 되는 건 무슨 이유인가? 세종은 한편으로는 장영실을 아끼고 구해주려고 한다. 세종은 장영실을 '영실'이라고 이름을 부른다. 당대 왕이 신하를 부르는 관례적인 방식인지는 모르겠다. 그렇지 않다면 이름을 부르는 세종의 모습에서 다른 뉘앙스를 느낀다. 다른 한편으로 세종은 권력 구조의 유지, 그리고 세종이 꿈꾸는 '어떤 일'을 위해 영실을 희생시킨다. 혹은 그 일을 위해 장영실이 자신을 희생한다. 나는 영화가 모호한 태도를 보였다고 비판하는 게 아니다. 착잡한 상황에 놓인 세종과 장영실의 고뇌와 선택이 좀 더 입체적으로 표현되었으면 하는 아쉬움을 적는 것이다. 후반부에서 세종이 지닌 마키아벨리스트로서의 면모가 드러난다. 그런 모습이 세종의 고뇌를 표현하는 것이 아니라 사대주의냐 아니냐, 혹은 국왕과 사대부 사이의 대립만을 부각했다는 느낌이다.

〈천문〉을 두고 영화의 내용이 역사적 사실에 부합하는지를 두고 왈가왈부하는 건 별무소득이다. 〈천문〉에도 한글 창제 얘기가 몇 번 언급된다. 당연하다. 세종의 이야기이니까. 송강호가 세종 역을 맡은 〈나랏말싸미〉

는 한글 창제의 비밀을 본격적으로 다룬다. 이 영화는 역사적 사실과 맞지 않는다고 혹평을 받았다. 내 생각에는 〈나랏말싸미〉가 뛰어나지는 않지만, 혹평을 받을 영화도 아니다. 영화는 어차피 픽션이다. 사실의 충실성이 문제가 아니라 사실이 드러내지 못하는, 혹은 사실이 감추는 진실을 드러내는 게 영화나 문학의 역할이다. 우리는 역사적 사실을 알려고, 다시 확인하려고 영화를 보지 않는다. 이런 질문을 하게 된다. 역사적 사실이란 무엇인가? 〈천문〉에도 묻게 되는 질문이다.

〈천문〉의 재미는 허진호 감독답게 멜로적 요소를 표현하는 디테일에 있다. 왜 세종과 장영실은 함께 하늘을 바라보고 묻는가? 세종의 말. "왕은 항상 아래만을 쳐다봐야 한다. 그래서 고개를 들어 하늘을 보는 게 좋다." 장영실의 말. "관노여서 항상 아래만을 봐야 했다. 고개를 들면 혼났다. 하지만 하늘은 혼내지 않았다." 다른 시각을 지닌 두 사람이 함께 누워서 별을 보는 장면은 판타지이다. 하지만 멋있다. 그래서 다시 묻게 된다. 권력을 넘어선 우정은 어디까지 가능한가? 배우 최민식과 한석규의 연기는 괜찮다. 하지만 예상을 벗어나지는 않는다. 파격적이지는 않다는 뜻이다. 주목할 연기는 영의정 역을 한 신구와 숭록대부 조말생 역을 한 허준호, 병조판서 이천 역을 맡은 김홍파 등이다. 몇 장면 나오지 않지만 영화의 톤을 바꾸는 허준호의 연기는 인상적이다. 주요 여성인물이 한 명도 없다는 것도 눈에 띈다. 이점도 영화가 지닌 브로맨스의 성격을 또렷하게 한다. 뛰어난 영화는 아니다. 하지만 볼만하다. 세종과 장영실이라는 캐릭터는 매력적이기 때문이다. 조선시대는 수많은 서사와 캐릭터의 보고라는 걸 실감한다.2020.1

재해를 대하는 태도

〈백두산〉

한국형 블록버스터 〈백두산〉은 시사회를 본 사람들의 평이 엇갈려서 실상이 어떨지 궁금했다. 그래서 볼까 말까 하다가 봤다. 결론부터 말하면 실망스럽다. 시놉시스는 이렇다.

> 대한민국 관측 역사상 최대 규모의 백두산 폭발 발생. 갑작스러운 재난에 한반도는 순식간에 아비규환이 되고, 남과 북 모두를 집어삼킬 추가 폭발이 예측된다. 사상 초유의 재난을 막기 위해 청와대 민정수석 '전유경'전혜진은 백두산 폭발을 연구해 온 지질학 교수 '강봉래'마동석의 이론에 따른 작전을 계획하고, 전역을 앞둔 특전사 EOD 대위 '조인창'하정우이 남과 북의 운명이 걸린 비밀 작전에 투입된다. 작전의 키를 쥔 북한 무력부 소속 일급 자원 '리준평'이병헌과 접선에 성공한 '인창'. 하지만 '준평'은 속을 알 수 없는 행동으로 '인창'을 곤란하게 만든다. 한편, '인창'이 북한에서 펼쳐지는 작전에 투입된 사실도 모른 채 서울에 홀로 남은 '최지영'배수지은 재난에 맞서 살아남기 위해 고군분투한다.『씨네21』

줄거리만 봐도 이 영화가 어떻게 전개될지는 짐작이 된다. 짐작에서 크게 벗어나지 않는다. 〈백두산〉의 결점이다. 한반도에 닥친 위기를 남과 북의 정예 요원이 힘을 합쳐 해결한다는 이야기 틀은 익숙하다. 특이점이라면 그 위기가 백두산 폭발이라는 거대한 자연재해라는 것이다. 재해를 다룬 영화에서 기대하는 것은 불가항력적인 자연재해를 얼마나 영화적으로 실감나게, 할리우드영화의 특수효과 이미지만큼 보여주느냐일 것이다. 그 점에서는 볼만하다. 한국영화의 특수효과 수준이 이 정도 수준에 올랐구나 싶은 장면이 꽤 나온다. 백두산 폭발 장면 그 자체는 아쉽지만, 폭발로 인한 한반도 전역의 재해 상황은 상당히 실감나게 이미지화되었다. 재난의 스펙터클만을 기대한다면 만족할 만하다. 하지만 극영화는 큰 스케일의 자연 다큐멘터리는 아니다. 영화의 재미는 재난 자체가 아니라 재난을 대하는 인물의 모습과 대응에서 나온다. 극 영화의 요체는 결국 사람 살이 얘기다. 극영화의 기준에서 보자면 〈백두산〉은 상투적이다. 각 캐릭터에게 할당된 역할은 종래 재난영화와 다르지 않다.

인물들은 기능적이다. 영화의 주역인 조인창 대위, 리준평의 형상화에서 나름대로 개성을 드러내려는 점이 있다. 조인창을 초엘리트 요원이 아니라 허당스러운 인물로 그린 점이 그렇다. 그는 전역을 앞두고 작전에 강제 투입된다. 초반부에는 눈에 거슬렸는데 뒤로 갈수록 조인창 캐릭터가 보여주는 허당스러움이 개성적으로 보이긴 했다. 리준평 역을 한 이병헌의 연기는 역시 잘하는구나 싶지만, 기능화된 배역의 한계를 넘지는 못한다. 배우가 연기를 잘하더라도 기능적으로 배치된 역할의 틀은 깨기 힘들다. 다른 배역들은 논할 필요도 없이 상투적이다. 안이한 캐릭터 형상화의 결과다. 한 가지 놀란 점은 아주 잠깐 리준평의 아내역으로 전도연이 카메오 출연한 거다. 사전 지식 없이 영화를 봤기에 전도연 배우랑 닮은 배우인가 싶었는데, 전도연이 출연한 게 맞았다. 이들 부부의 사연이 조명되지 못한 게 아쉽다.

이런 부류의 영화에서 자주 느끼는 거지만 〈백두산〉도 드라마와 스펙터클 사이에서 균형을 잡는 데 실패했다. 몇 가지 더 흠을 잡자면 〈백두산〉에서도 여성 캐릭터는 제 목소리를 부여받지 못하고 소모된다. 민정수석을 여성으로 설정한 게 그나마 다른 점이다. 한반도를 둘러싼 국제정치 관계, 특히 미국과 중국의 역할에 대한 꽤 신랄한 시각이 눈에 띈다. 전시 군사 작전권 문제, 한반도 비핵화 문제 등도 다뤄지는데, 쉽지 않은 쟁점이지만 그런 문제를 파고드는 게 아니라 대충 무게 잡고 넘어간다는 인상을 준다. 자연재해와 한반도의 지정학적 상황을 연결하려는 시도는 의미 있지만, 그 시도가 영화적으로 알차게 제시되지는 못했다.2019.12

제2부

영화가 싸우는 방식

인연을 찾아서

〈패스트 라이브즈〉

화제의 데뷔작이라는 셀린 송 감독의 〈패스트 라이브즈Past Lives〉이하 <패스트>를 봤다. 곧 있을 아카데미영화제 작품상, 각본상 후보작이다. 전미 비평가 협회상작품상, 런던 비평가 협회상외국어 영화상, 미국 감독 조합상신인감독상 등을 받았다고 한다. 상복이 많다. 영화 내용은 이렇다.

> 영화는 나영그레타 리이 이민을 떠나기 직전 열두 살 소년 소녀의 애틋한 감정을 지나 12년 뒤 소셜미디어에서 다시 만나는 해성유태오과 노라라는 미국 이름을 갖게 된 나영의 20대 중반을 그린다. 반가움은 그리움으로, 어린 시절 어렴풋했던 사랑의 감정으로 발전하지만 '롱디'의 벽 앞에서 둘은 다시 각자의 길을 간다. 그리고 다시 12년 뒤 해성은 뉴욕으로 휴가를 와서 유대인 남자와 결혼하고 극작가로 살아가는 노라를 만난다. 나영으로서의 삶을 한국에 두고 온 노라, 그 삶을 아직 붙잡고 있는 해성, 노라 이전 나영의 삶이 궁금한 미국인 남편 아서존 마가로 등 세 인물이 지닌 각자의 호기심과 그리움, 과거의 시간이 현재를 침투했을 때 느껴지는 낯섦 등의 감정을 영화는 대칭적인 화면 편집을 통해 감각적으로 살려낸다."『한겨레』

영화를 보고 나서 언젠가 이것과 비슷한 영화를 본 기억이 있다는 생각을 했다. 곰곰이 돌아보니 그 영화는 〈첨밀밀〉이다. 내가 좋아하는 배우인 장만위장만옥가 뛰어난 연기를 했던 이 영화에 대해 나는 산문집 『아름다운 단단함』2019에 이렇게 적었다.

> 여소군여명과 이요장만위는 삶의 실패와 성공의 의미를 묻는다. 영화의 중간 부분에서 두 사람은 자신들의 삶은 실패였다고 자조한다. 중국의 촌 동네에서 각자 성공의 꿈을 찾아 기회의 도시인 홍콩으로 온 두 사람은 겉으로 보기에는 성공했다. 여소군은 자신의 약혼자를 데려와 결혼하고 안락한 생활을 시작한다. 이요는 자신의 사업을 하며 잘살아간다. 그러나 그들은 자조한다. 사실은 두 사람 모두 실패했다고. 뒤늦게 깨달은 서로에 대한 사랑을 확인하면서그것을 포착한 자동차 키스신은 인상적이다 그들은 자조한다. 그런데 정말 실패한 것일까? 적어도 그들은 매우 고통스럽게 얻은 것이지만 자신들이 삶에서 원하는 것이 무엇인지를 알고 그것을 끝까지 포기하지 않는다.

〈첨밀밀〉이 대략 10년의 세월을 두고 엇갈리는 남녀의 궤적을 보여준다면 〈패스트〉는 24년이란 시간을 두고 벌어지는 두 사람의 인연을 따라간다. 물론 두 영화는 다르다. 〈첨밀밀〉은 아직 인터넷과 이메일이 알려지거나 보급되기 전인 1986년부터 1996년의 세월을 배경으로 한다. 〈패스트〉는 우리 시대의 이야기다. 다른 시간적 배경에서 두 커플이 관계를 맺는 양상은 다르다. 24년의 세월을 두고 해성과 노라 / 나영은 시간과 공간의 제약을 넘어서 편지가 아니라 이메일과 통신망을 통해 얘기를 나눈다.

그러나 그런 전달 방식의 차이가 있지만 결국 두 영화가 탐색하는 주제는 같다. 한마디로 〈패스트〉가 되풀이해서 표현하듯이 '인연이란 무엇인가'라는 주제다. 이 영화도 제목이 많은 걸 함축한다. '패스트 라이브즈Past

Lives'는 영화에서 두 가지 의미를 지닌다. 첫째, 불교적 의미에서 전생前生을 가리킨다. 특히 전생에서 맺은 인연의 의미를 제기한다. 영화에서는 현생에서 부부의 연을 맺으려면 8천 번의 인연이 전생에서 있어야 한다고 설명한다. 두 번째는 지나간 삶 혹은 흘러간 삶을 뜻한다. 노라와 해성이 보냈던 지난 24년의 삶. 그 삶 속에서 그들은 무엇을 얻고 잃었느냐는 질문을 영화는 던진다. 앞부분에서 노라는 그 점을 명확히 한다. 시간의 흐름에서 뭔가를 얻었으면 잃는 게 있다는 것. 이런 주제가 아주 새로운 건 아니다. 그러나 그 주제를 영화를 지탱하는 두 기둥인 인연과 이민에 기대어서 표현하는 건 나름 새롭다고 하겠다.

그렇게 보면 〈패스트〉는 역시 이민 문제를 다뤘던 영화 〈미나리〉와 비슷한 반응을 얻게 될 가능성이 크다. 아무리 좁혀졌다고 하지만 여전히 서양과 동양의 문화와 가치관 사이에는 상당한 거리가 있다. 그러니 서양 혹은 미국 관객이 보기에는 〈패스트〉가 보여주는, 인연으로 표상되는 동양적 혹은 한국적 정서가 낯설고 신기해 보일 수 있다. 실제 영화에서는 한국 관객이 보기에는 불편할 수 있는 부정적인 한국 사회와 문화의 모습이 나타난다. 빈번한 폭음, 고통스러운 군대 경험, 상사에게 절대복종해야 하는 직장생활 등. 그런 이미지를 어떤 한국 관객은 편향적이라고 비판할 수 있다. 그런 점에서 이 영화는 어쩔 수 없이 외부인 감독이 만든 영화다. 나는 유럽과 미국에서 이 영화가 주목받는 데는 분명 이런 점이 작용한다고 본다. 다른 말로 하면 한국에서는 그만큼의 호평을 받기 어려울 수 있다. 나 같은 한국 관객에게는 인연이라는 주제보다는 영화의 중간 부분에서 노라가 명확히 표현하는 이민의 주제가 더 생각할 여지를 준다. 한국을 떠나온 지 12년 만에 해성이 자신을 찾는다는 걸 우연히 알게 된 노라는 인터넷을 통해 해성과 닿게 되고 온라인으로 지속적인 관계를 이어간다. 여전히 둘은 만나지 못한다. 그런 관계가 어떤 벽에 부딪혔다는 걸 느끼고 노라가 하는 말이다. "난 두 번의 이민을 거쳐서 여기에 왔어. 이곳에서 이루고 싶은 게 아주 많아. 그런데 너랑 이야기하고 있으면, 자꾸만 한국 가는 비행기를 알아보고 있잖아."

〈패스트〉는 노라가 캐나다를 거쳐 미국 뉴욕에 정착할 때까지 겪었을 어려움을 상세히 보여주지 않는다. 지나가는 말처럼 노라가 해성에게 해주는 말을 통해 짐작할 뿐이다. 그러나 노라는 자신의 삶이 어디에 있고, 어디로 가야 할지를 명료하게 인식하고 있다는 걸 영화는 보여준다. 그녀는 "여기"인 미국 뉴욕에서 살아가야 한다. 매우 인상적인 끝 장면에서 노라는 자신과 해성이 현생에서 갖게 된 인연의 의미를 생각하며 운다. 그 울음은 노라가 해성에게 말했듯이 해성이 알고 좋아했던 12살 시절의 노라를 한국에 두고 왔다는 걸 인지한 뒤의 울음이다. 노라의 말대로 노라와 해성은 이제 어린애가 아니다. 맺어질 수 없는 인연은 수많은 영화에서 다뤄온 낡은 주제다. 그러나 태어난 나라를 떠나 이민을 와서 자신의 삶을 개척해가는 여성이 사랑과 인연의 맺고 끊는 지점을 어떻게 대하는가를 보여주는 영화나 장면은 드물다. 나는 그 점이 특히 좋았다. 특히 엔딩 신에서 아무 말 없이 몇 분 동안 롱숏과 롱테이크로 노라와 해성을 비추면서 그들이 각자의 인연을 따라 자신의 길을 가는 모습을 포착한 것이 인상적이다. 많은 평자가 인상적인 영화의 시작 장면을 칭찬한다는데 〈패스트〉는 영화를 어떻게 시작하고 맺어야 하는지를 아는 젊은 감독의 역량을 알려준다.

통상적인 로맨스영화였다면 〈패스트〉는 24년에 걸쳐 이어진 두 사람의 관계를 어떻게든 맺어주는 방향으로 갔을 것이다. 그러나 영화는 그렇게 하지 않는다. 그게 미덕이다. 우리의 실제 삶도 그렇지 않은가. 그걸 인연, 운명, 섭리라고 부르든, 혹은 알 수 없는 우연이라고 부르든 노라와 남편 아서가 사람 사이의 관계와 만남과 헤어짐에 관해 얘기하는 장면에서 주목받듯이, 사람의 관계, 우정과 애정의 관계에도 사람의 의지와 욕망으로는 통제할 수 없는 힘이 작용한다. 〈패스트〉는 매끈하지 않고 어떤 지점에서는 울퉁불퉁한 방식으로 그걸 포착한다. 누군가는 그런 지점을 보고 서툴다고 비판하겠지만 나는 오히려 그런 방식이 실제 삶과 가깝다고 느꼈다. 그런 울퉁불퉁함은 노라와 해성이 조금은 딱딱하고 어색한 한국어와 영어로 대화하는 데서도 나타난다. 나는 그것도 마음에 들었다.

인상적인 장면이 많지만 역시 가장 독특한 장면은 영화의 시작을 알리는 장면이고 뒷부분에 다시 나오는 해성, 나영, 그리고 아서가 함께 하는 술자리 대화다. 그 대화와 그 뒤에 이어지는 장면에서 세 사람은 자신의 과거, 현재, 미래를 각자의 방식으로 정리한다. 사람의 마음이라는 게 머리로만 말끔하게 정리되지는 않는다. 앞서 언급했던 영화 끝 장면에서 카메라가 멀리서 비추는 노라의 울음이 그 점을 인상적으로 표현한다. 머리로는 알면서도 가슴으로는 우는 게 인간이다. 영화의 매력을 더하는 요인으로는 배경이 뉴욕인 것도 있다. 나는 뉴욕 같은 대도시를 별로 좋아하지 않는다. 지금까지 세 번이나 가봤는데도 그렇다. 그런데 영화를 보면서 뉴욕도 꽤 멋있구나 하는 생각을 했다. 가보고 싶어졌다. 나는 〈패스트〉가 호들갑을 떨 정도로 걸작이라고 평가하지는 않는다. 그러나 이런 정도의 데뷔작을 만들었다는 건 칭찬할 만하다. 내가 좋아하는 고레에다 히로카즈의 데뷔작 〈환상의 빛〉만큼은 아니지만, 다음 작품을 기대하게 하는 감독이다.2024.3

압도하는 이미지

〈듄－파트 2〉

기대작 〈듄－파트 2〉이하 <듄 2>를 봤다. 결론을 당겨 말하면 올해의 (외국) 영화 후보에 꼽을 만하다. 원래부터 꼭 찾아보는 감독이었지만 드니 빌뇌브는 거장이 될 역량을 입증했다. 휴일이긴 했지만 극장이 거의 다 찼다. 방대한 세계관을 지닌 원작이 있는 영화라서 따라가기가 쉽지 않은 영화인데도 그렇다. 영화의 줄거리는 이렇다.

> 바다가 있는 칼라단 행성에서 살던 폴 아트레이데스티모테 샬라메와 어머니 레이디 제시카레베카 페르구손의 현 주거지는 아라키스행성의 사막이다. 황제 샤담 4세의 계략으로 가문이 파탄 난 뒤 사막 부족인 플레멘의 사회에 합류했기 때문이다. 그러나 여전히 이방인 취급을 받던 모자는 폴의 기지로 받아들여진다. 폴이 메시아의 당도를 고대하던 프레멘에게 메시아의 능력을 보여준 것. 지도자의 위치까지 올라선 폴은 그들과 함께 황제를 향한 복수전을 펼친다. 전편 〈듄〉이 폴이 메시아로서 각성하기 전까지의 이야기였다면 〈듄－파트 2〉는 그의 각성 과정과 그 이후를 담는다. 주인공이 활동하기 시작하면서 스펙터클의 규모도 커졌다. 프레멘이 숭배하는 모래 벌레를 폴이 조종하는 모습에서부터 그가 군대와 황제의 근거지를 침투하는 백병전까지 액션 신에서의 기술적 성취가 놀랍다. 드니 빌뇌브 감독은 광활한 사막의 풍경과 고뇌하는 주인공의 얼굴에 오랫동안 카메라를 가져다

대며 원하는 아름다움을 건져 올린다.『씨네21』

영화의 서사와 영상을 구분해서 얘기하는 게 마땅치 않지만 일단 나눠서 따져보면 서사는 새롭지 않다. 억압당한 자들을 구하는 메시아의 등장을 바라는 영웅 서사, 아버지와 친구들의 죽음에 대한 복수극변형된 셰익스피어의 햄릿을 보는 느낌, 자원의 통제권을 둘러싼 식민지 정복의 이야기 등. 그런 이야기를 중세 기사의 전쟁 신화를 떠올리게 하는 형식과 분위기로 감싼다. 그래서 전체적인 이미지가 어둡고 둔탁하고 묵직하다. 나는 그런 질감이 마음에 들었다. 이 영화가 어떻게 촬영되었는지가 궁금하다. 내용을 얘기하기 전에 이미지의 힘이 대단하다고 느꼈다.

1960년대부터 1980년대까지 출판되었다는 프랭크 허버트의 6부작 원작을 나는 읽지 못했다. 그러므로 영화 〈듄－파트 1〉과 〈듄－파트 2〉가 원작과 얼마나 같고 다른지를 평가할 수 없다. 어쨌든 〈듄 2〉의 분위기는 낮보다는 밤의 느낌을 준다. 〈듄 2〉는 시작하면서 명쾌하게 영화의 주제 하나를 제시한다. 우주 제국에 에너지원을 공급하는 아라키스행성의 자원인 스파이스를 통제하는 자가 권력을 쥔다. 마치 우리 시대의 석유가 그렇듯이. 〈아바타〉 시리즈에서도 확인했듯이 수많은 세월이 지났어도 인간이든 누구든 우주 생명체들이 하는 짓은 비슷하다. 자원을 약탈하기 위해 다른 행성을 지배하려 든다. 세상은 변해도 생명체의 욕망은 별로 달라지지 않는다는 뜻일까. 농반진반으로 말하자면 식민주의는 우주적인 힘을 지닌다. 시간적으로나 공간적으로 그렇다. 그렇게 보자면 이 영화의 주제는 식상하다. 더욱이 영화의 또 다른 주인공이라 할 만한 아라키스행성의 사막과 사막 거주자들은 자연스럽게 지구의 역사에서 식민주의의 장소였던 아프리카를 비롯한 사막의 장소와 주민을 연상시킨다. "사막 행성 아라키스가 꽃과 나무로 뒤덮일 날"이라는 혁명의 이미지도 그렇고.

이런 식민주의의 요소에 〈듄 2〉는 영리하게 다른 흥미로운 요소를 덧붙인다. 예컨대 종교와 정치의 관계가 그렇다. 표면적으로 우주 제국을 통치하는 건 코리노 가문의 황제 샤담 4세크리스토퍼 워컨이다. 하지만 영화에 명확히 나오진 않지만 황제도 강대한 힘을 지닌 여러 귀족 가문의 협의와 승인이 없으면 권좌를 유지할 수 없다. 이건 마치 유럽에서 절대왕정이 성립하기 전의 봉건제 왕권 국가를 연상시킨다. 전투에서도 첨단 무기와 함께 중세적으로 칼을 사용한다. 황제는 자신의 권력을 위협하는 가문인 주인공 폴 가문을 하코네 가문을 이용해폴과 하코네 가문 사이의 비밀은 영화 뒤에 밝혀진다, 제거한다. 이것도 익숙한 얘기다. 많이 보는 권력투쟁의 이야기다. 흥미로운 건 이들 남자의 권력을 뒤에서 조종하는 여성 종교집단 베네 게세리트의 역할이다. 이들이 은밀하게 권력을 조정하면서 얻고자 하는 건 무엇일까? 왜 이 종교집단은 아라키스 같은 행성의 원주민에게도 구세주 신화를 퍼뜨렸을까? 영화는 이런 질문에 명료한 답변을 하지 않지만 그런 질문이 주인공 폴의 행로에 강력한 영향을 미치는 건 분명하다.

사실 이런 얘기는 영화를 보는 데 곁다리에 불과하다. 영화는 명료하고 영리하게 구세주라는 운명을 짊어진, 하지만 그 운명을 거부할 것인가 말 것인가를 고민하는 폴의 정체성 탐구에 초점을 맞춘다. 결국 중심 캐릭터가 몇 개의 핵심 모티프를 부각해야 하는데 빌뇌브 감독은 영리하게 그걸 해낸다. 권력투쟁과 혁명, 구원자의 역할에 초점을 두는 식으로. 자신의 예지를 따르게 되면 많은 희생이 있을 것이 분명한 걸 알기에 폴은 애초에는 자신의 운명을 거부한다. 하지만 곧 다른 선택을 한다. 이것도 변형된 햄릿의 모습을 연상시킨다. 폴 같은 존재가 투쟁의 동반자에서 구세주 같은 존재로 변모하는 게 과연 긍정적인 걸까? 영화는 이런 시각을 폴의 연인이자 동료였던 챠니젠데이아를 통해 보여준다. 원작자 프랭크 허버트는 원작의 문제의식을 "리더가 늘 옳다고 절대 믿지 말라"고 요약했다는데 폴의 정체성도 이것과 관련된다. 설령 그것이 저항의 지도자라 할지라도 정치적 지도자에서 절대적 종교적 숭배의 대상이 되는 존재의 등장은 바람직한가? 아마도 이 질문에 대한 답은 앞으로 나올 것이 분명할 파트 3편에서 찾을 수 있을 것이다. 어쨌든 쉽지 않은 여러 주제를 연결해서 전달하는 감독의 역량은 돋보인다.

내가 더 흥미롭게 본 점은 이런 내용적인 측면보다는 이 영화가 서사 장르를 넘어선 영화만의 특징인 이미지를 어떻게 전달하는가하는 점이다. 특히 요즘 수많은 영화에서 사용하는 컴퓨터 그래픽 이미지CGI를 활용하는 법에 대해서다. 나는 CGI의 기술적 측면에 대해 문외한이지만 〈듄 2〉를 보면서 왜 마블이나 DC코믹스 영화가 최근 들어 망했는지를 좀 더 명확히 이해하게 됐다. 한마디로 CGI도 영화가 전달하려는 인간과 세상의 이야기를 효율적으로 하기 위한 수단에 불과하다는 걸 잊으면 망한다는 것이다. CGI를 눈요기로 이용하는 건 이미 시효를 다했다. 이제는 도파민을 자극하는 이미지를 만들기는 쉽지 않다. 그러니 다 어디서 본 이미지에 불과하다. 〈듄 2〉는 CGI가 아니었다면 볼 수 없는 영상 이미지를 만들지만, 그 이미지는 눈요깃감이 아니라 앞서 얘기한 영화의 서사를 전달하는 목적에만 충실하게 봉사한다. 서사와 결합하지 못하는 이미지 기술은 아무리 현란하더라도 효과가 없다는 걸 〈듄 2〉는 수많은 CGI 기반 영화를 반박하면서 보여준다. 나는 아주 크지 않은 화면으로 봤는데 될 수 있으면 큰 화면으로 보길 권장한다. 나도 기회가 되면 IMAX 화면으로 보고 싶다. 극장영화가 위기라고는 하지만 어떤 영화는 꼭 극장에서 봐야 한다는 걸 〈듄〉 1부와 2부는 예증한다. 서사 이전에 이미지와 음향의 질감이 압도하는 영화이기에 그렇다.2024.2

역사의 아이러니

〈나폴레옹〉

학기 말이라 바쁘지만 짬을 내서 리들리 스콧 감독의 〈나폴레옹〉을 봤다. 기대작이었다. 연기 잘하는 배우인 호아킨 피닉스가 주연을 맡았다. 평이 엇갈린다. 누구는 혹평하고 누구는 잘 만든 영화라고 하고. 이런 영화일수록 보고 싶어진다. 결론부터 말하면 걸작은 아니지만, 그렇다고 그렇게 욕먹을 영화는 아니다. 스콧 감독이 원래 장쾌한 전쟁, 전투 장면을 잘 찍는다. 내용을 떠나서 나폴레옹이 참전한 주요 전투 장면을 큰 화면으로 보는 것만으로도 일단 비주얼은 인정할 만하다. 아무나 저런 전투 장면을 찍는 건 아니다. 영화를 보고 나서 뭔가 얘기하고 싶은 마음이 들게 하는 영화도 많지는 않다. 〈나폴레옹〉을 보고 나서 뭔가 적고 싶어졌다.

전기傳記영화를 보는 이유는 무엇일까? 나름대로 안다고 생각하는 인물에 대해 좀 더 알고 싶어서. 이게 나에게는 첫째 이유다. 물론 영화는 역사책이 아니다. 역사책이라고 있는 그대로의 사실을 전할 수는 없지만, 문학이나 영화는 그보다 더 많은 상상력이 개입한다. 내가 본 범위 내에서는 최고의 전기영화라고 할 수 있는 스티븐 스필버그 감독의 〈링컨〉의 경우에도 영화에 나오는 링컨을 비롯한 실존인물의 말과 행동은 창작된 것이다. 벌어지는 상황도 실제 있었던 것을 그대로 재연할 수 없다. 아무리 고증을 잘해도 그건 불가능하다. 그렇다면 문학이나 영화가 보여주는 인물의 진실truth은 단지 역사적 사실fact일 수 없다. 전기영화를 보는 이유도 그것이 비록 허구와 창작이 들어간 것이더라도 그런 영화적 매체를 경유하여 내가 몰랐던 인물의 새로운 진실을 알고 싶어서다.

그런데 링컨이나 나폴레옹 같이 누구나 이름은 들어본 역사적 인물 혹은 영웅의 삶을 2시간 내외의 영화에 담는 건 사실 불가능하다. 〈링컨〉은 영리하게도 링컨의 삶 전체가 아니라 그가 대통령에 재선되고 남북전쟁이 막바지에 이른 시점, 노예제 폐지를 미국 헌법에 반영하기 위한 수정헌법 13조를 통과시키기 위한 하원의 표결을 둘러싼 특정 시점에 서사를 한정한다. 하지만 역시 뛰어난 감독답게 그렇게 집약된 시간과 사건을 통해 링컨이라는 인물과 그가 살았던 시대를 압축적으로 보여준다. 〈나폴레옹〉은 그렇게 하지 않는다. 먼저 영화 얘기를 하기 전에 나폴레옹에 대한 간략한 전기적 연표를 확인해봤다. 대략 이런 삶이었다.

1769년 : 프랑스의 코르시카섬에서 출생.

1779년 : 브리엔느 유년 사관학교에 입학.

1784년 : 파리 육군사관학교에 입학.

1789년[20세] : 프랑스혁명이 발생.

1793년 : 툴롱전투에서 영국군을 상대로 승리.

1796년 : 이탈리아 원정군의 사령관으로 임명.

1797년 : 오스트리아와 캄포포르미오조약을 체결.

1799년 : 이집트 원정을 떠났으나, 영국군에게 패배.

1799년 : 프랑스의 제 1통령으로 취임.

1804년[35세] : 프랑스의 황제로 즉위.

1805년 : 트라팔가르해전에서 영국군에게 패배.

1806년 : 신성로마제국을 멸망시킴.

1812년 : 러시아 원정을 떠났으나, 러시아군에게 패배.

1814년 : 프랑스 황제 자리에서 쫓겨남.

1815년 : 워털루전투에서 영국군과 프로이센군에게 패배.

1821년52세 : 영국령 세인트헬레나섬에서 사망.

대충 살펴봐도 나폴레옹의 파란만장한 삶을 영화로 담는 것은 거의 불가능하다는 걸 알 수 있다. 아마 10부작 정도 드라마를 만들어도 만만치 않을 것이다. 영화의 줄거리는 이렇다.

> 1793년 1월 21일, 루이 16세와 마리 앙투아네트가 단두대 위에서 민중의 심판을 받은 뒤 사람들은 새로운 영웅을 갈망했다. 민주주의 실현의 성지로 떠올랐던 광장은 광기와 공분의 장으로 전환된 지 오래고, 사람들은 계급 사회를 향한 단죄와 처벌에 중독된 듯 끝없는 판정을 원한다. 불안한 국가 정세 속에서 때마침 전쟁을 승리로 이끈 나폴레옹호아킨 피닉스은 대중의 지지를 받으며 선망의 대상으로 떠올랐고, 1799년 브뤼메르 쿠데타를 통해 마침내 황제 자리에 오른다. 한편 한 사교 파티에서 우연히 마주친 조세핀버네사 커비에게 첫눈에 반한 나폴레옹은 그의 마음을 얻는 데 성공한다.『씨네21』

리들리 스콧은 스필버그가 〈링컨〉을 만들 때 택한 방법을 취하지 않는다. 스콧은 나폴레옹 연표에서 나온 주요 사건을 빼놓지 않고 보여주려고 한다. 그래서 영화의 호흡이 숨 가쁘다. 영화는 혁명 이후 1793년 마리 앙투아네트의 처형을 바라보는 나폴레옹을 비춰주면서 시작한다20세의 젊은 나폴레옹을 나이 많은 호아킨 피닉스가 연기하는 어색함이 있다. 이어서 로베스피에르의 공포정치, 나폴레옹이 처음으로 뛰어난 군인의 능력을 입증한 툴롱전투, 이집트 원정, 쿠데타를 통한 프랑스의 제1통령 취임, 다비드의 그림으로 알려진 황제 즉위영화에는 그 모습을 그리는 다비드도 언뜻 나온다, 러시아 원정, 황제 폐위와 엘바섬 유배, 그리고 탈출 후 100일 천하, 워털루전투, 영국령 세인트헬레나섬에서 사망까지를 따라간다. 앞서 얘기했지만 영화는 주요한 전투 장면만으로도 볼 만하다. 그러나 결국 영화는, 특히 역사책에 이름을 새긴 인물을 다루는 전기영화는 그런 볼거리만으로 뛰어난 작품이 될 수 없다. 나폴레옹이라는 인물을 영화가 어떻게 조명하는가? 어떤 새로운 해석을 보여주는가? 이 점이 관건이다.

영화에서는 우리가 익히 들어서 피상적으로나마 알고 있는 뛰어난 군인, 전략가로서의 나폴레옹의 면모를 부각한다. 나폴레옹은 그가 복무했던 포병을 근대 전쟁에서 가장 효율적으로 활용하고 정보전과 지역 조사를 통해 가장 유리한 상황에서 전투를 벌였던 불세출의 전략가로 평가받는다. 전투 장면과 함께 혁명 국가로 비쳤던 프랑스를 최대한 견제하려 했던 유럽의 다른 국가들, 특히 영국, 오스트리아, 프로이센, 러시아와 벌였던 치열한 외교전을 드문드문 보여준다. 그러나 역시 새로운 것들은 아니다. 그런 볼거리는 이미 다른 전기영화에서도 충분히 본 것이다. 〈나폴레옹〉의 독특함은 다른 데 있다. 내가 보기에 이 영화는 제목을 '나폴레옹'이 아니라 '나폴레옹과 조세핀'이라고 붙이는 것이 타당하다고 여겨질 정도로 나폴레옹의 연인이자 첫 번째 왕비였던 조세핀과의 관계에 주목한다. 조세핀도 나폴레옹만큼이나 곡절이 많은 삶을 살았다. 스콧 감독은 나폴레옹의 삶을 규정하는 결정적 힘으로 그가 되풀이 말하는 운명과 자신의 삶에서 가장 중요한 인물이라고 얘기하는 조세핀을 꼽는다. 나는 이런 영화의 해석이 얼마나 실제 사실에 부합하는지를 알지 못한다. 나는 그 해석이 이 영화의 특이점이라고 판단했다. 요즘 주목받는 배우인 버네사 커비가 연기한 조세핀은 나폴레옹에게 일방적으로 굴복하지 않는다. 둘 사이에는 격렬한 정신의 전투가 벌어진다. 그 전투가 흥미롭다.

그 전투의 양상이 이 영화의 고갱이라고 판단한다. 특히 나폴레옹이 재혼해서 낳은 아이를 조세핀에게 데리고 왔을 때 조세핀이 보이는 행동과 말은 인상적이다. 배우의 힘이다. 나폴레옹이 죽으면서 남겼다는 마지막 말이 "프랑스, 군대, 군대 수장, 조세핀" 이었다고 하는데, 아마 이 구절이 이 영화를 어떻게 만들 것이라는 감독의 고민을 풀어줄 실마리를 제공했을 것이라고 생각한다. 영화는 나폴레옹이 집권하는 동안 그가 벌인 여러 전쟁에서 3백만 명의 프랑스 군인이 사망했다는 수치를 보여주며 끝난다. 어떤 영웅이 벌이는 전쟁이든 결국 죽어가는 이들은 평범한 사람들, 젊은이라는 것이 감독이 하고 싶은 마지막 말이라고 나는 읽었다. 영화에서 묘사되는 수많은 전투 장면을 보면서 어떤 관객은 장쾌한 액션에 만족감을 느낄지 모르지만, 내가 그런 장면을 보며 생각했던 것도 영화의 엔딩에 나오는 죽어간 사람의 숫자였다. 대중은 난세에 나폴레옹 같은 영웅을 욕망하지만어느 시대나 그렇다, 그 영웅은 결국 대중에게 그들의 목숨을 댓가로 요구한다는 역사의 씁쓸한 아이러니를 느꼈다면 내가 영화 〈나폴레옹〉을 너무 높이 평가한 것일까. 2023.12

모르고 주는 상처

〈괴물〉

내가 맡은 학부 비평 강의의 한 부분에 해석학적 비평을 다룬다. 이와 관련해서 구로사와 아키라 감독의 영화 〈라쇼몽〉1950을 논의한다. 라쇼몽 효과라는 것이 있다. 팩트가 중요한가? 해석이 중요한가? 〈라쇼몽〉에서 사무라이는 죽었고 시체는 남았다. 그것만이 명확한 사실fact이다. 그런데 사무라이의 죽음을 해석하는 입장은 그의 아내, 도적, 죽은 사무라이 본인, 목격자인 나무꾼, 그리고 그들의 이야기를 듣는 승려와 행인에 따라 모두 다르다. 이런 일이 벌어지는 이유는 두 가지다. 첫째, 각자가 처한 입장에 따른 욕망과 이해 관계에 따라 해석은 굴절된다. 둘째, 그런 의도적인 욕심과 욕망이 아니더라도 인식의 주관성이 지닌 필연적인 한계에 따라서 해석은 굴절되고 왜곡된다. 어제 오후에 본 고레에다 히로카즈 감독의 신작 〈괴물〉을 보고 든 생각의 결론을 미리 말하면 위에 적은 두 번째 해석에 따른 왜곡 현상에 대한 영화라는 것이다. 설령 악의가 아닐지라도 우리는 인식의 주관성에서 생기는 해석의 한계를 넘어설 수 없다. 줄거리는 이렇다.

> 사오리안도 사쿠라는 요즘 들어 부쩍 이상한 행동을 보이는 초등학생 5학년 아들 미나토구로카와 소야가 신경 쓰인다. 학교에서 상처를 입은 채 귀가할 뿐만 아니라 담임교사 호리나가야마 에이타로부터 폭언까지 들은 정황이 확인

되자 사오리는 참지 못하고 학교를 방문한다. 그러나 학교 측은 도저히 받아들이기 힘든 대응을 하며 사건을 은폐하려 하고, 담임교사 호리 역시 횡설수설하는 모습을 보인다. 그렇게 엄마 입장에서 아무 의미 없는 시간을 흘려보내던 어느 날, 영화는 이야기의 시작 지점으로 시계를 돌린 뒤, 호리의 시점으로 사건을 재구성한다. 이를 통해 밝혀지는 사실은 이 일의 중심에 미나토의 동급생인 요리히이라기 히나타가 있었다는 것이다. 호리의 입장을 모두 보여준 영화는 이제 다시 미나토와 요리에게로 이야기의 시점을 옮겨 가려져 있던 진실한 감정들이 무엇인지를 밝히기 시작한다.『씨네21』

이 영화로 2023년 칸느영화제에서 각본상을 받은 사카모토 유지 작가가 『씨네21』과 했던 대담이 영화의 문제의식을 요약한다.

일본에서도 몇 번 얘기한 적 있는데 차를 타고 집에 가는 길에 겪었던 일이다. 신호가 빨간불이어서 멈췄는데 내 앞에 트럭이 한 대 있었다. 그런데 신호가 파란색으로 바뀌었는데도 한참을 꼼짝하지 않는 거다. 이상해서 경적을 몇 번 울렸다. 잠시 뒤 트럭이 움직이고 나서야 휠체어에 탄 사람이 건널목을 건너고 있었다는 걸 알았다. 트럭은 그 사람이 지나가기를 기다렸던 것뿐이었다. 그때 사정도 모르고 경적을 누른 게 내내 마음에 남았다. 언젠가 기회가 되면 내가 알지 못한 채 다른 이에게 상처를 주었다가 깨닫게 되는 이야기를 쓰겠다고 결심했다.

인간은 모든 걸 꿰뚫어 보는 신이 아니다. 아무리 잘난 척하고 능력이 뛰어난들 남들의 사정, 세상이 돌아가는 모습을 모두 알 수는 없다. 그렇게 믿는다면 오만함이다. 이런 얘기는 사실 다 아는 얘기다. 문제는 이런 점을 어떻게 영화로, 혹은 문학으로 설득력 있게 표현하는가이다. "내가 알지 못한 채 다른 이에게 상처를 주었다가 깨닫게 되는 이야기"가 〈괴물〉이다. 특히 그것이 어른들이 알 수 없는 어린이들의 세계 사이의 간극을 다룬다는 점이 독특하다. 나 같은 중년의 관객이 얼마나 아이들의 세계를 알겠는가?

이런 간극을 드러내기 위해 〈괴물〉은 3부로 구성된 다중시점의 형식을 취한다. 1부 엄마 사오리의 시각, 2부 교사 호리의 시각, 그리고 3부는 미나토와 요리의 이야기. 마치 〈라쇼몽〉이 그랬듯이 각 인물의 시각에서는 온전하게 드러나지 못하는 사태의 숨겨진 진실을 입체적으로 파악하려는 것이다. 그렇다고 온전한 진실이 드러나는 건 아니지만. 1부 사오리의 시각에서만 보면 〈괴물〉은 비뚤어진 교사의 학생 체벌과 차별적 시각에 대한 영화다. 1부에서 묘사되는 교사 호리의 모습은 부정적이다. 하지만 곧 이어지는 2부 호리의 시각으로 관점을 달리하면 전혀 다른 이야기가 펼쳐진다. 이어서 어른들은 이해 못 하는 초등학교 5학년 아이들 미나토와 요리의 이야기가 나온다. 그러면 미나토와 요리의 이야기는 모두 믿을 만한가? 미나토와 요리가 부르는 노래가 있다. "괴물은 누구게?" 두 소년이 반복해서 흥얼대는 노래는 영화에 등장하는 캐릭터들이 모두 다른 의미에서 괴물의 면모를 갖고 있다는 걸 보여준다. 아이 머리가 돼지 뇌라고 단정하는 어른의 생각 없는 폭언, 그런 시각에서 아이를 병들었다고 판단하는 어른, 손녀를 잃은 슬픔과 죄책감으로 모르는 아이의 발을 걸어 넘어뜨리는 어른, 아이에게 "꽃 이름을 잘 아는 남자는 인기가 없다"라거나 "남자가 돼서"라는 식의 왜곡된 남성성masculinity의 언사를 주입하는 남자 어른과 여자 어른, 그걸 사랑과 관심의 표현이라고 생각하는 어른, 자신의 생활이 힘들어질까 봐 어려운 상황에 놓인 애인을 가차 없이 버리는 어른, 학생들의 상황에 대한 세심한 배려는 전혀 없이 사태를 덮고 수습하는 데만 골몰하는 어른, 근거 없는 소문을 믿고 쉽게 다른 사람을 변태라고 재단하는 어른. 이런 어른이 꼭 악의가 있어서 그런 생각과 판단과 행동을 하는 게 아니다. 여기에 세상살이의 끔찍함이 있다. 악의 없이 행해지는 주관적인 인식과 행동이 누군가에게 고통을 주고 그들의 삶을 파괴할 수도 있다는 것.

그렇다면 초등학교 5학년인 미나토와 요리는 그냥 희생자일까? 아니다. 그들은 어른들과의 관계에서는 절대적인 약자이고 희생자로 보이지만 그들 간의 관계에서는 어른 세계만큼이나 추잡한 일들이 벌어진다. 영화에서 자주 나오는 왕따[이지메]만을 가리키는 게 아니다. 미나토와 요리의 생각과 행동은 결국 자신을 지키기 위한 생존 욕구의 표현이었다. 그 결과는 의도치 않은 결과를 낳는다. 자신이 살기 위해 친구를 외면하고, 그렇게 못본 체 하는 자신에게 화가 나서 또 이상한 행동과 거짓말을 하게 되는 착잡한 상황을 〈괴물〉은 냉정하게 바라본다. 세상은 그렇게 돌아간다. 〈괴물〉은 3부에서 숲에 버려진 전차의 이미지로 아이들만의 세계를 보여준다. 그러나 그 전차를 덮치는 폭우는 그런 별세계는 존재할 수 없다는 걸 냉정하게 확인한다. 아이들은 언젠가 어른이 된다. 그래서 묻게 된다. 영화의 마지막에 나오는 화사한 풍경과 즐겁게 달리는 아이들의 모습은 과연 해피엔딩인가? 저 아이들의 미래는 어떻게 전개될까? 저 아이들이 어른이 되면, 그들이 살아갈 현실에서는 힘들게 통과했던 유년 시절의 기억을 갖고 새로운 아이들의 세계를 얼마나 이해할까? 〈괴물〉이 고레에다 감독의 걸작이라고는 평가하지 않는다. 다소 작위적인 구성이 눈에 띈다. 3부에 보이는 약간의 감상주의도 걸린다. 그래도 역시 고레에다 영화는 볼 만하다. 내가 보기에는 점점 말세가 되어가는 세상에서 우리는 어떻게 각자의 방식으로 괴물이 되어가고 있는지를 다시 생각하게 만드는 영화라는 건 분명하다. 이런 영화를 보면서 자신이 어떻게 괴물이 되어가는가를 자각하는 바로 그 순간만큼은 우리는 인간으로 남을 수 있을 테니까.2023.12

내달리는 쾌감

〈푸른 눈의 사무라이〉

넷플릭스를 구독한다. 많은 컨텐츠가 있지만 시간을 들여 볼 만한 영화나 시리즈는 많지 않다. 며칠 동안 발견한 애니메이션 드라마 시리즈를 우연히 봤다. 일본 에도시대를 배경으로 미국에서 만든 〈푸른 눈의 사무라이Blue Eye Samurai〉이하 <푸른 눈>. 8부작이다. 내가 참여하는 공동 연구에서 동아시아 지역 연구를 몇 년간 진행하면서 일본에 대해서도 관심을 갖게 되었다. 특히 일본 역사에서 오랫동안 평화로웠던 시대로 기억되는 에도시대에 대해. 8부작 드라마이지만 이야기는 복잡하지 않다. 〈푸른 눈〉은 일본 에도현재의 도쿄시대1603~1867 초기를 배경으로 혼혈 사무라이 미즈의 복수극을 다룬다. 미즈의 아버지는 에도시대 초기, 개방에서 쇄국으로 넘어가던 때 일본에 있었던 백인 남자 4명 중 한 명이고그렇다고 짐작된다, 어머니는 일본인이다. 그래서 푸른 눈의 혼혈이다. 드라마에서는 일본이 쇄국정책으로 넘어가는 시기에 혼혈에 대한 혐오로 괴물 취급을 당하는 미즈가 자신을 이렇게 만든 백인들을 죽이는 것을 목적으로 행동하는 과정을 따라간다. 거기에 미즈가 제자로 받아들인, 소바 장인의 아들로 선천적으로 양손이 없는 장애인인 린고, 유명한 검법 도장인 신도류 도장의 고수로 어린 시절 미즈와 불편한 관계였던 인물인 사무라이 타이겐, 그리고 타이겐의 약혼녀로 영주의 딸인 아케미의 이야기가 덧붙여진다. 미즈만큼은 아니지만 이런 인물들의 이야기도 꽤 입체적으로 나오는데, 특히 아케미 캐릭터가 그렇다.

이들의 이야기는 완전히 허구적인 시공간에서 이뤄지지 않는다. 드라마는 실제 에도시대 초기의 역사와 허구를 교차한다. 8편에 명기되는 1657년의 대화재는 실제 있었던 메이레키 대화재明暦の大火에서 가져온 것이다. 이 화재는 1657년 3월 2일부터 3월 4일까지 에도에서 일어난 대화재로 에도 대부분을 불태웠다. 당시 10만 명 이상의 사망자가 발생했다. 이 화재는 드라마를 맺는 중요한 배경으로 제시된다. 1657년 막부 쇼군은 4대 쇼군이었던 도쿠가와 이에쓰나徳川家綱였는데, 드라마에서는 이토 쇼군이라는 가상의 인물을 내세운다. 드라마에서는 에도시대 초기에 잠시 활발했던 외국과의 교섭, 통상정책에서 쇄국으로 넘어가는 시대를 배경으로 당시 일본에 있던, 하지만 쇄국정책으로 떠나거나 숨어야 했던 백인들과 쇼군을 정점으로 하는 일본 지배층의 내밀한 관계결국 돈과 권력이 고리이지만, 여성과 하층 계급은 인간 취급을 받지 못했던 시대의 모습을 꽤 리얼하게 보여준다. 세밀히 따져보면 당대 모습과 맞지 않는 부분도 눈에 띈다. 내가 알기로 이미 에도시대 전부터 유럽의 총은 일본에 전파되었고 전국시대 말기에도 전쟁의 무기로 사용되었다. 드라마에서는 1650년대인데도 에도 막부에는 총기가 보급되지 않은 것처럼 묘사된다. 칼과 활에 기대는 에도 막부 세력이 총으로 무장한 백인 빌런과 그에 동조하는 반反에도 군대에게 일방적으로 밀리는 걸로 나온다. 아마도 미즈가 종종 말하는 것, 사무라이의 영혼이 깃든 칼의 힘을 돋보이게 하려는 의도일 것이라고 짐작한다.

〈푸른 눈〉이 18세 이상 관람가 등급을 받은 데는 잔인한 칼부림만이 아니라 인간이되 인간 취급을 받지 못하는 이들이 살아가는 시대의 모습을 담기 때문이다. 영주의 딸로서 정해진 여성의 길을 가야 하는 운명을 거부하는 아케미, 선천적인 불구이지만 위대함의 위치에 오르려고 하는 린고는 그런 시대의 모습을 구현하는 캐릭터다. 특히 린고는 전체적으로 잔혹하고 어두운 질감인 드라마에 웃음을 주고 잠시 쉬어가게 하는comic relief 역할을 한다. 길게 드라마의 배경을 적었지만 역시 눈길을 끄는 건 주인공 미즈다. 여성이자 혼혈로서 이중의 소수자 위치에 있는 미즈는 자신을 그런 위치로 몰아넣은 뿌리를 제거하려 든다. 시리즈 2가 나올 것으로 보이는 엔딩으로 볼 때 이번 시리즈만으로 판단하기는 조심스럽지만, 현재까지 나온 결로는 백인 남성들에 대한 미즈의 강렬한 복수심이 아주 설득력 있게 제시되지는 않는다. 오히려 복수할 대상이 명확해서가 아니라 복수심 자체를 미즈는 삶의 동력으로 삼는 듯한 인상도 받는다. 〈푸른 눈〉의 매력은 실사영화로는 보여주기 힘든 애니메이션만이 보여줄 수 있는 뛰어난 작화作畫에 있다. 자연과 도시의 공간 묘사도 인상적이지만 그런 공간에서 벌어지는 사람들의 생활, 특히 목숨을 건 칼과 창, 활의 싸움은 박진감 있다. 서서히 드러나는 악을 제거하기 위해 정면으로 돌파해가는 미즈의 모습은 그 자체로 시원한 면이 있다. 강대한 권력에 단기필마로 맞선다는 건 판타지이지만 그런 판타지에서 일종의 대리만족을 얻는 느낌이 있다. 미즈는 무슨 거창한 대의명분을 위해 칼을 휘두르지 않는다. 그는 오직 자신이 달성하려는 복수만을 위해 내달린다. 일종의 애니키스트다. 그것도 마음에 든다.

〈푸른 눈〉은 현재 권력인 에도 막부이든 그에 맞서는 세력이든 까놓고 보면 추악한 권력욕에 사로잡힌 무리라는 걸 부각한다. 예컨대 유곽에서 일하는 여성들을 강렬하게 형상화한 것은 권력욕의 표현형태로서 섹슈얼리티의 위상을 드러내는 인상적인 장면이다. 역설적으로 여성들이 권력의 성적 노리개로만 취급받던 시대에 여성이 자신들의 목소리를 내고 남성을 지배하는 방도는 아케미가 서서히 깨닫는 것처럼 강고해 보이는 남성의 권력욕이 지닌 구멍을 파고드는 여성의 섹슈얼리티다. 살아남기 위해 여성은 다른 의미에서 마키아벨리스트가 되어야 한다는 뜻이다. 살펴보면 이야기의 전개에서 구멍이 있지만 이렇게 강렬한 이미지의 드라마를 본 지 오래되었다. 성인을 위한 애니메이션의 재미를 생각하게 된다. 잔인한 장면을 불편해하는 분에게는 썩 권할 만하지 않지만, 위에 적은 내용을 직접 확인해보려는 분에게는 추천한다.[2023.11]

과욕의 결과

〈그대들은 어떻게 살 것인가〉

오랜만에 극장을 찾아서 〈그대들은 어떻게 살 것인가君たちはどう生きるか〉이하 <그대들>를 봤다. 2013년 나온 〈바람이 분다〉 이후 10년만에 나온 작품이다. 나는 〈바람이 분다〉를 제외하고 미야자키 감독 작품을 모두 봤다. 각각의 이유로 좋았다. 다루는 제재가 애니미즘, 반전주의, 애너키즘, 생태론, 문명비판, 환상과 현실의 관계로 다양하지만 개성 있는 캐릭터를 등장시켜 인물이 겪는 역정과 고난, 성장의 과정을 설득력 있게 보여주는 능력은 거장다웠다. 나는 그 점을 가장 잘 압축해 보여주는 작품은 베를린영화제에서 애니메이션영화로는 처음으로 대상황금곰상을 받은 〈센과 치히로의 행방불명〉이라고 판단한다. 여러 번 봐도 새로운 걸 느끼게 만드는 걸작이다.

그러면 〈그대들〉은 〈센과 치히로〉에 비교하면 어떤가? 내 판단으로는 〈센과 치히로〉에 비교해서만이 아니라 미야자키의 앞선 작품과 비교해도 떨어진다. 한마디로 영화가 산만하다. 작품에 집어넣고 싶은 걸 절제하지 못해 작품을 망친 걸로 판단한다. 과유불급이다. 어떤 평에서는 〈그대들〉이 미야자키의 최고작이라고 주장한다는데 나는 동의할 수 없다. 영화평론가도 아니면서 내가 좋게 본 영화에 관해 쓰는 것이 아니라 실망한 영화에 관해 쓰는 건 그다지 내키지 않는다. 그래도 내가 좋아하는 감독 중 한 명인 미야자키 작품을 보고 나서 아무 말도 안 할 수는 없어서 몇 자

적는다. 줄거리는 이렇다.

> 태평양전쟁 중인 일본, 11살 소년 마히토산토키 소마는 도쿄의 대화재로 엄마를 잃는다. 군수공장을 운영하는 아버지기무라 다쿠야는 도쿄를 떠나 시골의 저택으로 이사를 온다. 왜가리 저택으로 불리는 이곳은 일본과 서양 저택을 섞은 독특한 곳으로 과거 저택의 주인이었던 큰할아버지는 홀연히 사라져버렸다. 이곳에서 마히토의 아버지는 죽은 엄마의 여동생 나츠코기무라 요시노와 결혼을 하고 마히토는 복잡한 심경을 숨긴 채 스스로를 고립시킨다. 그러던 어느 날 왜가리가 사람의 모습으로 변해 마히토 앞에 나타나 엄마의 죽음에 대해 말한다. 얼마 뒤 새어머니 나츠코가 사라지자 왜가리 남자구니무라 준를 의심하고 쫓아간 마히토는 왜가리 남자와 함께 다른 차원으로 끌려들어 간다. 삶과 죽음, 과거와 현재의 시간이 뒤섞인 그곳에서 마히토는 저택의 비밀과 세계의 운명을 마주한다.『씨네21』

이 영화의 제목은 미야자키 감독이 실제로 어린 시절 어머니에게 선물받았다는 동명의 소설 제목에서 가져왔다고 한다. 영화에서도 그 작품이 등장한다. 주인공 마히토가 우연히 죽은 엄마가 남긴 소설 작품을 발견한다. 그렇다면 자연스럽게 관객은 이 의미심장한 소설 제목, 영화 제목인 '그대들은 어떻게 살 것인가'가 영화에서 어떻게 형상화될 것인가를 기대하게 된다. 영화 제목을 보더라도 이 작품이 어린이를 대상으로 한 영화는 아닐 거라는 짐작을 하게 되고 실제로 벌어지는 일도 그렇다. 영화는 표면적으로는 삶과 죽음의 문제에 주목한다. 그런데 역시 결론을 당겨 말하면 이 무겁지만 의미심장한 제목에 대해 영화는 깊은 탐색을 하지 않는다. 나는 영화가 무슨 명확한 답을 주지 않았다고 불평하는 게 아니다.

좋은 영화에 기대하는 건 어차피 무슨 '정답'이 아니다. 다만 제시한 질문에 대해 얼마나 예리하고 독창적인 탐색을 펼쳐가는가를 묻는 것이다. 자료를 찾아보니 〈그대들〉은 미야자키 감독 자신의 유년 시절 경험과 기억에 근거한 자전적 작품이라고 한다. 영화의 초반부에 강렬하게 묘사되는 제2차 세계대전 말기의 상황, 연합군의 도쿄 폭격과 그에 따른 마히토 엄마의 죽음이 그런 사례다. 미야자키 감독은 1941년생으로 실제로 3살 때 전란을 피해 도치기현 우츠노미야시로 피난을 가서 소학교 3학년 때까지 생활했다고 한다. 그의 아버지도 영화에서처럼 항공 산업, 전쟁 시에는 군용기 제작과 관련된 공장의 책임자였다. 그러나 이런 자전적 요소는 작품을 이해하는 데 참고가 될 뿐이지 평가의 요체가 될 수 없다. 자전적 영화든 아니든 우선 작품은 작품으로 평가해야 한다.

전쟁의 참화와 엄마의 죽음을 겪는 마히토의 경험은 관객에게 예전에 나온 미야자키 영화의 주제들을 떠올리게 한다. 아마도 이 영화가 미야자키가 줄기차게 영화로 표현해온 반전 평화, 국가 체제에 대한 애너키즘적 비판을 전쟁의 상처를 입은 어린아이의 시각을 통해 다르게 표현할 것이라고 기대하게 한다. 그러나 〈그대들〉은 그 길을 택하지 않는다. 미야자키 하야오 영화의 다른 갈래인 현실 세계와 환상 세계 혹은 대안 세계와의 관계라는 길로 넘어간다. 마히토가 살았던 세계와는 다른 세계, 마이토와 관련이 있는 어떤 인물이 세운 세계의 이미지는 뛰어나다. 역시 미야자키 영화답게 그만의 인장이 새겨진 작화의 솜씨를 보여준다. 이 영화를 제작하는 데 7년이 걸렸다는데 장면 하나 하나의 솜씨는 빼어나다. 그런데 그뿐이다. 미야자키 영화의 매력은 큰 주제를 다루지만 그 주제를 개성적인 캐릭터의 이야기 속에서 설득력 있게 결합한다는 점이었다. 그 점이 미야자키가 이 시대 애니메이션영화의 거장이 된 이유다. 그런데 〈그대들〉

은 그렇지가 못하다. 영화에는 매력적인 캐릭터가 될 수 있는 자질이 있는 많은 인물이 등장한다. 그런데 어느 캐릭터도 관객의 마음에 다가오는 호소력을 갖고 있지 못하다. 예컨대 엄마의 죽음을 겪고 현실 세계에서나 환상 세계에서나 세계를 파괴하는 세력과 부딪치는 경험을 하게 되는 마히토조차도 밋밋하다. 〈그대들〉에서는 여러 번 캐릭터들이 흘리는 눈물을 보여주지만 그것이 마음에 다가오지 않는다. 종래 미야자키 영화와는 다른 점이다.

결론적으로 〈그대들〉은 과욕이 앞선다. 감독은 이 영화를 영화 인생의 결산이라고 판단하고 자신이 그동안 다뤘던 주제를 쏟아부어서 집약하겠다는 의도를 지녔던 걸로 보인다. 미야자키 같은 거장도 욕심이 앞서면 작품을 망친다는 사례다. 미야자키 감독의 팬이라면 장면 이미지의 빼어남에 만족하면서 영화를 볼 수 있겠다. 하지만 그렇지 않은 관객에게는 권하기 어렵다. 이것이 미야자키의 마지막 작품이라면 매우 아쉽다.2023.10

과학과 정치

〈오펜하이머〉

기대작이었던 〈오펜하이머〉를 드디어 봤다. 보통 영화는 극장 가서 혼자 본다. 이번에는 독회 동료들과 세미나 전에 같이 봤다. 평이 엇갈리지만 대체로 긍정적인 평가였다. 나도 그렇다. 미리 내 평점을 말한다면 그동안 나온 놀란 영화 중에서 최고라고 평하지는 못하겠다. 내 생각에 최고 영화는 〈덩케르크〉다. 그 다음이 〈인터스텔라〉 정도다. 그렇다면 〈오펜하이머〉는? 3위 정도 되겠다. 하지만 잘 만든 전기영화다. 이런 만만치 않은 이야기를 소재로 무려 3시간 동안 지루하다는 생각을 못 하게 하는 영화를 만든다. 그건 재능이다. 줄거리는 이렇다.

> 줄리어스 로버트 오펜하이머킬리언 머피. '원자폭탄의 아버지'이자 제2차 세계대전을 종전시킨 20세기 미국의 영웅으로 알려진 인물이다. 나치의 맹위가 한창 유럽을 흔들던 1942년, 미 육군 대령 레슬리 그로브스맷 데이먼가 오펜하이머를 찾아온다. 핵무기 개발을 위한 맨해튼 프로젝트의 연구 책임자로 오펜하이머를 임명하기 위해서다. 자리를 수락한 오펜하이머는 사막 한가운데에 '로스앨러모스 연구소'를 설립해 연구를 이어간다. 한편 〈오펜하이머〉는 거물 사업가이자 미국 에너지국 위원이었던 루이스 스트로스로버트 다우니 주니어를 중심으로 또 다른 시점의 이야기를 교차한다. 오펜하이머는 제2차 세계대전 종전 후 국제적인 핵무기 통제를 지지한 탓에

국가의 미움을 샀고, 이 과정에서 스트로스는 오펜하이머의 족적을 복기 한다.『씨네21』

많이 알려졌듯이 〈오펜하이머〉는 2005년 출간된 오펜하이머 평전인 『아메리칸 프로메테우스』가 원작이다. 퓰리처상 수상작이다. 나는 아직 이 책을 읽지 못했다. 따라서 감독이 어떻게 이 평전을 각색했는지를 영화와 비교할 수는 없다. 영화는 인류를 위해 불을 훔쳐 오지만 그것 때문에 반복되는 고통을 당하는 운명에 처한 프로메테우스를 언급하면서 시작한다. 놀란이 선택한 시기는 오펜하이머가 원자폭탄을 개발하는 맨하탄 프로젝트의 기술책임자가 되는 때가 아니다. 그때까지의 삶도 아니다. 오히려 그 이후에 벌어진 두 개의 사건을 영화의 중심에 둔다. 내가 보기에 이 영화의 본이야기는 영화 후반부 1/3 지점부터 시작한다. 〈오펜하이머〉는 관객에게 인내심을 요구한다.

첫 번째 사건은 빨갱이 사냥의 광풍매카시즘이 몰아친 1950년대에 벌어진, 1954년 보안 허가 청문회다. 이 청문회는 오펜하이머의 명성에 타격을 입힌 마녀사냥이었다. 이 부분은 컬러 영상으로 그려진다. 두 번째 사건은 1959년 아이젠하워 내각의 상무장관으로 지명된 전 미국 원자력위원회 위원장 루이스 스트로스의 시점에서 조명되는 장관 청문회다. 이 부분은 흑백화면으로 나온다. 이렇게 다른 촬영 방식을 택한 건 서로 다른 시간대 사건이 병치 되면서 생기는 관객의 혼란을 방지하는 면도 있겠다. 앞선 영화에서 알 수 있듯이, 놀란은 다른 시간대 사건의 병치 혹은 뒤섞음을 즐긴다. 그래서 이해가 쉽지 않다. 내가 〈덩케르크〉를 세 번이나 보고서야 명료하게 사건의 흐름을 이해했던 이유다. 하지만 그게 모든 이유는 아니다. 다른 방식으로 촬영된 이 두 사건이 오펜하이머라는 인물을 영화로 다루기로 한 감독의 문제의식을 드러내기 때문이다.

어떤 관객은 원자폭탄의 아버지로 불리는 인물의 이야기이니 화끈한 혹은 공포스러운 핵폭발 장면, 핵폭탄이 일본에서 투하되었을 때 벌어진 일을 스펙터클하게 보여주는 영화를 기대했을지 모른다. 그런 기대를 하고 영화를 본다면 오산이다. 그렇게 보면 재미없는 영화다. 일본에 투하된 핵폭탄의 위력과 그 후유증은 대사로만 언급된다. 폭탄 실험 장면조차 영화가 시작되고 거의 2시간이 지나서야 나온다. 물론 그 장면 자체는 박진감 있게 표현된다. 하지만 그것조차 성공담으로 보이지 않는다. 인류를 파멸로 몰아갈지도 모를 핵폭탄 만들기의 과정도 다양한 과학자를 등장시키면서 보여준다. 그러나 그걸 인상적이라고 하기는 힘들다. 〈오펜하이머〉는 앞서 언급한 보안 청문회, 오펜하이머에 대한 개인적 앙심 때문에 그를 파멸로 몰아가는 음모를 세웠던, 한때 동료였던 스트로스의 인사청문회 장면 사이 사이에 짤막하게 오펜하이머의 젊은 시절을 보여준다. 오펜하이머는 1904년생이다.1967년 사망 그의 학창시절인 1920년대는 양자역학이 새로운 물리학으로 떠오른 때였다고 하는데, 그와 관련된 저명한 물리학자들이 등장하고 대화를 나눈다. 그 시대의 정신적 동향을 보여주는 장면으로 T. S. 엘리엇의 「황무지」, 스트라빈스키의 「봄의 제전」, 피카소의 그림을 즐기는 젊은 오펜하이머의 모습이 나온다. 하지만 이것들도 영화의 초점이 아니다.

오펜하이머는 제2차 세계대전 직전 발발한 스페인내전에도 관심을 가져 공화파를 지지했고, 이 과정에서 공산주의자들과 교류했다. 그의 애인이었고 결혼 후에도 불륜 관계를 가졌던, 결국은 파국으로 끝나는 진 태틀록플로렌스 퓨, 아내였던 키티 해리슨에밀리 블런트 모두 한때 공산주의자였다. 동생 프랭크도 공산주의자였다. 그리고 이런 관계가 전쟁을 끝낸 영웅으로 찬양받았던 오펜하이머의 파멸을 가져오는 역할을 한다. 비록 오펜하이머는 공식적으로 공산당에 입당하지 않는 신중한 태도를 유지했지만 별 무소득이었다. 내가 보기에 이 영화는 다른 의미의 정치영화다. 특히 과학과 정치의 관계를 다룬 정치영화. 혹은 정치가 어떻게 과학을, 학문을 더럽히는지를 보여주는 정치영화. 영화에서 인상적인 장면 중 하나는 전쟁 후 오펜하이머가 트루먼 대통령을 잠시 면담하는 장면이다. 핵폭탄의 위력을 목격했고 더 강한 수소폭탄의 개발에 반대했던 오펜하이머를 면담하고 나서 트루먼은 "어린애처럼 징징대는 자"라고 비웃는다. 그리고 일본 핵폭탄 투하의 최종 결정은 자기가 한 것이니 개발자인 오펜하이머가 양심의 가책을 느낄 필요는 없다고 비웃는다. 그럴 것이다. 원래 정치는 그런 일을 하는 거니까. 정치가들은 오펜하이머가 첫 번째 시험 폭탄 후에 버섯구름이 피어오르는 순간 그가 남겼다는 유명한 말, "이제 나는 세계의 파괴자, 죽음이 되었다"는 말의 의미를 이해하지 못할 것이다. 원래 정치는 손에 피를 묻히는 것을 두려워하지 않는 자들이 하는 일이다. 비꼬는 게 아니다. 팩트다.

영화는 집요할 정도로 1950년대의 공산주의자 사냥시대에 과학이 어떻게 정치적 논리, 이념적 잣대에 따라 모욕을 당하게 되는지를 파고든다. 과학자들이 어떤 수모를 겪는지를 보여준다. 이런 모습은 낯설지 않다. 이 나라에서도 예전에, 아니 지금도 목격하는 광경이다. 〈오펜하이머〉가 원자폭탄의 개발 과정을 꽤 상세히 다루지만 원폭 투하를 재연하지 않으며, 희생자들의 다큐멘터리 이미지나 잿더미가 된 도시의 비참한 모습을 애써 보여주지 않는 이유다. 영화는 그보다 인류를 멸절시킬 수도 있는 핵폭탄의 공포영화에서는 수학 계산으로 그럴 확률은 0에 가깝다고 말하지만와 그것이 초래할 고통의 크기에 관심을 둔다. 그에 대해 정치가와 다른 오펜하이머 같은 과학자의 시선에 나는 주목한다. 당연히 그 대립에서 승리하는 건 일단은 정치와 권력이다. 그러나 영화의 뒷부분에 밝혀지는, 스트로스가 오해했던 오펜하이머와 아인슈타인의 대화가 보여주듯이 궁극적으로 승리하는 건 과학이고 진실이다.

내가 특히 흥미롭게 본 건 정치와 권력의 압력을 대하는 과학자 군상의 모습이다. 많은 이들이 자신의 욕심, 개인적 앙심 때문에 오펜하이머에게 등을 돌린다. 하지만 소수의 과학자는 끝까지 오펜하이머 편에 선다. 나는 그걸 우정이라고 봤다. 그들이 누군인지는 영화를 보고 확인할 일이다. 나는 그런 군상을 이곳 대학에서도 많이 목격한다. 〈오펜하이머〉는 우정과 신의와 배신이 어떻게 과학계, 학계에서도 작동하고 있는지를 실감 나게 표현한다. 과학자들도 역시 욕망에 휘둘리는 인간일 뿐이다. 정치적 술수, 소인배의 허영심과 하찮은 소영웅주의, 노골적인 반유대주의의 외양으로 그런 욕망이 드러난다. 어쩌면 천재들이기에 그런 정념이 더욱 폭발적이고 파괴적으로 드러나는지도 모르지만. 영화에 나오는 대사가 지적하듯이 천재라고 지혜로운 건 아니다. 영화는 수많은 1급 배우가 출연해 다양한 인간 군상을 실감나게 보여준다. 감독이 처음부터 오펜하이머 배역으로 점 찍었다던 아일랜드 출신 배우 킬리안 머피가 인상적이다. 배우에게도 연기의 전환점이 될 영화다. 배우도 좋은 영화를 만나야 도약한다.2023.8

영화음악의 힘

〈엔니오-더 마에스트로〉

지인들이 열정적으로 추천한 다큐멘터리 〈엔니오-더 마에스트로〉이하 <엔니오>를 봤다. 상영관이 많지 않아서 어렵게 예술영화 전용관을 찾아갔다. 엔니오 모리코네가 영화음악을 맡았던 〈시네마 천국〉의 감독인 주세페 토르 나토레가 연출했다. 1928년생으로 2020년, 92세에 타계한 모리코네가 생전에 했던 인터뷰, 그리고 모리코네와 같이 오랜 세월에 걸쳐 작업한 감독, 작곡가, 가수, 그리고 그를 아는 사람들이 모리코네에 대해 했던 말을 편집한 영화다. 클린트 이스트우드, 베르나르도 베르톨루치, 다리오 아르젠토, 존 윌리엄스, 팻 메시니, 잔니 모란디와 퀸시 존스 등이 나와서 모리코네에 대해 말한다. 영화는 연대기 순으로 현대를 대표하는 한 영화음악가의 삶과 음악을 살핀다. 줄거리는 이렇다.

> 군악대 트럼펫 주자였던 아버지를 이어 음악원에서 트럼펫을 배웠던 어린 시절, 스승 고프레도 페트라시를 사사했지만 또래에 비하면 작곡 실력이 부진했던 청년 시기, 친구들과 '일 그루포'를 결성해 음향음악에 가까운 실험적 작업에 몰두하던 때까지, 영화는 수많은 푸티지와 다양한 인물들의 진술을 통해 엔니오 모리코네의 과거를 쉼 없이 열거한다. 모리코네는 스파게티 웨스턴 스타일을 확립하는 데 일조하면서 이탈리아 대중가요의 호황을 이끈 유일무이한 창작자로 군림했다. 〈황야의 무법자〉, 〈석양의 건

> 맨〉 등 세르지오 레오네와 합을 맞췄던 시기를 비롯해 영화보다 음악을 더 사랑하는 관객을 낳았던 〈미션〉, 〈원스 어폰 어 타임 인 아메리카〉, 〈시네마 천국〉을 지나 2015년 〈헤이트풀 8〉로 아카데미 시상식 음악상을 수상하는 데 이르기까지 늘 동시대 영화음악의 정점에서 반짝였던 모리코네의 필모그래피와 디스코그래피가 끊임없이 배열된다.『씨네21』

위의 소개에도 나오듯이 모리코네는 처음에는 아버지의 길을 따라 트럼펫 연주자로 시작해서 정통 클래식음악을 공부했다. 영화는 앞부분에서 길지 않은 분량으로 화성법, 대위법 등의 정통 작곡법을 배웠고 특히 대위법의 완성자라 불리는 바흐에 매료되었던 모리코네의 어린 시절, 젊은 시절을 알려준다. 바흐는 영화음악으로 성공한 뒤에도 모리코네에게 깊은 영향을 미쳤다는 걸 영화는 보여준다. 흥미로운 대목이다.

이런 부분이 중요한 이유. 모리코네가 음악원을 마치고 작곡가로 세상에 나왔을 때인 1950~1960년대의 문화적 분위기를 알 수 있기 때문이다. 클래식음악에 문외한인 나로서는 그 세계에서 작동하는 힘의 관계, 특히 주류, 비주류음악의 관계를 구체적으로 알지 못한다. 하지만 짐작할 수는 있다. 문학계에서도 벌어지는 일이기 때문이다. 소위 본격문학, 주류문학, 순수문학계가 그 밖의 문학을 대하는 무시의 태도 같은 것이 그렇다. 우여곡절을 거쳐 1961년에 첫 번째로 맡은 영화음악에서도 모리코네는 실명을 밝히지 못한다. 정통음악을 전공한 자신이 영화음악 작곡을 하는 것이 부끄러웠기 때문이다. 나는 이 대목에 영화의 고갱이가 있다고 본다. 영화에서 누군가 모리코네의 음악 세계를 평하듯이 그의 정신은 분열되어 있었다. 한편으로 1960년대부터 모리코네는 이미 영화음악의 거장으로 인정받았다. 하지만 그는 자신이 하는 영화음악이 그가 떠나온 정통음악계로부터 무시당한다는 자의식을 오랫동안 벗어나지 못했다. 제도 예술계의 체계, 규율, 가치관의 힘이다.

영화에도 나오는 음악학자 보리스 포레나의 말이 그 점을 짚는다. 1960년대를 풍미했던 이른바 마카로니 웨스턴영화 시절부터 모리코네의 오랜 친구이자 동료였던 세르지오 레오네가 만든 〈원스 어폰 어 타임 인 아메리카〉를 본 뒤 포레나는 엔니오 모리코네에게 사과 편지를 썼다. 비로소 학계음악, 정통음악계가 모리코네를 인정한 걸 보여주는 사례다. 1960년대부터 이미 독보적인 영화음악 작곡가였던 모리코네는 여러 이유로 오스카상을 비롯한 정당한 인정을 받지는 못했다. 그 이유를 나는 모른다. 다만 〈엔니오〉에도 나오듯이 당시 극장에서 영화를 보고 영화보다 음악이 더 충격이었던 〈미션〉1986이 오스카음악상을 받지 못했던 걸 나는 납득할 수 없다. 그때나 지금이나 어떤 예술상의 수상 여부는 간단치 않은 이유가 작용한다. 〈엔니오〉는 모리코네와 관계를 맺었던 수많은 감독과의 협업을 기록한다. 역시 압권은 〈미션〉의 작곡을 다룬 부분이다. 작곡의 배경과 음악과 영화가 교차 편집되는 장면에서는 울컥하게 된다. 영화음악의 힘이다. 나는 〈미션〉을 20세기 후반부 최고의 영화라고 평하지는 않겠지만 〈미션〉의 영화음악을 걸작으로 뽑을 수는 있다.

누군가를 높이 찬양하는 식의 평가에 생래적으로 거부감이 있는 까칠한 비평가인 나로서는 〈엔니오〉에 나오는 수많은 찬사에 모두 공감하지는 않는다. 예컨대 "엔니오는 우리 시대의 모자르트와 베토벤이다", "엔니오는 우리 시대의 비틀스와 바흐, 찰리 파커다". 과연 그럴지 어떨지는 모리코네의 말대로 "200년 뒤쯤 두고 봅시다"라고 할 일이다. 어떤 평자가 말했듯이 중요한 건 모리코네는 그가 살았던 시대에 충실한 음악가였다는 점이다. 내가 주목하는 건 앞서 말했듯이, 그가 살아왔던 시대에도 작동했던 주류음악과 비주류음악, 음악의 예술성과 대중성을 양자택일적으로 선택하지 않고그건 쉬운 일이다, 그 경계에서 평생 긴장을 놓지 못하는 위태로운 줄타기의 고투를 계속했던 예술 장인마에스트로의 모습을 발견하기 때문이다. 이런 모습은 여전히 비슷한 고민을 안고 있는 한국문학계, 예술계에도 울림이 크다. 특히 이런 발언.

> 최근에 와서 나는 음악을 작곡할 때, 음악을 생각할 때, 날 이해시키고자 할 때, 어려움을 떨쳐내려 할 때 내 안에서 일어났던 고통을 받아들였습니다. 창작하는 사람에게 주어진 문제는 보통 앞에 놓인 백지, 즉 형태와 의미와 가슴을 줘야 하는 흰 종이입니다. 그것은 작은 드라마입니다. 백지를 어떻게 채울까요? 거기에는 앞으로 생겨나서 발전될, 가능하고 때로는 불가능한 모든 것을 찾아 나가야 할 생각이 담겨 있습니다. 그 생각, 그리고 한번 해보겠다는 갈망은 사라져서는 안됩니다. 절대 사라져서는 안돼요.

작가든 음악가든, 어떤 예술가든 인기와 부를 얻고 유명 예술인이 되고 싶은 건 인간적인 욕망이다. 그러나 〈엔니오〉에서 지속해서 느낄 수 있는 모리코네가 보여주는 겸손함, 수줍음, 진지함, 성실성은 그런 명망을 탐내서라기보다는 "앞으로 생겨나서 발전될, 가능하고 때로는 불가능한 모든 것을 찾아 나가야 할 생각"을 탐구하는 데 쓰인다. 그가 매번 새로운 음악을 시도했던 이유다. 그런 시도의 결과가 때로는 영화는 기억나지 않아도 그 영화에 사용된 모리코네의 음악은 기억하는 것이다. 졸렬한 인간들이 여기저기서 기세등등한 세상에서 다시 한번 나는 현실이 아니라 문학에서, 영화에서, 음악에서 졸렬하지 않은 거인의 모습을 발견한다.2023.7

너구리와 인간

〈가디언즈 오브 갤럭시 3〉

마블영화인 〈가디언즈 오브 갤럭시 3〉이하 <가오갤 3>를 뒤늦게 봤다. 애초에는 볼 마음이 없었다. 이제 마블이나 디씨나 코믹스영화는 어떤 한계 지점에 봉착했다고 판단한다. 내가 기대하고 봤던 〈앤트맨 3〉의 처참한 수준이 한 사례다. 그래도 〈가오갤 3〉을 본 이유는 내가 구독하는 영화주간지에 올라오는 평이 호평 일색이었기 때문이다. 직접 보고 그런 평이 타당한지 확인하고 싶었다. 결론을 당겨 말하면 이렇게 높은 평가를 받을 만한 영화는 못 된다. 하지만 코믹스영화가 봉착한 한계 지점을 어떻게 돌파할 것인지에 대한 실마리를 보여준다. 이번 평은 영화 자체에 대한 것보다는 그런 실마리에 관한 얘기가 될 듯싶다. 〈가오갤 3〉 감독인 제임스 건은 이렇게 연출의 변을 밝혔다.

> 나는 항상 영화가 관객에게 어떤 경험을 줄지, 캐릭터가 어떻게 표현될지에만 집중한다. 아무리 많은 제작비와 자원이 투입되더라도 인물과 스토리가 살아 있지 않으면 소용없다. 영화에서 뭔가 폭발한다면 그건 눈이 현란한 볼거리가 아니라 가슴을 뛰게 하는 드라마여야 한다. 이번 영화에서는 그 부분에 좀 더 집중했다. 영화가 담을 수 있는 아름다운 순간들, 사랑, 포용, 용서, 끈끈한 마음이 우리를 더 나은 존재로 만들고 세상을 더 아름답게 할 것이다. 부디 이 영화가 그런 에너지를 조금이나마 전달할

수 있길 소망한다.

이런 말 자체야 새롭지 않다. 감독의 의도와 영화가 보여주는 성취는 별개 문제다. 나는 그래서 감독이나 작가의 의도에 별 관심을 두지 않는다. 좋은 의도가 망작으로 이어지는 경우는 매우 많다. 그런데 〈가오갤 3〉에 대한 감독의 말은 코믹스영화든 어떤 영화든 결국 영화의 기본이 무엇인지를 상기시킨다. "눈이 현란한 볼거리가 아니라 가슴을 뛰게 하는 드라마"가 포인트다. 드라마의 고갱이는 진부한 말이지만 "인물과 스토리"다. 물론 영화는 소설과 같은 문자 매체가 아니라 이미지 매체이기에 이 모든 것을 문자가 아니라 시각적 이미지로 표현해야 한다. 억지스러운 표현을 쓰자면 '이미지 서사 매체'가 영화다. 관객의 감각을 사로잡는 이미지를 어떻게 만들 것인가?

수많은 코믹스영화, 그리고 그와는 다른 계보를 세워 온 〈아바타〉 시리즈는 그런 이미지의 쇄신을 급격히 발전해온 컴퓨터 기술을 통해 시도해왔다. 그렇게 관객의 눈과 감각을 사로잡았다. 어느 순간까지는. 상상으로만 그렸던 이미지를 큰 스크린과 입체적 사운드로 눈앞에서 보는 충격은 영화만이 줄 수 있는 매력이다. 예컨대 나는 〈쥐라기 공원〉이 개봉했을 때 눈앞에 등장했던 공룡의 생생한 이미지를 지금도 기억한다. 감각의 충격이다. 그러나 어떤 면에서 문자 매체보다 이미지 매체는 더 빨리 그 신선함을 상실한다. 대표적인 다른 사례는 〈트랜스포머〉 시리즈의 몰락이다. 관객은 어디서 본 듯한 컴퓨터가 만들어낸 이미지에 환호하지 않는다. 문학비평의 언어를 쓰자면 낯설게 하기defamiliarization에 실패한 결과다. 이미지는 문자보다 훨씬 더 빨리 감각의 풍화작용을 겪고 낡아진다. 영화 전문가가 아닌 나로서는 그 이유를 영화 내적으로, 영화 형식의 측면에서 설명할 수는 없다. 한 가지는 적어두고 싶다. 코믹스영화든, SF영화든 그 작품을 보는 이들은 인간이다. 이점을 망각할 때 문제가 발생한다.

관객은 인간의 감각과 감성과 인식의 틀에서 코믹스영화, SF영화를 본다. 다시 말해 어쩔 수 없이 관객은 이런 영화에 나오는 낯선 생명체, 존재, 활동을 인간화, 혹은 의인화anthropomorphize시켜서 본다. 제임스 건이 위에서 언급한 "드라마"의 힘이나, "인물과 스토리"의 중요성을 나는 그렇게 이해한다. 〈가오갤 3〉이 전작보다 좋았던 이유는 이런 영화의 기본을 다시 떠올리게 만들기 때문이다. 나는 〈가오갤〉 1편과 2편을 시큰둥하게 봤다. 수퍼영웅이 나오지 않고도 평범한 인간을 연상시키는 허당기를 각 캐릭터가 나름대로 개성적으로 보여주기에 매력적인 데가 있지만 그뿐이었다. 그런데 〈가오갤 3〉은 좀 다르다. 특히 뒷부분이 그렇다. 그렇게 만든 가장 큰 요인은 역시 "인물" 곧 캐릭터의 힘이고 〈가오갤 3〉을 살린 캐릭터는 너구리 로켓이다. 여기서 잠깐 줄거리를 요약하자.

> 로켓브래들리 쿠퍼과 함께 하이 에볼루셔너리에게서 창조된 존재 89Q12, 아니 라일라하프월드는 로켓이 〈가오갤〉 시리즈에서 어떤 존재인지 정확히 정의한다. 로켓은 자칫 서사의 우주를 방황할 수도 있는 〈가오갤 3〉의 나침반이다. 이번 영화는 로켓의 생명을 구하기 위해 그가 숨기고 싶었던 과거를 되짚어가는 가디언즈의 여정을 따라간다. 로켓은 하이 에볼루셔너리에 의해 강제로 진화를 촉진 당한 창조물이다. 하이 에볼루셔너리는 아직 우리가 알 수 없는 더 큰 의지를 대행하여 완벽한 낙원을 만들고자 생명체를 진화시키는 실험을 해왔다. 로켓은 하이 에볼루셔너리가 창조한 89번째 실험군 중 하나였는데 우여곡절 끝에 탈출했다. 로켓의 존재를 눈치챈 하이 에볼루셔너리는 자신의 또 다른 창조물 중 하나인 소버린

족에게 그를 잡아 오라고 명령한다. 소버린의 여왕 아이샤엘리자베스 데비키는 최강의 소버린인 아담 워록윌 폴터에게 임무를 맡기고 아담은 가디언즈의 새로운 보금자리 노웨어를 습격한다.『씨네21』

〈가오갤 3〉에는 이미 익숙해진 서사 코드가 나온다. 생명을 창조하는 신의 위치에 오르고 싶은 욕망을 지닌 존재, 그렇기에 자기 마음대로 생명을 제거하고 창조하는 힘을 지녔다고 행동하면서 점점 신이 아니라 악마에 가까워지는 존재, 그런 존재가 보여주는 파괴에 맞서는 이들의 투쟁 등. 최근에 내가 서평을 쓴 『악에서 벗어나기』는 그런 욕망의 문제를 이렇게 요약한다. 기본적으로 동물이고 유한한 존재인 인간이 자신의 동물성, 유한성을 넘어선 불멸성을 바랄 때 인간은 악에 끌린다. 불멸성의 현세적 징표는 짐작할 수 있듯이 돈과 권력이다. 다 아는 얘기지만 그것을 서사로 느끼게 하는 건 별개 문제다.

〈가오갤 3〉은 표면적으로는 하이 에볼루셔너리에 맞선 가디언즈들의 싸움, 특히 치명적 부상을 입은 로켓을 구하려는 여정이 이야기의 골격을 이루지만 그건 이야기를 끌고 가는 역할을 할 뿐이다. 그런 대목들은 진부하다. 자칫 진부해질 수 있는 영화를 살리는 건 분량으로는 적은 로켓의 숨겨진 이야기다. 더 정확히 표현하면 로켓과 그의 친구들, 로켓이 속했던 89번 실험군이었던 수달 라일라, 바다코끼리 티프스, 토끼 플로어와 맺는 관계다. 그 관계가 무언가를 표현하고 관객을 끌어당긴다. 다시 말하지만 인간인 우리 관객은 이들의 이야기를 어쩔 수 없이 '인간화'해서 인간의 감각으로 보고 해석한다. 그 감정을 우정이라 부르든, 믿음이라 부르든, 희생이란 부르든. 망조가 든 게 분명한 이 시대에서 이런 인간적 감정은 무시당한다. 제임스 건 감독이 보여주고 싶었다는 "사랑, 포용, 용서,

끈끈한 마음"이 로켓과 그의 친구의 관계 속에서 전달되기에 〈가오갤 3〉은 코믹스 망작에서 간신히 벗어난다.

앞 얘기로 돌아가자. 코믹스영화는 한계에 봉착했다. 그 한계를 넘어서는 방안은 더 많은 돈과 기술을 투입해서 더 현란한 이미지를 만들어내는 데 있지 않다. 그런 영화를 보는 게 인간이라는 점을 잊지 말고 기본으로 돌아가는 게 요체다. 문제는 "인물과 스토리", "가슴을 뛰게 하는 드라마"이다. 인간을 움직이는 정념을 날카롭게 재해석한 이미지 서사의 힘이다. 그게 빠지면 망작이 되는 거다. 나는 더는 수퍼영웅의 이야기를 보고 싶지 않다. 나는 인간 관객으로서 그런 수퍼영웅이 지닌 인간적인 면모와 드라마를 보고 싶다. 내가 그나마 리부트된 〈배트맨〉 시리즈에 주목하는 이유다. 내가 로켓에서 본 게 그 지점이다.2023.5

스포츠 영웅의 뒷이야기

〈에어〉

나이가 들었다는 걸 실감하는 계기는 여러 가지다. 그중 하나는 자신이 젊었을 때 직간접적으로 경험했던 일이 영화나 드라마로 만들어지는 걸 발견할 때다. 예컨대 1980년대, 1990년대를 배경으로 한 여러 영화나 드라마를 볼 때 갖게 되는 느낌이 그렇다. 1984년을 배경으로 GOAT the Greatest of All time, 역사상 최고의 농구 선수로 평가받는 마이클 조던과 나이키의 관계를 다룬 영화 〈에어〉를 보면서도 그런 느낌을 받았다. 조던과 그가 뛰었던 시카고 불스의 이야기는 특히 두 번째 NBA 3연속 우승을 했던 1997~1998년도 시즌을 드라마 시리즈로 제작한 〈라스트 댄스〉에서 다뤘다. 나는 조던과 불스의 최전성기인 1990년대 후반기에 유학생활을 했다. 결혼한 지 얼마 안 돼서 사정이 있어 일단 혼자 떠난 유학생활에서 저녁마다 불스의 경기를 TV 중계로 보는 게 스트레스를 해소하는 방법 중 하나였다. 〈라스트 댄스〉가 조던과 스카티 피펜으로 대표되는 불스 왕조 the Bulls dynasty의 장대한 종결을 다큐멘터리로 보여준다면 〈에어〉는 유망한 선수였지만 아직 수퍼스타가 되기 전인 조던을 둘러싼 스포츠 마케팅의 세계를 보여준다. 이미 다 알려진 내용이지만 줄거리는 이렇다.

유명 스포츠 브랜드 '나이키'도 업계 꼴찌던 시절이 있었다. 1984년, 브랜드 쇄신을 꾀한 나이키는 새로운 모델을 찾아 나서고, 스카우터 소니

바카로맷 데이먼는 이제 막 떠오르기 시작한 유망주 마이클 조던을 점찍는다. 하지만 신발 시장의 1, 2위를 앞다투는 아디다스와 컨버스까지 그를 향해 적극적인 구애를 펼치기 시작하고, 마이클 조던만이 마지막 희망이라 여긴 나이키는 그만을 위한 전략을 세운다. 영화 연출을 맡은 벤 애플렉은 나이키 창업자 필 나이트로 분해 나이키의 시대정신을 보여주고, 맷 데이먼은 실화의 중심축으로 소니의 의지와 결연함을 온몸으로 체화한다. 또 소니의 친구이자 1984년 당시 올림픽 농구팀 코치였던 조지 라벨링은 말론 웨이언스의 힘을 받아 코믹함과 놀라운 비밀을 전한다.『씨네21』

이런 부류의 영화를 다음과 같은 논리로 제쳐두는 건 쉽다. 첫째, 지금은 세계적인 기업이 된, 하지만 그만큼 노동 착취로 악명이 높은 나이키 같은 기업의 성취를 다루는 뻔한 성공담이라는 해석이다. 실제 영화에서도 1980년대 나이키 제품의 생산기지였던 한국과 타이완 사례가 언급된다. 둘째, 같은 맥락에서 마이클 조던이라는 미래의 수퍼스타가 나이키와 광고 계약을 맺기 위해 벌어지는 뒷이야기가 무슨 감동을 주느냐는 해석도 가능하다. 어차피 수퍼스타가 어마어마한 돈을 벌게 되는 자본주의 영웅의 뻔한 성공신화 아니냐는 힐난이 덧붙여진다. 설득력 있는 반응이다. 세계적인 스포츠 기업과 역사상 최고의 농구선수였고 그만큼 막대한 돈을 벌었던 수퍼스타가 서로 상생win-win하는 뻔한 이야기라는 결론이다. 널리 알려진 이야기다. 그런 시각에서 보게 되면 이런 영화는 만들 필요도 없고, 볼 이유도 없다. 그런데도 막상 〈에어〉를 보게 되면 빨려들게 되는 점이 있다. 그 점을 조금 얘기하고 싶다. 요즘 할리우드영화는 이제 약발이 떨어진 듯한 마블이나 디씨DC코믹스영화 말고는 독창적인 시나리오를 발견하기 힘들다고 한다. 그래서 인기를 얻는 영화의 속편이나 이야기 전개상 연결되는 작품, 소위 스핀오프spin-off영화만 줄곧 만든다. 할리우드영화의 활력은 현저히 떨어졌다. 짐작건대 이런 경향은 할리우드만이 아니라 세계적인 현상이다. 요즘 한국영화의 수준을 봐도 짐작할 수 있다. 〈에어〉는 그 점에서 눈에 띈다.

〈에어〉를 요약하면 스포츠용품 시장에서 더 성장하려는 나이키가 미래의 수퍼스타를 섭외하려는 과정을 다룬 스포츠 마케팅영화다. 영화에도 나오지만 1980년대 초반 나이키는 나중에 나이키가 인수하는 컨버스나 당시 세계 최고 스포츠용품 회사였던 아디다스에 한참 밀리는 3등 기업이었다. 주요인물이 조던이지만 막상 영화에는 조던의 경기 모습은 거의 나오지 않는다. 1982년 농구 명가인 노스캐롤라이나 대학의 신입생이었던 조던이 전미 대학농구선수권 대회 결승전에서 승패를 결정짓는 슛을 성공시키는 장면, 그리고 미래의 조던이 보여준 놀라운 경기 모습이 담긴 아카이브 자료를 끼워 넣는 방식으로 나오는 정도다. 제목과는 달리 〈에어〉는 조던의 성공담을 다룬 영화가 아니다. 〈에어〉는 마이클 조던이라는 걸출한 선수, 하지만 아직 잠재성을 활짝 꽃피우기 전인 젊은 운동선수를 둘러싼 기업, 스포츠계, 가족, 선수가 보여주는 다양한 반응과 태도를 보여주는 사람들의 이야기다. 좋은 문학이나 영화를 판단하는 최종적인 기준은 결국은 사람 삶의 속내를 얼마나 실감 나게 보여주느냐 하는 점이다. 독자나 관객이 아는 것을 재현하는 데 그치는 것이 아니라 미처 알지 못했던 지점을 작품이 포착할 때 독자나 관객은 감흥을 받는다. 〈에어〉에는 군데군데 그런 부분이 있다. 기업의 처지에서 보자면 〈에어〉는 시장의 지배권을 갖지 못한 나이키가 1980년대 운동화 시장의 지배권을 행사하던 큰 기업보다 앞서 나가기 위해 분투하는 이야기다. 자본주의에서 벌어지는 기업 전쟁이다. 그래서 나이키 브랜드가 어떻게 만들어졌는지, 스포츠용품의 마케팅은 어떻게 이뤄지는지, 그런 마케팅을 위해 스포츠 스타들의 우상화는 어떻게 활용하는지를 흥미롭게 보여준다.

〈에어〉의 주인공은 조던을 광고 모델로 영입하기 위한 소니 바라코의 분투가 서사의 핵을 이루지만, 그를 돕기도 하고 부딪치기도 하는 마케팅 책임자, 그 유명한 에어 조던 농구화 첫 번째 시제품, 하늘을 나는 듯한 조던의 점프를 상품 디자인으로 만든 농구화 디자인 책임자, 그리고 나이키 창업자 필 나이트의 욕망과 생각을 실감나게 보여준다. 이들은 모두 기업 나이키의 성공을 위해 애쓰는 이들이지만, 단지 그것만으로는 이들의 분투를 모두 설명할 수는 없다. 돈을 많이 버는 건 기업의 일차적 목표이지만, 그게 다가 아니라는 것이다. 영화가 초점을 맞추는 다른 대상은 조던의 가족들, 특히 조던의 어머니, 아버지의 모습이다. 아직 어린 아들의 미래를 생각하며 여러 회사와 협상을 하는 마이클 조던의 어머니 돌로레스 비올라 데이비스의 모습에 영화는 많은 분량을 할애한다. 특히 그녀와 소니가 전화 통화로 마지막 협상을 하는 시퀀스는 박진감이 있다. 이 통화에서 돌로레스는 그때까지의 스포츠 광고 계약에서는 유례가 없던 요구를 한다. 그런 요구를 아들을 통해 더 많은 수익을 얻기 위한 계약상의 작전이라고 평할 수도 있다. 그러나 돌로레스가 언급하듯이, 그런 요구에는 당대 흑인의 삶, 정당한 요구조차 하지 못했던 흑인(여성)의 목소리가 반영된다고 해석하는 게 좀 더 설득력이 있어 보인다. 혹은 조던 이후로는 광고에 출연하는 선수들이 계약에서 을이 아니라 합당한 지분을 요구할 수 있게 되었다고도 볼 수 있다. 실제 나이키 창업자 필 나이트는 그런 우려 아닌 우려를 하게 된다. 그런 점을 놓치지 않은 것도 영화의 매력이다.

〈에어〉에도 나오지만 나이키 본사는 오리건Oregon주의 최대도시인 포틀랜드 근처에 있는 비버턴에 있다. 방문 교수로 오리건대학에 두 번 체류

했을 때 나도 둘러봤다. 나이키 창업자인 필 나이트는 오리건대학University of Oregon 출신이고 오리건대학이 위치한 유진에 집도 갖고 있다. 필 나이트는 나이키로 막대한 돈을 번 후에 자신의 모교인 오리건대학에 주기적으로 큰 후원을 한다. 오리건대학이 여러 스포츠 분야에서 성과를 얻는 이유다. 미국의 부자들이 어떻게 돈을 쓰는지를 보여주는 하나의 사례이다.

〈에어〉의 전반부에서 필 나이트는 다소 우스꽝스럽고 당장 이익에만 관심을 두는 듯한 기업주로 묘사된다. 그러나 뒷부분에서는 어떻게 나이키라는 기업이 종래의 틀을 깨고 앞서 나갈 수 있었는지를 나이트의 결단으로 보여준다. 〈에어〉는 다른 의미에서 미국의 꿈American Dream의 실례를 보여준다. 미국 역사에서는 이미 퇴색한 꿈이지만. 〈에어〉를 걸작이라고 할 수는 없다. 그러나 자신이 맡은 일에 열정을 쏟는 사람들의 이야기를 다룬 영화로는 볼 만하다. 그리고 서로 다른 사람들이 협력하여 얻는 성취가 무엇인가를 보여준다는 점에서도 재미있게 볼 수 있다. 〈에어〉는 전형적인 미국영화지만 사람살이의 한 단면을 설득력 있게 포착한다는 점에서 나름대로 호소력을 지닌다. 후발주자underdog가 거둔 성취담을 좋아하는 아카데미영화제 성격에 부합하기에 2024년도 작품상 후보로 벌써 거론된다는데, 어쨌든 볼 만하다.2023.5

사악함의 뿌리

〈카피캣 킬러〉

페이스북을 비롯한 SNS를 하는 이유는 사람마다 다를 것이다. 내 경우는 잘 모르는 정보를 얻는 유용한 매체라는 의미가 크다. 내가 몰랐던 좋은 문학작품이나 영화, 드라마 등을 소개받아서 좋다. 넷플릭스에 올라온 줄 몰랐던 타이완에서 만든 10부작 드라마 〈카피캣 킬러Copy Cat Killer〉이하 <카피캣>를 그렇게 소개받아서 틈틈이 봤다. 제목에서 알 수 있듯이 이 드라마는 일본 작가 미야베 미유키의 원작 소설 『모방범』을 각색한 것이다. 미야베는 문학평론가로서 내가 지금 시점에서 좋아하는 세 명의 외국 작가 중 하나다. 다른 둘은 W. G. 제발트와 제임스 조이스이다. 미야베는 스토리텔링에서는 당대 최고 수준이라고 판단한다. 그중 현대 일본 사회를 배경으로 한 작품에서는 장편 『이유』, 『화차』와 함께 국내에서 3권으로 출간된 『모방범』을 최고작으로 나는 꼽는다. 이들 소설은 다른 맥락에서 악의 문제를 천착한다. 악을 넘어서 사악함이 무엇인지를 탐구하는 작품으로는 『모방범』이 독보적이다. 나는 악의 문제를 제대로 형상화하지 못하는 게 한국문학의 구멍 중 하나라고 판단한다. 글을 통해 사악함의 느낌을 섬찟하게 전달하는 작품으로는 내 기억으로는 『모방범』과 견줄 만한 소설이 잘 떠오르지 않는다. 그만큼 글로 전달하는 힘이 세다. 그 사악함이 얼마나 생생한지 책을 구해서 집에 두고 싶지 않을 정도다. 사악한 기운이 책에서 스멀스멀 기어 나오는 느낌을 받기 때문이다.

통상 사이코패스나 소시오패스로 나타나는 악은 따지고 보면 그 연유를 파악할 수 있다. 그런데 『모방범』의 킬러이자 기획자인 피스라는 인물은 그렇지가 않다. 왜 저렇게 행동하는지를 도무지 알 수 없기에, 저 악의 근원이 잡히지 않기에 더 무섭다. 오래전 읽은 작품이라 기억이 가물가물하지만, 인터넷에서 다시 찾은 이 구절은 사악함이 무엇인지를 잘 요약한다. 피스가 하는 말이다.

> 진정한 악이란 이런 거야. 이유 따위는 없어. 그러므로 피해자는 자기가 왜 그런 어처구니없는 일을 당하는지 모르는 거야. 원한, 애증, 돈, 그런 이유가 있다면 피해자도 납득할 수 있겠지. 자신을 위로하거나 범인을 미워하거나 사회를 원망할 때는 그 근거가 필요한 거야. 범인이 그 근거를 제시해주면 대처할 방법이라도 있지. 그러나 애초 근거 같은 건 없었어. 그거야말로 완벽한 '악'이야.

근거가 없는 악이 사악함이다. 이런 사악함을 다룰 때는 영화 같은 이미지보다 글로만 정념을 전달하면서 상상력을 자극하는 문학이 더 효율적일 수 있다. 그 점에서 『모방범』은 탁월하다.

〈카피캣〉은 원작의 몇몇 모티프를 가져오면서 많은 부분을 1990년대 타이완의 상황에 맞춰 각색한다. 나는 타이완영화나 드라마를 거의 본 적이 없는데 〈카피캣〉을 보면서 타이완 드라마 수준이 꽤 높다는 걸 알게 되었다. 드라마 내용은 대략 이렇다.

> 〈카피캣 킬러〉는 숨어서 사건을 조종하는 연쇄 살인마와 그를 집요하게 쫓는 한 검사의 이야기를 담은 범죄 스릴러다. 1990년대 대만의 한 도시는

토막 난 여성의 손목이 발견된 후 엽기적인 살인 사건이 잇따라 발생하며 혼란에 빠진다. 정의의 경계가 모호해진 사회 분위기 속 범인은 경찰과 사법 체제에 도발을 이어가고 사건에 대한 언론의 관심을 이용해 자신의 살인을 구경거리로 만들어버린다. 자신의 정체를 철저히 숨기며 모두를 조롱하는 범인을 잡기 위해 한 검사는 집요한 추격을 이어 나간다.『씨네21』

원작 『모방범』의 뛰어난 점은 연쇄 살인 행각 자체가 아니라 그로부터 파생되는 피해자 가족의 고통과 심리, 사건의 진실을 파헤치려는 수사기관의 추적 과정, 특히 킬러(들)의 심리 묘사를 입체적으로 보여준 데 있다. 킬러들의 내면 묘사는 보기 드문 생생함을 전해준다. 〈카피캣〉도 그런 구도를 기본적으로 따른다. 원작과 다른 점은 사건을 수사하는 검사를 주인공으로 내세우고, 그를 돕는 경찰, 심리전문가, 기자 등을 보조 역으로 내세우면서 각 인물의 개별적 사연을 파고든다는 점이다. 이들은 각기 과거에 겪었던 트라우마를 갖고 있고 그것 때문에 현재의 삶에도 영향을 받는다. 엽기적 살인 행각 자체가 아니라 그런 행각이 관련 인물에게 미치는 끔찍한 영향을 소홀히 하지 않는 데 〈카피캣〉의 미덕이 있다.

원작에서도 돋보이는 점이지만 〈카피캣〉에서도 사건의 진실보다는 그 사건이 불러일으키는 파급에만 관심을 두는 언론의 선정주의 행각이 리얼하게 그려진다. 지금 한국에서도 종종 발견하는 모습이다. 언론의 선정주의에 놀아나는 대중을 대하는 날카로운 시각도 드러난다. 끝부분에 모든 사태의 진실이 드러난 뒤에도 연쇄 살인의 주범을 추종하는 이들의 모습이 좋은 예다. 검찰이나 경찰도 마찬가지다. 이들은 사건의 진실보다는 그 파급력만을 계산하며 책임을 모면하기 바쁘다. 원작의 강렬함에는 미치지 못하지만, 〈카피캣〉에서 드러나는 악의 실체는 여러 생각을 하게 만든다. 나는 그런 사악함은 결국 자신의 자아가 세계보다 더 크다고 믿는 유아론solipsism에서 탄생한다고 해석한다. 드라마에서는 그걸 병적인 자기애라고 규정한다. 끝부분에서 방송 카메라에 자기 얼굴을 들이밀며 "나를 찍으라"고 외치는 최종 범인의 모습이 그렇다. 이들은 언제나 자신이 세계의 중심에 있어야 하고, 남의 주목을 받지 못하는 걸 두려워하고, 남들에게 잊히는 걸 참지 못한다. 원작과 드라마 모두 그런 유아론이 범인의 몰락을 가져온다는 걸 보여준다. 우리 시대에 이런 유아론자의 모습은 권력과 돈을 가진 자들에게서 자주 발견한다. 이들도 비슷한 최후를 맞을 것이다. 카프카의 말대로 언제나 세계는 자아보다 힘이 세다.

하지만 역시 드라마는 원작의 강렬함을 따라가지 못한다. 요즘은 이미지가 글을 압도하는 시대지만, 어떤 경우에는 이미지가 도저히 글의 힘을 따라가지 못하는 예도 있다. 근원을 알 수 없는 사악함을 그릴 때가 좋은 예다. 어떤 사악함도 이미지로 나타날 때는 힘이 약해진다. 글은 그렇지 않다. 여전히 무시할 수 없는 글의 힘이다. 〈카피캣〉은 원작보다 감상적인 데가 있다. 뒤로 갈수록 그렇다. 이야기가 늘어진다는 느낌을 받는다. 군더더기 같은 연애 요소를 집어넣은 것도 눈에 거슬린다. 상업성을 더 따져야 하는 드라마 시리즈라는 매체 성격 때문이겠지만 다소 아쉽다. 그래도 볼 만하다. 이 드라마를 보고 나니 다시 원작을 읽고 싶다. 2023.5

킬러의 피곤함

〈존 윅 4〉

나는 이미 나온 〈존 윅〉 시리즈 세 편을 다 봤다. 4편은 별로 볼 생각이 없었다. 영화평론을 하는 지인 몇 분이 올린 호평을 읽고 극장에 갔다. 별로 스토리가 중요한 영화는 아니지만 그래도 적어두자.

> 전작 〈존 윅 3—파라벨룸〉에서 돌아온 킬러 존 윅키아누 리브스은 호텔 지배인 윈스턴이안 맥쉐인의 총에 맞은 자신을 구해준 바워리 킹로런스 피시번에게 최고회의와 전쟁할 의사를 내보이며 엔딩을 장식했다. 〈존 윅 4〉에서 미스터 윅은 그 뜻을 작심하고 펼치려 하고, 존 윅에 대한 처분을 걸고 최고회의 간부 자리에 앉은 그라몽 후작빌 스카르스고르드은 목표 달성을 위해 존 윅의 동료 킬러 케인 견자단을 비장의 카드로 사용한다.『씨네21』

아마도 시리즈의 마지막으로 보이는 〈존 윅 4〉를 보고 비로소 네 편에 이르는 이 시리즈가 무엇을 연상시키는지를 확인할 수 있었다. 그건 무협영화다. 그렇게 생각하는 이유. 첫째, 강호에서 은퇴한 고수의 모습. 내가 보기에는 실망스러웠던 2편, 3편은 논외로 하더라도 1편에서 주인공 존 윅은 이미 지쳐있다. 그는 다른 의미로서 강호인 킬러의 세계에서 은퇴했다. 무협영화에서 봤던 모습이다. 존 윅은 사랑하는 아내와 평온한 생활을 바라지만 1편에서 아내는 이미 세상을 떠났다. 아내가 남긴 강아지만 옆에 있다. 1편이 줬던 감흥의 한 이유는 남들이 보기에는 "그깟 강아지 한마디 때문에"라는 사소해 보이는 사건 때문이다. 반려동물을 키우는 이들은 알겠고 그렇지 않은 나로서는 짐작만 할 뿐이지만, 존 윅에게 강아지는 죽어도 되는 한갓 동물이 아니라 아내와 거의 동일시되는 존재다. 존 윅에게 강아지의 죽음은 곧 가족의 죽음이다.

그러므로 복수는 자연스럽다. 4편에서도 강아지 / 개는 그런 의미에서 중요한 역할을 한다. 강아지 / 개를 대하는 존 윅의 태도는 그를 노리는 다른 킬러의 마음을 움직이는 역할을 한다. 은퇴한 고수를 다시 강호로 물러내는 데는 사랑하는 대상을 잃은 결과 생긴 복수심이 작용한다. 무협영화의 공식 중 하나다. 이 영화가 현대판 무협인 둘째 이유. 무협의 세계에서 강호는 제도 권력이나 통치와는 별개로 존재한다. 정파와 사파가 아무리 극심한 충돌을 해도 제도 권력과 국가는 강호의 일에 개입하지 않는다. 강호는 독자적인 그만의 법칙과 규율에 따라 움직인다. 〈존 윅〉 시리즈에도 그런 독자적 법칙과 규율이 존재한다. 킬러의 세계에도 그 밖 세계의 힘은 작용한다. 존 윅에게 걸린 엄청난 금액의 현상금이 그렇다. 여기서도 돈의 힘은 세다. 존 윅의 독특함은 무협의 주인공과 마찬가지로 그가 돈이든 무엇이든 강호를 지배하는 법칙에 무관심하다는 것이다. 4편에서는 그 점이 두드러진다. 무협에서 주인공은 대체로 고독한 존재이다. 최근에 본 김용 원작으로 4편에서도 큰 비중을 차지하는 견자단 배우가 주연한 〈천룡팔부-교봉전〉도 그렇다. 존 윅이든 교봉이든 그들은 강호의 주어진 룰이 아니라 자신만의 룰에 따라 살아간다.

어쩌면 이런 얘기들은 대다수 관객에게는 쓸데없는 얘기로 들릴 수 있다. 나쁜 자들을 얼마나 많이 모양이 나게 죽이는가에 초점을 맞춘 〈존 윅〉 시리즈 같은 영화에 무슨 어울리지 않는 얘기냐고 할지도 모른다. 동의한다. 4편에서도 요르단 와디럼 사막, 도쿄 미술관, 파리 극장 등 눈요기가 되는 다양한 공간에서 맨주먹, 총과 칼, 차를 활용한 액션, 쿵후와 주짓수 등 동양 무술이 선보인다. 수를 셀 수 없을 정도의 상대를 존 윅은 죽인다. 죽이고, 또 죽인다. 나중에는 너무 많이 죽여서 실감이 나지 않을 정도다. 눈요기도 어느 선이 지나면 시들해진다. 그래서 묻게 된다. 왜 저렇게 죽여야 하나? 되풀이 적자면 존 윅이 원하는 건 하나다. 그는 킬러의 세계를, 이 세계를 관장하는 최고회의영화에서는 The Table이라고 칭한다와 맺은 계약 관계에서 벗어나길 원한다. 벗어나서 뭘 하길 원하는지도 나오지 않는다. 존 윅에게는 벗어나는 것 자체가 목적이다. 그래서 이런 대사가 이해된다. "사람은 세 종류가 있지. 무언가를 위해 사는 자. 무언가를 위해 죽는 자. 그리고 무언가를 위해 죽이는 자. 존 윅은 어디에도 속하지 않아. 묘지를 찾아다니는 유령에 불과하지." 굳이 말하면 존 윅은 일종의 애너키스트와 같다. 혹은 허무주의자이다. 그에게 가능한 유일한 안식은 "묘지"다. "유령"이 결국 갈 곳은 묘지다.

1편에서 확인했던 존 윅의 피곤함은 자연스럽다. 돈과 권력에도 관심이 없고, 사랑하는 대상을 이미 잃었고, "무언가를 위해 죽이는" 목적도 상실한 존재에게 다른 갈 길은 없다. 영화는 존 윅과 그를 죽이라는 청부를 받은 친구인 케인의 관계를 통해 오래전 홍콩 누아르영화에서 많이 봤던 우정의 모티프도 보여준다. 그것조차 존 윅에게 탈출구는 되지 못한다. 그가 바라는 건 자신의 묘비명에 "다정한 남편"이라 적는 것이다. 수많은 사람을 죽이면서 그 세계에서는 나름의 명성을 얻은 최고의 킬러가 결국 바라는 것이 그거다. 진부하다고 할 수 있는 이런 부분이 울림을 지닌 이유는? 피곤하고 지친, 아무것도 의미 없다는 표정으로 상대를 죽이고 또 죽이는 존 윅에게서 프로이트가 말한 것과는 다른 맥락에서 죽음 충동의 기운을 느끼기 때문이다. 죽음의 순간에만 인간은 평정의 상태, 태어나기 전에 누렸던 상태로 돌아간다. 아무리 많은 돈, 권세, 그리고 수많은 사람을 죽이는 최고의 킬러라는 명성을 얻어도 결국은 모든 게 허무하다. "사람의 야망은 그 사람의 가치를 넘어서서는 안된다"라는 영화 대사는 즉각적으로 우리 시대의 무능력한 권력자들을 떠올리게 하지만, 나는 그 말의 다른 의미를 야망도 가치도 다 덧없다는 뜻으로 해석한다. 4편의 엔딩을 두고 여러 해석이 나온다고 한다. 나는 〈존 윅〉 시리즈는 이걸로 끝나는 게 적절하다고 판단한다. 해리 포터 시리즈를 닫았던 〈죽음의 성물 2〉를 두고 김혜리 영화평론가가 했던 말이 내 마음과 같다.

> 〈죽음의 성물 2〉가 불러일으키는 잔잔한 안도감은 어쩌면 오늘날 우리가 진정 결말다운 결말, 대문자로 진하게 쓰인 '끝'에 목말라 있기 때문인지도 모른다. 스크린에는 속편과 리메이크, 프리퀄 스핀오프가 범람하고, 현실에서는 발달한 기술이 정해진 시간에 더 많은 일을 하게 만드는 반면 중대한 결단은 한없이 유예시키는 우리 시대에 장엄한 종지부는 희귀한 성물이 돼버렸는지도 모른다.김혜리, 『묘사하는 마음』

영화의 거의 전부를 사람을 죽이고, 또 죽이는 존 윅의 행위로 채운 4편이 그저 그런 킬러영화가 되지 않은 이유는 이 영화가 보여주는 "장엄한 종지부" 때문이다. 하나 덧붙이자면 아무리 제거해도 또 등장하는 우리 시대의 악을 보면서 느끼는 무력감과 피곤함이, 죽여도 죽여도 또 등장하는 적을 두고 피곤함에 찌든 존 윅의 표정과 몸짓에 겹쳐지기 때문이다. 극장 가서 보라는 추천을 하지는 못하겠지만, "장엄한 종지부"를 보여주는 영화가 무엇인지를 느껴보고 싶다면 권할 만한 영화다.2023.4

문명과 자연

〈스즈메의 문단속〉

오랜만에 극장을 찾아 신카이 마코토가 만든 애니메이션 〈스즈메의 문단속〉이하 <문단속>을 봤다. 일반 영화에서 고레에다 히로카즈 영화를 무조건 본다면 애니메이션에서는 신카이의 작품이 그렇다. 결론을 당겨 말하면, 이 영화는 훌륭하다. 내용은 이렇다.

> "이 근처에 폐허 없니? 문을 찾고 있어." 스즈메하라 나노카는 '폐허의 문'을 찾는 대학생 소타마쓰무라 호쿠토에게 첫눈에 반한다. 사랑의 주문에 걸려들어 낯선 외지인의 뒤를 겁 없이 따르기 시작한 소녀는 오래전 폐쇄된 온천 리조트에 덩그러니 서 있는 문을 열어젖힌다. 그러자 요석이 깨어나 고양이 수호신 다이진으로 변하고, 열도 아래 잠든 미미즈가 대형 지진을 일으키며, 잘생긴 소타는 세 발 달린 유아용 의자로 변하고 만다. 단지 문 하나만 열었을 뿐인데! 이어지는 이야기는 평범한 고등학생 스즈메가 로봇보다 잘 달리는 수상쩍은 의자를 품에 안고 일본 열도를 여행하는 희한한 모험담이다. 규슈의 한적한 바닷마을을 떠나, 재난을 막겠다는 일념 하나로 규슈, 시코쿠, 고베, 도쿄를 가로지르는 소녀의 용기는 도대체 어디서 나오는 걸까.『씨네21』

영화 소개로 짐작되듯이 〈문단속〉은 복잡한 구조의 이야기는 아니다.

크게 봐서 주인공이 겪는 여정에서 겪는 일들을 담는 로드무비 형식의 구조에 기반한 모험담이다. 거기에 일본만의 독특한 애니미즘이 결합한다. 애니미즘은 미야자키 하야오의 〈이웃집 토토로〉, 〈원령공주〉, 〈바람계곡의 나우시카〉에서 나온 것이다. 예전에 공동 연구 모임에서 홋카이도 원주민인 아이누의 설화를 모은 책을 읽었다. 아이누 설화에도 인간만이 아니라 동물과 식물도 영혼을 지닌 존재로 나온다. 비단 아이누만이 아니라 인류 역사에서 오랫동안 애니미즘이나 토테미즘은 힘을 행사했다. 지금은 전前근대적이고 비과학적이고 미신적인 유물로 치부된다. 나는 이런 과학주의, 근대주의적 시각이 현대 문명의 위기를 낳은 중요한 원인 중 하나라고 판단한다. 다른 존재를 무시하고 경멸하고 파괴할 수 있는 권리를 인간만이 가졌다고 보는 인간중심주의의 깊은 뿌리가 여기 있다.

일본 문화에 밝지 못한 나로서는 일본 문화에서 애니미즘의 의미를 설명할 수는 없다. 그러나 미야자키 영화든 신카이 영화든 그런 애니미즘의 의미를 빼놓고 논할 수는 없다. 〈문단속〉에서는 인간이 통제할 수 없는 자연의 힘을 상징하는 미미즈가 그런 역할을 한다. 그리고 영화에서 중요한 역할을 하는 요석要石은 미미즈를 통제하기 위한 인간의 노력을 뜻한다. 찾아보니 요석은 "바둑에서, 상대편 돌의 세勢를 끊는 등 중요한 구실을 하는 돌"이다. 인간과 자연 사이의 기세 싸움이 문제다. 그런데 그게 꼭 싸움이어야 하는가? 요석은 왜 고양이 수호신 다이진이 되는가? 다이진은 왜 자연의 힘을 배출시키는 문을 열려고 하는가? 혹은 그렇게 보는 것도 인간의 오해인가? 이런 질문은 다음 질문으로 이어진다. 요석과 함께 문을 지키는 소타의 행로를 다이진이 왜 방해하는가? 이것도 역시 오해인가? 이런 질문을 관통하는 키워드는 애니미즘이다. 미미즈는 위압적인 힘을 지닌 존재로 묘사되지만, 사실은 그것도 인간의 시각에서 해석한 것이다. 감독은 그걸 인간이 만든 문, 그리고 그 문이 존재하는 장소가 인간이 만들고 버린 폐허라는 걸 애니메이션만이 보여줄 수 있는 이미지로 표현한다. 미미즈가 문을 통해 밖으로 나오면 지진위험 지역인 일본을 위협하는 지진을 불러일으킨다. 2011년 3월11일에 발생한 동일본대지진이 바로 연상되는 재난이다. 그러나 〈문단속〉은 동일본대지진의 생존자인 스즈메가 다이진을 따라가는 여정, 즉 일본의 최남단인 규슈부터 고베, 도쿄, 그리고 동일본대지진이 발생한 일본 동북부 지역인 센다이로 가는 길을 통해 일본이 역사적으로 경험해온 재난에 대한 기억을 떠올리게 한다. 짐작건대 나 같은 외국 관객보다 훨씬 더 강력한 정서적 감응을 일본 관객은 느낄 것이다.

미미즈가 인간이 만들었다가 버린 폐허 지역에 있는 문을 통해 밖으로 나오려고 한다는 건 상징적이다. 미미즈는 자연의 힘이기에 그것이 분출되려는 건 자연스럽다. 자연의 힘은 그 자체로 좋지도 나쁘지도 않다. 인간이 만든 문명의 찌꺼기인 폐허를 통해서만 분출되는 자연의 힘은 여러 생각을 하게 한다. 그리고 그 분출을 막기 위해서 스즈메와 소타가 떠올려야 하는 그곳에 살았던 사람들의 삶. "스즈메. 눈을 감고 수많은 사람을, 이 장소에 있었을 사랑과 감정들을 떠올려!" 자연과 문명의 관계를 생각하게 만드는 장면들이다. 거창한 얘기를 쓴 듯하지만, 사실 〈문단속〉에서 눈길을 끄는 건 스즈메가 만나는 사람들이다. 그들의 선의와 애정과 믿음이 있기에 스즈메는 문을 닫을 수 있고 자신의 삶으로 돌아간다. 인간과 비인간적인 존재와 맺는 관계도 그럴 것이다. 영화의 끝부분에서 다이진이 내리는 결정은 인상적이다. 인간처럼 비인간적 존재도 애정과 관심이 있어야 생명력을 지닌다. 그리고 모든 존재에게 감동적인 순간은 다른 존재를 위해 희생하는 모습이다. 문학이든 영화든 좋은 작품은 봐야 할 것을 보게 만든다.

영화의 내용에 대해 주로 적었지만, 신카이 작품의 장기인 압도적이고 극사실주의적인 영상미, 특히 빛을 다루는 장면은 놀랍다. 장대한 풍광의 이미지도 대단하다. 대사도 섬세하다. 나는 일본영화의 문제점이 사회성의 부족이라고 생각해왔는데 신카이 감독은 애니메이션의 힘을 빌려 그걸 한다. 2023.3

현란한 이미지의 한계

〈앤트맨과 와스프-퀀텀매니아〉

마블 코믹스의 새로운 단계Phase 5라고 부르나 보다를 여는 앤트맨 시리즈 〈앤트맨과 와스프-퀀텀매니아〉이하 <퀀텀>를 봤다. 앤트맨 시리즈의 전작 두 편도 봤다. 흥미로웠다. 개인적으로는 마블 코믹스 시리즈 중에서 이 시리즈를 가장 좋아했다. 그 이유를 적기 전에 〈퀀텀〉의 얼개는 이렇다.

> 타노스가 사라진 후 스캇 랭폴 러드은 순조로운 삶을 이어간다. 그간의 경험을 바탕으로 책을 썼고 마침내 가족, 그러니까 파트너 호프 반 다인에반젤린 릴리, 호프의 부모 재닛미셸 파이퍼과 행크마이클 더글러스, 그리고 사랑하는 딸 캐시캐스린 뉴턴와 함께 평화로운 나날을 보내는 중이다. 캐시는 아빠 스캇과 달리 과학기술, 특히 양자 영역에 대한 열정과 호기심이 대단하다. 심지어 재능도 있어 양자 영역에 신호를 보내는 기계를 만드는데 그것이 발단이 되어 스캇과 호프, 재닛과 행크 모두 양자 영역으로 떨어지는 사고가 일어난다. 출구 없는 양자 영역을 헤매는 중에 앤트맨 패밀리는 그곳에서 군림하는 정복자 캉조너선 메이저스과 조우한다. 캉이 머무는 양자 세계는 한창 전쟁 중이다. 시간의 주인을 자처하는 캉의 계획을 알게 된 이들은 스캇과 캐시, 호프와 재닛과 행크가 팀을 이뤄 집으로 돌아가기 위한 모험을 시작한다.『씨네21』

내가 앤트맨 시리즈를 상대적으로 좋게 본 이유는 주인공 스캇 랭 / 앤트맨이라는 캐릭터 때문이다. 그는 자신만의 개성을 지녔다. 다른 수퍼영웅처럼 막강한 힘을 갖고 있지 못하다. 토르, 헐크 같은 초인적인 힘도 없다. 캡틴 아메리카 같은 비범한 영웅의 자질도 없다. 아이언맨같이 돈이 받쳐주는 최첨단 장비도 없다. 스캇 랭은 평범한 소시민이다. 영화에도 빈번하게 등장하는 아이스크림 프랜차이즈 회사인 배스킨라빈스에서 일하고 수시로 해고의 위협을 당한다. 성격도 덜렁대고 야무진 구석이 없다. 하지만 딸은 아낀다. 주변에서 볼만한 모습이다. 그게 새로운 모습은 아니지만 평범함이 관객의 공감을 이끈다. 허당기가 있는 동네 아저씨 캐릭터다. 앤트맨 전작에서는 찌질해보이는 일상과 스콧이 우연히 앤트맨으로 변신하게 되는 과정이 꽤 재미있게 연결된다. 나는 그 점이 좋았다. 굳이 비교하자면 역시 평범한 캐릭터에서 영웅이 되는 스파이더맨과 비슷하지만, 피터 / 스파이더맨은 아직 성인이 아니다. 그래서 그만의 매력이 있지만 한계도 분명하다.

마블 코믹스 같은 누군가 볼 때는 황당무계한 이야기, 좋게 보면 이 시대의 변형된 영웅 서사를 굳이 찾아보는 이유는 여러 가지가 있을 것이다. 거대한 우주 공간, 앤트맨의 경우에는 초미세 공간인 양자 세계를 배경으로 펼쳐지는 기이한 이미지와 생명체, 초인적인 능력을 보면서 신기해하는 경험을 바랄 수도 있다. 그런데 꽤 오랫동안 마블 코믹스, 디씨 코믹스영화가 만들어지면서 이제는 그런 경험은 시들해졌다. 웬만한 이미지의 충격으로는 관객에게 깊은 인상을 주지 못한다. 서사적으로는 그저 그런 영화였지만 오랜만에 나온 〈아바타 2〉가 흥행을 거둔 데는 다시 한 번 이미지의 충격 효과를 보여줬기 때문이다. 아바타 시리즈의 미래가 어떨지 우려하는 이유다. 〈퀀텀〉은 마블영화가 보여준 거대한 세계매크로 월드가 아니라 이제는 유행어가 된, 하지만 여전히 이해하기 어려운, 모든 물질의 기초를 이룬다는 초미세 세계마이크로월드를 배경으로 한다. 그런데 보여주는 이미지는 대동소이하다. 지구와 우주를 배경으로 앞선 시리즈에서 보여줬던 특수효과가 만들어낸 장면에서 큰 차이가 없다. 이미 어디서 본 듯한 장면들이다. 심지어 오래전 스타워즈 시리즈에서 본 캐릭터도 연상된다.

공간은 달라졌는데, 왜 이런 일이 양자 세계에서 일어나는지는 설득이 안 된다. 그런 이유로 보면서도 시큰둥하다. 그것을 만회하기 위해 아버지와 딸의 가족 서사를 확장해서 강조하지만, 그것도 뻔하다. 1편과 2편에서 보여줬던 나름의 유머, 위트도 사라졌다. 가족은 소중한 것이라고 떠드는 것도 약효가 듣지 않는다. 〈퀀텀〉이 재미없는 다른 이유는 우주 최고의 악당으로 설정된 정복자 캉이 왜 저러는지 알 수 없다는 것이다. 비교하자면 어벤저스를 끝내면서 우주를 파괴하려고 했던 타노스도 나름의 이유가 있었다. 그 이유에 동의하는 것과는 별개로 타노스는 카리스마를 지녔다. 그런 카리스마가 있으니까 상대를 제압하는 힘을 갖는다. 거기에는 타노스의 인상적인 외모도 작용한다. 타노스와 견줘봐도 캉은 어떤 강렬한 인상을 남기지 못한다. 그냥 자기 말로 자신이 시간을 지배하고 파괴하는 힘을 지녔다고 떠들 뿐이다. 악을 그렇게 단순하게 이해하면 재미가 없어진다. 캉의 말을 들으면서 최근에 인상 깊게 읽은 책의 구절이 떠올랐다.

> 차페크가 이 작품에서 최초로 불로불사에 맞서는 대항 전설을 표현했다는 것, 즉 시간과 함께 늙고 죽어서 부패해가는 인간 쪽이 불로불사의 신선보다 자유로울 뿐 아니라 신선들보다 더 현명해질 수 있다고 하는 그

런 대항 전설을 그려냈다는 것에는 어떤 의의가 있는 것일까? 우리는 이 물음에 대해 차페크 본인의 말에 현혹됨 없이 더 숙고해야 할 것이다.후지하라 다쓰시, 『분해의 철학』

그것이 SF영화든, 일반 영화든 "시간과 함께 늙고 죽어서 부패해가는 인간"을 사유하지 않는 영화는 재미가 없다. 왜냐하면 관객이 바로 그런 인간이기 때문이다.

언제부터인가 할리우드영화에서는 선과 악을 편하게 나누는 일이 대세가 되었다. 사실이나 진실이 중요하지 않은 시대가 되었다. '우리' 편이냐 아니냐가 힘을 행사하는 시대가 되었기 때문인지 모르지만, 문학이든 영화든 좋은 작품은 그렇게 편하게 세상을 보지 않는다. 최종적인 판단이야 내려야겠지만 캉이 왜 저렇게 복수심에 사로잡혀서 세계를 파괴하려는지를 그의 관점에서 형상화해야 한다. 내가 〈에브리씽 에브리웨어 올 앳 원스〉를 재미있게 본 이유와 대비된다. 거기 등장하는 악이 왜 우주를 파괴하려는지를 그 나름대로 납득했기 때문이다. 악을 범상하게 그릴 때 문학이든 영화든 망한다. 계속 이런 식으로 시리즈를 만들면 마블 코믹스는 계속 지리멸렬해질 것이다. 기술의 발전으로 어떤 이미지도 만들어낼 수 있다는 건 좋은 일이겠지만그런가?, 문학이든 영화든 그 핵심은 그 안에서 벌어지는 사건과 캐릭터가 만들어내는 서사의 설득력이다. 각 캐릭터가 왜 그렇게 생각하고 행동하는지를 제대로 고민하지 않고 컴퓨터가 만들어낸 현란한 이미지로만 여전히 먹힐 수 있다고 믿는다면 관객을 깔보는 짓이다. 그런 상술에 넘어가는 이들은 앞으로도 있을 것이고 그것이 이 시리즈를 계속하게 만드는 동력이겠지만, 나는 그런 모습에서 죽어야 할 때 죽지 않고 살아 움직이는 좀비의 모습을 발견한다. 〈퀀텀〉만이 아니라 어벤져스 시리즈의 종결 이후에 나온 몇 편의 코믹스영화를 보고 하는 판단이다. 거의 유일한 예외는 디씨 코믹스의 〈더 배트맨〉 정도다. 내가 좋게 봤던 〈앤트맨〉 시리즈가 망가진 게 아쉽다. 그 얘기를 하려고 이렇게 길게 쓰나 싶지만 때로는 극장에 가지 말라고 하는 의견도 필요한 법이다.2023.2

스포츠영화의 재미

〈더 퍼스트 슬램덩크〉

운동을 잘하지는 못했지만 대학 시절까지는 이런저런 구기球技 운동을 즐겨 했다. 특히 농구를 좋아했다. 미국 유학 시절 수업과 논문 준비에 시달리던 때에 농구의 GOAT the greatest of all time 인 마이클 조던의 경기 실황 중계를 보는 게 생활의 재미였다. 당시 시카고 불스는 시즌 최다승 기록을 세우기도 했다. 넷플릭스에는 조던의 시카고 불스가 마지막이자 6번째 NBA 우승을 했던 1997~1998년 시즌의 뒷이야기를 다룬 다큐멘터리 시리즈 〈라스트 댄스〉가 올라왔다. 그 시절 추억이 떠올라 재미있게 봤다. 요즘은 재미없어서 NBA 농구도 찾아보지 않는다. 농구의 전성 시절은 1990년대였다고 본다. 1990년대 최고의 만화 화제작이었던 슬램덩크 시리즈를 읽은 건 유학을 마치고 귀국한 다음으로 기억한다. 농구팬으로서 재미있게 읽었다. 얼마 전에 도쿄 근교 가마쿠라를 갔다 왔다. 만화의 배경인 가마쿠라고교 영화에서는 북산고교 앞에 기념 촬영을 하려는 젊은이가 적지 않게 보였다. 내게 가마쿠라는 고레에다 히로카즈의 영화 〈바닷마을 다이어리〉와 나쓰메 소세키의 소설 『마음』의 배경으로 먼저 다가오지만, 더 많은 사람에게는 슬램덩크의 배경으로 기억된다는 걸 느꼈다. 스포츠, 농구를 좋아하지만 농구 만화의 매력이 무엇인지를 설명할 능력은 없다. 하지만 이런 생각은 한다. 말과 글은 종종 사람을 속이고 현혹하지만, 몸으로 능력을 입증해야 하는 운동 경기는 그렇지 않다. 말과 글보다 몸이 훨씬 정직하다. 농구 같은 팀 스포츠는 한 개인의 능력만이 아니라 여러 사람의 능력을 조율하고 협업하는 것이 동시에 요구된다. 그런 점에서 농구 같은 팀 스포츠는 사람살이의 면모를 보여주기도 한다.

원작이 나온 뒤 꽤 시간이 흘러 새롭게 만화영화로 만든 〈더 퍼스트 슬램덩크〉이하 <슬램>를 봤다. 줄거리는 이렇다.

> 전국 고교 농구대회에서 북산고 농구부는 전국 최강인 산왕공고와 맞붙는다. 가드 송태섭은 팀의 사령탑으로서 경기를 조율하면서 과거를 회상한다. 어린 시절 송태섭은 형에게서 농구를 배운다. "넘어진 다음이 중요해. 피하지 마"라며 어깨를 다독여주던 형은 어느 날 사고로 세상을 떠난다. 농구 유망주로 이름을 날렸던 형의 빈자리는 송태섭을 비롯한 가족 모두에게 쉽사리 채워지지 않는다. 다시 시간은 현재, 북산고는 초반에 각자의 장기를 발휘해 최강 산왕공고를 몰아붙인다. 하지만 왕자 산왕은 후반 들어 진면목을 발휘하고 어느덧 후반전 들어 20여점 차로 뒤처진다. 최악의 상황에서도 북산고 멤버들은 꺾이지 않는 마음으로 최후의 투지를 발휘한다.『씨네21』

〈슬램〉은 원작자 이노우에 다케히코가 각본과 연출을 맡았다. 종종 원작자가 영화 각색에 참여하는 경우에 작품을 망치는 경우가 적지 않다. 〈슬램〉은 그렇지 않다. 무엇을 줄이고 어디에 초점을 둬야 하는지를 영리하게 파악했다. 영화는 산왕공고와의 경기를 골격으로 삼고 거기에 원작 만화에서는 다소 주변적인 캐릭터였던 가드 송태섭의 이야기를 적절하게 끼워 넣는다. 그리고 부분적으로 다른 선수들인 강백호, 채치수, 서태웅, 정대만이 지닌 각자의 개성과 내력을 보여준다. 그 연결이 꽤 자연스럽다. 이제는 원작의 주인공들보다는 그들의 부모와 더 공감대가 높아진 내 시각에서 따지고 보면 눈에 걸리는 부분도 있다. 요즘 고등학생답지 않게 어른스러운 말과 행동이 어색하게 보이기도 하고아니면 1990년대의 고등학생들이 실제로 어른스러웠거나, 경기에서 보여주는 운동 능력이 고등학생의 것이라고 보기에는 거의 프로 경기에서나 나올 법한 고급스러운 수준을 보여준다는 점에 삐딱한 시선을 보낼 수도 있다.

무엇보다 실제 농구경기를 관람하는 것보다 더 박진감 있게 그려진 경기 묘사가 눈에 띈다. 경기의 리듬, 하강하고 상승하는 흐름을 포착한 장면과 사운드는 실감 난다. 원작에서 이 경기의 결과를 미리 알고 봐도 다른 맛과 재미를 준다. 만화책이 아닌 캐릭터가 움직이는 영화의 차이점이다. 나는 〈슬램〉의 초점을 송태섭에 맞춘 작가 / 감독의 선택이 마음에 들었다. 쉽게 생각하면 더 역동적인 캐릭터인 강백호나 다른 선수들을 전면에 부각할 수도 있지만 그렇게 하지 않는다. 감독은 주목받는 선수보다는이 팀의 현재 에이스는 서태웅이다 자신이 맡은 자리에서 최선을 다하는 이에게 조명을 주는 쪽을 선택한다. 송태섭의 가족 이야기가 아주 새롭다고 할 수는 없다. 하지만 과하지 않을 정도로 영화는 부모와 자식, 다른 능력을 지녔기에 부모로부터 의식하지 못한 채로 환대와 홀대를 받기도 하는 형제 관계의 양상을 섬세하게 보여주며 서운함, 미안함, 질투, 아쉬움 등의 정서를 전달한다. 그런 섬세함은 다른 캐릭터도 마찬가지다. 일진 시절을 거쳤던 정대만이나 최고를 꿈꾸는 서태웅, 항상 주장 역할을 의식하면서 팀원들에게 지시만을 내리는 데 익숙한 채치수 등이 어떤 미덕과 한계, 매력을 지닌 캐릭터인지를 솜씨 있게 드러낸다. 원작의 주인공인 강백호의 개성을 몇 장면으로 처리하는 능력도 훌륭하다. 영화를 보면서 다시 느낀 건 강백호는 1990년대 NBA의 악동이자 리바운드의 제왕으로 조던과 함께 불스 왕조를 세웠던 데니스 로드맨과 닮았다는 것이다. 특히 그 빨갛게 염색한 머리 색깔이 그렇다. 원작 만화의 감흥을 기억하는 옛 독자에게는 추억을, 원작을 알지 못하고 처음 영화로 보는 새로운 세대에게는 스포츠 만화영화의 재미를 주는 영화다.2023.1

이미지의 충격

〈아바타 2〉

기대작 〈아바타 2〉를 봤다. 3D가 아니라 2D로 봤다. 3D로 다시 보려고 한다. 그 이유는 뒤에 설명하겠다. 영화의 얼개는 이렇다.

> 1편에서 종족의 벽을 뛰어넘어서 하나가 된 해병대원 제이크 설리샘 워싱턴와 나비 족 부족장 딸 네이티리조에 살다나는 이제 가정을 꾸려 네테이얌제이미 플래터스과 로아크브리튼 돌턴와 투크트리니티 블리스를 낳는다. 여기에 입양한 10대 딸 키리시고니 위버와 전쟁 고아인 스파이더잭 챔피언가 더해져 가족이라는 요새가 완성된다. 1편에서 지구의 자원개발청RDA이 언옵티늄이라는 광물 채굴을 위해 파견된 민간 기업이었다면 이제는 지구인 전체가 판도라의 식민지화를 목적으로 대거 이주해온다. 더는 인간이 살기 힘들 정도로 황폐화된 지구를 뒤로한 채 건너온 이들과의 분쟁은 이제 이익이 아닌 생존의 문제로 확장된다.『씨네21』

줄거리를 적었지만 사실 줄거리가 별로 중요하지는 않다. 오래전 〈아바타 1〉이 나왔을 때도 관객이 놀란 것은 이야기의 신선함이나 독창성 때문은 아니었다. 지구가 당면한 문제예컨대 자원과 식량를 해결하려고 외계행성을 찾고, 거기서도 지구에서 인간이 저질렀던 식민주의 행태와 똑같은 짓을 하는 건 다른 SF문학이나 영화에서 익히 봐온 모습이다. 〈아바타 1〉에서는 그 대상이 새 에너지 광물 언옵티늄이었다. 〈아바타 2〉에서는 고래를 연상시키는 판도라의 거대 바다 생명체인 툴쿤의 뇌에서 얻으려는 매우 비싼 암리타로 설정된다. 인간은 지구상에서 하던 짓을 외계행성에서도 반복한다. 돈이 되는 암리타를 얻으려는 인간에게 학살당하고 버려지는 툴쿤의 모습은 자연스럽게 멜빌이 쓴 고전 『모비 딕』에서 묘사되는 향유고래잡이를 떠올리게 한다. 시간이 흘러도 인간이 하는 짓이 늘 그렇다.

자신보다 열등하다고 간주하는 야만 종족이 가진 자원을 약탈하는 식민화colonization 과정에서 식민주의자였던 인물이 피식민인의 처지에 공감하게 되면서 일종의 '존재 이전'을 하는 것도 특이한 일은 아니다. 그런 일이 실제로 많이 일어난다는 뜻이 아니라 그런 사례가 문학이나 영화에서 다뤄진 것이 있었다는 뜻이다. 인간의 몸을 버리고 나비 족의 몸을 선택하는 제이크 설리의 선택은 전례가 있다. 하지만 〈아바타〉 시리즈가 특이한 점도 있다. 특히 이번 2편은 그렇다. 할리우드 거대자본으로 만든 이 시리즈는 미국 역사의 지울 수 없는 어두운 트라우마인 아메리카 원주민 추방과 학살의 기억을 소환한다. 단지 소환하는 것이 아니라 그들의 시각에서 현실을 본다. 2편에 나오는 숲의 부족인 나비 족, 새롭게 등장한 물의 부족 멧케이나족은 명확하게 북미 원주민을 연상시킨다. 백인과 원주민 사이에서 고민하는 인물을 다룬 오래전 영화인 케빈 코스트너의 〈늑대와 춤을〉이나 더스틴 호프먼 주연의 〈작은 거인〉 같은 영화가 있지만, 이 영화들도 결국은 백인 점령자의 시각에 기댄다. 양심적인 백인을 형상화하는 데서 멈춘다. 〈아바타 2〉의 서사가 분명 어디선가 많이 본 듯하기에 새롭다고 할 수는 없지만, 백인으로 상징되는 지구인 혹은 "하늘의 사람들"이 아닌 원주민의 시각에서 진행되는 건 인정할 만하다.

감독도 〈아바타 2〉가 기대는 관점, 즉 착취하는 지구인과 착취당하는 판도라의 대립 구도가 단순하다는 걸 인지했을 것이다. 그래서 다른 서사로 그걸 보충하려 한다. 설리가 되풀이 강조하는, 아버지로서 지켜야 할 가족의 이야기다. 영화는 설리 가족의 끈끈한 가족애를 강조한다. 하지만 이런 가족애는 앞서 언급한 식민주의 문제와 마찬가지로 새롭지 않다. 내가 주목한 건 그런 끈끈한 가족애로 덮을 수 없는 부모, 자식 간의 차이와 갈등이다. 〈아바타 2〉는 설리와 네이티리의 둘째 아들인 로아크의 성장기로 읽을 수 있다. 부모는 자식을 사랑하고 걱정하는 마음에 자식의 삶에 간섭하려 든다. 하지만 자식은 점차 육체적으로, 정신적으로 성장하고 자신의 길을 가려 한다. 그럴 때 필연적으로 틈이 생긴다. 〈아바타 2〉는 점점 불거지는 가족 안의 갈등에 주목한다. 결말 부분에서 로아크에게 하는 설리의 말인 "나는 너를 본다"라는 나비 족의 인사말이 울림을 준다. 그러나 여러 가지 이야기를 하려다 보니 이런 틈새와 갈등의 의미를 더 깊이 있게 다루지는 못한 게 아쉽다. 이렇게 적자니 〈아바타 2〉가 호들갑을 떨 만한 영화가 아닌 것처럼 보인다. 하지만 큰 스크린의 입체 화면이 아닌 일반 극장에서 본 소감으로도 이미지가 주는 충격은 놀랍다. 감독은 서사보다는 오직 거대 화면으로 영화만이 보여줄 수 있는 놀라운 이미지의 감각적 충격에 더 관심을 기울인다. 영화 중간 부분에 영화의 서사와는 직접적인 관계가 없는 것처럼 보이는 판도라 바다의 수중 세계와 거기 사는 다양한 생명체의 모습은 분명 황홀하다. 〈아바타 2〉에는 심해 바다 탐험에도 일가견이 있다는 감독의 경험이 발휘된 다양한 생명체가 나온다. 나비족보다 더 뛰어난 감성과 지능을 지녔다는 툴쿤은 특히 인상적이다. 그런 생명체를 그저 돈벌이 대상으로밖에 보지 못하는 인간의 무지함도 뾰족하게 드러난다.

요약하자. 2편이 서사나 주제 면에서는 딱히 새롭거나 독창적이지 않다. 그건 걸 기대한다면 실망할 수 있다. 3시간 넘는 상영시간도 모든 걸 다 보여주겠다는 과욕으로 느껴진다. 조금 절제했으면 싶다. 하지만 역시 감독이 제임스 카메론이니만큼 이야기 구성에서도 기본은 한다. 이 영화의 포인트는 다시 한번 판도라의 세계를 실감나게 구현한 장대한 이미지다. 서사와는 직접적으로 관련이 되지 않지만 강렬한 인상을 주는 장면들은 1편이 처음 나왔을 때만큼은 아니지만, 여전히 놀랍다. 나도 그래서 3D 큰 화면으로 다시 보려고 한다.2022.12

필요한 다정함

〈에브리씽 에브리웨어 올 앳 원스〉

오랜만에 극장에 갔다. 무기력증이 심해져서다. 기분전환이 필요했다. 글 읽기도, 글쓰기도 무기력하게 느껴진다. 사회 어느 곳에서나 권모술수가 판치는 엉망진창인 현실에서 제정신을 차리고 살기가 힘들다. 다중우주Multi-verse를 새롭게 다룬 영화라는 〈에브리씽 에브리웨어 올 앳 원스Every-thing, Everywhere, All at Once〉를 찾아본 이유다.이하 <에브리씽>, 생각난 김에 적자면 나는 이렇게 영어를 어색하게 음차하는 제목 표기 방식이 마음에 안든다 영화가 좋다는 평을 들었던 것도 극장에 간 이유지만, 지금 이곳의 '내'가 아닌 다른 우주에 존재하는 다른 '나'를 발견한다는 게 일단 위로가 된다. 마치 영화에서 주인공 에블린이 그렇게 느끼는 것처럼. 간략한 영화의 얼개는 이렇다.

대혼돈의 멀티버스가 코믹스 원작 영화에서만 펼쳐지란 법은 없다. 〈에브리씽 에브리웨어 올 앳 원스〉 속 다중우주의 위기를 타개할 히어로는 코인 세탁소를 운영 중인 중국계 미국 이민자 에블린양자경이다. 에블린은 블랙홀 같은 중년의 위기 한가운데 놓여 있다. 세탁소는 세무 조사 대비로 여념이 없는데, 성정이 무른 남편 웨이먼드조너선 케 콴는 에블린에게 이혼을 요구하고 대학생 딸 조이스테파니 수와의 삐걱대는 관계는 회복할 기미가 요원하다. 게다가 에블린은 중년이 되어도 아버지제임스 홍가 행여 자신에게 실망할세라 매일이 전전긍긍이다. 세무 조사를 위해 국세청을 방문한 에블린은 다중우주 속 또 다른 웨이먼드인 알파 웨이먼드로부터 악당 조부 투파키가 야기한 카오스로부터 우주의 질서를 바로잡을 영웅이 자신임을 알게 된다.『씨네21』

영화 시작 후 초반부에서는 이게 무슨 영화인지 싶었다. 위의 소개에도 나왔듯이 애초부터 이게 거대우주를 배경으로 한 코믹스영화와는 다른 전개가 될 거라고 예상했지만, 이야기 설정과 전개에서 뭔가 촌스럽고 황당하다는 인상을 받았다. 하지만 그 인상은 영화가 전개되면서 사라졌다. 영화가 끝날 때쯤에는 뭔가 뭉클하다는 느낌을 받았다. 요즘은 어떤 영화를 봐도 그 이야기가 어떻게 전개될지, 어떤 사건과 인물들의 리액션이 나올지가 대충 짐작되는 영화는 보고 싶지 않다. 그리고 대충 내 짐작이 맞는다. 역으로 말하면, 영화를 보기 전에는 어떻게 이야기가 전개될지, 어떤 사건과 리액션이 나올지를 알기 힘든 영화, 내 예상을 보기 좋게 벗어나는 영화에 끌린다. 몇몇 장면에서라도 내가 가진 통념과 예상을 무너뜨리는 작품이 좋다. 〈에브리씽〉이 그런 영화다.

〈에브리씽〉은 다양하게 해석할 수 있다. 다중우주론과 양자역학의 세계관에 느슨하게 기대면서 〈에브리씽〉은 순간의 선택 때문에 달라질 수 있는 '나'의 여러 삶이 지닌 의미를 생각하게 만든다. 에블린은 자신의 선택에 따라 지금의 갑갑한 삶에 처했다. 그녀가 삶의 한순간에 다른 선택을 했다면 지금의 세탁소 주인이 아니라 요리사, 유명 배우, 쿵푸 고수, 가수가 될 수도 있었다. 하지만 그렇게 되지 못했다. 이제 와서 그 선택을 되돌릴 수는 없다. 영화는 에블린이 살 수도 있었을 다양한 삶의 모습을 재치있는 편집으로 보여주지만, 당연히 그건 다른 우주에서의 삶일 뿐이다. 그렇다면 여러 골치 아픈 문제를 떠안은 세탁소 주인으로서 에블린은 어떻게 할 것인가? 〈에브리씽〉의 흥미로운 포인트 하나는 그렇게 다양한 에블린들을 연결하는 방식이다. 다른 우주의 자신과 접속하기 위해 에블린은 기발한 방식으로 우주 점프Verse Jumping를 시도한다. 그 방식은 비루한 삶의 모습을 연상시킨다. 코믹스영화의 장대한 다중우주관을 비웃는 관점이다. 웨이먼드는 에블린이 우주를 구할 능력이 있다는 코믹스적 대사를 날리지만, 에블린은 그런 데 관심이 없다. 그녀의 관심은 다른 데 있다. 그런데 그게 질리도록 봐온 뻔한 가족서사와는 다르다.

이 영화는 미국 사회에 정착하기 위해 분투하는 중국계 이민자들의 가족서사로 읽을 수 있다. 어쩌면 그게 영화의 핵이다. 다중우주론 등은 그걸 효과적으로 전달하기 위한 장치이다. 에블린은 자신을 억압한다고 믿는 아버지에게서 벗어나려고 웨이먼드의 청혼을 받아들인다. 하지만 결혼 후 생활의 곤경에 처한 그녀는 거의 똑같은 방식으로 딸 조이를 대한다. 조이의 주체성을 인정하지 않는다. 〈에브리씽〉은 자식의 주체성을 인정해야 한다는 걸 알면서도 자식이기에 발생하는 잔신경과 잔소리의 의미를 동시에 보여준다. 자식의 주체성을 인정한다고 해서 자식을 완전히 놓아주기가 어렵다는 걸 부모가 되어보면 알게 된다. 영화는 그 점을 짚는다. 〈에브리씽〉의 매력은 다중우주를 파괴하는 악당으로 설정된 조부 투파키에서 나온다. 그리고 그 악당의 의미를 앞서 언급한 가족 서사와 연결하는 데서 영화의 독특함이 발생한다. 조부 투파키는 "모든 새로운 발견은 우리가 얼마나 사소하고 멍청한지를 다시 일깨울 뿐이다"라고 믿는다. 그리고 투파키가 보기에 "인간은 잠시 이성적으로 사유하고 대부분 멍청한 존재"이다. 요즘 세상 돌아가는 꼴을 보면 투파키의 판단에 공감하게 된다. 어떤 이유로 다중우주를 자유롭게 오갈 수 있는 능력을 얻게 된 투파키는 자신의 경험을 통해 지구는 우주에서 특별할 것이 없고 인간이 다른 생명체보다 별반 나을 게 없다는 결론을 얻는다. 한마디로 투파키는 이 세상이 진부하고 지겹다.

그렇다고 투파키가 마블 코믹스의 최고 악당 타노스처럼 우주를 파괴하는 길을 가지는 않는다. 투파키는 그 허무함을 깨기 위해 다른 길을 택한다. 나는 그 선택에 공감했다. 투파키의 마음이 이해가 된다. 투파키는 악당이지만 공감할 수밖에 없는 악당이다. 지구와 인간이 사소하고 의미 없는 존재라면, 지금 내가 느끼는 이 깊은 무력감이 나름대로 근거가 있는 것이라면, 어떻게 해야 할까? 〈에브리씽〉은 어쩌면 이 질문에 대한 나름의 답을 찾으려는 영화다. 물론 정답은 없는 법이지만. 나는 영화의 결말에서 오래전 본 영화인 〈컨택트〉를 떠올렸다. 〈컨택트〉에서 루이스에이미 애덤스는 이렇게 말한다. "결과를 알고 있음에도, 어떻게 흘러갈지 알면서도, 난 모든 걸 껴안을 거야. 그리고 그 모든 순간을 반길 거야." 에블린도 비슷한 선택을 한다. 〈에브리씽〉에서 가장 인상 깊은 장면. 어떤 생명체도 없는 곳에서 돌이 된 에블린과 조이가 나누는 대화가 나오는 장면이다. 에블린은 "그 어느 우주에 갈 수 있다 해도 난 너와 함께 있겠다"라고 말한다. "쓰레기든 뭐든 난 너와 여기에 있고 싶어." 부모는 자식을 떠나보내야 하지만 완전히 그렇게 할 수도 없다. 세상은 엉망진창이고 권모술수가 판치고 인간 말종이 득세하지만 그런 것들에 맞서기 위한 힘은 똑같은 권모술수가 아니다. "살아남기 위해 필요한 다정함." 웨이먼드의 말처럼 "이게 내가 싸우는 방식이다". 영화를 보고 나서 나는 이 진부한 말에서 작은 위안을 얻었다.2022.12

하늘에서 펼쳐지는 무협

〈탑건-매버릭〉

볼까 말까 하다가 〈탑건-매버릭〉이하 <매버릭>을 봤다. 1986년에 개봉했다는 〈탑건〉은 보지 않았다. 아마도 미국식 국뽕영화라는 편견이 작용했을 것이다. 그 시절은 그런 편견이 강한 때였다. 솔직히 이번 속편을 보면서도 그런 우려가 없지는 않았다. 결론부터 말하면 그런 우려는 잘못된 것이다. 영화 내용은 이렇다.

> 24살이던 톰 크루즈를 세계적 스타로 도약시킨 항공 액션 블록버스터 〈탑건〉1986의 후속편 〈탑건-매버릭〉이 36년 만에 돌아왔다. 영화에서도 30여 년의 시간이 흘렀지만, 매버릭톰 크루즈은 진급도 제대도 하지 않은 대령이자 현역 파일럿이다. 무인기가 파일럿을 대체할 거라는 비관 속에 매버릭은 자신이 졸업한 훈련학교 '탑건'의 교관으로 발령받는다. 지도자보다 현역으로 남고 싶은 매버릭과 최고라는 자부심만 가득한 후배들과의 갈등 못지않게 매버릭을 괴롭게 하는 것은 루스터마일스 텔러다. 전편에서 매버릭의 윙맨이자 사고로 목숨을 잃은 구스의 아들 루스터가 탑건의 파일럿으로 나타나 여전히 매버릭을 원망하고 있다. 작전까지 시간은 얼마 남지 않았는데, 팀워크도 훈련도 좀체 진전이 없고 설상가상 매버릭은 교관 자리에서도 퇴출 위기에 놓인다.『씨네21』

〈매버릭〉이 뻔한 미국식 국뽕영화일 거라는 우려는 미국 군대를 배경으로 한 할리우드영화에는 자연스럽게 연상되는 것이다. 〈매버릭〉에도 그런 점이 없지는 않다. 영화는 어떤 작전을 성공시키기 위한 조종사들의 훈련 과정 서사의 골격을 이룬다. 영화는 의도적으로 적이 누구인지를 흐릿하게 만든다. 그냥 테러지원국이라고만 언급된다. 적군의 어떤 캐릭터도 명확하게 나오지 않는다. 여기에는 제작진과 감독이 이런 식의 미국 군대해군 배경 영화가 늘 미국 최고라는 식의 국뽕영화로 비치는 것에 대한 우려가 작동한 걸로 보인다. 까탈스럽게 보자면 이런 조심스러움조차 어쩔 수 없는 할리우드 국뽕영화의 징후로 읽을 수도 있지만 나는 그렇게 생각하지 않는다. 이 영화의 포인트는 아군과 적군을 나누고 벌어지는 전쟁에 있지 않다.

범박하게 말하면 〈매버릭〉은 전쟁영화도, 국뽕영화도 아니다. 뜬금없지만 내가 떠올린 건 중국무협의 오래된 공식이다. 아버지를 죽게 만든 스승과 제자의 애증 관계, 그런 제자를 바라보는 스승의 죄의식과 트라우마, 스승에게 무술을 배우면서도 스승을 넘고 싶은 제자의 욕망, 하지만 종국에는 스승의 길이 옳다는 걸 확인하는 과정, 스승과 제자의 화해 등. 거기에는 점점 변해가는 현실 속에서 사라져가는 강호의 도에 대한 탄식도 있다. 〈매버릭〉에서는 이런 주제를 컴퓨터로 조정하는 무인 전투기 운용이 다가오는 시대에 "파일럿은 세상에서 사라질 거고 자네 자리는 없다"라는 말로 요약한다. 시대가 변한 것이다. 매버릭은 이렇게 답한다. "언젠가는 그럴지도 모르죠. 하지만 오늘은 아닙니다." 이 영화에 중노년 관객층이 끌리는 데는 이런 복고 감성도 작용한다고 본다. 아직도 아날로그 정신은 죽지 않았다는 공감이랄까. "노병은 아직 죽지 않았다"라는 감성의 힘이다. 매버릭이 진급을 못 하고 여전히 대령으로 현역 전투 조종사,

교관으로 활동하는 걸 보면서 느끼는 애틋함 같은 것이 작용한다. 그 점에서 이 영화의 비행 훈련은 다른 걸로 대체해도 사실은 무방하다. 자동차 경주든 다른 스포츠이든.

〈매버릭〉의 서사는 얄팍하지만, 영화는 영리하게 이제는 기성세대가 되어버린 매버릭과 그 아들세대 조종사들과의 차이, 갈등, 화해를 솜씨 있게 다룬다. 매버릭은 자신의 능력을 의심하는 차세대 조종사들에게 실력으로 자신을 입증한다. 역시 무림에 갓 입문한 애송이에게 한 수 가르쳐주는 고수를 보는 인상이다. 매버릭maverick의 뜻은 독불장군, 이단아, 강한 개성의 소유자다. 한마디로 튀는 존재다. 영화에서 주인공 매버릭이 걷는 길을 잘 요약한다. 그는 젊은 조종사들에게 교본과 규정만으로는 해결할 수 없는 현실의 난관을 자기만의 방식으로 돌파하는 법을 가르친다. 그런 점에서 그는 좋은 선생이다. 그래서 출세를 못 했지만. 〈매버릭〉의 매력은 이런 서사의 재미보다는 실감 나는 전투기 조종과 전투 장면에 있다. 특히 마지막 작전 장면의 전투신은 박진감 있다. 이번에도 제작진은 컴퓨터 그래픽이 아니라 실제 현장 촬영을 했다는데 어떻게 촬영했는지 궁금해진다. 수십 년 만에 속편이 나왔고 상당한 인기를 끌고 있다니 앞으로 3편, 4편도 나올 걸로 기대한다. 주연을 맡은 톰 크루즈의 나이가 적지 않지만 〈매버릭〉을 보니 앞으로 10년은 끄떡없이 배역을 소화할 것 같다. 배우의 자기 관리는 배울 만하다. 걸작이라고는 말하지 못하겠지만 더운 여름에 볼 만한 잘 만든well-made 영화다. 장쾌한 비행 장면만으로도 그렇다. 이야기 전개에 군더더기가 없다는 것도 마음에 든다.2022.7

다른 가족 만들기

〈브로커〉

6월이 되었고 기대작들이 극장에 걸리기 시작했다. 개봉하면 꼭 찾아보는 고레에다 히로카즈 감독의 〈브로커〉를 오전에 봤다. 의외로 사람이 많았다. 고레에다 영화가 흥행에 크게 성공하는 타입의 영화는 아니기에 의외였다. 이미 많이 알려졌지만 영화 소개는 이렇다.

> 아이를 베이비박스 앞에 두고 간 엄마 소영이지은이 되돌아오면서, 아이를 몰래 빼돌린 불법 입양 브로커 상현송강호과 동수강동원의 계획이 틀어진다. 이 둘은 소영을 설득해 아이를 더 잘 키워줄 수 있는 적임자를 찾는 여정에 동참시킨다. 여기에 보육원에서 합류한 소년 해진임승수까지 더 '이상한 가족'은 고레에다 히로카즈 영화에서 낯설지 않은 모양새다. 버리는 것과 버려진 것을 둘러싼 여러 사연 속에서 〈브로커〉는 가족이란 혼자였으면 감당할 수 없는 일을 그저 함께하는 사람들일 뿐이라고 일깨운다. 거래 현장을 덮치려는 형사 수진배두나과 이 형사이주영가 이들을 뒤쫓고, 멀리 있던 인물들이 감정의 거리를 좁혀나가는 과정이 주요한 재미 요소다.『씨네21』

〈브로커〉를 독창적이라고 평가하기는 어렵다. 고레에다 감독이 지금까지 만들어온 영화 세계 안에서 보자면 그렇다. 데뷔작 〈환상의 빛〉부터 그의 관심사는 가족, 인간 관계의 탐구였다. 특히 '가족이란 무엇인가?'라는 물음을 계속 제기해 왔다. 〈그렇게 아버지가 된다〉, 〈바닷마을 다이어리〉, 〈어느 가족〉이 다 그렇다. 〈브로커〉는 이들 영화의 계보를 잇는다. 앞선 영화가 보여준 주제를 변주한다. 특히 〈어느 가족〉이 그렇다. 〈어느 가족〉에서는 사회적으로 손가락질받을 수 있는 이슈인 아이 유괴 문제를 주어진 가족이 아니라 만들어가는 가족의 시각에서 다룬다. 〈브로커〉는 미혼모, 아이 유기, 베이비 박스라는 민감한 소재를 비슷한 시각에서 다룬다. 그렇다면 〈브로커〉는 전작의 아류에 불과한가? 그렇지는 않다. 어쨌든 고레에다의 영화 아닌가.

고레에다의 이전 영화에 비해 〈브로커〉에서는 압축적으로 각 캐릭터가 가진 상처를 보여준다. 이건 차이점이다. 언뜻 보기에 악역인 상현과 동수가 왜 아이 브로커라는 일을 하는가? 첫째 이유는 돈 때문이다. 그런데 영화가 전개되면서 드러나듯이 그것이 전부는 아니다. 둘은 그들만의 사연을 갖고 있다. 영화의 핵심 캐릭터인 소영은 왜 아이를 버리는가? 혹은 버릴 수밖에 없는가? 영화의 뒷부분에 드러나는 진실은 사실은 전체 진실의 부분에 불과하다. 소영이 말하듯이 언론 등이 규정하는 공적인 말들은 피상적 사실의 전달에 머문다. 사실fact과 진실truth은 같지 않다. 〈브로커〉는 봉준호 영화처럼 계급이나 사회적 소수자 문제를 전면에 드러내는 영화는 아니다. 그러나 소영의 행동과 결정에는 그녀의 고유한 성격이나 감정만으로는 설명할 수 없는 상황의 요소가 작용한다. 상현과 동수의 브로커 행위를 현장에서 체포하기 위해 추적을 계속하는 두 여성 형사의 위치가 그 점에서 독특하다. 애초에 이들을 둘 다 여성으로 설정한 데서도 드러나듯이 어느 순간 이들은 형사라는 주어진 역할과 여성이라는 정체성 사이를 아슬아슬하게 넘나든다. 그 부분이 좀 더 깊이 있게 다뤄지지 않은 것이 아쉽다. 둘이 나누는 대화에는 소영 같은 미혼모들을 사회가 어떻게 대응 혹은 대우해야 하느냐는 쉽지 않은 질문이 깔려 있다.

고레에다 감독은 어느 인터뷰에서 〈브로커〉의 핵심 키워드가 가족이 아니라 생명이라고 말했다. 예컨대 소영의 이런 대사. "아이가 태어난 다음에 버리는 것보다 태어나기 전에 죽이는 것이 더 나은가?" 민감한 질문이다. 이 질문에 손쉬운 답은 없다. 그러나 영화의 한 인상적인 장면에서 표현되듯이 세상에 태어난 모든 생명은 다 소중하고 감사한 일이다. 영화의 메시지는 명확하다. "태어나줘서 고마워." 그 메시지의 전달이 다소 단순하게 표현되었다고 볼 수도 있지만 나는 그 전달 방식에 공감했다. 사람의 가치를 돈의 기준에서 나누고, 함부로 생명을 죽이고 해치는 것이 너무나 당연시되는 세상이 되었기에. 고레에다의 이전 영화보다 〈브로커〉가 다소 감상적인 데가 있는 건 사실이다. 특히 뒷부분이 그렇다. 결말에서 드러나는 환상적 해결을 보면서 마음이 놓이면서도 영화의 완성도 면에서는 다소 못마땅하게 느꼈다. 그러나 피로 맺어진 가족보다 어쩌면 더 강한 유대 관계, 서서히 생성되는 다른 가족 관계의 힘을 끊임없이 탐구하는 고레에다의 작업을 여전히 나는 지지한다.

칸느영화제에서 한국 배우 중 최초로 남우주연상을 받은 송강호 배우나 강동원 배우의 연기도 훌륭하다. 특히 두 사람의 대화에서 종종 드러나는 블랙코미디적인 요소가 자칫 무거울 수 있는 영화의 톤을 적절히 조절한다. 하지만 내가 이번에 발견한 배우는 이지은아이유 배우다. 나는 노래 잘하는 가수 아이유로만 그녀를 알고 있었다. 이번에 배우 이지은을 발견했다. 최근에 TV 드라마에서 좋은 연기를 보여줬다는 말은 들었지만 TV 드라마를 거의 보지 않는 나로서는 그게 맞는 평가인지 알 수 없었다. 이 영화를 보면서 강한 인상을 받았다. 쉽지 않은 배역을 너끈히 감당한다. 특히 관람차 신이 인상적이다. 아이를 위해서 아이를 버릴 수밖에 없는 상황이지만 거기서 발생하는 고통을 감내해야 하는 젊은 엄마의 착잡한 내면을 많지 않은 대사와 표정으로 표현한다. 해진 역을 맡은 아역 배우 임승수도 돋보인다. 이 영화를 고레에다 감독의 최고작이라고 평가하긴 어렵다. 여기저기 구멍이 있다. 그래도 볼 만한 영화다. 강하고 센 영화만이 극장가를 점령하는 분위기에서 이런 영화에게도 힘을 실어줄 필요가 있다.2022.6

수퍼영웅의 행복

〈닥터 스트레인지－대혼돈의 멀티버스〉

보통 보고 나서 썩 마음에 들지 않은 영화에 대해서는 평을 쓰지 않는다. 〈닥터 스트레인지－대혼돈의 멀티버스〉이하 <대혼돈>는 굳이 평을 쓸 만한 영화는 못 된다. 그런데도 뭔가 쓸 말이 좀 있다. 줄거리가 거의 중요하지 않은 영화지만 간단한 소개.

> 모든 상상을 초월하는 광기의 멀티버스 속, MCU 사상 최초로 끝없이 펼쳐지는 차원의 균열과 뒤엉킨 시공간을 그린 수퍼내추럴 스릴러 블록버스터이다. MCU의 대부이자 공포 장르의 대가 '샘 레이미' 감독 특유의 강렬한 분위기를 담아내 마블 최초의 '수퍼내추럴 스릴러 블록버스터' 장르에 도전해 관객들의 기대감을 증폭시킨다.『씨네21』

먼저 이 영화를 추천하고 싶지 않은 이유부터. 예상한 대로 마블 코믹스의 장기인 현란한 화면은 그럭저럭 볼 만하다. 특히 수십 개의 다중우주multi-verse를 통과하여 닥터 스티븐 스트레인지베네딕트 컴버배치와 멀티버스를 자유롭게 오갈 수 있는 비밀을 지닌 소녀 아메리카 차베즈소치 고메즈가 이동하는 장면 이미지는 화려하다. 할리우드영화가 지닌 장기를 과시한다. 이미지 제작 능력은 대단하다. 마술을 이용한 전투 장면도 볼만하다. 문제는 이런 화려한 이미지가 연결되면서 만들어내야 하는 서사가 납작하다는 것이다. 그렇게 된 이유. 각 캐릭터가 지닌 어둠의 비밀, 혹은 상실로 인한 상처가 남긴 이야기를 영화가 대충 넘어가기 때문이다. 다시 제작된 〈배트맨〉이 인상적이었던 이유와 비교가 된다. 배트맨이라는 캐릭터가 지닌 복잡한 면모가 제공하는 틈새를 파고들어 그 캐릭터의 깊이를 고민했기 때문이다. 〈대혼돈〉에도 그렇게 이야기를 전개할 가능성은 충분히 존재한다. 어떤 면에서 이 영화의 주인공은 개별 캐릭터가 아니라 멀티버스 그 자체라고도 할 수 있다. 그런 상황이 부여하는 다차원적인 세계가 만들어내는 이야기의 토대가 있다.

닥터 스트레인지가 만나는, 다른 세계에 존재하는 여러 스트레인지와 부딪치면서 생기는 정체성 문제, 스트레인지가 사랑했던 크리스틴 팔머레이첼 맥아담스와의 관계에서 겪게 되는 상실감과 자괴감, 다른 맥락에서 상실감을 경험하는 완다 막시모프의 이야기, 전작에서 스트레인지와 우정의 관계를 맺었던 칼 모르도추이텔 에지오포의 이야기 등. 각각의 이야기는 모두 각 캐릭터의 입체성을 높여주는 가능성을 지닌다. 그런데 영화는 그런 방향으로 가지 않는다. 캐릭터를 소개만 하고 발전시키지 않는다. 〈닥터 스트레인지〉 1편도 마블 코믹스 세계에서 아주 돋보이는 영화라고 할 수는 없지만 내가 두 번이나 극장에서 본 이유가 있다. 스트레인지와 에인션트 원의 형상화가 서사를 끌고 가는 힘을 지녔다. 둘이 맺는 스승과 제자의 관계가 주는 울림도 있었다. 에인션트 원은 인상적인 캐릭터 형상화였다. 〈대혼돈〉은 서사가 있는 것이 아니라 마술의 액션이 계속 이어질 뿐이다. 국내외 영화를 막론하고 언제부터인가 영화의 호흡이 가빠지고 한 장면을 차분히 바라볼 수 없게 만들면서 쉴새 없이 다음 장면으로 넘어간다는 인상을 받는다. 〈대혼돈〉도 그렇다. 〈대혼돈〉 같은 수퍼 코믹스영화에서 무슨 차분한 관람을 바라느냐고 반박할 수 있겠지만, 내가 〈배트맨〉을 좋게 본 이유는 바로 그런 생각의 시간을 줬다는 데 있다.

이렇게 적고 나니 〈대혼돈〉은 굳이 극장 가서 볼만한 영화가 아니라는 판단이 든다. 하지만 불균질하고 구멍이 많은 서사지만 몇 장면이 던져주는 생각거리는 따져볼 만하다. 이런 질문을 해본다. 수퍼영웅의 이야기를 다룬 코믹스영화의 캐릭터들이 욕망하는 건 뭘까? 그들은 거의 신적인 힘을 지녔다. 〈대혼돈〉에서도 스트레인지는 자신이 지닌 신적인 마법의 힘을 은근히 자랑한다. 그러면서도 불행하다고 느낀다. 완다 / 스칼렛 위치도 만만치 않은, 아니 스트레인지보다 더 센 힘을 지녔다. 하지만 그녀는 어둠의 힘에 사로잡힌다. 초인적인 힘을 지녔기에 이들은 종종 신이 되고 싶은 욕망으로 이끌린다. 영화는 묻는다. 그렇게 신적인 힘을 갖게 되면 행복해지는가? 〈대혼돈〉을 끌고 가는 이야기의 동력은 광기에 사로잡혀 완다 막시모프에서 스칼릿 위치로 변해가는 여성 캐릭터다. 완다는 막강한 힘을 지녔지만 행복하지 않다. 그녀가 방문하는 세계를 거의 파괴하고 수많은 존재를 죽여가면서 얻고자 하는 건 무엇인가? 그녀가 얻고 싶은 대상은 어쩌면 별것 아니다. 스트레인지도 최고의 마법사지만 그의 삶에서 소중한 것을 결국 얻지 못한다. 감독은 이 쟁점을 깊이 다루지는 않는다. 그냥 맛보기처럼 듬성듬성 영화 안에 뿌려놓을 뿐이다. 그게 아쉽다. 하지만 그런 장면을 찾아서 생각해보는 것도 별로 훌륭하지 않은 이 영화를 재미있게 보는 방법이다. 나는 〈대혼돈〉을 보고 나서 혼자만의 위안을 얻었다. 저런 수퍼영웅이 바라는 행복이 뭔지를 생각해보면서. 2022.5

선과 악의 모호한 경계

〈더 배트맨〉

맷 리브스 감독이 새로 만든 〈더 배트맨the Batman〉을 극장에서 보고 집에서 다시 봤다. 두 번씩이나 본 이유. 처음 영화를 봤을 때 뭔가 이 영화에 대해 하고 싶은 말이 있다는 생각이 들어서다. 워낙 유명한 시리즈이지만 줄거리는 이렇다.

> 히어로로 활약한 지 2년차, 배트맨은 고담시의 거리를 배회하며 범법자들의 현장을 포착하고 그들을 응징해왔다. 고담시에서 시장 선거를 앞둔 어느 날, 한 후보가 잔인하게 살해된다. 범인은 빌런 리들러폴 다노. 리들러는 고담의 유명 인사를 타깃으로 연이어 살인을 저지른다. 배트맨은 리들러가 범죄 현장에 남긴 수수께끼를 파헤치며 코블팟콜린 패럴의 지하 세계로 향하고 그곳에서 셀리나 카일조이 크래비츠과 마주한다. 리들러가 남긴 단서가 결국 자신을 향해 있다는 것을 깨달은 배트맨은 분노에 휩싸인다.씨네 21

다시 〈배트맨〉영화가 나온다고 했을 때 떠오른 질문. 아직도 배트맨을 갖고 할 얘기가 있을까? 그런 물음이었다. DC코믹스에서 여러 번 우려먹었고, 크리스토퍼 놀란 감독이 이 시리즈를 나름대로 뛰어나게 재해석한 다음에 나온 영화다. 이런 상황인데도 〈배트맨〉이 새로운 얘기를 할 수 있을까? 결론을 미리 말자면 〈배트맨〉은 그게 아직도 가능하다는 걸 보여준다. 나는 그 이유가 배트맨 캐릭터가 가진 독특한 정체성에 있다고 생각한다.

마블이든 DC든 수퍼코믹스영화가 인기를 얻는 이유? 범박하게 말하면 이 시대에는 찾기 힘든 수퍼영웅super-hero을 보여주기 때문이다. 어린이만 영웅을 바라는게 아니다. 어른도 바란다. 이번 학기에 대학원에서 소설 장르론 세미나를 하면서 루카치의 『소설의 이론』 1부를 강의했다. 널리 알려진 얘기지만 루카치는 이 책에서 그리스-로마시대로 상징되는 인류문명의 고전시대를 상정한다. 그때는 "빛이 사람들이 갈 길을 밝혀주는 시대"였다. 다시 말해 개인이 어떤 삶을 살아야 할지를 고민할 필요가 없는 시대, 훌륭한 삶의 길이 분명했던 시대, 사적 삶과 공적 삶의 가치가 일치하는 시대였다. 이런 시각이 특정 시대를 이상화한 것이 아니냐는 비판은 가능하다. 그런데 포인트는 그게 아니다. 내 생각에 인간의 모습이 현대인보다 훨씬 정신적으로 거인이었던 고전시대는 사라졌다. 당연히 영웅도 자취를 감췄다. 호머의 서사시에 나오는, 거의 신적인 경지에 오른 탁월한 인물을 논하지 않더라도 그리스-로마시대 왕이나 귀족, 군인이 보여준 모습을 이 시대 정치가와 비교해보면 그 수준 차이가 확연하다. 한마디로 현대인들은 졸렬하고 쪼잔해졌다. 현대의 영웅은 연예인이나 운동선수이다. 비꼬는 게 아니다. 사실이 그렇다는 거다.

현실에서 영웅다운 모습을 지닌 인물을 발견 못 한다면 사람들은 픽션에서라도 대리만족을 하길 원한다. 어쩌면 현실의 삶이 팍팍하므로 착잡한 현실 문제를 시원하게 해결해주는 영웅을 문학이나 영화에서 더 찾는 것이리라. 그런데 대중이 영웅을 대하는 태도는 모순적이다. 한편으로는 초인간적 능력을 지닌 영웅을 바라고 찬양하지만예컨대 수퍼맨, 토르, 원더우먼, 아쿠아맨 등, 영웅이 인간과는 아주 거리가 먼 존재가 되면 공감의 거리가 멀어진다. 관객이 바라는 영웅은 보통 사람은 지니지 않은 능력을 지녔으면서도 평범한 인간이 겪을 만한 경험, 상처, 고통을 비슷하게 겪는 존재다. 마블이나 DC에서 바로 이런 양면성을 지닌 영웅 캐릭터가 영웅집단의 센터에 자리 잡는 이유다. 마블에서는 캡틴 아메리카와 아이언맨, DC에서는 배트맨이 그런 존재다. 배트맨은 캡틴 아메리카나 아이언맨과는 비슷하면서도 다르다. 아이언맨과의 차이를 생각해볼 만하다. 둘 다 엄청난 부자이면서도 부자의 정체성을 감춘 숨겨진 정체성을 갖는다. 하지만 보통 사람이 삶에서 겪는 정체성의 혼란과 분열이라는 면에서는 배트맨이 더 매력적이다. 일단 박쥐가 지닌 독특한 의미가 그렇다. 〈배트맨〉에서도 '날개 달린 쥐'의 의미는 여러 차례 의미의 해석 과정을 거친다. 분열된 정체성의 문제는 놀란 감독이 솜씨 있게 다룬 바 있다. 선과 악의 경계에 대한 질문도 배트맨과 조커와의 관계를 다룬 〈다크 나이트〉에서 날카롭게 제기했다. 〈배트맨〉은 아주 독창적인 영화라고 할 수는 없지만 놀란 감독이 제기한 문제를 다른 방식으로 묵직하게 제기한다는 점에서 돋보인다.

배트맨 시리즈를 볼 때마다 드는 자연스러운 질문. 억만장자 부잣집 아들인 브루스 웨인은 왜 저런 이중적 삶을 사는가? 이번 영화에서는 그 문제를 좀 더 예각화해서 표현한다. 복수심과 죄의식이 답이다. 영화의 전반부까지 드러나는 것은 복수심이다. 영화에서 반복되는 배트맨의 자기규정인 "내가 복수다I am vengeance"라는 말은 그 점을 요약한다. 질문은 남는다. 무엇을 위한 복수인가? 이미 관객은 이 영화 이전의 배트맨 시리즈를 통해 그 답을 알고 있다. 범죄자들에게 희생당한 부모의 복수. 박찬욱 감독의 영화 〈올드보이〉의 오대수와 이우진의 삶을 끌고 가는 동력이 복수심인 것처럼 배트맨을 밤의 자경단으로 만드는 것도 복수심이다. 하지만 이런 시각은 이미 앞선 배트맨영화들이 보여줬다. 뭔가 다른 관점이 필요하다. 〈올드보이〉에서 이우진이 물었듯이 복수가 끝나면 그 뒤는 어떻게 되는가? 배트맨이 부모의 복수를 다 하면 어떻게 될까? 그래서 다른 쟁점이 두드러진다. 죄의식의 문제. 내가 하는 일이 과연 정당한가, 내가 잘못된 선택을 한 것은 아닌가? 이런 질문이 덧붙여진다. 하지만 〈배트맨〉은 〈올드보이〉가 아니다. 복수의 대상이 명확한 후자와는 달리 배트맨이 복수해야 할 대상은 불명확하다. 브루스 웨인의 부모를 누가 죽였는지, 그 범인이 누구인지가 애매하다는 뜻도 있다. 브루스 웨인이 배트맨으로서 싸워 할, 고담시를 지배하는 범죄의 네트워크가 확정할 수 없을 정도로 촘촘하다는 게 문제다. 배트맨은 마치 좀비처럼 죽여도 죽여도 살아나는 범죄 네트워크와 맞선다. 문제는 리들러가 알려주듯이 배트맨 본인도 그 네트워크에 속할지 모른다는 것이다.

〈배트맨〉은 고담시를 누가 지배하느냐는 문제를 제기한다. 표면적인 권력자인 정치인, 검찰, 경찰 등의 공권력이 실질적 지배자가 아니라는 쟁점을 부각한다. 영화를 보면서 느끼는 관객의 기시감에서 이 영화가 관객을 끌어당기는 힘이 생긴다. 악의 세력이 지배하는 고담의 이미지에 우리 시대 다른 도시, 국가의 모습이 겹쳐 보인다. 선과 악의 경계가 흐릿해지고, 명료한 판단이 어려워지는 이 시대의 모습을 발견한다. 이런 어두운 서사는 자연스럽게 무겁고 칙칙한 이미지를 요구한다. 〈배트맨〉은 누아르영화의 톤과 매너tone and manner를 가져온다. 〈배트맨〉에서 배트맨은 누아르소설이나 영화의 탐정과 같다. 그는 악인을 찾아 밤거리를 헤맨다. 하지만 영화가 진행될수록 그가 그렇게 단호하게 믿었던 생각, 즉 선과 악의 명확한 경계가 무너지는 경험을 하게 된다. 배트맨이 마침내 마주하게 된 진실은 정말 진실일까? 여러 인물이 각기 자기가 얘기하는 게 진실이라고 주장하지만, 그 주장들의 근거는 어디서 찾을 수 있을까? 모든 주장은 말에 불과하다. 선이 악으로 넘어간 일이 단지 실수였을까, 아니면 악에 의존할 수밖에 없는 것은 선의 한계인 걸까? 만만치 않은 질문을 영화는 제기한다.

〈배트맨〉에서 리들러가 하는 역할이 바로 이런 질문을 제기하는 것이다. 리들러는 자기만의 방식으로 고담시市와 시민에게 책임을 물으려고 한다. 위선의 가면을 벗기려고 한다. 그러나 어쩌면 리들러가 끝까지 보지 못한 것은 그런 위선 없이는 한 도시와 국가가 작동하지 못한다는 것은 아닐까? 리들러만이 아니라 배트맨도 이 질문을 정면으로 마주하길 회피하는 건 비슷하지만. 사회가 온통 부패해 있고 어디서도 '몫 없는 자들'에게 신경을 써주지 않는다면 그들이 선택할 길은 무엇일까? 그때 정의의 자리는 어디일까? 〈배트맨〉에도 배트맨의 액션 장면이 등장하지만, 이전 시리즈와는 달리 그것이 초영웅적인 활약으로 그려지지 않는다. 배트맨은 악인들을 격투 끝에 이기지만 월등한 힘을 가진 존재로 보이지 않는다. 정신적으로만이 아니라 육체적으로도 배트맨은 그냥 인간only human이다. 다만 좀 더 우월한 힘을 지닌 인간. 하지만 피곤해하고 지친 영웅 / 인간. 이번에 새로 배트맨 역을 맡은 로버트 패틴슨은 그런 모습을 실감나게 소화한다. 적절한 캐스팅이다. 영화는 일단 평화를 회복하는 것으로 끝난다. 복수심으로 문제를 해결할 수 없다는 배트맨의 다짐과 함께. 예상된 결말이다. 그렇지만 배트맨의 혼란스러운 정체성 문제는 해결되지 않는다. 이 엄청난 부잣집 도련님브루스 웨인은 고담시의 왕자라고 불린다가 계속 '밤의 기사dark knight'로 활동하려면 그가 지키려고 하는 것의 가치가 명확해야 한다. 그가 지키려는 법과 정의의 토대가 단단해야 한다. 과연 그럴까? 내 생각에 좋은 영화는 좋은 문학이 그렇듯이 답이 아니라 질문을 뾰족하게 제기하는 영화다. 관객이 계속 생각하게 하는 영화다. 〈배트맨〉을 두 번 보면서 이 영화가 남긴 물음이 떠오른다. 그만큼 배트맨 캐릭터는 어떤 코믹스 캐릭터보다 해석 가능성이 열려 있다. 그 가능성을 입체적으로 탐구하는 게 감독의 역량이다. 화려한 액션만을 바라는 분에게는 별로겠지만 색다른 배트맨의 모습을 확인하고 싶다면, 볼 만한 영화다.2022.4

마법과 권력

〈신비한 동물들과 덤블도어의 비밀〉

〈신비한 동물들과 덤블도어의 비밀〉이하 <비밀>은 J. K. 롤링의 〈해리 포터〉 시리즈에 나오는, 호그와트 학교의 수업 교재인 『신비한 동물 사전』의 저자 뉴트 스캐맨더에디 레드메인를 주인공으로 한 스핀오프다. 〈비밀〉은 이 시리즈의 세 번째 영화다. 1편 〈신비한 동물 사전〉, 2편 〈신비한 동물들과 그린델왈드의 범죄〉도 모두 봤다. 〈해리포터〉와 〈신비한 동물〉 시리즈는 마법의 세계를 다룬 판타지문학에 속한다. 많은 점에서 비슷하다. 인간과는 다른 마법사가 보여주는 신기한 마법, 마법사가 머글이라고 부르는 인간 세계와 맺는 관계와 거기서 발생하는 갈등과 충돌, 마법사의 순수혈통을 강조하는 시각과 인간과의 공존을 주장하는 입장과의 차이 등. 혈통으로 집단을 나누는 문제는 이미 〈해리 포터〉 시리즈에서 현명하고 사려 깊지만, 마법사와 인간의 혼혈mixture이라는 이유만으로 무시당하는 허마이오니엠마 왓슨 캐릭터로 다뤄졌다. 이런 비슷한 점이 있지만 분명한 차이점도 있다. 스캐맨더 시리즈에는 〈해리 포터〉 시리즈에 비교해 더 많은 신비한 동물이 나온다. 주인공 스캐맨더가 하는 일이 신비한 동물을 찾고 지키는 보호자이자 연구자이기에 가능한 설정이다. 이 영화의 주된 매력이 거기 있다. 이번 〈비밀〉에도 그런 동물이 조금 나오지만 그렇게 인상적이지는 않다.

더 중요한 차이는 〈해리 포터〉의 주인공들이 어린이, 청소년인 데 비해 스캐맨더 시리즈는 성인들이라는 것이다. 이점은 시리즈의 톤 앤 매너에서 큰 차이를 가져온다. 〈해리 포터〉 시리즈가 어린이에서 청소년이 되어 가는 일종의 성장 서사에 기반을 둔다면 스캐맨더 시리즈는 어른의 세계를 다룬다. 스캐맨더 캐릭터가 성인이면서도 묘하게 수줍음을 타는 미성년 같은 특징을 지닌 것은 특이한 점이다. 스캐맨더 시리즈는 어른의 세계에서 종종 발견되는 이슈들, 즉 권력 욕망, 혈통에 따라 인간을 구분하는 인종주의, 혈통주의의 힘, 특히 이번 〈비밀〉에서는 섹슈얼리티, 권력자를 대하는 대중의 태도 등을 다룬다. 이제 판타지영화를 보면서 색다른 눈요기를 만족시키기는 쉽지 않다. 〈비밀〉에서도 이미지가 주는 만족감은 별로 없다. 이제 이미지의 한계는 없다. 상상력의 한계만이 있다. 상상할 수 있는 어떤 것이든 컴퓨터 기술로 표현할 수 있게 되었다. 〈비밀〉을 이미지가 주는 재미를 기대하고 본다면 실망할 거다. 내가 보기에 〈비밀〉의 매력은 마치 우리 시대의 정치 현실을 염두에 둔 듯한 서사에 있다. 시리즈 1편은 1926년 뉴욕을 배경으로 했는데 〈비밀〉은 그로부터 1년 뒤를 다룬다. 그렇다면 1927년 무렵이다. 배경은 뉴욕이 아니라 주로 독일이다. 나는 이 설정이 갖는 함의를 생각한다. 1920년대 후반부터 1930년대 초반 독일에서 나치즘이 등장했던 걸 생각해보면 영화에서 표현된 이미지들, 마치 새로운 지도자를 열망하는 듯 그려진 국제마법사연맹 의장 선거 과정과 군중 집회 장면이 눈길을 끈다.

악의 화신 그린델왈드마스 미켈센는 이 선거를 이용해 권력을 얻으려고 한다. 그 권력을 이용해 머글, 즉 인간 세계와의 투쟁을 선동한다. 그리고 마치 대중이 열렬히 히틀러를 지지했듯이 그런 지지자들이 등장한다. 이 시리즈의 각본을 쓴 원작자 롤링은 인간 세계나 마법 세계나 권력을 탐하고 증오와 편견을 무기로 선동과 대중조작을 일삼는 지도자, 그런 리더를 원하는 대중의 어리석음을 은근히 조롱하는 걸로 보인다. 참고로 롤링은 널리 알려진 자유주의 좌파다. 그래서 〈비밀〉에 나오는 가장 인상적인 대사가 이해된다. "위험한 시대에는 위험한 인물이 유리하다." 우리는 이미 이 말의 의미를 바로 이곳에서 실감하고 있다. 〈비밀〉에서는 선동에 휘둘리는 대중민주주의의 한계를 은근히 비꼬는 장면도 있다. 나는 〈비밀〉이 제시한 대중민주주의의 대안에 어느 정도 공감한다. 대중 지성을 믿지 않는 나로서는 만약에 선거에 나온 후보자들이 그들이 떠드는 말과는 상관없이 누가 진실로 선하고 고귀한 후보인지를 판단할 방법이 있다면, 그 대안을 지지할 것이다. 현실에서는 가능하지 않은 판타지이지만. 지난 시리즈에서 그린델왈드를 맡았던 죠니 뎁이 불미스러운 개인사로 하차한 뒤에 새로 역을 맡은 마스 미켈슨은 이 위험한 인물이 지닌 매력을 적절하게 표현한다. 좀 더 깊이 이 인물이 왜 이렇게 인간들을 증오하는지를 파고들지 않은 게 아쉽지만 앞으로 두 번 더 나올 시리즈를 기대한다.

영화 제목이 드러내듯이 이 영화를 끌고 가는 포인트는 '덤블도어의 비밀'이다. 어느 인터뷰에서 롤링은 그 비밀 중 하나를 이미 드러냈다. "작가 J. K. 롤링은 2007년 덤블도어가 사랑을 찾은 적이 있느냐는 한 팬의 질문을 받고 그가 게이라고 밝혔습니다." 〈비밀〉에서는 번역을 다소 애매하게 하기에 관객도 그렇게 보는 것 같지만 영화는 명확히 덤블도어의 성적 정체성을 밝힌다. "나는 젊었을 때 그와 사랑에 빠졌고, 깰 수 없는 서약을 했다." 이점도 〈해리 포터〉 시리즈에서는 보여줄 수 없는 주제다. 그런데 〈비밀〉에서도 섹슈얼리티의 문제를 제기하면서도 대충 넘어간다. 아쉬운 점이다. 영화는 마법사와 인간의 화해를 보여주는 상징적인 장면을 보여주면서 끝난다. 마법의 힘이 없는 인간에게는 훈훈한 결말이다. 하지만 인간보다 훨씬 강한 힘을 갖고 있으면서도 인간에게 무시당하고 숨어지내는 운명이라고 믿는 마법사의 시각에서도 그렇게 볼지는 의문이다. 사실 이 문제는 판타지문학, SF문학이 다뤄온 중요한 주제다. 예컨대 내가 좋아하는, 변종뮤턴트과 인간의 관계를 다룬 X맨 시리즈가 그렇다.2022.4

뒤돌아보지 말고 가라

〈벨파스트〉

보통 영화를 오후 시간에 본다. 그때가 관객이 적기 때문이다. 어제는 저녁에 배우이자 감독인 케네스 브래나가 만든 〈벨파스트〉를 봤다. 딱 그 시간만 하루 한 번 이 영화를 상영했다. 이 영화는 제79회 골든글로브 각본상, 제75회 영국 아카데미 시상식에서 영국 작품상을 받았다. 제94회 아카데미 시상식에서 작품상, 각본상, 감독상, 여우조연상, 남우조연상, 음향상, 음악상 후보였고 각본상을 받았다. 내 생각으로는 다른 건 그렇다 치고 남우조연상, 여우조연상은 받을 만했다고 본다. 그만큼 연기가 좋다. 내용은 이렇다.

> 1969년 8월 북아일랜드의 벨파스트. 가족과 함께 사는 9살 소년 버디주드 힐는 여느 때와 같이 친구들과 집 앞의 거리에서 뛰놀고 있다. 그러던 어느 날, 천주교를 탄압할 목적으로 결성된 폭도들이 들이닥친다. 도시는 순식간에 쑥대밭이 되고 사람들은 같은 상황이 되풀이되지 않도록 보도블록으로 높이 바리케이드를 쌓는다. 점점 험악해지는 마을 분위기 속에서도 버디는 일상을 유지한다. 좋아하는 친구의 옆자리에 앉기 위해 열심히 수학을 공부하고, 할머니주디 덴치, 할아버지키어런 하인즈에게 그날의 일과를 털어놓는다. 버디의 아빠제이미 도넌는 영국에서 목수 일을 하며 주말에 가족을 만나는 것이 유일한 위안인 인물이다. 아이들은 엄마커트리나 밸프가 돌

본다. 그러나 폭동으로 인해 경비가 삼엄해지면서 영국과 벨파스트를 오가는 것에 어려움을 느끼고 가족은 영국으로의 이주를 고민한다.씨네21

이 영화를 꼭 봐야겠다고 생각한 이유. 아일랜드문학 전공 연구자로서 북아일랜드 분쟁을 다룬 영화를 챙겨보는 게 일종의 의무라는 생각이 첫째 이유였다. 2015년에 공동 연구를 같이하는 분들과 이 영화의 배경이 되는 벨파스트를 잠시 방문했다. 그때 들었던 가이드의 말이 기억난다. "오랫동안 북아일랜드 분쟁으로 외국인들이 벨파스트를 방문하기를 꺼렸는데 이제 사람들이 많이 와서 좋다." 오랫동안 이어진 북아일랜드 분쟁의 여진이 느껴지는 발언이었다. 그 분쟁에는 여러 이유가 있지만, 핵심은 역시 영화에서도 나오는 종교 갈등이었다. 영화를 보고 나면 도대체 종교가 무엇인지를 묻게 된다. 사람을 살리는 종교가 아니라 해치고 죽이는 종교에 대해.

주인공은 9살 남자아이 버디다. 영화에는 통상 쓰는 관찰자 시점을 택한 숏도 많지만, 버디의 시점 숏도 적지 않게 등장한다. 버디의 시점에서 바라본 어른의 세계를 찍은 장면들. 왜 어린아이를 주인공이자 주된 시점 숏으로 택했을까? 그렇게 하는 게 영화의 톤 앤 매너를 결정하기 때문이다. 전쟁, 내란, 북아일랜드 분쟁같이 무겁고 착잡한 주제를 다룰 때 어른의 시점을 택하게 되면 톤도 그걸 따르게 된다. 반면에 아이의 시점을 택하게 되면 무겁고 칙칙한 상황을 어느 정도는 가벼운, 때에 따라서는 유머러스한 톤으로 접근할 수 있게 된다. 아이의 시점이 갖는 매력이다. 〈벨파스트〉의 매력은 그런 톤을 유지하고 장면에 따라 아이들의 일상생활에서 발생하는 소소한 면들예컨대 버디가 좋아하는 여자 친구와의 관계을 그리면서도, 아이의 세계를 폭력으로 위협하는 외부 세계를 적절하게 배치한다는 것이다.

영화 도입부에 등장하는 극렬 신교도의 폭력이 그렇다. 그걸 보면서 관객은 묻게 된다. 어른과 아이 중 누가 더 지혜로운가? 아이들조차 분쟁에 끌어들이려는 어른들을 보면서 하게 되는 질문이다. 영화를 흑백으로 찍은 이유도 비슷한 맥락으로 이해할 수 있다. 현재의 벨파스트를 보여주는 첫 장면과 버디 가족이 보는 극장영화를 제외하고 영화는 흑백으로 구성되었다. 극 중 영화가 채색인 건 버디 가족에게 그들이 같이 보는 영화가 어두운 현실을 잠시 잊고 다른 세계를 만나는 시간이기 때문이다. 그들에게 영화는 도피처이자 위안이다. 벨파스트 출신 감독의 자전적 이야기가 많이 담긴 영화에서 감독의 숨결이 느껴지는 부분이다.

하지만 이게 흑백 이미지가 갖는 효과의 전부는 아니다. 이준익 감독의 근현대사영화가 종종 흑백인 것처럼 무채색 촬영은 여기서 벌어지는 일이 지나간 한 시대의 이야기라는 걸 환기한다. 하지만 지금도 지속하는 어떤 이야기. 그러면서 관객에게 우리가 잃어버린 것이 무엇인지를 떠올리게 만든다. 영화의 힘이다. 북아일랜드 종교분쟁을 배경으로 깔고 있지만 〈벨파스트〉는 가족영화다. 고향을 상실한 사람들의 이야기다. 가족과 고향은 사실 진부한 주제지만 그 낡음을 어떻게 접근하느냐에 따라서 다른 이야기가 가능하다. 〈벨파스트〉의 빛나는 장면들은 종교 갈등이 빚어낸 살벌한 분위기에서 사람들이 버티고 살아남게 하는 힘이 어디서 오는가를 보여준다. 그 관계를 감상주의로 채색하지 않은 것도 미덕이다. 버디의 아빠는 점점 커지는 위협을 피해 영국 이주를 가족들에게 제안하지만, 버디 엄마의 생각은 다르다. 영국은 그들에게 낯선 곳이고 자신들이 환영받지 못할 거라고 불안해한다. 벨파스트는 너무나 친숙하고 아이들을 서로 보살펴 주는 이웃이 있는 곳이다. 그래서 처음에는 떠나길 싫어한다. 그 갈등을 리얼하게 보여준 것도 인상적이다.

버디와 그의 부모 형상화도 생각거리를 던져주지만 더 눈길이 간 것은 버디의 할아버지, 할머니다. 그들은 가톨릭과 신교라는 틀을 넘어서 사람을 본다. 어린 버디가 털어놓는 일상의 고민을 차분히 들어주고 조언을 해주는 할아버지의 말. "네가 누군지 너만 알면 돼. 여기선 모두가 널 알지. 네가 어딜 가든, 무엇을 하든 변함없는 사실이야." 남들의 견해가 중요한 게 아니라 자신이 누구인지 잊지 말고 살라는 것. 가족을 보내고 홀로 벨파스트에 남으면서 할머니는 말한다. "뒤돌아보지 말고 가라." 〈벨파스트〉가 단지 정치적 이념을 다룬 영화가 아니라 빼어난 가족영화가 되는 이유다. 영화의 마지막 멘트. "떠난 사람들을 위해, 남은 사람들을 위해, 그리고 사라진 사람들을 위해." 문학과 영화가 무거운 정치적 주제를 어떻게 다룰 것인가를 생각하게 만든다. 뻔한 얘기지만 문학, 영화는 사건의 액션을 다룬다기보다는 그 사건에 반응하는 인물의 반응[리액션]을 다룬다. 그 리액션을 소설은 인물의 내면, 감정, 생각을 묘사하여 전달한다. 영화는 대사, 표정, 행동으로 표현한다. 어떤 방식이든 그런 작품을 보며 우리가 감흥, 감동하게 되는 이유는 그들의 리액션이 독자와 관객의 마음에 전달하는 울림 때문이다. 이 영화에는 그런 파동이 있다. 〈벨파스트〉는 큰 규모의 영화가 아니라 소품에 가깝다. 하지만 소품이 지닌 힘을 보여준다.[2022.4]

자동차라는 공간

〈드라이브 마이 카〉

하마구치 류스케 감독의 〈드라이브 마이 카〉이하 <드라이브>는 칸느영화제 각본상, 골든 글로브 외국어영화상 수상작이다. 이런 상을 받아서가 아니라 고레에다 히로카즈를 잇는 차세대 젊은 거장이라는 평이 들려서 보고 싶었다. 1978년생, 44세. 3시간 정도 되는 영화인데 지루하다는 생각 없이 봤다. 특별한 사건이나 격정적인 장면이 없으면서도 관객을 끌어들인다. 이런 영화가 많은 관객이 몰리는 대중영화가 되기는 힘들다. 하지만 영화를 보는 내내 무엇인가를 느끼게 하고 생각하게 하는 영화는 오랜만이다. 영화에는 스포일러라고 할 게 거의 없다. 〈드라이브〉는 사건이나 반전이 아니라 캐릭터의 관계를 함축하는 대사, 표정이 전해주는 감흥이 중요한 영화다. 줄거리가 중요한 영화는 아니지만, 시놉시스는 이렇다.

> 배우이자 연극연출가인 가후쿠니시지마 히데토시는 아내 오토기리시마 레이카와 묘한 관계다. 둘은 서로를 사랑하고 더할 나위 없이 행복해 보이지만 그들의 평온은 어딘지 불안하고 불온하다. 우연히 아내의 외도를 목격하고도 모른 체하는 가후쿠의 심경은 아무도 알 길이 없다. 오토가 가후쿠에게 할 말이 있다던 날, 가후쿠가 일부러 늦게 집에 온 그날, 오토는 지주막하출혈로 세상을 떠난다. 영원히 아내에게 속내를 밝힐 수도, 외도의 이유를 물어볼 수도 없게 된 가후쿠는 그렇게 스스로 세운 마음의 감옥에 간

힌다. 2년 후 가후쿠는 히로시마의 연극제에 초청되어 〈바냐 아저씨〉를 다시 무대에 올린다. 연극제 측은 가후쿠에게 전속 드라이버 미사키미우라 도코를 소개한다. 한편 아내와 불륜을 저질렀던 배우 다카즈키오카다 마사키가 연극 오디션에 참여하고, 가후쿠의 심경은 점점 복잡해져 간다.『씨네21』

내 마음대로 요약하면 관계, 죄의식, 애도의 영화다. 덧붙여 연극, 영화, 예술이란 무엇인가를 묻는 영화다. 먼저 가후쿠와 오토의 부부 관계가 있다. 가후쿠는 배우이자 연출가, 오토는 배우였다가 지금은 극본을 쓴다. 이들은 서로에게, 특히 섹스를 통해 영감을 주고 돕는다. 외부적으로는 문제없이 행복해 보인다. 그러나 서로에게 완전히 드러낼 수 없는 내면의 심연이 있다. 그 심연을 정면으로 들여다보는 게 두려워 결정적 순간을 미루다가 가후쿠는 아내를 잃는다. 할 말이 있다는 오토의 말을 듣기가 두려워 가후쿠는 귀가를 미룬다. 가후쿠가 후회했듯이 일찍 귀가했다면 상황은 달라졌을까? 이들은 서로에게 어떤 의미를 지니는 파트너인가? 가후쿠는 자신의 해석을 말하지만 오토는 끝까지 내면을 드러내지 못한 채 세상을 뜬다. 그 여백에서 가후쿠의 후회와 죄의식이 발생한다. 그런데 그 원인이 무엇이고 파장이 어떻든 산 사람은 살아야 한다. 죄의식을 극복해야 한다. 그래야 애도할 수 있다. 가후쿠에게 이 영화에서 펼쳐지는 이야기는 애도의 과정이다.

가후쿠와 미사키의 관계는 낡아 보일 수 있다. 2년 전 아내를 잃은 중년의 남자와 23세인 젊은 여성 운전사 관계에서 어떤 일이 발생할 것인가? 23세라는 미사키의 나이는 가후쿠에게 그가 상실한 무엇을 상기시킨다. 가후쿠에게 오토라는 존재가 갖는 복합적이고 명확히 정의할 수 없는 의미가 미사키의 경우에는 그녀의 엄마와 관계에서 나타난다. 미사키는 몇 년 전에 어떤 중요한 사건을 겪었다. 자신은 거기서 탈출했다고 여긴다. 그녀가 운전사가 된 이유도 그것과 관련된다. 그 일을 마음에서 정리한 것처럼 보이고 행동한다. 그러나 그건 의식의 차원이다. 무의식은 다르다. 사랑, 미움, 증오 등을 한마디로 정의할 수 없다는 건 수많은 문학예술 작품이 보여준 것이지만 〈드라이브〉는 그걸 그만의 독특한 방식으로 제시한다. 두 배우의 연기가 그걸 감당한다. 납작해질 수 있는 서사를 입체적으로 만드는 건 영화에서 만들어지고 공연되는 체호프의 연극 『바냐 아저씨』이다. 나는 이 연극을 본 적이 없다. 일종의 극 중 극 형식을 취한 〈드라이브〉에서 중요한 건 이 영화가 체호프 연극에 무엇을 기대는지, 어떤 공통점과 차별점이 있는지가 아니다. 영화는 연극 상연을 준비하고 총연습을 하고 공연하는 과정을 통해 연극, 영화, 예술이란 무엇인가를 묻는다. 가후쿠는 일본어, 중국어, 한국어, 그리고 대사를 수어로 전달하는 배우를 캐스팅한다. 그래서 처음에는 캐스팅된 배우들도 당황한다. 영화를 보는 관객도 그렇다. 하지만 극 준비가 진행되면서 배우들은 차츰 언어의 벽을 넘어선다.

가후쿠의 연출 의도를 먼저 인지한 배우가 수어를 하는 이유나[박유림]라는 것도 이해가 된다. 언어의 의미와 한계에 대한 연극 제작의 사건은 가후쿠와 오토, 미사키와 어떤 존재 사이에서 작용하는 소통의 문제를 상기시킨다. 타이완에서 온 제니스[소냐 위엔]와 이유나의 연기를 보며 가후쿠는 말한다. "지금 뭔가가 일어났어." 연극은, 문학은, 영화는 그렇게 극 중 캐릭터 사이에 일어난 무엇인가를 관객과 독자에게 전달하고 느끼게 하는 것이다. 오토와 불륜 관계였고 꽤 인기 있는 배우가 된 다카즈키가 느끼는 내면의 공허감과 그로 인한 파멸도 이 문제와 관련된다. 배우로서 그는 "뭔가가 일어"나는 경험을 하지 못하게 된 것이다. 가후쿠가 연극을 준비하면서 다카즈키의 연기를 처음에는 탐탁지 않게 여긴 이유다. 배우는 인기만 먹고 사는 존재일까? 배우는 연기를 하는 존재고 그 연기에서 뭔가 충족감을 느끼려고 하는 욕망이 있다. 스타라고 해서 좋은 배우는 아니다. 모든 사건이 종료된 후 우여곡절 끝에 연극은 상연된다. 연극에서 소냐 역을 맡게 된 이유나가 바냐 아저씨에게 하는 대사.

> 바냐 아저씨, 우리 살아가도록 해요. 길고 긴 낮과 긴긴밤의 연속을 살아가는 거예요. 운명이 가져다주는 시련을 참고 견디며 마음의 평화가 없더라도. 지금, 이 순간에도. 나이 든 후에도. 다른 사람을 위해서. 그리고 언젠가 마지막이 오면 얌전히 죽는 거예요. 그리고 저세상에 가서 얘기해요. 우린 고통받았다고. 울었다고. 괴로웠다고요. 그러면 하느님께서도 우리를 어여삐 여기시겠지요. 그리고 아저씨와 나는 밝고 훌륭하고 꿈과 같은 삶을 보게 되겠지요. 그러면 우린 기쁨에 넘쳐서 미소를 지으며, 지금 우리의 불행을 돌아볼 수 있을 거예요. 그렇게 드디어 우린 평온을 얻게 되겠지요.

연극 속 대사를 들으며 어떤 울림을 느끼는 이유. 이 대사를 위해 감독이 영화에서 묘사되는 캐릭터의 내면과 미묘한 관계를 차곡차곡 쌓아왔기 때문이다. 보통 사람에게 "운명이 가져다주는 시련"이나 "마음의 평화"는 대부분 작은 인간 관계에서 발생한다. 그 관계가 마음에 새겨놓은 상처가 고통을 준다. 삶의 숙명이다. 할 수 있는 건 그걸 견디고, 살고 "얌전히 죽는" 것이다. 영화의 엔딩에서 미사키가 보여주듯이 그런 삶을 위해 산 사람은 살아야 한다.

히로시마가 배경인 이유. 영화에도 잠깐 나오지만 원폭을 경험한 이 도시가 겪은 역사적 상처와 개별 캐릭터가 안고 있는 상처를 나란히 놓고 사유하려는 의도로 읽힌다. 수십 년 시간이 지난 뒤 히로시마는 사람들이 각자 생활을 꾸려가는 곳이 되었다. 영화는 그런 장면을 보여준다. 도시는 그렇게 상처를 견뎌냈다. 그렇다면 인간들도 그래야 한다는 뜻이 아닐까? 〈드라이브〉를 보고 나니 히로시마를 가보고 싶어진다. 다른 배경인 홋카이도도 다시 가보고 싶다. 덧붙여 자동차라는 공간을 이렇게 효율적으로 활용한 영화는 드물다. 좋은 영화다.2022.1

시와 음악과 풍경

〈노매드랜드〉

클로이 자오 감독의 〈노매드랜드Nomadland〉를 봤다. 이 영화는 오스카 말고도 베니스영화제 대상황금사자상 등 수많은 상을 받았다. 그런 상들에 어울리는 영화일까? 결론부터 말하면 그렇다. 먼저 영화의 줄거리.

> 미국 네바다주의 엠파이어는 2008년 경제 대공황의 여파로 제조업이 심각한 타격을 입고, 석고 공장이 문을 닫으면서 우편번호마저 없는 유령도시가 된다. 펀프랜시스 맥도먼드은 남편까지 세상을 떠나지만, 이중으로 닥친 상실감을 새로운 삶의 방식으로 전환하는 계기로 삼는다. 펀은 밴을 타고 미국 각지를 떠도는 '노매드'생활을 시작한다. 〈노매드랜드〉는 트럼프시대의 자본주의를 비판하는 사회 드라마가 아니다. 오히려 노매드들이 선택한 대안적인 삶이 물리적인 집에 대한 집착을 벗어날 수 있다는 가능성을 먼저 포착해낸다.『씨네21』

줄거리를 옮겨 적었지만 사실 이 영화는 줄거리가 중요하지 않다. 2시간이 채 안되는 상영시간 동안 특별한 사건도 벌어지지 않는다. 주인공 펀이 임시직 일자리를 찾아 미국 이곳저곳을 자신의 밴을 몰고 다니면서 만나는 다른 노매드들, 그리고 그 여정에서 보게 되는 미국의 풍경이 전부다. 그런데 울림이 크다. 통상 이렇게 주인공의 여정을 담은 영화를 로

드무비라고 부른다. 〈노매드랜드〉는 그런 틀에도 딱히 들어맞지 않는다. 로드무비에서는 그 여정에서 주인공이 얻는 각성이나 깨달음이 있는데 〈노매드랜드〉는 그렇지도 않다. 그런 것이 전혀 없다고 할 수는 없지만 그게 영화의 포인트도 아니다.

이 영화에서 펀이 가는 길은 비유로서가 아니라 삶의 여정이다. 그런 대사가 영화에 나온다. 궁극적으로는 삶의 길이 끝나는 죽음 이후에 우리는 헤어진 이들을 다시 만날 것이다. 영화의 초반부에 펀은 병으로 남편을 잃는다. 이들에게는 자식도 없다. 부부 관계가 상세히 묘사되지는 않지만 펀은 남편이 있었기에 네바다의 작은 소도시를 떠나지 못했다고 말한다. 손가락에서 빼지 않는 결혼반지는 그런 애정의 표현이다. 남편은 죽고 공장은 문을 닫았기에 비로소 그녀는 떠난다. 왜 그녀가 길 위의 삶을 택했는지는 분명하게 제시되지 않는다. 이건 아쉬움이 아니라 영화의 미덕이다.

영화의 제목인 〈노매드랜드〉는 무슨 의미일까? 한때 프랑스 철학자 들뢰즈의 유행과 함께 새로운 의미의 노매드 혹은 노매드주의가 회자하였지만 노매드nomad는 유목민, 혹은 떠돌아다니는 사람이다. 노매드랜드는 이주자들의 나라인 미국을 가리키기도 한다. 나는 노매드랜드를 노매드의 나라, 그들의 공동체로 해석한다. 그것은 그들만의 공동체다. 흥미롭게도 그 공동체에 악인은 없다. 서로를 도와주고 이해한다. 그렇다고 영화가 노매드의 삶을 이상화하지도 않는다. 선의로 도와주려다가 실수로 그릇을 깨는 일이 일어나지만, 서로에게 상처를 주지 않는다. 그건 그냥 그들이 살아가는 모습이다. 노매드의 삶, 길 위의 삶은 자칫 이상화될 수 있다. 영화에도 그런 삶의 모습이 단편처럼 나온다. 펀과 친구들은 고급스러운 여행용 차량에 잠시 들어가 보고 그 호사스러움에 놀란다. 내 경험상 미국인이 가장하고 싶은 일 중 하나가 호사스러운 여행용 차RV를 타고 조기퇴직 후에 여행을 다니는 것이다. 이른바 부르주아 노매드이다. 펀과 다른 노매드는 일하기 위해 길에서 산다. 그들은 여행객이 아니다. 펀은 아마존 물류센터를 비롯한 다양한 일자리를 찾아 미국 곳곳을 떠돌아다닌다. 여기에는 미국 사회의 어두운 면에 대한 명백한 묘사가 있다. 하지만 〈노매드랜드〉는 사회비판영화가 아니다.

나는 〈노매드랜드〉를 사람은 어떤 관계 속에서 사는가를 묻는 영화로 봤다. 사람은 사회, 국가 등 거창한 공동체 속에서 살지 않는다. 그런 귀속감으로 살지 않는다. 그런 건 추상적인 개념일 뿐이다. 사람은 자신의 가족, 자신이 관계 맺고 애정을 주고받는 작은 공동체들 안에서 살다가 간다. 그 공동체가 삶의 질을 결정한다. 앞서 말했듯이 이 영화의 제목은 바로 그런 노매드들의 작은 공동체가 갖는 의미를 말한다. 부자는 부자들끼리, 가난한 사람은 가난한 사람끼리 대체로 어울려 산다. 그렇다고 하나의 삶이 다른 삶보다 더 좋은 삶이라고 섣불리 단정하기 힘들다. 그건 외부에서 알기 힘든 일이다. 가난한 이들의 공동체나 '노매드랜드'에서 이뤄지는 관계를 외부인은 모른다. 그러니 그것을 이상화할 것도, 깎아내릴 것도 없다. 이 영화는 그런 섣부른 판단을 경계한다. 영화는 이렇게 묻는 듯하다. 당신들이 맺는 작은 관계들에서 행복한가요? 그것이 가족이든, 친구든, 친척이든, 직장에서의 교류이든. 이 영화는 미국이 배경이기에 설득력을 지닌다. 펀이 일하러 움직이는 이동 중에 포착되는 광활한 미국의 풍경은 영화의 다른 주인공이다. 미국이기에 가능한 화면들이다. 미국은 노매드에 어울리는 크기의 나라다. 영화에는 뜨거운 이슈인 부동산 문제도 언급된다. 펀은 어떤 일 때문에 언니를 찾아간다. 아마도 부동산업에 종사하는 걸로 짐작되는 언니 남편과 지인과 나누는 대화에서 펀은 빚을 내서 집을 사는 것이 이해가 안 된다고 주장한다. 이런 주장은 영화의 앞부분에서 자신은 가정이 없는 것homeless이 아니라 집이 없는 것houseless이라고 말하는 펀의 태도와도 연결된다. 노매드는 집거주자house dweller는 아니지만 밴 거주자van dweller이다. 밴이 펀에게는 집이다. 자신을 초대해준 노매드 캐릭터인 데이빗의 집에 초대되는 장면에서 펀은 안락한 침대를 슬며시 빠져나와 자신의 밴에서 잔다. 펀에게는 그의 밴 '뱅가드'가 집이다.

펀을 연기한 프랜시스 맥도먼드의 연기는 뛰어나다. 대사가 많지 않지만 노년에 접어든 여인의 내면을 표정과 몸짓으로, 일상의 리듬 속에 담아 전달한다. 주연배우를 제외하고 거의 모든 배우가 실제 노매드 삶을 사는 비전문배우라고 하는데, 좋았다. 영화의 원작은 논픽션이라고 하는데, 영화는 다큐멘터리가 아니라 극영화이지만 극영화 + 다큐멘터리의 좋은 결합을 보여준다. 그밖에도 마음에 들었던 것들. 첫째 영화에 인용된 시가 마음에 남는다. 영화에는 셰익스피어 소넷 18번이 나온다. 주인공 펀이 젊은 노매드에게 읊어주는 시다. "아름다운 것들은 아름다움 속에서 시들고 / 우연히 혹은 자연의 변화로 빛을 잃지만 / 그대의 여름날은 시들지 않으리 / 그댄 그 아름다움을 잃지 않으리 / 죽음도 그대가 제 그늘 속에서 헤맨다고 자랑 못하리라 / 그댄 영원한 운율 속에 시간의 일부가 되리니 / 사람이 숨을 쉬고 눈이 보이는 한 / 이 시는 살아남아 그대에게 생명을 주리." 셰익스피어의 시가 이런 영화의 맥락에서 뭉클하게 다가올 줄은 몰랐다. 소넷 말고도 비극 『맥베스』의 구절도 인용된다. 둘째 음악. 〈노매드랜드〉의 정조를 만들어준 건 촬영도 있지만, 음악의 공이 크다. 셋째 풍경. 영화에는 광활한 미국의 여러 풍경이 나오지만 내게 인상적이었던 것은 짐작건대 미국 서부 캘리포니아, 오리건주州 접경지대에 있는 레드우드 국립공원Redwood National Park에서 찍은 것으로 보이는 레드우드紅木의 모습이다. 다 자라면 키가 100미터가 넘고, 나무 둘레가 성인 남자 몇 명이 손을 둘러야 감쌀 수 있고, 수명은 1천 년이 넘는 나무들3천 년으로 짐작되는 나무도 있다. 나는 레드우드 국립공원에 두 번 가봤다. 그때마다 경이로웠다. 그 나무들 앞에 서면 인간이 얼마나 보잘것없는 존재인지를 느낀다. 그런 점에서 〈노매드랜드〉의 다른 주인공은 미국의 광활한 자연이다.2021.4

누가 주인공인가

〈샹치와 텐 링즈의 전설〉

극장에 가서 마블 코믹스영화 〈샹치와 텐 링즈의 전설〉이하 <샹치>을 봤다. 개강을 했고 10월까지 써야 할 원고가 몇 개 있어서 사실 영화평을 쓸 짬도 없다. 그래도 기억이 흐릿해지기 전에 몇 자 적는다. 원래 숙제를 하기 싫을 때는 딴짓하는 법이다. 먼저 줄거리는 이렇다.

> 샹치시무 리우는 아버지 웬우양조위의 손에서 벗어나 어린 나이에 혈혈단신 미국 샌프란시스코로 떠나와 자신의 진짜 이름을 숨긴 채 '션'이란 가명으로 살아가고 있다. 웬우가 수장으로 있는 조직 텐 링즈의 일원인 레이저 피스트가 찾아와 샹치의 펜던트를 훔쳐 가자 샹치는 친구 케이티아콰피나와 함께 연이 끊겼던 동생 샤링장멍을 염려하며 그녀가 숨어 지내는 마카오로 찾아간다. 텐 링즈의 마법 같은 힘을 통해 수천 년 동안 지구의 역사를 혼란에 빠뜨렸던 웬우는 자신의 아들딸을 다시 불러들여 새로운 계략을 꾸민다. 샹치의 복잡한 가족사에 얽힌 비극은 샹치의 내면을 더욱 단단하게 해주는 계기가 된다. 아시아 액션 스타 양자경이 샹치의 조력자 중 한 명으로 등장해 아름다우면서도 박력 넘치는 액션을 선사한다.『씨네21』

먼저 총평을 하자면 마블이 중국무협도 그 세계로 끌어들이려는 욕망을 드러낸 영화다. 이건 양날의 칼이다. 좋게 보자면 점차 다원성이 강조

되는 시대 분위기<기생충>의 아카데미 작품상과 감독상 수상에서 확인되었다에서 아시안 수퍼영웅을 단독 주연으로 내세운 영화라는 걸 반갑게 볼 수도 있다. 마블 코믹스 세계MCU에서 조연이 아니라 주연급으로 아시안이 등장하고 등장하는 배역 거의 모두가 아시안으로 채워진 영화도 처음이다. 그러나 어찌 보면 이런 식의 평가조차 저들미국과 유럽, 백인문화의 시각을 전제로 한 인정 욕망일 수 있다. 삐딱하게 보자면 이제는 마블로 대표되는 할리우드 영화산업이 동양의 문화유산조차 자기 것으로 만들어 상업화한다고 볼 수 있다. 예컨대 아시아영화를 상징하는 아이콘 중 한 명인 양조위를 마블영화에서 보는 느낌이 그것이다. 그것은 '양조위는 할리우드영화에서도 자기 색깔을 지키는구나'하는 반가운 마음도 갖게 하지만 '양조위까지도 저들에게 빼앗겼구나' 싶은 아쉬움도 든다. 어떤 마음을 가질지는 관객의 판단이지만, 나는 양면적 감정을 갖는다. 미국 상업영화로 포섭된 아시안 무협영화의 모습. 그냥 좋기만 한가?

예상대로 영화의 기술적 만듦새는 나쁘지 않다. 역시 마블영화답게 잘 짜인 액션 장면, 과하게 컴퓨터 그래픽 이미지 CGI 느낌이 들지 않으면서도 중국 무협영화를 현대화시킨 듯한 장면은 전통 무협영화와는 다른 느낌이 들게 한다. 특히 전반부에 나오는 버스 안에서의 격투 장면은 인상적이다. 뒷부분에 나오는 비밀의 세계 타로를 그린 장면도 극장에서 볼 만한 장관을 보여준다. 신비한 다른 세계의 장관을 즐기게 해준다. 이제는 정말 CGI로 표현하지 못하는게 없게 되었다. 상상력의 한계만 있을 뿐이다. 그러나 남는 아쉬움은 서사와 캐릭터 묘사가 납작하다는 것이다. 이런 말을 하면 '마블 코믹스에 대해 그런 요구를 하느냐, 코믹스영화는 그냥 화려한 액션과 장면만 멋있으면 된다'라고 반론을 제기할 수 있다. 그러나 크리스토퍼 놀란이 재해석한 〈배트맨〉 연작을 보면 알 수 있듯이, 감독의 역량에 따라 얼마든지 코믹스영화에서도 깊이 있는 캐릭터 조형과 주제 제시가 가능하다. 그렇게 못할 뿐이다. 거기에도 여러 요인이 있겠지만. 〈샹치〉에도 그런 주제가 암시는 되어 있다. 화려한 액션으로 포장되어 선명하게 주목받지 못하는 면이 있지만, 이 영화는 어떤 면에서 한 가족의 끔찍한 애증 드라마다. 그만큼 그 관계에서 더 깊이 파고들 수 있는 요소가 잠재되어 있다. 그런데 영화는 그런 지점들을 그냥 스치듯이 지나간다.

양조위가 연기한 텐 링즈의 수장 웬우는 흥미로운 캐릭터다. 무려 4천 년 전에 텐 링즈를 얻어 강력한 힘과 불사의 능력을 갖추게 된 웬우는 사실 모든 걸 얻었다. 인간적 욕망의 대상인 권력, 재력, 생명을 모두 얻었다. 세계 곳곳에서 자기 뜻에 거슬리는 대상을 제거할 힘도 지녔다. 그런 일을 수천 년 동안 해왔다. 영화에서는 그런 힘과 관련해 아이언맨 시리즈와의 연관성도 제시된다. 텐 링즈를 참칭했던 악당 대역 만다린벤 킹슬리의 등장이 그렇다. 그런데도 웬우의 욕망은 끝이 없다. 그것도 이해할 만하다. 정신분석학이 밝혔듯이 인간의 욕망은 한계를 모른다. 웬우는 무한한 욕망을 제어할 수 있는 상대인 장리진법랍를 만난다. 이것도 많이 보던 서사다. 세상을 다 소유하려는 욕망조차 덮을 수 있는 사랑의 힘. 그런 상대가 불의의 일로 세상을 떠나게 된 후 웬우가 겪게 될 고통과 좌절, 복수의 정념도 이해할 만하다. 그것이 샹치를 복수의 대리자로 키우려고 하는 동인으로 작용한다고 할 수 있다. 잔인한 부자 관계다. 그 과정에서 생기는 아들과의 갈등, 그리고 딸이라는 이유로 배제되는 샤링의 좌절감과 보상 욕구도 자연스럽다. 이런 소재는 마블 판 가족 드라마를 만들 수 있는 좋은 재료가 된다. 그런데 영화는 그렇게 하지 않는다. 허겁지겁 다음 이야기와 액션으로 넘어가기 바쁘다. 영화의 마지막에 보이는 웬우의 희생(?)

이 썩 자연스럽게 느껴지지 않는 이유가 거기 있다. 부성父性의 힘이라는 감상주의로 구멍을 덮을 수는 없다.

이 영화는 정확히 말하면 샹치의 이야기가 아니라 웬우의 이야기다. 영화 제목과는 달리 웬우가 실질적 주인공이다. 그만큼 웬우라는 캐릭터가 입체적인 형상화의 가능성을 갖고 있다. 샹치와 샤링은 영화에서 주도적인 캐릭터가 아니라 웬우에 대한 리액션에 머문다. 이렇게 된 데는 양조위라는 뛰어난 배우의 역할도 있지만, 악의 뿌리를 탐색하려는 코믹스영화의 재미라는 구도에서 웬우에게 포커스가 놓이기 때문이다. 원래 뻔한 선은 재미가 없는 법이다. 관객은 세상을 지배하려는 악, 그 악의 뿌리가 어디에 있는지, 그 악과 우리가 믿는 선을 나누는 경계는 무엇인가라는 물음에 끌린다. 영화의 쿠키 영상은 두 개가 나온다. MCU와 샹치를 어떻게든 연결하려는 시각이 엿보인다. 그리고 텐 링즈의 미래가 어떻게 될지를 궁금하게 만든다. 하지만 솔직히 그 미래가 별로 궁금하지는 않다. 억지스럽다. 배우들의 연기는 괜찮다. 양조위는 여전하다. 내 눈길을 끈 건 젊은 여성 배우 아콰피나다. 자칫 밋밋해지기 쉬운 샹치의 이야기를 그나마 흥미롭게 만든 건 샹치와 케이티의 티격태격하는 관계인데 아콰피나는 그걸 잘 표현했다. 앞으로 주목할 배우다. 결론을 적자. 새로 펼쳐질 마블 코믹스에서는 캐릭터를 좀 더 입체적으로 제시하려는 노력이 더해지길 기대한다. 억지로 동양 무협의 세계를 더한다고 해서 내용과 형식이 풍성해지는 게 아니다.2021.9

무엇을 말하려는가

〈테넷〉

크리스토퍼 놀란 감독의 팬이다. 그가 만든 영화는 모두 봤다. 오늘 개봉한 〈테넷〉을 봤다. 먼저 영화 소개.

> 놀란 감독의 11번째 장편 〈테넷〉은 제3차 세계대전을 막기 위해 국제적으로 활동하는 스파이들의 작전을 담은 액션 첩보물이다. 전작들과 마찬가지로 〈테넷〉 또한 비틀어진 시간을 어떻게 활용하고 표현해낼지가 관건이다. 배우 존 데이비드 워싱턴은 〈테넷〉이 시간 여행이 아닌 '시간 역치time inversion' 스타일의 영화임을 강조했다. 교리라는 뜻의 회문앞뒤로 읽어도 같은 글자인 테넷tenet은 작품의 핵심이 되는 시간 조종 행위 혹은 능력사물 자체를 일컫는다는 점에서 〈인셉션〉과 맥을 나란히 한다. 7개국 로케이션, 2억 달러의 제작비, 보잉 747기를 실제로 충돌시켜 촬영한 장면 등 놀란의 영화 중 규모 면에서도 눈에 띌 작품이다. 제작, 각본, 감독을 소화한 놀란은 지금까지 작업한 영화 중 "야심을 가장 크게 발휘한 작품"이라고 덧붙이기도 했다.『씨네21』

놀란의 이전 영화처럼 〈테넷〉도 개봉 전까지 스포일러를 경계했다고 한다. 그러나 영화를 보고 난 느낌은 그렇게까지 할 영화인지 싶다. 검색한 정보를 요약해 설명하면 이렇다. 프로타고니스트존 데이비드 워싱턴는 "지구를 구하려는 한 남자"다. 이 배우는 미국의 유명 흑인 배우인 덴젤 워싱턴의 아들이란다. 이 캐릭터는 "과거 네이비실에서 일했으며 주어진 작전을 위해 무슨 일이든 할 수 있는 사람, 어떤 희생도 감내할 수 있는 사람"이다. 그래서 영화 시작 부분에 테넷의 멤버로 발탁된다. 테넷과 주인공의 관계는 영화 뒷부분에서 좀 더 드러난다. 흥미로운 건 주인공의 이름은 영화에서 언급되지 않는다. 조력자인 닐로버트 패틴슨은 다른 주역이다. 닐은 조역이자 주역이다. 여기에 시간 역행인버전(inversion)의 비밀을 쥔 악당 안드레이 사토르케네스 브래너가 있다. 사토르의 아내인 캣엘리자베스 데비키도 중요한 역할을 맡는다. 이 부부의 관계가 영화를 밀고 가는 서사의 한 축이다. 결론을 미리 말하면 〈테넷〉은 실패작이라고 본다. "야심을 가장 크게 발휘한 작품"인지는 모르지만, 결과는 기대에 못 미친다. 기대가 높아서일지 모르지만 놀란 감독의 전작들, 특히 〈덩케르크〉에서 두드러지는 시간과 공간을 재구성하는 능력, 재구성의 편집을 통해 캐릭터를 구축하고 메시지를 던지는 감독의 장기가 제대로 표현되지 못했다.

〈테넷〉은 놀란이 만들어온 온 영화의 종합판 선물세트이다. 〈인터스텔라〉와 〈덩케르크〉에서 명료하게 드러났듯이 "시간-운동"들뢰즈의 예술인 영화의 특징을 의식하면서 놀란은 사건의 직선적인 시간 축을 입체적으로 재구성, 배치하면서 영화적 긴장감과 힘을 높이는 데 역량을 발휘했다. 거기에는 적절하게 사용된 음악과 사운드도 역할을 한다. 영화를 구성하는 각 요소를 잘 조합하고 배치한다. 〈테넷〉에서도 그런 점이 없지는 않다. 자료를 찾아보니 이번 영화에서도 놀란은 〈인터스텔라〉에서 많은 도움을 받았던 세계적인 물리학자 킵 손에게 시나리오를 보여주고 조언을 들었다고 한다. 놀란은 이렇게 말한다. "모든 물리학은 대칭적이다. 시간은 순행하기도 하고, 거꾸로 가기도 하고, 같은 시간일 수도 있다. 이론적으로 어떤 사물의 엔트로피 흐름을 거꾸로 되돌릴 수 있다면 그 사물에 작용하는 시간도 되돌릴 수 있다."『씨네21』 영화의 핵심을 포착한 발언이다. 범박하게 말하면 〈테넷〉의 주인공은 인물이 아니라 시간이다. 시간의 순행과 역행과 겹침이다. 그런데 그 결과는? 〈테넷〉은 제3차 세계대전을 막기 위해 미래의 공격에 맞서 현재 진행 중인 과거를 바꾸는 이야기다. 여기에 '인버전'이라는 중요한 개념이 끼어든다. 인물들은 시간을 거스르는 인버전을 통해서 과거, 현재, 미래에서 동시에 협공을 펼치는, 미래 세력에 맞서 시간을 이용하는 작전을 펼치게 된다. 그렇게 "영화의 모든 장면이 서로 연결되기 때문에 한 장면도 빼놓지 않고 꼼꼼하게 살펴봐야 한다고. 벌써 머리가 아파오기 시작한다."『씨네21』 문제는 그렇게 "머리가 아픈" 보람이 뭐냐는 것이다.

〈테넷〉은 기존의 놀란 영화와는 달리 포착할 수 없는 주인공인 시간을 갖고 작업을 하면서 기법적인 면에 매몰된 인상이다. 순행하는 시간과 역행하는 시간이 만날 때 어떤 일이 벌어질까? 왜 인버전이 일어날까? 이런 질문에 답하기 위해 평행시간, 양자역학이 어지럽게 소개되지만 관객의 머리에 설득력 있게 입력되지는 않는다. 그래서 영화 앞부분에서 이런 발언이 나오는지도 모른다. "이해하려고 하지 말라. 그냥 느껴라." 어쩌면 감독은 영화를 한번 볼 때는 그냥 느끼고, 이해는 영화를 보고 난 뒤에 하라는 마음으로 〈테넷〉을 만들었을지 모른다. 아니면 영화를 여러 번 보라고 권하는 것인지도. 하지만 나는 이 영화를 다시 보고 싶은 마음이 들지 않는다. 복잡하게 배치된 영화의 시간 구성을 이해하고 싶은 호기심도 있지만, 그런 정보를 얻기 위해 또 보고 싶은 마음은 없다. 영화의 핵심은 정보의 제공이 아니다. 내가 놀란 영화를 좋아하는 이유는 시공간의 운동을 시각적으로 탁월하게 표현하는 이미지에만 있지는 않다. 〈테넷〉에서도 그런 능력은 드러난다. 예전 영화에서 놀란은 그런 이미지가 포착하는 캐릭터의 이야기를 간결하고 설득력 있게 제시한다. 나는 그 서사 능력에 더 끌렸다. 가령 〈덩케르크〉에 나오는 캐릭터들은 대사를 많이 하진 않지만 그들의 행동과 표정으로 그들이 누구인지, 왜 그들이 그런 행동을 하는지, 그리고 그런 것들이 그들이 자발적으로 혹은 어쩔 수 없이 끼어든 전쟁터에서 무슨 의미를 지니는지를 묻게 한다. 궁극적으로 도대체 전쟁이란 무엇인가, 용기란 무엇인가, 사람살이란 무엇인가란 질문을 던지게 한다. 그런 질문을 구호가 아니라 이미지로 표현한다. 예컨대 아군을 구하기 위해 아무 말 없이 창공을 날라 적의 영토에 착륙한 조종사의 활공을 담는 영화의 끝부분 장면이 감동적인 이유는 그 활공을 포착한 카메라의 역량도 있지만 이런 감각이 담겼기 때문이다. 그런데 〈테넷〉에서는 그런 점을 찾기 힘들다.

〈테넷〉에서 주인공들은 지구를 구하기 위해 이런 싸움을 한다고 주장한다. 별로 마음에 다가오질 않는다. 미래에서 왜 인버전된 사람과 물품을 과거로 보내는지도 요령 있게 제시되지 않는다. 영화 말미에 지구를 파괴하는 과거 인간을 증오해서라는 말이 뜬금없이 나올 뿐이다. 차라리 영화의 서사 골격을 과거와 현재 인간과 미래 인간의 대립 구도로 잡고 더 파고들었으면 어땠을까 싶다. 악당 사토르는 왜 지구멸망을 원하는가? 그런 욕망을 이 캐릭터의 개인적 문제와 연결해 설명하는 건 진부하다.

그 논리에 동의 여부와는 별개로 〈어벤저스〉의 타노스 같은 악당도 우주 멸망의 이유에 대해 나름의 논리가 있었다. 사토르의 아내 캣이 남편을 미워하는 이유도 모호하다. 심각한 가정불화가 있는 것으로 제시될 뿐이며 사토르는 구제할 수 없는 악한으로 설정된다. 놀란 영화에서 이렇게 밋밋한 악당은 처음이다. 캐릭터들에 공감이 가질 않으니 현란하게 전개되는 화면들이 생생하게 다가오질 않는다. 이렇게 묻게 된다. 이 영화는 무엇을 말하려는 것인가? 시공간에 대한 새로운 교육을 관객에게 해주는 건가? 3차대전을 막으려는 영웅의 영웅담인가? 사적인 이유로 지구를 멸망에 빠뜨리려는 사이코패스의 말로를 보여주려는 건가? 어떤 이유로든 납득이 잘 안된다. 놀란도 자기가 구축한 세계를 벗어날 때가 되었다는 걸 〈테넷〉은 보여준다. 영화가 이미지 운동의 예술이라지만 그 이미지가 배치되어 만들어내는 서사와 캐릭터의 역할, 주제의식을 무시할 수는 없다. 아쉽다.2020.8

미나리가 뜻하는 것

〈미나리〉

개봉을 기다리던 〈미나리〉를 봤다. 먼저 간단한 줄거리.

> 낯선 미국에서 병아리를 감별하며 생계를 이어가던 제이콥스티븐 연과 모니카한예리. 딸 앤노엘 케이트 조과 아들 데이빗앨런 킴에게 아버지로서 뭔가 해내는 모습을 보여주고 싶은 제이콥은 아칸소로 이주해 자신의 농장을 가꾼다. 모니카는 낡은 컨테이너에서 생활하며 농장 일에만 몰두하는 제이콥이 못마땅하지만, 그저 그의 결정을 지켜볼 뿐이다. 아칸소에서의 적적하고 고된 삶에 지친 모니카는 엄마 순자윤여정를 미국으로 모신다. 한약, 멸치, 미나리 씨 등을 잔뜩 챙겨온 순자는 여느 할머니와 달리 요리도 하지 않고 프로레슬링을 즐겨 본다. 앤과 데이빗은 그런 할머니가 낯설지만, 못된 장난까지 사랑으로 포용하는 할머니와 점점 가까워진다.『씨네 21』

먼저 드는 질문. 〈미나리〉는 한국영화인가? 미국영화인가? 당연히 미국영화다. 정확히 말하면 미국에 이민 온 1세대 한국인들, 혹은 한국계 미국인들의 이야기다. 이런 얘기를 하는 이유. 이 영화의 관객이 누군가에 따라 반응이 달라질 거라는 생각이 들어서다. 짐작건대 한국 관객이 볼 때 반응은 이민자의 애환보다는 가족 관계에 더 공감이 갈 것이다. 가족 사이의 애증과 착잡한 감정은 정서적 보편성을 띤다. 질척거리지 않게 묘사된 부부 관계는 단지 이들 부부의 문제가 아니라 남성성과 여성성의 차이를 예리하게 드러낸다. 할머니와 손주들 사이의 거리감도 자연스럽다. 그러나 사실 이런 얘기들은 많은 한국영화나 드라마에서 이미 다뤄진 주제다. 그렇다고 이 영화에 아주 색다른 감정의 결이 담긴 것도 아니다. 한국 관객이 열광할 만한 영화는 아니라는 뜻이다.

이 영화를 미국영화로 이해하고 미국 관객의 반응을 고려하면 다른 얘기도 가능하다. 잘 알려진 사실이지만 미국은 이민자 국가이고, 지금은 퇴색했지만 그 핵심 가치는 미국의 꿈American Dream이다. 한마디로 미국에 가면 더 나은 삶을 누릴 수 있으리라는 꿈, 자기 세대는 아닐지라도 다음 세대에는 그렇게 되리라 기대하게 하는 꿈. 그런 점에서 이 영화는 미국 관객에게는 자신들의 나라가 어떤 곳인지를 다시 돌아보게 하는 효과가 있을 것이다. 그것을 미국 사회의 여전한 소수자인 아시아계 이민자의 분투를 다룬 영화를 통해서 새삼 느끼게 되는 점이 있겠다. 나는 미국에서 〈미나리〉가 주목받는 데는 이 영화가 미국 사회의 정신적 뿌리를 건드렸기 때문이라고 본다. 〈미나리〉에는 그런 건드림을 표현하는 장면이 곳곳에 숨어 있다. 캘리포니아에서 병아리 감별사로 일했던 제이콥과 모니카 부부는 새로운 삶의 터전인 아칸소에서도 같은 일을 한다. 제이콥은 자신의 꿈을 이루기 위해 농장도 가꾼다. 감별소에서 일하면서 모니카는 옆에서 일하는 한국인 여성에게 묻는다. "여기는 왜 한국인교회를 따로 안 만드나요? 교제도 하고 좋을 텐데." 한국인 여성의 답변. "이곳으로 온 한국인들은 다 사연이 있어요. 한국교회가 싫어서 나온 사람들이에요." 미국에서 생활해본 사람이라면 이게 무슨 뜻인지 알 것이다. 미국 한인 사회에서 한국교회는 교제하고 도움을 얻는 공동체 역할도 하지만 상처를 주고받는 곳이기도 하다. 아칸소를 영화의 배경으로 택한 데는 한인 사회로부터도 스스로 혹은 강제로 밀려난 사람들의 이야기를 하기 위해서겠다.

아시아계 미국인들의 이야기를 담은 소설이나 영화가 없었던 건 아니다. 예컨대 중국계 작가 에이미 탠의 베스트셀러를 영화로 만든 웨인 왕 감독의 〈조이럭 클럽〉을 꼽을 만하다. 이런 영화들과 〈미나리〉는 구별된다. 〈조이럭 클럽〉은 중국계 이민 1세대와 2~3세대의 문화적 감수성의 차이, 정체성의 문제에 주목한다. 〈미나리〉는 그런 차이를 논하기 이전의 삶, 낯선 곳에 정착해서 생존을 위해 분투하는 1세대 이민자의 삶을 다룬다. 아이작 정 감독은 자기 부모세대의 삶에 대한 기억을 바탕으로 시나리오를 썼다고 한다. 〈미나리〉에서 세대 간 갈등이나 문화적, 정서적 차이가 전면에 부각되지 않는다. 그런 차이는 영화에 나오는 아이들인 앤이나 데이빗이 성장한 다음에 그들의 부모인 제이콥, 모니카와 맺는 관계에서 드러날 것이다. 그런 점에서 〈미나리〉는 이민자 국가 미국의 뿌리를 돌아보는 이야기이다. 잘은 모르지만 아칸소 시골 지역의 독특한 기독교 문화도 그런 점을 상기시킨다. 제이콥-모니카 가족은 그 문화에 녹아들지 못한다. 미국적 특수성을 주목하지 않더라도 나는 이 영화를 재미있게 봤다. 제이콥-모니카의 관계에서 드러나는 남성성-여성성의 차이가 눈에 들어왔다. 이 부부가 아칸소에 오기 전에 어떤 일을 겪었는지는 구체적으로 묘사되지 않는다. 그러나 미국에 이민을 올 때 그 이유가 "서로를 구원해주자"는 것이었다는 대사는 나온다. 이들에게 구원의 의미는 무엇이었을까? 물질적 성공의 꿈? 그것이 무엇이든 이제 이들 부부에게 그런 꿈은 지나간 것이고 현실은 팍팍하다. 팍팍한 현실을 대하는 두 사람의 시각차는 점점 균열의 구멍을 크게 한다.

제이콥은 그동안 잘 풀리지 않은 자신의 삶을 농장경영의 성공을 통해 만회하려고 한다. 아이들에게 아버지의 성공한 모습을 보여주고 싶어한다. 그의 말을 빌리면 "모든 걸 희생하더라도". 모니카는 생각이 다르다. 그래서 묻는다. 그런 성공은 누구를 위한 것이냐고. 그런 성공이 가족보다 앞서는 것이냐고. 이건 단순한 가족주의의 문제가 아니다. 거기에는 삶의 가치를 따지는 1970~1980년대 남성성과 여성성의 차이 문제가 작동한다. 이런 차이를 드러내는 포인트가 병아리 감별사라는 이들의 일이다. 감별을 통해 수컷은 폐기된다. 데이빗이 제이콥에게 묻는다. 왜 폐기하냐고. 답은 수컷은 쓸모가 없기 때문이다. 그래서 "너도 쓸모있는 존재가 되어야 한다"고 제이콥이 말한다. 〈미나리〉는 자신이 남성으로서 쓸모가 있다는 걸 증명하려는 아버지 제이콥의 분투기이다. 그러나 그 분투는 댓가를 치러야 한다.

〈미나리〉에도 세대 차이가 드러나지 않는 건 아니다. 앤과 데이빗은 주로 영어를 사용하지만 제이콥과 모니카는 한국어를 쓴다. 할머니 순자는 영어를 못 하고 미국식 문화를 이해 못 한다. 그 점이 데이빗에게는 불만이다. 그런 어긋남을 드러내는 몇 장면이 명랑한 이야기가 될 수 없는 영화의 서사 흐름에서 잠시 웃음을 자아낸다.

배우들의 연기는 좋다. 이 영화로 많은 조연상을 받은 윤여정의 연기는 좋다. 하지만 언론에서 호들갑을 떨 정도로 격찬을 받을 만한지는 잘 모르겠다. 저 정도의 연기는 한국의 원로배우라면 다 할 만한 연기가 아닐까 싶다. 다만 영화의 뒷부분에서 어떤 사건을 겪은 뒤에 거실에 모여 잠을 자는 딸, 사위, 손주들을 물끄러미 지켜보는 표정은 잊기 힘들다. 모니카 역을 한예리 배우의 연기가 마음에 들었다. 가슴에 담아놓을 수밖에 없는 착잡한 감정을 말이 아니라 표정과 몸짓으로 표현하는 연기가 뛰어나다. 전부터 이 배우를 주목해왔는데 앞으로가 더 기대된다. 아역 배우들도 좋다. 그런데 나는 이 아이들의 연기보다 앤과 데이빗이 앞으로 살아갈 삶이 더 궁금해졌다. 요즘 나는 아이들만 보면 공연히 안쓰러운 마음이 든다. 그것이 현실의 아이들이든, 영화 속의 아이들이든. 많지 않은 예산으로 만든 일종의 독립영화인데도 촬영, 음악, 사운드 등도 좋다. 어떤 사건을 겪은 뒤 영화는 미나리를 채취하는 제이콥과 데이빗의 모습을 보여주면서 끝난다. 할머니 순자가 영화의 앞부분에서 한국에서 가져온 미나리를 심으면서 말하듯이 미나리는 굳이 손을 대지 않아도, 물이 있는 곳이면 어디서나 잘 자란다. 미나리로 무엇을 해도 맛있다. 그렇다면 미나리는 꺾이지 않는 생명력을 보여주는 상징인가? 그렇게 해석하면 일면 타당하다. 그러나 과연 그게 다일까? 걸작이라고까지는 말 못 하겠다. 그러나 좋은 영화다.2021.3

상실과 애도

〈라스트 레터〉

이와이 슌지 감독의 〈라스트 레터〉이하 <라스트>는 제목에서도 알 수 있듯이 1995년에 나온 〈러브레터〉를 떠올리게 하는 영화다. 개봉은 지금 하지만 2018년에 제작된 영화다. 줄거리는 이렇다.

> 일찍 세상을 떠난 언니 미사키의 장례식장을 묵묵히 지키는 동생 유리마쓰 다카코. 그곳에서 유리는 미사키 앞으로 온 동창회 초대장을 전달받는다. 언니의 소식을 알리기 위해 참석한 동창회에서 유리는 미사키로 오해를 받는다. 그러던 중, 동창회에서 자신의 첫사랑인 쿄시로 선배후쿠야마 마사하루와 재회한다. 이후 두 사람은 연락처를 주고받고, 유리를 미사키로 착각한 쿄시로는 "잘 지내고 있습니까? 25년 동안 당신을 계속 사랑했다면 믿어줄래요?"라는 메시지를 보낸다. 남편의 오해로 유리는 쿄시로에게 메시지를 보낼 수 없게 되고, 대신 쿄시로에게 한 통의 편지를 부친다. 유리는 미사키인 척 편지를 이어가지만 이내 쿄시로도 그가 유리임을 알아챈다. 한편 쿄시로의 답장이 미사키의 딸 아유미히로세 스즈에게 전달되면서 아유미는 자신이 알지 못했던 엄마의 학창 시절을 조금씩 들여다보게 된다.『씨네21』

제목만이 아니라 이야기 구성이나 모티프에서도 〈러브레터〉를 떠올리게 하는 부분이 많다. 무엇보다 죽은 사람에 대한 기억이 영화를 지배하고 이끌고 간다. 〈러브 레터〉의 첫 장면이 죽은 남자 후지이 이츠키의 추모식 장면에서 시작하듯이 〈라스트〉에서는 죽은 미사키의 장례식 장면으로 영화가 시작한다. 정확히 말하면 그 장면에 앞서는 짧은 오프닝 신은 〈러브레터〉의 경우에는 이츠키의 죽음과 동일시하려고 눈밭에 누운 와타나베 히로코의 모습이다. 〈라스트〉에서는 한여름 폭포를 바라보는 아유미의 모습을 비추면서 시작한다. 둘의 모티프는 같다. 히로코와 아유미는 모두 누군가를 떠나보냈다. 그리고 두 영화는 상실의 의미를 다룰 거라는 점을 드러낸다. 〈라스트〉에는 〈러브레터〉를 오마주하는 점이 많다. 대사, 음악의 정조, 출연진 등이 두 영화의 유사성을 보여준다. 하지만 둘은 엄연히 다른 영화다.

〈러브레터〉에서 죽은 남자 이츠키가 인물을 지배하듯이 〈라스트〉에서는 오랫동안 몸과 마음의 고통으로 힘들어해 온 토노 미사키의 죽음이 살아남은 사람들에게 강한 영향을 미친다. 그렇다고 〈라스트〉가 〈러브레터〉처럼 상실, 애도, 우울의 문제에 강한 초점을 두는 건 아니다. 나는 학부 강의에서 〈러브레터〉를 정신분석학 비평이론을 살펴보는 텍스트로 쓴다. 〈라스트〉에서는 편지의 의미가 더 강하게 드러난다. 〈러브레터〉에서도 편지는 중요한 역할을 했다. 잘못 배달된 편지를 통해 잊고 있었던, 혹은 잊고 싶었던 과거의 상처와 트라우마가 드러나고 그것과 마주침을 통해 인물들이 치유의 과정을 거친다. 그렇게 편지는 애도의 과정을 이끌고 애도를 종결짓는다. 〈라스트〉에서는 편지가 그런 역할도 하지만 인간 관계의 엇갈림에 더 초점을 둔다. 더 정확히 말하면 엇갈린 관계를 다시 잇는다. 이와이 영화의 미덕은 진부하고 감상주의적으로 보이는 소재를 갖고 로맨틱한 영화를 만들지 않는다는 것이다. 그런 점에서 이와이 영화를 로맨틱영화로 규정하는 건 일면적이다. 표면적으로 그런 점이 있다. 예컨대 고등학교 졸업 후 25년이 지나도록, 그리고 그 자신의 고백이 맞는다면 대학 시절의 연애 시절로부터 한참의 시간이 지난 지금도 한 여성을 잊지 않고 사랑한다는 캐릭터 설정부터가 로맨틱해 보인다. 지금의 세태에서는 찾기 힘든 모습이다. 찾기 힘들다고 해서 로맨틱한 사랑이 무턱대고 홀대받을 이유는 없다. 나부터도 로맨틱 러브나 감상주의를 좋아하지 않지만 좋고 싫음의 근거부터 잘 따져볼 필요가 있다.

영화 내에서도 로맨틱한 태도의 문제점을 외면하지 않는다. 아유미는 "조금 더 일찍 엄마를 찾아봤다면 좋았을 텐데"라는 말을 쿄시로에게 한다. 그것이 원망은 아니다. 일은 벌어졌다. 아유미의 말대로 그것은 누구의 책임도 아니다. 미사키는 자신의 선택을 했다. 그리고 딸 아유미는 서서히 그 선택을 받아들인다. 오래전에 쿄시로가 미사키에게 보냈던 편지를 읽으며 미사키와 아유미는 그들의 고통을 견딜 힘을 얻었다. 몇 장의 편지가 누군가를 버티게 한다. 하지만 쿄시로가 왜 미사키와 맺은 관계를 진전시키지 않았는지, 혹은 못 했는지, 그렇게 한 뒤에도 긴 세월 동안 미사키를 잊지 못한 이유를 영화는 깊이 파고들지는 않는다. 그러나 어쩌면 영화의 초점은 그것이 아니라는 생각도 든다. 그런 애정의 사연을 파고들었다면 이 영화는 다른 영화가 되었을 것이다. 〈라스트〉의 초점은 쿄시로와 미사키의 연애가 초점이지만 그것이 유일한 초점은 아니다. 미사키가 죽은 이유도 길게 언급되지 않는다. 급작스러운 결혼과 가정폭력이 여동생 유리의 시선을 통해 언급되지만 역시 더 깊이 파고들지 않는다. 가정폭력도 미사키, 유리, 아유미의 시선을 통해서만이 아니라 미사키 전前남편의 말을 통해 사태의 이면을 드러낸다. 진실은 단순치 않다. 편지는 쿄시로, 미사키, 아유미 관계에서만 아니라 유리와 쿄시로의 관계, 아유미와 쿄시로의 관계 등에서도 엇갈리는 관계를 표현한다. 그것이 단지 슬픔만은 아니다. 엇갈림 속에서 잊고 있었던 진실이 드러난다. 손편지를 쓰지 않는 시대에 굳이 손편지를 전면화시킨 것, 그 밖에 영화에 드러나는 아날로그적 소품을 복고 취향으로 몰아붙이기는 조심스럽다.

영화의 내용적인 측면만이 아니라 이와이 감독의 장기인 미장센, 〈러브레터〉의 겨울 풍경과는 달리 생명력이 넘치는 녹색의 기운이 완연한 여름의 모습을 담아내는 촬영, 감독 자신이 채집했다고 하는 생생한 사운드예컨대 매미 소리의 청아함, 〈러브레터〉와 비슷하면서도 다른 피아노음악 등도 인상적이다. 감독 자신의 고향이라는 미야기현의 풍광도 좋다. 〈라스트〉를 보면, 마스크를 쓰지 않고 청량한 여름의 공기를 마시고 뛰어다니고, 울고 웃고, 술을 마시고 자유롭게 얘기를 나눌 수 있었던 때가 아득하게 느껴진다. 감독은 의도하지 않았겠지만, 코로나시대에 이 영화가 주는 뜻밖의 효과다. 우리는 무언가를 잃고 나서야 그것의 소중함을 느낀다. 예의 그렇듯이 이와이 영화는 호불호가 갈릴 것이다. 누군가는 〈라스트〉를 자기복제의 영화, 피터팬 신드롬에 갇힌 영화, 감상적 로맨스영화로 불편하게 여길 수도 있다. 나는 이런 시각이 지닌 설득력을 인정하면서도 그렇게만 볼 수는 없다고 평가한다. 이 영화를 걸작이라고 할 수는 없다. 예컨대 가족 문제를 다루는 시선의 깊이와 날카로움에서 고레에다 히로카즈와 비교해보면 그렇다. 하지만 잘 만든 소품인 건 분명하다. 답답한 코로나 시국에는 위로가 되는 영화다.2021.2

생활과 예술

〈러빙 빈센트〉

삶과 작품의 관계를 다룬 글을 써야 한다. 미당과 마광수를 대상으로 그 문제를 다뤄볼 생각이다. 오늘 우연히 보게 된 영화에서 다시 이 문제를 생각하게 되었다. 반 고흐를 다룬 영화다. 도로타 코비엘라, 휴 웰치맨 감독의 유화 애니매이션 〈러빙 빈센트Loving Vincent〉이하 <러빙>를 봤다. 사실 영화평을 쓰고 있을 여유가 없지만 〈러빙〉은 뭐라도 적고 싶게 한다. 좋은 영화의 힘이다. 영화는 빈센트 반 고흐1853~1890의 삶과 죽음을 다루고 있는 유화 애니메이션이다. 영화의 시작 부분에서 100여 명의 화가가 빈센트 반 고흐의 화풍으로 손으로 그린 작화라고 설명한다. 제목에 대해 미리 말해두자면 '러빙loving'은 두 가지 의미가 있다. 영화 내에서는 동생 테오에게 빈센트가 보내는 편지에서 쓰는 인사말이다. "너와 네 가족을 사랑하는 빈센트"를 뜻한다. 영화를 보고 나면 〈러빙〉은 근현대 미술사에서 가장 사랑받는 화가인 고흐를 가리키는 말로 해석될 수 있다. 후자의 뜻으로 '러빙'을 해석하면 영화는 더 슬프게 다가온다. 대개의 천재적 예술가처럼 고흐는 삶도, 죽음도, 작품도 생전에 거의 이해받지 못했다. 영화는 에필로그로 말한다. 고흐가 그림을 그린 8년의 기간 동안 800점의 그림을 남겼지만 단 1점의 그림만이 팔렸다. 당대에 인정받지 못한 작가, 예술가가 모두 천재는 아니지만이런 착각을 하는 예술가들이 적지 않다, 천재적 예술가가 당대에 이해받지 못하는 일은 많다.

〈러빙〉은 남부 프랑스 아를에 머물었던 시절 고흐의 보호자이자 후견인 역할을 했던 우체국장 조셉 룰랭과 그의 아들이자 고흐의 그림 「아르망 룰랭의 초상」의 모델인 아르망 룰랭의 여정을 따라간다. 영화는 고흐의 자살1890년 이후 1년 뒤인 1891년 우연히 발견된, 빈센트가 테오에게 보내는 편지를 테오에게 전달하기 위해 떠나는 여정을 축으로 구성된다. 아르망의 행로를 통해 드러나는 것은 천재적 예술가의 삶과 죽음을 대하는 당대 사람의 관점이다. 〈러빙〉의 매력은 여기 있다. 지금 우리는 확고하게 확립된 예술사적 평가의 프레임을 통해 근대미술사의 거장이자 천재예술가라는 선입견을 품고 고흐를 본다. 당대 고흐 주변인들의 견해는 달랐다는 점을 영화는 예리하게 드러낸다. 영화에는 고흐와 관련을 맺었던 많은 인물이 나와서 고흐와 그의 그림에 대한 견해를 제시한다. 관객은 고흐의 죽음을 둘러싼 진실이 무엇인지를 묻게 된다. 영화는 슬쩍 그의 죽음이 타살일 가능성을 흘리는데, 일종의 맥거핀이야기를 끌고 가는 서사의 미끼이다. 〈러빙〉의 초점은 타살이냐 자살이냐가 아니라 그런 의심을 불러일으키게 하는, 고흐 주변인들이 고흐를 대하는 태도와 사각에 놓인다. 그 관계에서 육신과 감정을 지녔던 인간 고흐의 면모가 간접적으로 부각된다.

〈러빙〉은 몇 개의 삽화 이미지를 통해 고흐의 짧은 삶의 굴곡을 드러낸다. 고흐의 고향 준데르트에서의 유년 시절에서는 빈센트와 같은 이름을 지녔지만 사산했던, 같은 이름을 지닌 형 빈센트를 잊지 못하는 부모에게 인정받으려 애썼던 어린 빈센트의 모습이 나타난다. 정신분석학적 해석을 끌어들인 고흐의 인정 욕망은 성인이 된 후의 고흐의 삶, 화랑 직원과 전도사로 일했던 시절에 겪었던 삶의 동기로 이어진다고 영화는 설명한다. 이런 설명이 실제 고흐의 삶에 얼마나 부합하는지는 모르지만, 나는 설득력 있게 봤다. 이어서 남부 프랑스 아를 시절폴 고갱과의 동거와 고흐의 귀 절단 사건, 북부 프랑스 오베르 시절자살을 다룬다. 오베르 시절의 자살 사건에서 그의 치료를 담당했던 가셰와 그의 딸 마르그리트의 관계는 삶과 예술, 생활과 예술의 관계를 아프게 그린다. 영화의 클라이맥스다. 그런 장면은 현실을 초월하는 예술 운운하는 말이 얼마나 공허한가를 예증한다. 생활을 초월할 수 있는 예술은 없다. 예술은 그 생활을 어떻게든 견디며 자신의 자리를 지키려 할 뿐이다.

주로 영화의 서사를 언급했지만 〈러빙〉의 매력은 이미지에 있다. 고흐의 주요 그림을 모티프로 해서 고흐의 화풍으로 그려진 이미지는 상영시간 내내 고흐의 그림을 흠뻑 감상한 느낌을 준다. 〈러빙〉은 영화로 만든 고흐에 바치는 헌사다. 영화의 형식과 기법, 그리고 내용이 잘 결합된 영화다. 〈러빙〉을 보고 새삼 확인한 것은 삶과 예술은 분리될 수 없다는 것이다. 그것이 문학이든 미술이든 영화든 그렇다. 뛰어난 예술가는 예민한 감수성 때문에 많은 고통과 상처를 입게 된다. 고통과 상처가 그들의 작품에 대체할 수 없는 힘과 에너지를 불어넣는다. 그건 단지 재주와 기술만의 문제가 아니다. 예술가의 불우함은 생활인으로서의 그 개인에게는 불행이다. 고흐가 좋은 예다. 그러나 그 불행이 예술에게는 축복이 된다. 삶과 예술의 역설이다. 덧붙여 느낀 점은 예술은 단지 현실의 반영이나 재현이 아니라는 것이다. 예술은 반영이 아니라 현실을 확장하고 깊게 만든다. 창조된 문학예술의 세계, 이미지, 인물은 허구적이지만, 그 허구성은 그들이 현실성이 없다는 뜻이 아니다. 예술의 창조성은 이런 뜻이다. 없는 것을 만들어냈다는 뜻이 아니라 더 생생한 세계의 가능성을 제시한다는 뜻이다. 그런 예술은 우리가 사는 현실의 한계를 상기하게 만든다. 우리가 아는 현실 안에 잠재된 다른 현실의 가능성을 사유하게 만든다. 아마 누구도 고흐의 그림을 보면서 저 그림이 무엇의 충실한 재현이라고 말하지 않을 것이다. 고흐의 그림은 구체적 현실적 대상인물과 지역을 다룬다. 그러나 그의 그림은 거기 담긴 대상의 모방이 아니라 그 대상과는 다른 새로운 대상을 창조한다. 고흐 그림의 해바라기는 현실의 해바라기가 아닌 그만의 해바라기다. 영화의 에필로그에서 나오는 고흐의 말. "나는 내 예술로 사람들을 어루만지고 싶다. 그들이 이렇게 말하길 바란다. 마음이 깊은 사람이구나. 마음이 따뜻한 사람이구나." 삶과 예술은 그렇게 연결된다. 연결이 단단하게 되려면 예술가적 역량과 기예의 훈련 등 많은 매개요인이 개입하기는 하겠다.2020.11

여성들의 우정과 사랑

〈타오르는 여인의 초상〉

비주류 예술영화, 독립영화의 경우 상영관이 많지 않기에 열성 팬은 먼 길을 마다치 않고 찾아가서 영화를 본다. 나는 그런 열성 팬은 못 된다. 그냥 자주 가는 영화관에서 상영하면 본다. 그렇지 않으면 못 보거나 나중에 다른 경로를 통해 보는 편이다. 오늘은 일부러 그런 영화를 찾아봤다. 보통은 나 혼자 영화관을 간다. 오늘은 아내가 꼭 보고 싶은 영화가 있다고 해서 시내를 일부러 나갔다. 또 다른 이유. 정기구독하는 영화주간지 『씨네 21』에는 영화 별점 주기 꼭지가 있다. 여러 평자가 이 영화에 대해서 거의 만점별 다섯 개을 주었다. 궁금해졌다. 과연 그렇게 좋은 영화인가? 그 영화는 여성 감독인 셀린 시아마의 〈타오르는 여인의 초상〉이하 <타오르는>이다. 이 영화평을 쓰기 전에 최근 두 번이나 본 한국영화 〈윤희에게〉에 관해 몇 자 적고 싶었다. 뭐라도 쓰고 싶은 자극을 주는 영화는 좋은 영화이다. 그런데 오늘 〈타오르는〉을 보면서 두 영화가 여성 퀴어영화의 연결된 서사라는 생각이 들었다. 한 여성의 젊은 시절과 중년의 이야기. 〈타오르는〉이 앞의 이야기이다. 〈윤희에게〉가 뒤의 이야기다. 여인의 초상의 젊은 시절 이야기인 〈타오르는〉에 대해 먼저 적는다. 줄거리는 이렇다.

영화는 화가인 마리안느노에미 멜랑가 밀라노에서의 결혼을 앞둔 귀족의 딸 엘로이즈아델 에넬의 초상화를 그리기 위해 작은 배를 타고 외딴섬에 도착하는 것으로 시작된다. 결혼 전 신부의 초상화를 먼저 신랑에게 보내는 풍속에 따라 백작 부인은 딸의 초상화를 원하지만, 결혼을 못마땅해하는 엘로이즈가 초상화 모델이 되기를 거부하면서 고심 끝에 산책 친구인 양 위장해 여성 화가를 불러들인 것이다. 영화는 일주일 남짓한 시간 동안 실내에 갇혀 지내던 엘로이즈와 그녀를 몰래 관찰해 그림을 그려야 하는 마리안느가 해변과 들판을 쏘다니는 시간을 스케치하고 그 위에 색을 입힌다.『씨네21』

영화의 제목부터 인상적이다. '타오르는 여인의 초상'. 처음에는 한국어 제목이 의역인 줄 알았다. 찾아보니 그렇지 않다. 원제는 'Portrait de la jeune fille en feu' 이다. 영어로는 'Portrait of a Lady on Fire'. 여기서 '타오르는'은 몇 가지 의미를 함축한다. 먼저 '타오르는 초상'으로 해석할 수 있다. 영화에서 '여인의 초상'이 실제로 불에 탄다. 얼굴 부분이 미완성으로 남은 여인의 초상이다. 그 초상은 엘로이즈의 자살한 언니를 그린 초상일 수도 있다. 아니면 엘로이즈를 그린 실패한 초상일 수도 있다. 불분명하다. 그런데 어느 경우든 남성적 시각영화에서는 엘로이즈의 미래의 남편이 보는 시각에서 그려진 그림은 미완성이란 뜻으로 읽힌다. 예술적 재현에서 성적 차이가 갖는 어려움이다.

둘째 해석으로는 '타오르는 여인'으로 읽을 수도 있다. 인상적인 장면 중 하나인 여성들만의 한밤의 축제 장면에서 구경하던 엘로이즈의 치마에 우연히 불이 붙는다. 그 장면은 그때까지 명확하게 드러나지 않았던 엘로이즈와 마리안느의 관계가 전환점을 맞는 순간을 담는다. 혹은 '타오르는 여인'은 불꽃 같은 관계와 기억을 아마도 평생 간직하게 될 엘로이즈의와 마리안느의 삶을 가리킨다. 한번 타오른 삶의 불꽃은 소멸하지 않고 마음에 남는다. 인상적인 엔딩 장면은 그걸 표현한다. 〈타오르는〉은 명확하게 시대와 공간 배경을 밝히지 않는다. 어느 외딴 섬에서 벌어지는 이야기다. 그런 설정을 한 데는 이 영화가 특정 시대와 공간만의 이야기가 아니라는 걸 상기시키려는 감독의 태도가 작용했을 것이다. 관련 자료를 찾아보니 시대 배경이 18세기 말이라는 설명이 있다. 영화는 시대적, 공간적 맥락을 어쩌면 의도적으로 가린다. 영화에서 남성인물이 거의 나오지 않는 것도 비슷한 이유이다. 여기 '여인들의 초상'이 있다는 것. 그 초상은 특정 시대에만 울림이 있는 것이 아니라는 것이다. 〈타오르는〉은 통상적인 동성애영화, 여성 퀴어영화가 아니다. 남성인 내가 여성 퀴어영화에 대해 말하기는 조심스럽지만, 통상적인 퀴어영화가 지닌 어떤 도식, 즉 여성 사이의 연대와 사랑을 그리는 걸 이 영화는 넘어선다. 물론 그런 장면도 많다. 한밤에 벌어지는 여성들의 축제와 노래, 소피의 낙태를 돕기 위한 마리안느와 엘로이즈의 협력특히 바닷가의 달리기 장면, 신분의 차이를 무화하는 세 여성의 식사 준비 장면 등이 그런 예다. 귀족계급인 엘로이즈는 영화 초반부에 그 점을 마리안느에게 각인시킨다.

여성의 연대를 〈타오르는〉은 보여주지만, 여성들 사이에 존재하는 갈등과 대립과 긴장을 날카롭게 포착하는 게 더욱 인상적이다. 예컨대 처음 외출을 하게 되었을 때의 장면에서 마리안느에게 하는 엘로이즈의 말이 그렇다. 엘로이즈가 말한다. "수년간 꿈꿔 왔어요." 마리안느가 묻는다. "무엇을요? 죽음?" 엘로이즈의 답변. "달리기." 그리고 바다를 향해 엘로이즈는 뛰어간다. 짧은 문답에는 엘로이즈 가족에 드리운 죽음의 그림자가 있다. 아마도 결혼을 거부하고 자살한 언니의 운명을 물려받은 엘로이즈의 내면이 드러난다. 얼굴도 보지 못한 남자와 결혼해야 하고 그 남자에게 보내기 위한 초상화의 모델이 되어야 하는 상황. 모델 / 대상인 엘로이즈를 그려야 하는 화가 / 주체 마리안느 사이에 놓인 감각과 이해의 거리. 그런 점을 영화는 섬세하게 포착한다. 그런 긴장은 그림에 대한 의견 차이에서도 나타난다. 마리안느가 처음 그린 자신의 초상을 두고 엘로이즈는 불만을 드러낸다. 그에 대한 마리안느의 입장은 초상화를 그릴 때는 "전통적인 규칙과 관습과 이념"이 있다는 것이다. 마리안느도 자각하는 것처럼 그건 남성적 시각이다. 마리안느가 토로하듯 여성 화가는 그릴 수 있는 대상도, 역할도 제한된다. 엘로이즈는 동의하지 않는다. 그녀는 그림에서 "생명력과 존재감"을 강조한다. 마리안느는 존재감은 중요하지 않다고 말하지만 엘로이즈는 동의하지 않는다. 엘로이즈가 말하는 생명력과 존재감은 범박하게 말해 여성만의 고유한 삶이다. 이렇게 적자니 뛰어난 여성영화인 〈디 아워즈The Hours〉에서 로라 브라운줄리앤 무어의 대사가 떠오른다. 자신은 여성으로 살기 위해 가정을 버린 것이라는 말.

영화가 진행되면서 화가-모델의 대립 구도는 무너진다. 모델을 그리는 화가만큼이나 모델도 화가를 관찰한다. 엘로이즈는 자신이 자리한 모델의 위치로 마리안느를 부른다. 그리고 묻는다. "여기서 무엇이 보이나요?" 화가가 모델을 바라보듯 모델은 화가를 주시한다. 상대의 표정, 몸짓, 습관 하나하나를 새긴다. 세밀히 관찰한다. 화가 / 주체와 모델 / 대상의 이분법적 시선은 해체된다. 세심한 관찰을 통해 상대를 알게 된다. 하나의 그림이 완성된다. 그렇게 예술과 사랑이 수렴된다. 나는 이 장면이 매우 마음에 들었다. 〈타오르는〉의 주제를 집약해 주는 건 오르페우스와 에우리디케의 신화다. 이 이야기를 두고 마리안느, 엘로이즈, 그리고 하녀 소피는 다른 해석을 내놓는다. 소피는 묻는다. "왜 오르페우스는 돌아보지 말았어야 했는데 돌아봤나요?" 소피는 전통적인 해석을 제시한다. 죽어서 저승으로 내려간 아내 에우리디케를 사랑하는 마음이 강해서라는 것이다. 마리안의 해석은 다르다. 뒤돌아보는 건 사랑이 아니라 그들이 맺었던 관계의 기억을 표현한다는 것이다. 그게 예술의 역할이다. 끝으로 엘로이즈의 해석. 에우리디케가 뒤돌아보라고 불렀기 때문에 오르페우스는 뒤돌아본 것이다. 여성이 불렀기 때문에 남성은 뒤돌아본다. 영화의 후반부에서 떠나는 마리안느에게 뒤돌아 자기를 보라는 엘로이즈의 말과 연결된다. 누가 부르고 누가 호명되는가? 지금까지는 남성이 부르고 여성이 호명되었다. 그런 관계는 수평적인가? 영화가 던지는 질문이다.

영화의 거의 모든 장면이 치밀하게 배치되었지만촬영이 뛰어나다, 엔딩 장면은 인상적이다. 비발디의 〈사계〉가 흐르는 가운데 혼자서 음악을 듣는 엘로이즈를 긴 시간 동안 카메라는 클로즈업으로 바라본다. 슬픔과 기쁨이 혼재된 엘로이즈의 얼굴은 여러 생각을 하게 만든다. 앞 장면에서 마리안느와의 기억을 잊지 못하는 "28페이지"의 삽입도 그렇다. 이게 무슨 말인지는 영화를 보셔야 알 수 있다. 문자예술인 문학만이 할 수 있는 것이 있듯이 이미지 예술인 영화만이 할 수 있는 것도 있다. 이런 장면들이 그렇다. 〈기생충〉이 대상을 받은 칸느영화제에서 〈타오르는〉은 각본상을 받았다. 상의 우열을 논하기 그렇지만 그것보다는 감독상 혹은 대상도 받을 만한 영화다.2020.1

종교인의 길
〈두 교황〉

영화 〈두 교황〉을 오늘 다시 봤다. 한 번은 극장에서, 오늘은 집에서 봤다. 줄거리는 이렇다.

> 교황 베네딕토 16세로 잘 알려진 존 요제프 라칭거앤서니 홉킨스와 그의 뒤를 이어 교황 프란치스코가 되는 호르헤 마리오 베르고글리오조너선 프라이스의 일련의 만남을 극화한 작품이다. 2005년 교황 요한 바오로 2세의 죽음으로 가톨릭 추기경들은 콘클라베교황을 선출하는 선거를 지칭하는 말를 위해 바티칸으로 모인다. 세 번의 투표 끝에 보수적인 태도에서 가톨릭 신앙을 추구하는 강경파 라칭거가 교황 직위를 얻게 된다. 하지만 재임 기간 중 성직자들이 재단 소년들을 괴롭히고 바티칸의 기밀 유서가 유출되는 등 전무후무한 교회 스캔들에 휩싸인 라칭거는 자진해서 교황직을 내려놓고자 한다. 비슷한 시기, 스스로가 가진 마음의 짐 때문에 추기경직을 사퇴하려는 베르고글리오가 라칭거를 찾는다.『씨네21』

나는 가톨릭 신자가 아니다. 교황이든 그 누구든 인간에 불과한 어떤 목회자를 평신도보다 더 높은 위치에 올리거나 권위를 부여하는 것에 반대한다. 예수는 그런 권위를 인정한 적이 없다. 이 영화에서도 비슷한 말이 나온다. 베네딕토 16세가 훗날의 프란치스코 교황이 되는 베르고글리오 추기경에게 하는 말. "성직자는 인간이다. 인간이 하느님과 같다고 생각해서는 안 된다." 이 말이 인상적이었던 이유. 종종 성직자, 목회자라는 이유만으로 자신이 신과 같은 위치에 있다고 착각하는 이들이 있기 때문이다. 그런 오만함은 성직과는 거리가 멀다. 뛰어난 신학자이기도 했던 베네딕토는 그 점을 영화에서 되풀이 강조한다. "당신은 당신이 항상 옳다고 생각하고 있다."

굳이 말하면 교황이나 추기경, 신부는 그들이 믿는 신을 위해 더 많은 봉사를 하기 위해 서약한 이들이다. 성직자는 섬기는 존재지 섬김을 받는 이가 아니다. 후자의 길을 택할 때 성직자는 타락한다. 성직이 어려운 이유다. 〈두 교황〉에서도 묘사되는 화려한 바티칸 성당이나 교황의 여름 별장 궁전은 아름답지만 불편하다. 그러나 현실적으로 세속 권력이든 종교 권력이든 지도자가 있을 수밖에 없다면 가능한 한 지도자가 좋은 지도자이길 바라게 되는 것도 사실이다. 이 영화는 세계에서 가장 강력한 종교 지도자들의 만남과 관계를 다룬다. 〈두 교황〉은 실화에 바탕을 두고 있다고 밝히지만 어디까지가 실화이고 허구인지는 알 수 없다. 그 점이 영화를 볼 때 중요하지도 않다. 영화는 두 교황의 만남과 교제를 다루지만 전체적인 서사의 초점은 프란치스코 교황에게 놓인다. 베네딕토 16세의 묘사는 교황 즉위 이후의 시점인 프란치스코 교황과의 교제에서만 드러난다. 프란치스코 교황은 교황이 되는 시점만이 아니라 플래시백으로 수십 년을 거슬러 올라가 다층적으로 그의 과거를 그린다. 그가 어떻게 성직을 받아들이게 되었는지를 얘기하는 대목이 흥미롭다. 1970년대 아르헨티나 군부독재 시절에 좀 더 적극적으로 나서지 못한 것에 대한 회한을 프란치스코 교황은 토로한다. 아르헨티나에서는 자신에 대한 두 가지 다른 견해가 여전히 있다고 밝힌다. 〈두 교황〉에서도 이 부분에 대한 비판적 시각을 빼놓지 않는다. 베르고글리오 추기경 시절의 강연에서 그가 군부 독재의 친구가 아니었는가를 몇몇 비판자들이 묻는 장면을 넣은 것이 그렇다. 프란치스코 교황은 자신이 저지른 잘못 때문에 교황이 될 수 없다고 베네딕토에게 밝힌다. 그러나 누구든 인간은 잘못과 실수를 저지른다. 관건은 그것을 인정하고 참회하고 변화하는가에 있다. 변화는 타협이 아니다. 변화와 타협이라는 단어를 두 사람은 번갈아 사용한다. 이 개념들은 교회의 미래를 위한 핵심 개념으로 제시된다. 사람은 살아온 경험만큼 생각하고 움직인다. 베르고글리오가 아르헨티나에서 군부독재와 빈부격차를 몸으로 느껴온 성직자가 아니었다면 교황이 된 후 그가 보여준 교회 개혁의 말과 행동도 없었을 것이다.

프란치스코 교황에 비해 베네딕토 16세는 강경보수파 교황으로만 평가되어왔다. 나도 그렇게 알고 있었다. 이 영화는 두 교황의 대화를 통해 다른 입장과 가치관을 가진 지도자들이 어떻게 공의를 위해 차이를 넘어서는지를 보여준다. 베네딕토의 말대로 "어쩌면 하느님은 그 시대가 요구하는 새로운 교황을 보내신다." 종교 권력도 권력인 이상 자발적으로 권력을 놓기는 쉽지 않다. 베네딕토는 그것을 했다. 영화에서는 700년 만에 있는 일이라고 한다. 자료를 찾아보니 1415년 그레고리 12세 이후 600년 만의 일이다. 그전의 자진 사임은 외부 압력에 따른 것이었다. 교황 본인이 자발적인 사임을 한 것은 베네딕토 16세가 처음이다. 〈두 교황〉에서는 사임의 이유로 병환, 영적 문제 등을 꼽는다. 그런 이유로 스스로 권력에서 물러나는 이는 없다. 베네딕토는 자신의 실패를 인정하고 물러난다. 자신은 학자이지 지도자가 아니라는 것이다. 스스로 물러나는 것도 용기다. 영화에는 종교적 회개와 용서의 문제에 대한 프란치스코의 날카로운 발언이 나온다. 어린이를 성적으로 학대하는 성직자가 회개하면 되지 않느냐는 베네딕토의 변명에 대한 반론이 한 예다. "죄악은 상처이지 얼룩이 아닙니다. 치료하고 아물어야 합니다." 가해자의 회개는 필요하다. 하지만 피해자가 받은 상처는 덮는다고, 가해자가 고백하고 회개한다고 사라지지 않는다. 그것은 치유되어야 한다. 이런 말이 공허하게 들리지 않는 이유는 프란치스코가 몸으로 겪은 고통스러운 경험이 있기 때문이다.

〈두 교황〉에서 프란치스코는 "종교가 세상과 분리되었다. 교회도 변화하고 움직여야 한다"고 강조한다. 빈부격차가 극심해지고 환경이 파괴되는 세상의 문제에 대해 담을 쌓고 굳어버린 교리에만 집착하는 태도를 비판한다. 그는 경제학자도, 정치가도 아니기에 이런 문제들에 대한 직접적인 해결책을 내놓을 수는 없다. 그러나 모두가 침묵할 때 누군가는 말해야 한다. 그런 말이 힘 있는 종교지도자의 입에서 나올 때 무시할 수 없다. 아마도 허구겠지만 인상 깊었던 것은 서로가 격렬하게 종교적 쟁점을 두고 논쟁하면서도 서로의 죄를 용서해주는 장면이다. 그들도 인간이기에 죄를 범한다. 고위성직자이기에 더욱 큰 죄를 범할 수 있다. 어떤 권력이든 권력과 영성은 양립하기 힘들다. 그런 농담도 있지 않은가? 천국에 가면 교황, 추기경, 신부, 목사 등을 찾기 힘들 거라는 말. 잘못을 저지르고 죄를 범하는 게 문제가 아니다. 진심으로 참회하는지가 문제이다. 내가 생각하는 종교의 가치는 참회와 겸허함을 가르치는 것이다.

두 교황의 역을 맡은 배우들의 연기는 뛰어나다. 대사와 음악도 좋다. 엉터리 종교지도자의 모습에 실망하는 일이 잦은 요즘 같은 때 볼 만하다. 마음에 남는 대사. 교황으로 선출된 뒤 다른 추기경이 베르고글리오에게 하는 말이다. "가난한 이들을 잊지 마세요." 이 당연한 말이 마음에 다가온 이유를 생각한다. 이 영화를 보기 전에 프란치스코 교황을 다룬 다큐멘터리 〈프린치스코 교황Pope Francis : A Man of His Word〉을 봤다. 이 영화는 교황이 된 후의 행적을 다양한 인터뷰를 통해 보여준다. 이 영화에서도 프란치스코는 빈부격차와 환경파괴를 지속해서 고발하고 해결을 호소한다. 인상적인 대사가 많지만 "어떤 경우에도 다른 종교를 믿는 이들을 개종시키려고 하지 말라"는 말이 기억에 남는다. 사람이 변화하는 것은 감화를 통해 저절로 되는 것이지 강제로 종교를 강요한다고 되는 게 아니다. 사람은 이성과 논리적 설득으로 변화하지 않는다. 감화를 통해서만 변화한다. 그런 평범한 진실을 상기시킨다. 나는 가톨릭 신자가 아니지만, 이 시대에 프란치스코 교황 같은 이가 있는 게 반갑다. 그가 교황 역사상 처음으로 기독교에서 가장 존경받는 성인인 프란치스코의 이름을 쓴 것이 새삼 상기된다. 이렇게 적고 있자니 한국의 추기경들이 누구인지 기억도 안 난다. 그들은 지금 무엇을 하고 있는지 궁금하다. 한국은 평온하고 행복한 사회여서 고위성직자는 조용히 지내도 문제가 없는 것인가?2019.12

질문을 제기하는 SF

〈에드 아스트라〉

오랜만에 극장을 찾아 SF영화 〈에드 아스트라〉를 봤다. 'ad astra' 는 'to the star', '별에게로'란 뜻이다. 영화를 보면 알겠지만 여기서 별은 물리적 별이고 동시에 로이와 클리프가 추구하는 삶의 목표 지점이기도 하다. 내용은 이렇다.

> 희망과 갈등이 공존하는 가까운 미래. 인류를 위협하는 이상 현상이 발생한다. 우주사령부로부터 호출을 받은 로이 맥브라이드브래드 피트는 지구에 닥친 전기 폭풍이 실은 지적 생명체를 찾아 태양계로 향한 리마 프로젝트와 관련 있다는 얘기를 듣는다. 리마 프로젝트를 수행했던 대장은 로이의 아버지 클리프 맥브라이드토미 리 존스. 프로젝트 수행 도중 아버지가 사망한 것으로 알았던 로이는 살아 있을지도 모를 아버지를 만나기 위해, 인류를 위협하는 이상 현상을 해결하기 위해 우주로 향한다. 달을 거쳐 화성에 도착해 해왕성 부근에서 생존해 있는 것으로 알려진 아버지와 교신하는 것이 로이의 임무. 그 과정에서 로이는 우주사령부가 자신에게 무언가를 감추고 있다는 사실을 알게 된다.『씨네21』

줄거리만 보면 이 영화는 그저 그런 SF 액션영화로 보인다. 실종된 아버지를 찾아가는 여정에서 만나게 되는 사건들, 목적을 방해하는 외계 생명체와의 격렬한 전투, 장대한 우주여행이 보여주는 비주얼 등이 그런 예다. 클리프는 인류를 대표해서 지적 생명체를 찾으려는 프로젝트를 통해 그런 생명체를 만났을까? 이런 흥미롭지만, 진부한 주제를 액션과 얼마나 흥미롭게 결합할까 하는 기대가 생긴다. 나도 그런 기대 혹은 예상을 하고 영화를 봤다. 그런데 내 예상은 빗나갔다. 〈아스트라〉는 그런 영화가 아니다. 영화에 액션이 없는 것은 아니다. 하지만 그 액션들도 통상적인 SF 액션과는 다르다. 그 점이 눈길을 끈다.

그러면 일부 평처럼 〈아스트라〉가 SF의 틀을 빌어 케케묵은 주제인 아버지와 아들의 관계를 탐색하는 영화인가? SF판 지옥의 묵시록인가? 그런 면도 있다. 자기가 절대적으로 옳다고 믿는 일을 위해 가족을 등한시한 아버지, 그런 아버지의 길을 따라갔으면서도 자신을 버리다시피 한 아버지에 대한 분노를 마음 깊이 품고 있는 아들. 그들이 만난다면 어떤 일이 일어날까? 영화에서 분노라는 말이 반복되고 로이가 주기적으로 심리테스트를 받는 장면은 그런 부자간의 잠재된 갈등 구조를 드러낸다. 그러나 내가 이 영화에서 인상 깊게 본 것은 이런 문제도 아니다. 영화의 결말에서 다소 밋밋하게 그려진 면은 있지만 이런 질문을 하게 만든다. 예전에 읽은 일화가 생각난다. 붓다에게 제자가 물었다. "시간과 우주의 시작과 끝은 있습니까?" 붓다의 답변. "그런 물음의 답을 아는 것이 너의 삶에 어떤 의미를 지니는가?" 예컨대 시간과 우주의 시작과 끝을 안다고 그것이 우리가 살면서 느끼는 수많은 정념, 예컨대 기쁨, 분노, 사랑, 즐거움, 좌절, 상실감 등을 해결해줄 수 있는가? 내가 보기에 〈아스트라〉는 붓다의 답변을 다른 방식으로 고민한다. 우주의 끝에 도달하면, 다른 지적 생명체를 찾으면, 혹은 그렇지 못하면, 그런 일들이 우리의 마음과 정념의 심연을 이해하는 데 어떤 역할을 하는가? 우주의 끝과 인간 마음 중에서 무엇이 더 신비롭고 어려운가?

이런 질문은 아버지 클리프가 주도한 리마 프로젝트의 의미와 관련된다. 외계 생명체를 발견하고 안 하고 여부가 클리프가 자신의 삶을 걸 만한 의미를 지닐까? 클리프는 그렇게 믿는 걸로 보인다. 그래서 영화 마지막에 중요한 결정을 내린다. 그 결정을 어떻게 봐야 할까? 일종의 결단이라고 봐야 할까? 무엇을 위한 결단인가? 나는 지금 많은 질문을 던지고 있지만, 그 질문은 사실 이미 '아니다'라는 답을 전제한 질문이다. 누구든 삶에서 추구하는 가치와 의미가 있다. 클리프처럼 지적 생명체를 찾는 거창한 것이든 하루하루를 생존하는 것이든. 추구의 대상이 어느 순간 무의미하게 느껴진다고 해서 삶 자체의 가치가 사라지는 것은 아니다. 정신분석학자 자크 라캉이 지적한 대로 인간은 그때 새로운 추구의 대상인 '작은 타자 a'를 찾아 다시 삶의 여행을 떠난다. 여행의 종결점은 없다. 그 여행이 계속 헛된 발걸음일지라도 여정 자체가 삶이고 의미를 지닌다. 〈애드 아스트라〉는 이런 주제를 다룬다. 낡아 보이지만 울림이 있다. 영화 〈그래비티〉를 연상시키면서도 다른 느낌을 주는 영화다. 다만 로이와 클리프 부자 관계가 좀 더 깊이 있게 그려졌으면 좋았겠다는 아쉬움은 남는다. 감상주의를 배제하고 둘의 관계를 보는 것은 좋지만 오랜 시간 동안 쌓인 복잡한 정념이 충돌하는 관계의 이미지로는 뭔가 미흡하다는 인상이다. 결말이 밋밋하게 느껴지는 이유다. 화려한 액션과 현란한 이미지로 치장된 SF영화를 기대한다면 실망할 것이다. 하지만 위에 내가 언급한 질문에 관심이 있다면 볼 만하다. 2019.9

악행의 이유

〈어벤저스－엔드게임〉

마블 코믹스의 결산이라는 〈어벤저스－엔드게임〉이하 <엔드게임>을 봤다. 독과점 논란의 영화를 보는 마음이 편치는 않았지만, 결산이라니 봤다. 내용은 이렇다.

> 인피니티 스톤 6개를 모은 타노스는 우주 최강자가 되었고, 우주 생명체의 절반을 사라지게 만들었다. 〈어벤져스－인피니티 워〉2018의 패배 이후 지구는 초토화됐고 남은 절반의 사람들은 정신적 고통을 호소하며 하루하루를 근근이 버텨나간다. 그날, 지구 와칸다에서 싸우다 생존한 히어로들과 우주의 타이탄 행성에서 싸우다 생존한 히어로들이 뿔뿔이 흩어졌는데, 아이언맨로버트 다우니 주니어과 네뷸라카렌 길런는 우주를 떠돌고 있고 지구에 남아 있는 어벤져스 멤버들은 닉 퓨리새뮤얼 잭슨가 마지막에 신호를 보내다 만 송신기만 들여다보며 혹시 모를 우주의 응답을 기다리는 중이다. 애초 히어로의 삶을 잠시 내려놓고 가족과 시간을 보내던 호크아이제레미 레너 역시 헤아릴 수 없는 마음의 상처를 입은 채 사라지고 만다. 이 모든 참담한 상황이 과연 닥터 스트레인지가 내다본 유일한 희망의 미래일까.『씨네21』

결론을 당겨 말하면, 이 영화는 괜찮다. 3시간의 긴 상영시간이 길게 느껴지지 않을 정도로 꽤 촘촘하게 이야기를 짰다. 그동안 벌여놓은 여러 이야기를 수습하기 위해서라면 이런 서사 틀을 택할 수밖에 없었을 것이다. 양자역학을 이용한 "시간 훔치기" 말고는 다른 방법도 없다. 그런 방법을 기둥으로 삼아 펼치는 서사도 괜찮다. 그렇지만 그 방법을 '누군가'가 순식간에 간파하는 전개의 개연성은 납득이 안 된다. 〈엔드게임〉이 영리한 점은 전작과 다를 게 없는 액션과 전투 장면에 많은 시간을 할애하지 않고 인피니티 스톤과 관련된 캐릭터의 이야기에 주목한 것이다.

수퍼영웅의 이야기든 무엇이든 관객이 영화에서 감각하는 것은 관객과 같은 인간의 이야기다. 보통 사람이든 수퍼영웅이든 가족과 친구의 죽음과 실종은 큰 고통이다. 전작인 〈인피니티 워〉의 결말이 충격적인 이유다. 〈엔드게임〉은 상실의 충격이 각 캐릭터에게 끼친 여파를 보여주는 데 꽤 시간을 할애한다. 영화의 시작은 그 점을 명확히 표현한다. 인간사가 그렇듯이 무엇을 얻으려면 댓가를 치러야 한다. 〈엔드게임〉은 인간사의 양상을 표현한다. 지구를, 우주를 구하는 것은 수퍼영웅의 거창한 목표지만 우리가 관심을 기울이는 건 그런 영웅이 정말 바라는 것이 무엇인가라는 질문이다. 수퍼영웅이면 행복감을 느끼는 기준도 다를까?

전작인 〈인피니티 워〉에서도 그랬지만 〈엔드게임〉에서도 가장 인상적인 캐릭터는 타노스다. 통상 악한들은 권력과 돈을 얻기 위해 악행을 저지른다. 타노스도 그런가? 이 캐릭터가 저지른 끔찍한 악행은 그 이유가 다르다. 그는 자기 나름대로 설정한 분명한 목적이 있다. 흔들리지 않는 믿음이 있다. 그는 확신범이다. 혹은 운명론자다. 〈엔드게임〉 앞부분의 충격적인 장면에서 타노스가 보이는 소탈한 모습은 이해할 만하다. 그런데 악행을 저지르는 확신범이 더 끔찍하다. 확신범은 자신의 악행이 절대로 악행이라고 생각하지 않는다. 그들은 어떤 운명이나 섭리의 집행자라고 스스로를 규정한다. 그의 운명이 결정되는 영화 뒷부분에서 타노스가 보이는 차분함이나 냉정함도 그것과 관련된다. 그가 보이는 냉정함은 자신의 확신에 대한 점검으로 연결되지는 않는다. 확신범이나 운명론자는 다른 이들의 말에 귀 기울이지 않는다. 자기성찰이 없는 건 모든 악한의 특징이다. 〈엔드게임〉을 보면서 느낀 건 해리포터 시리즈가 그랬듯이, 마블 유니버스도 이제 사람들에게 다른 멀티버스multi-universe로 느껴진다는 것이다. 〈엔드게임〉도 다중현실의 의미를 다룬다. 사람들의 열광이 좋은 예다. 영화 자체에 대한 분석보다는 그런 사람들의 반응 이유가 나는 더 궁금하다.2019.4

우리와 그들

〈어스〉

어제 저녁에 조던 필 감독의 〈어스Us〉를 봤다. 감독의 전작인 〈겟 아웃〉을 인상 깊게 봤기에 기대했다. 결론부터 말하면 기대에 미치지 못했다. 줄거리는 이렇다.

> 1986년 미국 샌타크루즈 해변, 어린 애들레이드 윌슨매디슨 커리은 가족과 놀이공원에서 시간을 보낸다. 아빠가 두더지 게임에 정신이 팔려 무관심한 사이, 애들레이드는 혼자 방황하다 "영혼의 여행. 당신을 찾으세요"라는 간판이 걸린 어트랙션에 들어간다. 자신과 똑같이 생긴 도플갱어를 마주한 애들레이드에게 어떤 일이 벌어졌는지 밝히지 않은 채, 영화는 현재 시점으로 이동한다. 애들레이드루피타 니옹고는 남편 게이브윈스턴 듀크와 딸 조라샤하디 라이트 조셉 그리고 아들 제이슨에반 알렉스과 함께 샌타크루즈 해변 인근의 별장을 찾는다. 그날 밤, 1986년 애들레이드가 마주쳤던 도플갱어를 비롯해 윌슨 가족과 꼭 닮은 무리영화에서는 '묶인 자들(Tethered)'로 일컫는다이 집 앞에 찾아온다.『씨네21』

〈겟 아웃〉과는 달리 〈어스〉는 흑인들이 주인공으로 나오지만 '블랙 시네마'가 아니다. 감독은 그 점을 영화에서 강조한 걸로 보인다. 흑인들이 나온다고 해서 흑백 갈등의 인종 문제를 부각하는 블랙 시네마여야 할 필요는 없다는 견해다. 영화를 보고 나서 왜 '인종 문제가 전면에 드러나지 않느냐'고 하는 불평은 초점에서 어긋난다는 뜻이다. 인종 문제, 흑백 갈등이 아닌 무엇을 〈어스〉는 주목하는가? 영화를 보면서 묻게 되는 질문은 이런 것이다. 1986년 흑인 소녀 애들레이드가 샌타크루즈 해변에서 만난 도플갱어는 누구인가? 둘 사이에는 무슨 일이 있었는가?그 답은 결말에 제시된다 왜 도플갱어는 애들레이드 가족을 공격하는가? 영화에서 반복적으로 나오는 성경 「예레미야」 11장 11절이 힌트가 된다. "그러므로 나 여호와가 이처럼 말하노라. 보라 내가 재앙을 그들에게 내리리니 그들이 피할 수 없을 것이라. 그들이 내게 부르짖을지라도 내가 듣지 아니할 것인즉." 재앙이 닥칠 것이다. 누구에게? 왜? 그 재앙은 모든 미국인에게 닥칠 것이다. 다시 묻게 된다. 이유가 무엇인가? 미국이 지은 원죄 때문에? 영화는 이 질문에 명료한 답을 하지 않는다. 영화의 제목인 '어스'는 '우리들Us'이라는 뜻과 함께 '미국US'도 된다. 누구냐고 묻는 애들레이드에게 도플갱어는 답한다. 우리들은 미국인들이라고. 도플갱어들은 미국이 버린 자들이다. 혹은 버려서 지하 세계에 묶어 놓은 자들이다. 그들이 어떻게 버려졌는가? 이 질문을 풀어가는 서사가 설득력 있지 않다. 그냥 도플갱어의 간략한 설명으로 넘어간다. 영화의 관건이 되는 질문인데 대충 얼버무리고 넘어가는 느낌이다. 그래서 영화의 마지막 반전이 그렇게 충격적으로 다가오지 않고 짐작했던 예상을 벗어나지 않는다. 어떤 다른 반전이 있겠는가? 나는 반전의 충격에는 별 관심이 없다. 그 반전을 통해 영화의 서사가 얻는 힘이 문제다. 〈어스〉는 그 점이 아쉽다. 〈겟 어웨이〉에 비교해도 그렇다.

"영화 초반 브라운관 TV를 통해, 그리고 후반부에 재현되는 '미국을 가로지르는 손Hands Across America'1986년 15분간 손을 잡는 퍼포먼스로 굶주린 사람들을 위한 기금 모금을 독려한 캠페인"『씨네21』을 도플갱어가 반복하는 건 무슨 뜻인가? 지상의 미국인을 패러디하는 건가? 우리들도 미국인으로 받아들여달라는 뜻인가? 아니면 이제 그들이 지상의 주인이라는 뜻인가? 그들의 모습은 애들레이드와 관련된 영화의 반전과 어떻게 연결되는가? 이 영화가 애초에 이런 질문에 답할 필요가 없는 오컬트영화라면 별로 중요하지 않은 질문일 수 있다. 그러나 〈어스〉는 오컬트영화가 아니다. 영화는 애들레이드와 그녀의 도플갱어와의 관계를 서사의 미끼맥거핀로 삼는다. 그 관계의 숨겨진 의미를 찾는 게 서사의 동력이다. 따라서 도플갱어의 탄생과 버려짐, 그들이 손을 잡고 이루는 '미국을 가로지르는 손'의 의미는 좀 더 구체적으로 제시되어야 한다. 나는 영화를 보면서 그 의미를 짐작하기 힘들었다. 〈어스〉는 〈겟 아웃〉보다 확장된 주제를 표현하려고 한다. 그 시도는 성공한 것으로 보이지 않는다. 〈겟 아웃〉에서의 발칙한 상상력이 사라졌다. 다른 존재에 대한 환상이 가져오는 폭력의 탐구가 약하다. 그 탐구를 가볍고 날렵하고 예리하게 표현하는 능력 같은 것이 아쉽다.2019.4

여성의 권력투쟁

〈더 페이버릿〉

화제작 〈더 페이버릿—여왕의 여자〉이하 <페이버릿>를 봤다. 원제는 'The Favourite'이다. 마침 오늘 아카데미영화제 시상식이 열렸다. 이 영화에서 앤 여왕 역을 맡은 올리비아 콜먼이 여우주연상을 받았다. 최근에 본 한국영화, 외국영화를 막론하고 이 영화처럼 남성은 뒷전으로 밀려나고 여성들이 화면의 전면을 차지하면서 욕망과 질투와 권력욕을 펼치는 영화는 없었다. 앤 여왕Anne, Queen of Great Britain, 1665~1714, 재위 1702~1714은 스튜어트 왕조의 마지막 왕이고, 내 전공인 아일랜드와의 공식적 합병을 이룬 왕으로 기억한다. 〈페이버릿〉은 여왕의 공적인 삶을 다루는 게 아니라 앤과 그녀가 총애했던 여인들the favourite인 말보로 공작부인 사라Sarah Churchill, 몰락한 귀족 출신 여성이자 사라의 친척인 애비게일Abigail Hill의 관계에 초점을 맞춘다. 역사학자가 아닌 나로서는 영화에서 그려지는 사건이 얼마나 사실에 충실한지는 판단할 수 없다. 영화를 보고 찾아보니 영화의 주요 등장인물은 실존했던 인물이다. 영화에는 나오지 않지만 사라와 애비게일은 여왕이 죽은 뒤에도 천수를 누렸다. 〈페이버릿〉은 사라가 권력의 정점에 있다가 밀려나는 시기까지를 다룬다. 〈페이버릿〉은 권력과 욕망의 문제를 다룬다. 앤 여왕은 17명의 아이를 잃었고 그런 상실감을 덮으려고 죽은 아이들의 이름을 붙인 토끼들을 기른다. 여왕의 캐릭터는 복합적인데 앤 여왕 역을 한 배우 올리비아 콜맨이 주요한 연기상을 휩쓸고 있는 데는 인물의 복잡성을 잘 포착한 데 있을 것이다. 언뜻 비현실적으로 보이는, 광각렌즈로 찍은 여왕의 침실과 왕실의 공간 이미지는 그로테스크한 느낌을 준다. 넓은 공간에 어린애처럼 홀로 있는 여왕의 모습을 부각한다. 언뜻 보기에 그녀와 그녀가 맺는 사라와의 관계는 2년 전 탄핵당한 이 나라의 무능력한 최고 권력과 그 뒤에서 국정을 농단한 자들을 연상시킨다. 그런데 표면적으로만 그렇다.

언뜻 보기에 앤 여왕은 유약하고 어린애 같고 충동적이다. 〈페이버릿〉은 여왕의 성정이 어디서 비롯된 것인지를 세밀하게 보여주지는 않는다. 그러나 앤이 육체적으로나 정신적으로 삶의 생기를 잃은 것 같다는 점은 분명하다. 종종 클로즈업으로 포착되는 여왕의 얼굴은 내면의 공허함을 표현한다. 공허한 표정과 심한 통풍 때문에 지팡이와 휠체어를 의지해야만 움직일 수 있는 생활의 제약은 여왕의 무기력함을 드러낸다. 하지만 앤은 중요한 결정적인 순간에는 권력자답게 권력의 위계를 명확히 한다. 어쨌든 자신은 권력을 행사하는 여왕인 것이다. 영화의 뒤로 갈수록 그런 모습은 더 강해진다. 거기에는 영화에서는 두드러지게 나타나지 않지만, 기본적으로 토리당지주계급 정당, 스페인 왕위계승 전쟁에서 프랑스와 화친을 내세운 정당에 가까웠던 여왕과 휘그당상업계급 정당, 강경하게 전쟁을 계속할 것을 주장하는 정당의 입장에 선 사라의 정치적 견해 차이가 배경으로 작용한다. 〈페이버릿〉은 공적인 정치적, 외교적 사건이나 당파적 쟁투보다는 여왕의 사적인 생활에 주목한다. 그 사적생활이 공적생활에 영향을 미친다는 것도 보여주지만. 이 캐릭터의 매력은 여왕 혹은 권력이라는 추상명사 안에 감춰진, 시정잡배와 별반 다를 바 없는 사람됨을 지닌 개별적 인간으로서의 모습을 부각한 데 있다. 졸렬하고 한심해 보이는 인간들이 중요한 정치적, 정책적 결정을 내린다. 그 결정이 종종 좋은 쪽으로 혹은 나쁜 쪽으로 국가의 진로와 역사의 방향을 바꾼다. 권력의 행사는 일반 사람들이 생각하는 것처럼 정교하고 체계적으로 이뤄지지 않는다는 것이다. 장엄한 모습으로 치장된 권력 내부의 우스꽝스러운 내면, 그리고 그 권력을 행사해야 하는 권력자의 복잡하고 모순적인 면모를 영화는 신랄하게 비꼰다.

사라와 애비게일의 불꽃 튀는 권력투쟁은 영화의 핵심이다. 애비게일의 경우 이유는 분명하다. 몰락한 귀족계급의 딸로서 영화의 도입부에 표현되듯이 성적인 착취를 수시로 당하면서 하층계층으로 떨어진 그녀로서는 자신의 삶을 되찾기 위해서는 어떤 것도 할 수 있다고 믿게 된다. 그럴 때 가장 손쉽고 빠른 길은 최고 권력자의 눈에 드는 것이다. 반면에 그 욕망의 근원을 파악하기 힘든 인물은 사라이다. 그녀의 권력욕은 무엇 때문이었을까? 그녀의 말대로 그 욕망이 영국이라는 국가를 위한 공적 소명의식 때문이었을까? 아니면 여성이기에 정치의 전면에 나설 수 없고 뒤에서 그 정치를 조정할 수밖에 없었던 여성의 자리가 그 권력욕을 증폭시키고 왜곡한 것인가? 세 여성 배우올리비아 콜먼, 레이철 바이스, 엠마 스톤의 연기는 불꽃을 튀긴다. 사랑에 목을 매고 징징대지 않는 여성인물을 발굴하고 부각한 점만으로도 〈페이버릿〉의 미덕이 있다. 이런 캐릭터를 연기한 배우들이 훌륭하지만, 특히 엠마 스톤이 이렇게 연기를 잘하는 배우인 줄 새삼 느꼈다. 이런 극영화에서 배우의 중요성을 실감한다. 보기에 따라서는 지루하다고 느낄 수도 있는 영화다. 하지만 권력과 욕망의 문제가 남성만의 전유물이 아니라는 것을 확인하고 싶다면 볼만하다. 나같이 영문학아일랜드문학 전공자라면 특히 그렇다.2019.2

여성의 연대

〈로마〉

알폰소 쿠아론 감독의 영화 〈로마〉를 뒤늦게 봤다. 베니스영화제 황금사자상 수장작이다. 넷플릭스 개봉 영화로 유력 영화제의 대상을 받아서 화제가 되었다. 줄거리는 이렇다.

> 원주민 출신의 클레오얄리트사 아파리시오는 중산층 백인 가족의 가정부로 일하고 있다. 그녀의 일상은 임신했을지 모른다는 그녀의 말에 남자친구 페르민호르헤 안토니오 게레로이 사라진 후 흔들리기 시작한다. 집의 주인 소피아마리나 데 타비라도 남편이 외도로 집을 나간 후 같은 상황에 직면해 있다. 아기 침대를 사러 간 클레오가 우연히 마주친 시위 현장에서, 시위대를 살해하는 남자친구 페르민의 총구 앞에 서게 되고, 이 충격은 클레오가 배 속의 아이를 사산하는 원인이 된다. 휴양지의 해변에서 아이들이 파도에 휩싸였을 때, 클레오는 파도 속으로 걸어 들어가 익사 직전의 아이들을 구해낸다. 뒤늦게 돌아온 소피아와 아이들, 클레오는 서로를 부둥켜안고, 클레오는 자신은 사산한 아이를 원하지 않았었다고 고백한다.『씨네21』

〈로마〉를 보고 격찬하는 평이 많다. 나도 이 영화가 좋다고 평가한다. 그렇지만 격찬을 받을 만한 영화인지는 동의하기 힘들다. 1970년대의 멕시코를 배경으로 한 〈로마〉가 한국 관객에게 공감을 주는 이유는 두 나라가 겪은 비슷한 역사 때문이다. 한국과 멕시코는 독재와 반反독재 투쟁의 경험을 공유한다. 다른 점도 있다. 한국에서는 강제 연행해서 고문하고 죽였지만, 〈로마〉에서 권력의 하수인들은 공개 장소에서 총을 쏴 죽인다. 〈로마〉는 반독재 민주화 투쟁을 직접 다루지는 않는다. 영화의 시선은 정치적인 무거운 사건들에서는 비켜서 있는 여성인물에 놓인다. 가정부 클레오는 한국에서도 1960~1980년대 초까지도 볼 수 있었던 모습이다. 이 영화에서처럼 가정부와 가정부가 돌보는 아이들의 관계가 그렇게까지 밀착했었는지는 의문이지만. 〈로마〉에서 클레오와 그녀가 돌보는 아이들의 관계는 유모라는 말의 뜻에 가깝다. 아이들에게 클레오는 실질적 엄마다. 그래서 영화의 결말 부분에서 수영을 못하는 클레오는 물에 빠진 아이들을 구하기 위해 서슴없이 바다로 뛰어 들어간다.

내가 주목한 건 여성 캐릭터의 관계다. 그들이 삶을 대하는 태도다. 〈로마〉에서 남자들은 대부분 뻔뻔하고 무능하고 무책임하다. 영화에는 여성들은 혼자서 살 수밖에 없다는 말이 나온다. 클레오나 소피아는 닥쳐오는 불행에 잠시 멈칫하지만, 다시 고개를 들고 꿋꿋이 자신들의 삶을 산다. 클레오는 왜 "자신은 사산한 아이를 원하지 않았었다"라고 고백할까? 그녀의 고백은 양면적이다. 원치 않은 임신이었고 무책임한 남자의 존재 때문에 그렇게 말했을 것이다. 사태의 진실은 더 있다. 사랑하는 소피아의 아이들을 구해야 했기에, 소피아의 아이들이 곧 자신의 아이들이기도 하기에 그렇게 고백했을 것이다. 그렇게 고백해야만 앞으로의 삶을 살아갈 수 있을 것이다. 영화의 기법과 형식을 잘 모르는 나는 〈로마〉가 얼마나 형식적으로 뛰어난지는 평가할 수 없다. 몇 장면은 인상적이다. 좁은 주차장에 어떻게든 커다란 차를 주차하기 위해 애쓰는 소피아의 남편 안토니오, 남편이 떠난 뒤 아무렇게나 차를 주차하면서 차를 망가뜨리는 소피아, 결국엔 홀가분하게 작은 차로 바꾸고 편안하게 주차하는 소피아의 모습과 대비된다. 주차장에 널려있는 개똥은 이들의 안락해 보이는 삶의 얼룩이다. 카메라는 의도적으로 안토니오의 차바퀴에 짓뭉개지는 개똥을 비춘다.

〈로마〉가 흑백이 아니라 컬러 영화였다면 어땠을까 생각해봤다. 그러면 오히려 더 촌스러웠을 것이다. 흑백의 색감은 이 영화가 전하는 정감을 표현한다. 다루는 시대가 1970년대였기 때문에 감독이 흑백을 택하지는 않았을 것이다. 나는 이 영화를 여성들의 삶과 연대의 이야기로 읽었다. 그들의 연대가 매끄럽게만 진행되지는 않는다. 소피아와 클레오 사이에는 엄연한 계급 관계가 작동한다. 소피아는 남편과의 관계에서 느끼는 불만을 신경질적으로 클레오에게 터트릴 때가 있다. 클레오는 그것을 묵묵히 받아들인다. 그런 모습을 카메라는 차분히 응시한다. 계급적 차이에도 불구하고 작동하는 연대와 공감이 있다. 나 같은 생물학적 남성은 이해하기 힘든 여성들 사이의 관계를 〈로마〉는 포착한다. 되풀이 말하자면 〈로마〉를 걸작이라고 평가하지는 않는다. 나는 감독의 전작 〈그래비티〉를 더 좋게 봤다. 하지만 〈로마〉도 좋은 영화다. 호들갑 떨지 않는 캐릭터의 태도와 카메라의 시선이 좋았다.2019.1

젊은 혁명가들의 생활

〈청년 마르크스〉

〈청년 마르크스〉나는 '맑스'가 적합한 표기라고 생각한다. 이하 <청년>는 맑스와 엥겔스의 청년기를 다룬다. 맑스는 1818년생, 엥겔스는 1820년생이다. 〈청년〉은 1843년 맑스가 프러시아로부터 추방된 때부터 1848년의 「공산주의자 선언」까지를 다룬다. 맑스가 프랑스 파리와 벨기에의 브뤼셀에서 정치적 망명객으로 살던 때였다. 맑스의 나이 만 25세부터 30세까지의 시기다. 엥겔스는 23~28세였다. 영화의 후반기에 맑스는 엥겔스와의 대화에서 "피곤하다. 이제 곧 나도 30세가 된다"고 토로한다. 그가 살아온 과정을 보면 그 피로감이 느껴진다. 불과 30살이 되기도 전에 느끼는 피로감. 실제 맑스가 이런 말을 했는지는 모르겠다. 하지만 그런 말에서 인간 맑스의 내면이 느껴진다. 그도 인간이었다는 사실을 실감한다. 맑스 같은 사상의 대가를 글로만 읽게 되면 그 또한 육신을 지닌 존재로서 한 시대를 살아갔던 인간이라는 점을 종종 잊게 된다. 이 영화의 매력은 특정한 시공간을 살았던 인간 맑스의 면모를 조명한다는 것이다. 제한된 영화의 공간에서 그 점을 깊이 있게 재현하기는 힘들다. 그 점에서 〈청년〉의 선택은 현명하다. 영화는 단 5년 동안의 청년 시절에 초점을 맞추고 맑스와 엥겔스의 고민과 행동, 그들의 반려이자 동료였던 맑스의 아내 예니, 엥겔스의 연인 메리와의 관계를 다룬다.

〈청년〉에서는 다소 애매하게 처리되었지만 법적 부부였던 맑스 부부와는 달리 엥겔스와 메리는 결혼하지 않았다. 1860년대 메리가 죽을 때까지 연인 관계로만 남았다. 여기에는 당대의 부르주아 결혼에 대한 두 사람의 비판적 태도가 작용한다. 〈청년〉에서는 귀족계급 출신인 예니와 노동계급 출신 메리가 남녀 관계, 결혼 관계특히 아이를 낳는 문제와 관련해 미묘한 견해의 차이를 드러내는 장면이 있다. 인상적이다. 〈청년〉의 매력 중 하나는 두 여인을 독자적인 존재로서 부각한 점이다. 메리의 형상화가 눈에 띈다. 전부터 해온 생각이지만 자본주의의 철저한 비판자로서 맑스도 그 자본주의 체제에서 가족을 부양해야 했고 먹고 살기 위해 돈이 필요했다. 그 점에서 맑스는 자본가의 아들이었던 엥겔스와는 처지가 달랐다. 그런 차이가 영화에서 표현되기도 하며 엥겔스의 재정적인 도움에 대해 맑스가 느꼈던 양가적 감정이 나타난다. 그런 미묘한 양상을 포착한 것도 좋다. 돈의 힘에서 그 돈의 비판자조차도 벗어나기는 힘들다. 이 열혈청년들은 1843~1848년의 시기 동안 사상적 동료로서 『신성 가족*The Holy Family*』1844과 인류 역사상 가장 선동적이고 중요한 정치팸플릿 중 하나인 「공산주의자 선언」1848을 쓴다. 맑스는 프루동주의를 신랄하게 비판한 『철학의 빈곤』1847을, 엥겔스는 『영국 노동자계급의 상태』1845를 각각 쓴다. 〈청년〉에는 당대 사회주의, 공산주의, 무정부주의운동의 중요한 인물이었던 프루동, 바쿠닌, 바이틀링 등이 등장한다. 맑스가 이들과 맺었던 관계, 사상투쟁 등이 꽤 실감나게 묘사된다. 특히 노동자재단사 출신이었던 바이틀링과의 논쟁에서 맑스가 했던 그 유명한 발언이 나온다. 노동자계급 출신이라는 점과 그 경험을 내세우며 노동자계급 출신이 아닌 맑스와 엥겔스에 대해 제기하는 비판에 반박하는 장면이다. "무지가 도움이 된 적은 없다"라는 맑스의 발언을 생생한 현장음으로 듣는 충격이 있다.

나는 〈청년〉에서 맑스보다는 엥겔스, 그의 연인이자 동지였던 메리와의 관계가 더 다가왔다. 그만큼 엥겔스에 대해 잘 몰랐다. 엥겔스는 통상 맑스의 조력자side-kick로만 각인되어 있는데, 설령 그렇다고 하더라도 이 인물의 형상화는 흥미롭다. 자본가의 아들로서 자본을 비판해야 하는 일종의 내적 분열이 가져오는 고통을 청년 엥겔스는 보여준다. 나는 오래전 읽었던 『영국 노동자계급의 상태』가 묘사하는 당대 노동계급의 처참한 삶을 읽으며 받았던 충격을 기억한다. 맑스가 사상가라면 엥겔스는 역사가적 면모가 두드러진다. 그들의 우정은 지금 봐도 각별하다. 그 우정의 깊이가 놀라울 뿐이다. 〈청년〉이 영화의 형식과 기술 면에서 좋은지는 내가 판단하기 힘들다. 어느 영화평에서 〈청년〉이 또 하나의 위인전이라고 비판했는데, 나는 동의하지 않는다. 맑스, 엥겔스의 인간적 면모가 좀 더 표현되지 못한 것이 아쉽다고 느낄 수는 있지만, 이들에게는 사상이 곧 삶이었다. 사상가 / 혁명가의 인간적 면모를 쉽게 말하는 것도 신중하게 따져볼 필요가 있다. 〈청년〉은 자본주의가 존속하는 한 이들의 사상이 되풀이해서 읽히고 여전히 현재성을 지닌 이유를 몇 개의 장면으로 제시한다. 나는 그 시각에 동의한다. 많은 이들이 1990년대 초반 현실 사회주의의 붕괴와 더불어 맑스(주의)의 생명력도 끝났다고 말한다. 현실 사회주의 국가가 맑스가 사유한 사회주의에 부합했는지도 문제다.

맑스는 관념적 이상으로서 사회주의, 공산주의를 말하지 않는다. 그에게 공산주의는 미래의 관념적 이상이 아니라 현실의 모순을 지양하는 운동이다. 둘째, 맑스의 사회주의 구상이 문제가 있다 하더라도 자본주의의 가장 철저한 분석가이자 비판자로서 맑스의 위상은 자본주의가 존속하는 한 우회하기 힘들다. 셋째, 영화에서 맑스는 애매하고 추상적이고 뭉뚱그리는 사상이나 이론을 격렬히 비판한다. 맑스에게 철학과 사상은 레닌과 알튀세르가 적절히 설명했듯이 '구체적 상황의 구체적 분석'이었다. 개인적으로 나는 사유하는 법의 기초를 맑스에게서 배웠다. 이제는 자본주의를 넘어서는 이상을 말하고 대안을 언급하면 비웃음을 받는다. 주어진 자본주의 현실에 충실 혹은 굴복하고 어떻게든 살아남는 것이 최고의, 유일한 가치로 평가받는다. 현실 추수주의의 승리다. 그만큼 자본주의의 힘이 세졌다는 뜻이다. 그런 이들에게 〈청년〉에서 맑스와 엥겔스가 꿈꾸는 대안과 연대의 꿈은 냉소의 대상이 될 수 있다. 과연 그럴까? 지난 시대를 낭만화하거나 이상화하는 것은 경계해야 하지만 이상과 대안을 가졌던 시대를 되돌아보는 건 의미 있다. 〈청년〉을 보고 나니 임화를 비롯한 비극적 인물의 삶을 영화로 만들면 좋겠다는 생각이 다시 든다. 좋은 영화만큼 인물들을 다시 살리는 매체도 없다.2018.5

종교영화의 뒷면

〈부활〉

널리 알려진 이야기를 작품의 제재로 다루는 일은 작가나 감독에게 도전이다. 예수의 부활 사건을 다룬 〈부활Risen〉도 그런 어려움을 안고 있다. 〈부활〉은 널리 알려진 예수의 죽음과 부활에 대해 새로운 시각을 보여주지는 않는다. 괜찮은 영화지만 걸작이라고 하기는 힘들다. 뒷부분으로 갈수록 힘이 떨어진다. 어떤 이들은 〈부활〉을 종교영화로 틀 짓고 그 안에서 종교적 의미와 감동을 찾을 수 있을 것이다. 그런 입장에서는 종교적 색채가 상대적으로 두드러지는 후반부가 흥미로울 수 있다. 예수가 보여준 부활과 기적과 승천을 시각적으로 확인하는 감흥을 느낄 수 있기 때문이다. 그러나 〈부활〉을 영상 텍스트로 보려는 관객에게는 후반부가 아니라 앞부분이 더 좋게 느껴질 수 있다. 자신이 옳다고, 가치 있다고 믿고 있는 것권력과 출세와 그를 향한 강렬한 욕망 등에 고착된 사람들의 모습을 설득력 있게 제시한다. 권력자의 전형적 모습이 유대 통치자였던 빌라도와 가상의 인물로 설정된 로마군 대장 클라비우스조셉 파인즈를 통해 설득력 있게 그려진다. 빌라도가 클라비우스에게 묻는다. "자네는 야심이 있지. 무엇을 원하는가?" 클라비우스의 답변이다. "로마에 가서 지위와 권력을 얻고 싶다." 빌라도의 이어지는 질문. "그 다음에는?" 그렇게 이어지는 문답의 결론이다. "평화와 안식을 얻고 싶다." 어쩌면 당대 지배 엘리트가 나누는 별로 중요해 보이지 않는 대화에 이 영화가 말하려는 고갱이가 있다. 인간이 추구하는 모든 욕망의 귀결점은 무엇인가? 그 질문을 힘있게 밀고 나가지 못한 점이 아쉽다.

스피노자에게 기대 말하면, 대부분의 인간은 어떤 것이 옳아서 그것을 믿는 것이 아니다. 오히려 그 반대다. 자신이 믿는 것이기에 그것을 옳다고 간주한다. 그런 믿음은 구체적으로 분석해보면 근거가 없는 선입견과 통념에 뿌리를 둔다. 자신이 믿는 것을 가리키는 개념은 다양한 이름을 갖는다. 신념, 선입견, 가치관, 이데올로기, 세계관, 통념, 혹은 종교적 믿음 등. 이미 가진 자신의 견해, 인식, 현실관의 외부로 탈출하기는 쉽지 않다. 그것은 강고한 자아의 벽과 같다. 그 벽을 깨기 위해서는 그만큼의 강력한 외부적 충격을 요구한다. 〈부활〉은 중반까지는 클라비우스라는 로마의 엘리트이자, 전쟁의 신 아레스를 믿는 다신론자의 고집과 소신, 그런 소신과 믿음의 벽에 균열이 생기는 과정을 흥미롭게 보여준다. 균열의 묘사가 후반부에서 예수의 부활 과정을 주목하면서 약해진 것이 눈에 걸린다. 예수를 둘러싼 당대의 정치 종교적 상황, 로마 지배자들과 결탁하는 종교 권력의 모습, 당대의 종교 문화적 풍습이 리얼하게 그려진 것은 좋다. 그때나 지금이나 사람살이의 풍경, 권력의 양태는 대동소이하다는 생각을 하게 된다. 시간이 많이 흘러도 인간은 쉽게 변하지 않는다는 씁쓸한 진실을 확인한다. 대다수 인간은 클라비우스 같은 존재다. 교육과 훈육과 교양과 문화의 산물이 인간이다. 클라비우스 같은 엘리트일수록 자신이 가진 견해와 기득권의 벽을 깨고 밖의 세계를 보기는 쉽지 않다. 엘리트의 삶은 안온하고 결핍이 없다. 엘리트일수록 자신을 세계의 중심으로 착각하는 유아론자, 혹은 자기중심주의egocentrism의 포로가 되기 쉽다. 그 벽을 깨려면, 인간적인 것을 뛰어넘는, 비인간적 혹은 초인간적인, 신적인 것에 가까운 충격이 있어야 한다. 예수는 〈부활〉에서도 나타나는 다양한 이적miracle, 그리고 결정적으로 승천의 모습을 통해 그 벽을 부분적으로나마 깰 수 있었다. 예수의 제자와 추종자는 예수가 행하는 숱한 기적을 보면서도 그를 믿지 않고 의심했다. 그게 평범한 인간의 모습이다.

남는 질문. 만약에 예수가 그런 이적을 보이지 않았더라도, 그가 하느님의 아들이라는 증거를 여러 차례에 걸쳐 보여주지 않았더라도, 그의 제자와 추종자들은 그를 따랐을까? 그런 기적의 예시가 없었어도 예수의 말씀만 듣고 그의 가르침을 신뢰했을까? 그런 질문을 하게 된다. 또 묻게 된다. 평범한 인간인 우리가 가진 편견과 선입견과 통념의 벽을 고작 인간적인 말과 주장과 행동을 통해 깰 수 있을까? 〈부활〉을 보고 갖게 되는 질문이다.2016.3

제3부

영화의 리듬과 이미지

섬세함과 유려함

『묘사하는 마음』

글을 잘 쓴다는 게 여러 의미가 있지만, 오랫동안 영화주간지 『씨네21』 기자였고 지금은 유일한 편집위원인 김혜리의 글은 잘 쓴 글의 좋은 사례다. 나는 섬세하고 유려하다는 진부한 표현을 별로 좋아하지 않지만 이 책은 실제 그렇다. 지금은 전보다 자주 쓰지는 않지만, 이 잡지에 실리는 글 중에서 김혜리의 글은 빼놓지 않고 읽는다. 배우는 게 있다. 이 책 『묘사하는 마음』2022, 이하 『묘사』에 실린 글도 대부분 『씨네21』에 처음 실렸다. 저자는 이 책을 영화평론집이라고 하지 않고 영화산문집이라고 이름 붙였다. 이유는 뭘까? 책의 제목인 '묘사하는 마음'을 설명하는 이런 구절이 답변이 되겠다.

> 영화에 이목구비가 있다면 내가 하고 싶었던 일은 그 초상을 그려 사람들에게 보여주는 것이었는지도 모른다. 내게 허락된 재료로 방금 본 영화와 비슷한 구조물을 짓고 싶었다. 가능하면 상징이나 이론을 끌어들이지 않고 스크린 안에 있는 것들만 물증으로 쓰려고 했다.11면

영화평론이라고 할 때는 아무래도 분석과 해석, 평가를 전제한다. 평론이 리뷰와 구분되는 점이다. 요즘은 문학평론에서도 해설을 비평이라고 여기는 경향이 힘을 얻고 있지만나는 동의하지 않는다, 영화에서도 그런 경향이

있다. 평론에서도 다루는 영화를 묘사하는 것이 필요하지만, 이 책은 말 그대로 영화의 "이목구비"와 "초상"을 그리는 데 초점을 맞춘다. 그렇게 하려면 세밀하고 신중하게 봐야 한다. 김혜리는 짐짓 겸손하게 자신의 글이 영화를 묘사하는 선에서 멈춘다고 말한다. 그래서 영화평론집이 아니라 영화산문집이라고 이 책의 성격을 정했을 것이라 짐작한다. 내 생각에 이 책은 뛰어난 평론집이다. 작품과 비평이 둘 다 글로 이뤄진 "구조물"인 문학과는 다르게 이미지의 운동을 담은 매체인 영화를 글로 묘사해야 하는 영화평론의 난점도 작용한다. 그렇지만 김혜리는 글로서 자신이 본 "영화와 비슷한 구조물"을 짓고 그 구조물을 살피는 독자에게 자신이 본 영화를 직접 보도록 초대한다.

『묘사』는 부제를 단 여러 장으로 나뉘는데, 저자가 주목한 배우를 다룬 「부치지 못한 헌사」, 주제별로 영화를 분류해서 논의하는 「각성하는 영화」, 「욕망하는 영화」, 「근심하는 영화」, 그리고 영화의 형식에 주목하는 「액션과 운동」, 「시간의 조형」이 책의 골간을 이룬다. 거기에 상업영화의 주류를 형성했던 할리우드 블록버스터 영화를 다룬 「팽창하는 유니버스」를 덧붙인다. 『묘사』는 "스크린 안에 있는 것들만 물증"으로 하여 자신이 어떤 영화를 좋아하고 싫어하는지를 부드럽지만 단호하게 밝힌다. 배우 이자벨 위페르를 논하는 대목은 김혜리가 좋아하는 배우와 영화의 기준점이다.

> 관객에게 아첨하지 않으려면 인물을 대하는 배우 본인의 태도도 냉정해야 할 것이다. 인터뷰에 비치는 위페르의 직업적 자세는 흡사 자아를 남처럼 서먹하게 바라보는 이인증離人症을 연상케 한다. "나는 내 캐릭터를 연민하지 않고 이해만 하려고 한다. 동정은 이상화로 이어진다. 영화는

> 그런 식으로 답변이 아니라 질문의 형상을 만든다고 생각한다.”[25면]

좋은 영화는 “답변이 아니라 질문의 형상”을 만드는 영화다. “연민하지 않고 이해”하려는 영화가 좋은 영화다. 영화가 시도하는 이해는 정답을 찾으려는 것이 아니라 자신이 시도하는 이해가 주관적인 것을 인식하되 연민, 동정, 이상화를 경계하면서 냉철하게 자신과 대상을 성찰하는 태도다. 나는 이런 태도는 좋은 문학에도 마찬가지로 적용된다고 생각한다. 정답을 제시하는 작품이 아니라 잘 묻는 작품이 좋은 작품이다.

영화를 주제별로 다루는 장도 재미있지만, 특히 흥미롭게 읽은 부분은 영화의 형식과 기술에 주목한 지점이다. 나 같은 아마추어 영화애호가는 보지 못하는 장면을 주목하는 섬세함과 예리함이 빛난다.

> 가장자리가 왜곡되는 짧은 초점의 이미지는 상류층의 소우주를 어항처럼 보이게도 한다. 그들은 수많은 군인과 국민의 생명과 생존을 손에 쥐고 있지만, 어항 속의 금붕어처럼 제 몸을 담근 물속에서 유영할 뿐이다. 당파를 초월해 오리 경주와 과일 던지기로 무료함을 달래는 귀족들의 시간은 유독 고속촬영으로 느리게 재현돼, 현실과 유리된 몽롱한 생활 감각을 짓궂게 강조한다.[153면]

나도 재미있게 봤고 평도 쓴 영화 〈더 페이버릿〉을 평한 구절에는 “짧은 초점의 이미지”와 “고속촬영”이라는 형식이 어떻게 한심스러운 지배층의 삶을 드러내면서 보통 사람들의 삶과는 동떨어진 “몽롱한 생활 감각”을 표현하는지를 포착한다. 역시 재미있게 본 〈로마〉의 마지막 장면을 설명하는 대목도 그런 예다.

> 입이 떡 벌어지는 무빙 롱테이크는 쿠아론 영화에서 예삿일이다. 다만 〈로마〉에서 그것들은 항상 정의하기 어려운 깊은 감흥으로 마무리된다. 식구들의 잠자리 시중을 마치고 1층으로 내려와 전깃불을 하나씩 끄는 클레오를 따라가는 360도 패닝은 스위치를 다 내린 후에야 자기 목을 축일 물을 뜨는 그의 이미지로 끝난다. 이어 영화는 전기를 아끼기 위해 촛불만 밝힌 가정부 숙소로 건너간다.[275면]

문학개론에서도 형식과 내용의 관계를 다룰 때 내용은 언제나 형식화된 내용이라고 설명하지만, 그걸 요령 있게 전달하는 건 쉽지 않다. 〈로마〉를 보면서 느꼈던 "깊은 감흥"이 서사나 주제만이 아니라 캐릭터를 이미지로 담는 영화의 방식, 이 경우에는 "무빙 롱테이크"의 형식으로만 가능했다는 걸 알려 준다.

김혜리는 영화관을 찾는 이유를 이렇게 설명한다. "우리는 '쓸데없는 고퀄' 영상이 아니라, 기상천외한 사건이 아니라, 양질의 시간을 찾아서 영화관에 간다. 그 시간을 극한의 고독 속에서, 또한 동료 인간들 옆에서 음미하기 위해 영화관에 간다. 그런 의미에서 우리는 호모 시네마쿠스다."[304면] 꼭 영화관을 가지 않고 영화관을 위협하는 매체가 된 OTT로 영화를 봐도 마찬가지다. 어떤 방식으로 영화를 보든 우리는 각자의 감각으로 고독하게 본다. 내 경우에는 점점 더 "기상천외한 사건", 아니 별로 기상천외하지도 않은 사건을 갖고 비싼 돈 들여 만드는 쓰레기 같은 영화 속에서도 "양질의 시간"을 느끼게 해주는 영화를 찾아본다. 『묘사』는 양질의 시간을 즐길 줄 아는 섬세한 마음의 경지를 보여주는 훌륭한 사례다. 영화를 좋아하고 영화를 보는 법을 배우려고 하는 독자라면 옆에 두고 들춰볼 조력자가 될 만하다.

영화를 사랑하는 고백

『영화평도 리콜이 되나요?』

요즘은 문학도 그렇지만 영화도 많은 사람이 자신이 본 영화에 대해 평을 쓴다. 신문이나 영화잡지 같은 매체가 아니더라도 다양한 SNS를 통해 그렇게 한다. 글로만 표현하는 게 아니다. 나도 영화 정보를 얻기 위해 종종 참조하는 유튜브도 그런 역할을 한다. 요즘에는 글 매체보다 유튜브에 올라 있는 영화 관련 동영상이 영향력이 더 커 보인다. 세상이 변했다. (외국)문학 연구와 (한국)문학평론을 같이 하는 나는 문학평론가들이 쓰는 글만이 아니라 비전문가 문학애호가가 쓰는 글의 가치를 인정한다. 전문연구자나 평론가가 쓰는 글이 갖는 미덕이 있지만, 애호가의 시각에서 쓰는 글의 역할도 있다. 어쩌면 애호가의 글이 색다른 시각을 제공할 수도 있다. 김도훈 외 4명이 같이 쓴 『영화평도 리콜이 되나요?』2022, 이하 『리콜』는 대략 1990년대 영화계 안팎에서 활동을 시작했던 영화광시네필이 품고 있는, 영화를 사랑하는 마음과 추억, 회고담을 자유롭고 유쾌하고 발칙하게 고백한 책이다. 필자들은 영화와 직간접적으로 관련된 일을 한다. 영화 안팎의 여러 이슈에 대한 영화 덕후의 견해가 재미있다. 깊이 있는 책은 아니지만 처음 영화에 발을 들이는 초심자에게는 도움이 될 만하다. 영화애호가로서 나는 이 책의 내용만이 아니라 개성 있는 문체도 마음에 들었다. 필자들은 영화연구자나 평론가는 아니지만, 영화전문지 기자, 방송 프로그램과 라디오 채널 PD 경험이 있다.

이들은 나 같은 아마추어 영화애호가라기보다는 평론가 수준의 안목을 갖춘 영화광이다. 김도훈, 이화정, 주성철은 지금 유일하게 남은 영화 전문 주간지인 『씨네21』 기자 출신이다. 거기에 영화 관련 방송 PD인 김미연, 음악평론가 배순탁이 합세한다. 이들은 다른 분야에서 활동했지만, 영화라는 공유 지점을 갖고 그들이 살아온 1990년대부터 함께 한 시대적 풍경과 그들이 다른 방식으로 경험한 영화 체험의 경험을 글에 담는다.

> 여전히 영화를 사랑하고, 또 영화를 미래의 진로로 고민하는 사람들에게 도움이 될 만한 라떼 이야기를 모아보자는 생각을 하면서, 정작 주변에서 가장 라떼스럽지 않은 사람들을 찾았다. 그런 인간들이 '라떼' 이야기를 해야 의미가 있을 것 같았다.9면

한마디로 『리콜』은 "영화를 사랑"하는 이들과 나누는 고백이다. 다섯 명의 필자가 다양한 얘기를 하기에 일관된 주제로 모이는 책은 아니다. 일반적인 영화평론집과는 달리 개별적인 영화평은 거의 하지 않는다. 그런 점을 기대한다면 실망할 수 있다. 영화 자체가 아니라 영화판의 안팎에서 생활해온 사람들의 경험담, 회고담이다. 그걸 읽는 재미가 쏠쏠하다.

책은 4부 구성인데, 1부 '이 판에 발을 들이게 된 건'에서는 필자들이 영화와 관련된 일을 왜 하게 됐는지를 돌아본다.

> 동아리방에서 영화를 주워 삼키던 1990년대는 끝났다. 2000년대가 시작됐다. 누군가가 "취미는 뭐예요?"라고 물으면 "영화 감상입니다"라고 20년간 답하던 나에게 영화는 마침내 업이 됐다. 취미가 업이 되는 순간 취미는 좀 재미없어진다. 하지만 영화는 나에게 취미였던 적이 없었다. 영화

> 는 선생이었다. 친구였다. 연인이었다. 무엇보다도, 영화는 인생이었다.37면

마지막 문장이 이 책의 고갱이를 알려준다. 영화애호가에게 영화는 "선생, 친구, 연인, 인생"이 된다. 물론 좋아하는 일도 밥벌이를 위한 "업"이 되면 다소 재미없어진다. 나도 그렇다. 내가 좋아하는 문학을 가르치고, 비평이론 연구와 현장 평론 활동을 하면서 밥벌이를 하게 된 것에 감사한 마음이다. 하고 싶은 일이 직업이 되는 건 분명히 축복이다. 하지만 그것도 일이기에 어떨 때는 일이 아니라 재미를 위해 나는 장르문학 작품을 읽거나, 영화애호가로서 영화를 본다. 영화 기자의 일도 그렇다. 영화가 취미가 아니라 업이 되면 때로 고단해진다.

> 보통 영화 기자가 된 사람들은 '난 내가 하고 싶은 일을 하는 사람'이라는 자부심이 상당하기에 그것이 깨졌을 때 상실감을 견디지 못하는 경우가 상당히 많다. '뭐야, 딴 직장하고 다를 게 없네?'로 시작해서 '뭐야, 딴 직장들보다 더 심하잖아!'로 끝나는 경우가 대부분이라고나 할까. 기본적으로 업무 환경이 불규칙해서 주 52시간 체계적인 업무 시스템을 적용하기가 힘들다. 게다가 주 52시간이 아니라 주 25시간도 일하지 않으면서 힘들다고 불평이 가득한 동료들의 업무를 떠맡아 속으로 스트레스를 삭이는 시간들도 많았던 것 같다.48면

영화 기자로 밥벌이를 하게 되면 다른 일과 마찬가지로 반복되는 "직장"생활을 견뎌야 한다. 영화 관련 방송 PD를 할 때도 그런 애로는 발생한다.

그래서 부탁드린다. 폭력이 필요한 장면에서 강한 인상이나 메시지를 전달하고 싶다면 폭력의 전시가 아니라 다른 방법을 조금 더 연구해주시길. 한국영화를 사랑하는 한 사람의 관객으로서 부탁드리는 바다. 19금 영화라고 해서 모든 표현이 허락되는 것이 아니다. 성인에게도 보호받아 마땅한 감수성이 있으므로.65면

폭력 장면이 나오는 영화도 봐야 하는 영화 전문 PD의 고충을 적은 거지만, 나 같은 일반 관객도 비슷한 생각을 한다. 폭력의 포르노그래피는 관객을 선정적으로 자극하지만 그런 자극이 곧 영화가 전달하려는 "강한 인상이나 메시지"로 이어지진 않는다. 예컨대 히치콕의 영화 〈사이코〉의 살인 장면은 "폭력의 전시"를 하지 않더라도 표현 가능한 "강한 인상"이 무엇인지를 예증한다. 어느 분야나 그렇듯이, 좋은 감독이 되려면 영화사를 비롯한 공부를 해야 한다.

2부는 '시네필시대의 낭만과 사랑', 3부는 '영화 사담', 4부는 '영화로 먹고 사는 일'이라는 소주제로 흥미로운 얘기를 담는다. 나는 책의 중간중간에 끼어 있는 이런 앙케이트 질문과 답변이 흥미로웠다. "좋아하던 극장과 돈 주고 본 첫 번째 영화는? 가장 많이 본 영화와 그 횟수는? 나를 잠 못 이루게 만든 배우는? 가장 좋아하는 영화 속 대사는? 모두가 찬양하지만 도무지 동의할 수 없는 영화는?" 질문에 대한 답변 중에서 나하고 같은 취향을 보여주는 예를 발견하면, 반갑다. 예컨대 "나를 잠 못 이루게 만든 배우"를 묻는 말에 대한 이런 답변.

무협영화를 진짜 많이 봤다. 그중 나를 잠 못 이루게 했던 배우는 딱 한 명 임청하뿐이었다. 내 마음속 영원한 똥방부빠이. 그런데 하나 지적하고

싶은 게 있다. 〈동방불패〉의 인기가 워낙 대단했던 탓에 중성적인 이미지로 임청하를 기억하는 팬이 많은데 그거 아니다. 절대 아니다. '임청하 리즈 시절'이라고 검색하면 내가 그동안 임청하라는 배우를 크게 오해했구나 싶을 것이다. 이 글을 쓰면서 임청하가 장만옥과 함께 찍은 사진을 봤다. 적어도 내 기준에는 우리 임청하 누님이 짱이시다.154면

배우에 대한 매혹은 반복적으로 나타난다. 그것도 영화광의 태도다. 매혹은 그냥 빠지는 거다.

그중 한 작품이 바로 (제목을 발화하는 것만으로도 진심 설레는) 〈동방불패〉1992다. 내가 이 영화를 보면서 넋이 나갔던 순간은 임청하가 "워스똥방부빠이!我是東方不敗"라고 선언하듯 정체를 드러내던 그 장면이었다. 스크린 속 임청하는 아름다우면서도 카리스마적이었다. 상대가 누구든 동방불패답게 그 상대를 한껏 낮춰보는 냉소적인 눈빛은 그중에서도 최고였다.110면

나도 이 영화가 개봉했을 때 바로 극장을 찾아가 본 기억이 생생하다. 위에 인용된 "임청하가 "워스똥방부빠이!我是東方不敗"라고 선언하듯 정체를 드러내던 그 장면"은 지금 돌아봐도 짜릿한 감흥을 준다. 임청하 배우에 매료되었고 그 뒤에 그가 출연한 영화를 거의 다 봤다. 지금 다시 〈동방불패〉 시리즈를 보면 그 정도로 매료될 영화였는지 하는 의문도 든다. 한 시대가 지나갔다. 하지만 〈동방불패〉가 보여주는 임청하 배우의 매력은 여전하다. 좋아하는 감독이나 배우만큼 과대평가된 감독에 대한 명확한 의사표명도 흥미롭다. 많은 영화연구자나 평론가가 격찬하는 홍상수 감독에 대한 이런 평을 읽으면서, 나와 비슷한 시각을 발견한 듯해 반가웠다.

> 나는 뭐랄까, 영화 같은 영화가 좋다. 홍상수 영화는 나에게 영화라기보다는 영화를 가장한 현실처럼 느껴진다. 굳이 봐야 할 필요성을 느끼지 못한다. 넷플릭스에 디즈니 플러스, 여기에 주성철 평론가와 아이디를 공유하고 있는 왓챠까지, 볼 게 차고도 넘치는 데 아쉬울 것도 없다.227면

전문가들이 높이 평가한다고, 나까지 덩달아 그럴 필요는 없다. 나도 아직 홍상수 영화를 "굳이 봐야 할 필요성을 느끼지 못한다". 그렇다고 홍상수 영화를 좋아하는 이들의 취향과 판단에 이의를 제기할 마음도 없다. 보고 싶은 대로 보고, 느끼고 싶은 대로 느끼면 그만이다.

감독이나 배우에 관한 얘기만이 아니라, 종합예술로서 영화음악의 역할에 대한 평도 눈길을 끈다.

> 거장 존 윌리엄스가 작업한 〈E.T.〉의 OST는 1983년 제55회 아카데미 시상식에서 음악상을 수상하며 "역시 존 윌리엄스! Two thumbs up!"을 외치게 만들었다. 이에 스티븐 스필버그는 이렇게 화답했다. "내 영화는 사람들 눈에 눈물을 고이게 하지만, 그것을 흘러내리게 하는 것은 윌리엄스의 음악이다."127면

좋은 영화는 좋은 음악으로 오래 기억에서 살아남는다. 작년에 봤던 엔니오 모리코네 영화를 보면서 했던 생각이다. 그밖에도 컴퓨터 그래픽CG가 남용되는 시대에 영화를 만드는 일에 대한 제언도 감독이나 제작자들이 새길만 하다. 영화 글을 쓰는 독단적이고 독선적인 십계명, 어떻게든 쓰는 방법 등의 꼭지도 도움이 된다.

영화가 초대하는 장소

『영화, 그곳에 가고 싶다』

학부 비평 강의에서 탈식민주의postcolonialism를 자주 강의한다. 탈식민주의는 작품을 분석할 때 종래의 비평이론에서 강조하는 보편성, 객관성이 아니라 각 텍스트가 놓인 지역성locality을 강조한다. 예컨대 영국소설의 발생을 알린 작품인 『로빈슨 크루소』의 경우도 주인공 크루소가 움직이는 동선을 추적하면 그것이 당대 식민주의의 경로와 연결된다는 걸 알게 된다. 탈식민주의 비평에서는 역사적 맥락historical context만이 아니라 지리적 맥락geographical context을 작품 이해의 핵심적 요소로 고려한다. 인간은 특정한 시대와 공간의 맥락에서 움직이기 때문이다. 방금 공간space이라고 썼지만, 공간은 장소place와는 다르다. 공간과 장소를 구별하는 여러 시각이 있지만, 내가 공감했던 설명은 공간은 주어진 객관적, 물리적 공간이지만 그 공간에 사람들이 살고 방문하고 의미를 부여할 때 공간은 장소가 된다는 것이다. 쉬운 예로 고향이라는 장소가 갖는 의미를 떠올리면 되겠다. 특정 공간과 아무 관계가 없는 이들에게는 그곳은 공간에 불과하지만, 거기에 삶의 자취를 남겼던 이들에게 그곳은 특별한 장소인 고향이 된다. 글이 아니라 이미지로 서사를 구축하는 영화는 문학보다 장소의 의미가 더욱 강하게 다가온다. 캐릭터가 생활하고 사건이 벌어지는 장소가 문학보다 훨씬 직접적으로, 감각적으로 다가오기 때문이다. 영화기행집인 『영화, 그곳에 가고 싶다』2021, 이하 『그곳에』의 이런 구절이 그 점을 짚는다.

> 일본에 오면 꼭 가고 싶은 곳이 도쿄타워다. 바로 밑에서 전체가 네온으로 점등된 타워를 올려다보면 마음이 이상해진다. 새삼 연애가 하고 싶어진다. 누군가에게 마음과 몸을 열고 싶어진다. 로맨틱해진다. 그건 순전히 〈도쿄타워〉라는 영화 때문이다.281면

몇 년 전 처음으로, 그리고 최근에 일본 홋카이도를 방문했을 때 삿포로 옆에 있는 작은 도시 오타루를 찾아갔던 이유도 비슷하다. 그 도시가 지닌 아기자기한 매력도 한 이유다. 내가 오타루를 찾은 주된 이유는 학부 수업 정신분석비평의 분석 대상으로 삼는 이와이 슌지 감독의 〈러브레터〉 때문이다. 한국영화 〈윤희에게〉도 같은 이유로 끌렸다. 두 영화에서 오타루는 그만큼 매력적으로 그려진다. 문학도 장소가 갖는 매력 때문에 어떤 지역을 가보고 싶은 마음은 든다. 내 주전공인 아일랜드 작가 제임스 조이스가 그의 작품에서 생생하게 묘사한 도시인 더블린이 그런 경우다. 몇 년 전 처음으로 더블린을 방문했을 때 그 도시는 내게 관광을 위한 공간만이 아니라 나만의 감회와 기억과 느낌이 투사된 장소가 된다. 내게 더블린은 조이스의 더블린이다.

『그곳에』는 영화평론가인 저자가 방문했던 곳들, 저자에게는 공간이 아니라 장소인 지역과 도시의 의미를 재미있게 서술한다. 그 서술에는 저자가 방문했던 장소만이 아니라 장소가 중요 캐릭터 같은 역할을 했던 영화에 대한 깊은 애정이 드러난다. 『그곳에』는 지난 몇십 년 동안 나온 한국영화의 궤적을 각 영화를 촬영했던 장소를 중심으로 돌아본다. 그런 점에서 이 책은 장소를 주인공으로 쓴 간추린 한국현대영화사다. 『그곳에』에서 다루는 장소는 경기도 화성<살인의 추억>, 인천 연안부두<신세계>, 금강 하구 신성리 갈대밭<공동경비구역 JSA>, 군산 경암로 철길, 신

홍동 히로쓰 가옥, 중국집 빈해원<남자가 사랑할 때>, 서울 북촌<자유의 언덕>, 인천 실미도<실미도>, 강원도 영월 장릉, 청룡포<관상>, 강원도 삼척 신흥사<봄날은 간다> 등이다. 저자에게 이들 장소는 영화의 장소다. 예컨대 군산은 이런 도시다.

> 영화 쪽에서 보자면 군산은 오래전부터 '핫 플레이스hot place'였다. 로케이션 촬영으로 군산만한 곳이 없다는 얘기가 많았다. 서울에서 비교적 가까운 데다 영화를 찍기에 편리한 공간이 많다. 〈박하사탕〉을 비롯해서 〈장군의 아들〉, 〈타짜〉 등이 군산에서 찍은 영화이다. 일본 적산가옥과 그에 준하는 거리가 남아 있는 군산이야말로 exoticism을 구현하기에 안성맞춤이다. 일본식 영화가 추구하는 엑소티시즘 가옥과 한국의 전통가옥이 섞여 있어 구한말부터 1970~1980년대 상황까지 표현하는 데 군산만한 곳이 없다.[55면]

나도 군산을 몇 번 갔지만, 군산이 이렇게 많은 영화를 찍은 촬영지인 줄은 몰랐다. 사람은 아는 만큼 보게 된다. 서울에도 그런 장소가 있다. 예컨대 홍상수 영화에 등장하는 북촌이 그렇다.

> 〈자유의 언덕〉을 포함해 〈북촌 방향〉 등 홍상수 영화에 한때 북촌이 자주 등장하는 이유는 앞서 얘기한 촬영 장소 문제에 있다. 홍상수가 보기에 북촌이라는 좁은 동네를 잘 활용하면 여기서 영화 한 편 '뚝딱' 만들어 낼 수 있다고 생각했을 것이다. 그만큼 작지만 활용도가 높은 공간인 데다가 이 동네에 매력적이고 특이한 명소나 카페가 워낙 많기 때문이다. 그만큼 별다른 무대미술을 더하지 않고도 그냥 카메라를 들이대고 찍을

만한 곳이 많다는 얘기다.69면

나는 홍상수 영화를 별로 좋아하지 않기에 위에 언급된 영화를 보지 않았지만, 사람살이의 미시적 관계를 천착하는 홍상수 영화에서는 "작지만 활용도가 높은 공간인 데다가 매력적이고 특이한" 매력이 있는 북촌이 배우만큼이나 중요한 역할을 한다는 걸 이런 대목을 읽고 알게 된다.

관객에게만 영화의 배경이 되는 장소가 각별한 의미를 지니는 건 아니다. 감독에게도 그렇다.

감독에게는 자기가 좋아하는 소재이야기가 있는 것처럼 마음에 드는 공간이 있다. 거기는 자신이 태어난 곳도, 자란 곳도 아닐 터이다. 예전, 어릴 적, 풋풋한 사랑을 나눴을 때쯤 여인 혹은 남자와 당일치기 바람을 쐬러 갔던 곳일까. 허진호 감독에게 강원도 삼척은 그런 곳이다.142면

〈봄날은 간다〉의 촬영지가 삼척이 되는, 혹은 되어야 하는 이유를 잘 설명한다. 『그곳에』의 목적은 독자를 영화의 촬영지만이 아니라 그 장소가 중요한 역할을 하는 영화로 보도록 초대한다.

영화에 대한 글을 쓰는 사람은 그 글을 읽는 사람으로 하여금 영화를 보고 싶게 만들어야 한다. 이 글을 읽는 사람들이 두 가지를 했으면 좋겠다. 이 글 때문에 해당 영화를 보게 되고, 그 다음에는 자리를 털고 일어나 내가 안내했던 곳으로 길을 떠나기를 그렇게 삶의 작은 순간을 뒤돌아 볼 수 있기를. 그리하여 관조와 명상의 일상을 회복하기를.7면

나도 이 책을 길잡이로 삼아서 다시 “해당 영화”를 보고, 저자가 “안내했던 곳”으로 떠나보고 싶다. 그래서 영화가 제공하는 특별한 시간을 통해 “관조와 명상의 일상을 회복” 했으면 싶다.

에두르지 않는 비판

『시네마 리바이벌』

영화주간지 『씨네21』을 구독해서 본다. 비평란은 빼놓지 않고 읽는다. 그런데 요즘 실리는 글 중 적지 않은 글이 난삽하다. 문체는 개성이라지만 소화되지 않은 개념어를 나열한 듯한 문장이 거슬린다. 비평에서 철학이나 이론적 담론에 기대는 게 필요한 때가 있지만, 그걸 소화해서 자신의 사유와 문장으로 만들지 못하면 난삽해진다. 현재 활발한 활동을 하는 조재휘 평론가의 영화평론집 『시네마 리바이벌』2020, 이하 『시네마』은 내용에 대한 평가를 떠나서 문장이 마음에 든다. 평론 문체도 여러 종류가 있지만, 알맹이 없이 레토릭만이 드러나거나 현학을 과시하는 개념어를 나열하는 글은 좋은 글이 못 된다. 『시네마』는 평이하면서도 예리한 점이 미덕이다. 신문에 연재한 글을 묶은 책이라서 그렇겠지만, 그게 모든 이유는 아닐 것이다. 개별 영화를 분석하는 설명도 재미있지만 자신만의 소신과 시각을 굽히지 않고 펼치는 담대한 비판이 돋보인다. 영화판에는 아직 이런 필자가 남이 있다는 게 부럽다. 조심스러운 판단이지만, 문학평론계에서는 찾기 힘든 모습이다. 비평은 해설을 포함하지만, 해설이 비평의 전부는 아니다. 비평criticism의 고갱이는 비판critique이다.

조재휘는 『시네마』의 성격을 "돌이켜보면 반은 통속적인 것에서 고귀한 것을 발견하려는 철학도의 눈으로, 반은 활동사진에 흥분을 감추지 못하는 철없는 영화광의 심정"7면으로 쓴 것이라고 요약한다. 저자는 "철없는 영화광"이라고 겸손하게 적었지만, 사실 문학이든 영화든 평론의 시작은 이런 심정에서 시작한다. 감흥에서 시작해서 분석, 해석, 평가로 끝나는 게 평론이라는 격언도 있지만, 자신이 다루는 대상에 대한 강렬한 관심과 애정 없이, 그런 파토스 없이 좋은 평론은 나오기 힘들다. 비평 글을 쓰는 과정에서 파토스를 식히고, 냉철한 사유를 거쳐서 논리적으로 다듬고 표현하는 일이 필요하지만, 어쨌든 시작은 "영화광", 문학광의 열정이다. 『시네마』의 돋보이는 지점은 자칫 대중의 기호와 취향을 따라가기가 쉬운 영화평론의 경우에도 비평의 역할을 명료하게 지적하는 대목이다.

> 우리가 고민해야 할 근본적인 과제는 영화를 섬세하게 다루고 읽어내려는 리터러시의 부재인지 모릅니다. 전통적인 예술 장르에 국한된 이야기가 아닙니다. 영화에도 리터러시가 필요합니다. 그리고 리터러시는 엄연한 교육과 훈련의 산물입니다. 따라서 문화적 운동의 차원에서 '시네마 리터러시Cinema-literacy'라는 개념을 제안해보고자 합니다. 영화를 일차원적 오락이 아닌, 엄연한 예술 장르이자 문화적 소양으로 다룸으로써 안목 있는 관객, 안목 있는 영화인을 육성하려는 교육적, 문화적인 노력이 수반되어야 한다고 믿습니다.6면

문학도 그렇지만 영화도 "오락"의 대상이 될 수 있다. 쏟아져 나오는 수많은 영화 중에 태반이 그런 영화다. 그걸 뭐라고 하는 게 아니다. 주어진 현실이다. 상업영화와 상업소설이 시장을 지배한다. 그렇다면 그런 영화 중에서 좋은 영화와 그렇지 않은 영화를 가려 볼 만한 안목이 필요하다. 상업영화 중에서 보석을 골라내는 게 비평의 역할이다. 관객은 그런 비평을 읽으며 영화를 단순히 오락물이 아니라 "엄연한 예술 장르이자 문화적

소양"으로 대할 줄 아는 "안목 있는 관객"으로 성장한다. 확대 해석을 하자면, "교육적, 문화적인 노력"에서 비평이 중요한 역할을 담당하여 형성되는 "시네마 리터러시"는 영화판에서만이 아니라 민주주의의 토대가 된다. 사유할 줄 모르는 시민이 없다면, 시민이 어리석은 대중우중으로 추락하면 민주주의는 무너진다. 지금 세계 곳곳에서 벌어지는 일이다.

『시네마』가 다루는 영화는 80편 정도인데, 그 밖에도 해박한 영화사 지식을 기반으로 더 많은 영화를 소개한다. 나처럼 영화사映畫史의 맥락을 잘 모르는 이에게는 유익하다. 저자는 영화를 분석하면서 다른 영화를 참조하며 필요한 경우 철학과 문학을 끌어 온다. 간혹 굳이 철학자나 이론가를 인용할 필요가 있을까 싶은 대목도 있지만, 전체적으로 요즘 비평에서 종종 발견하는 편향, 현학에 빠지는 위험에서는 벗어나 있다. 필요한 만큼 이론적 담론을 활용한다는 뜻이다. 저널리즘 비평의 경우 대충 좋은 얘기를 하고 넘어가기 쉬운데, 조재휘는 그렇지 않다. 돋보이는 지점이다.

> 여기에는 '대중지성'도, 비평적 담론의 생성도 없다. 사안의 정치적 올바름에 관한 예리한 논증과 성찰은 찾아보기 어려워졌다. 〈인랑〉을 둘러싼 발화들은 우리 시대 대중의 징후를 보여주는 것처럼 보인다. 우리는 평론의 기능이 마비된 반지성주의의 시대, 다수의 합의라는 명목 아래 비난의 표적을 찾아 승리를 구가하며 미시적 파시즘으로 치달아가는, 비이성과 정념 과잉의 시대를 살아가는 것인지도 모른다.170면

아무나 글을 쓸 수 있고 영향력을 행사하는 인플루언서influencer가 될 수 있는 시대라지만, "예리한 논증과 성찰"에 기반한 "평론의 기능"은 여전히 필요하다. 『시네마』는 필요한 비판을 에두르지 않는다.

〈광해〉의 정치관은 양날의 칼이다. 국민의 목소리에 귀를 기울이고 국민을 위한 정치를 펼치는 지도자상을 그린다는 점에서는 일견 민본주의民本主義를 내세우는 듯하나, 한 정치 지도자의 일방적인 통치를 암묵적으로 승인한다는 면에선 민주주의 원리에 역행한다. 〈광해〉가 거둔 천만 관객의 성취를 긍정적으로만 볼 수 없는 이유가 바로 여기에 있다. 어떤 이들은 하선에게서 민중적 지도자의 초상을 보겠지만 또 어떤 이들은 카리스마적 독재자의 재림을 본다. 두 가지 다 방향만 다를 뿐 근본적으로 메시아주의에 수렴된다. 정치가 신뢰를 잃고 사회가 부패하면 대중은 구원자savior의 등장을 갈망하게 된다.29면

많은 사람이 어떤 영화에 열광할 때 비평가는 '꼭 그런가'라고 되묻는다. 반대로 사람들이 외면할 때 비평가는 다른 목소리를 낸다. 어디서나 제대로 된 비평은 고독한 법이다. 아마추어 영화애호가로서 나는 내용 비평보다도 영화에서 사용되는 기법, 특히 촬영의 역할을 설명하는 대목을 흥미롭게 읽고 배운다.

앵글의 선택에 있어서도 수직과 수평의 모티브는 관철된다. 히치콕이나 스콜세지의 영화들에서처럼 〈더 킹〉에는 부감으로 인물을 포착하는 컷의 활용 빈도가 높다. 부감은 관객을 절대적 관찰자의 시점에 두고 인물에 대한 과몰입으로부터 빠져나오도록 환기하는 기능도 하지만, 전지적 시선 앞에 내던져진 한 개인의 무력함, 인물의 어깨를 짓누르는 공기와 중력의 무거움을 강조하기 위해서도 쓰인다. 지방으로 발령이 난 태수가 도로 서울로 올라와 양동철을 만나는 대목에서 카메라는 동철이 모욕을 퍼붓고 떠난 뒤 망연자실하는 태수의 모습을 텅 빈 공간 구석에 놓인

쓰레기통과 한 프레임에 부감으로 잡으며 그가 한강식 라인으로부터 내쳐진, 끈 떨어진 인형 신세임을 보여준다.[176~177면]

특히 인상적으로 읽은 장은 4부 영화사의 순간(들)이다. '불타는 타란티노의 연대기', '호금전, 무협을 재정의하다', '마틴 스콜세지, 이방인의 눈으로 미국을 돌아보다', '이소룡, 액션의 트렌드를 바꾸다"라는 소주제로 저자가 애정을 감추지 않는 네 감독을 다룬다. 무협영화 감독인 호금전과 이소룡이 둘이나 포함된 데서 드러나듯이, 종종 B급 장르로 여겨지는 무협영화의 의미를 짚는 대목에 특히 공감한다. 나도 무협영화를 좋아하기 때문이다. 호금전 영화가 이후 영화에 끼친 영향을 설명하는 대목에서 저자의 뜨거운 애정을 확인한다.

〈협녀〉가 무협 장르의 역사에 남긴 영향은 오늘날의 영화에도 현저히 남아 있다. 아마도 지금의 관객들은 〈협녀〉 원전이 아닌 그 오마주를 먼저 접했을 것이다. 도시와 자연을 극명히 나누는 공간의 이분법적 대비, 대나무 숲에서의 결투 장면은 이안의 〈와호장룡〉에서 북경과 표국의 공간적 대비와 로케이션 촬영으로 재현되었으며, 장예모의 〈연인〉2004 또한 〈협녀〉의 액션과 공간 설계로부터 받은 영향을 감추지 않고 있다. 잠정적으로 은퇴한 상태였던 호금전을 다시 불러 모셨지만 예술적 견해의 차이와 제작상의 난관호금전은 촬영 전에 시나리오를 완벽히 다듬은 뒤 원하는 영상을 얻을 때까지 오랜 시간 공을 들이는 연출가로 유명했으며 따라서 자주 시나리오를 바꾸고 빠르게 일정을 추진하는 서극의 방식과 충돌을 빚을 수밖에 없었다으로 결별하고 서극이 마무리 지었던 〈소오강호〉1990 에서도 성과 속을 극명히 대비시키며 강호의 덧없음을 설파했던 호금전 무협의 테마는 고스란히 이어지고 있다.[336~337면]

위에 언급된 영화들을 나도 다 봤는데, 영화사적 맥락에서 이들 영화를 관통하는 호금전 영화의 특징을 소상하게 알지 못했다. 문학에서도 문학사의 공부가 필요한데 영화도 그렇다는 걸 느낀다. 무협영화 같은 장르영화를 만들 때 어떤 점에 유의해야 하는지를 설명하는 대목도 날카롭다.

> 007시리즈에는 추리소설이나 무협영화처럼 관습으로 정착된 공식formula이 세워져 있다. 단순하게 공식만을 답습한다면 독자나 관객은 싫증을 내고 흥미를 잃게 될 것이다. 반면 작품을 참신하게 만들기 위해 서사구조를 예상 불가능하게 비틀어 버린다면 익숙한 재미를 바라는 독자의 관성을 위협할 가능성이 있다. 동일한 서사를 반복하면서도 차이를 감지할 수 있도록, 이야기의 공식을 유지하되 예측이 어렵도록 능숙히 변주한다면 관객은 주인공이 이길 것이라는 점을 암묵적으론 알고 있음에도 정신없이 빠져들게 된다.93면

따지고 보면 완벽히 독창적인 작품은 문학에서나 영화에서나 나오기 힘들다. 축적된 전통이 주는 무게를 작가나 감독은 감당해야 한다. 전통은 "관습으로 정착된 공식"을 세운다. 그 공식 안에서 작업하는 건 편하다. 그런데 거기에 안주하면 참신한 작품은 나오지 않는다. 관건은 "동일한 서사를 반복하면서도 차이"를 만들어내는 능력이다. 전통을 변용하는 역량이 중요하다. 이런 역량은 모든 예술에서 필요하다. 위에 적은 미덕만으로도 『시네마』는 영화를 즐기는 대상만이 아니라 배움의 공간으로 여기는 이에게 도움이 될 책이다.

영화가 전달하는 힘

『성질과 상태』

좋은 작품이 없는데 좋은 평론이 가능할까? 문학평론에서 종종 나오는 질문이다. 엉터리 작품도 굳이 좋은 점을 찾아서 칭찬해주는 평론, 소위 칭찬의 비평도 가능하지만, 나는 그런 평론을 높이 평가하지는 않는다. 좋은 비평은 칭찬할 때와 비판할 때를 잘 구분하고 정확하게 칭찬과 비판을 하는 것이다. 그게 비평의 균형 감각이다. 영화비평도 그럴 것이다. 영화 주간지 『씨네21』을 오랫동안 구독 중이다. 예전에 이 잡지에 실린 영화평론과 지금 평론을 비교해보면 좀 차이가 난다. 한마디로 예전에 실린 글이 더 좋다. 그 이유가 단지 필자의 역량 때문만은 아닐 것이다. 평론의 대상인 영화의 수준과도 관련된 문제다. 지금은 아니지만 『씨네21』의 기자였고 이 잡지에서 공모하는 영화평론상으로 등단한 정한석은 내가 판단하기에 지금 활동하는 영화평론가 중 돋보이는 비평가다. 그는 깊게 생각하고 예리하게 쓴다. 그만의 고유한 문체를 지녔다. 정한석이 주로 『씨네21』에 쓴 글을 묶은 평론집 『성질과 상태』2017, 이하 『성질』가 몇 년 전에 출간되었다. 반가웠다. 영화공부 삼아 몇 번 읽었다. 매번 읽으면서 배운다. 이 책은 책의 수준에 비해서 큰 주목을 받지 못했다. 이 시대가 그렇다. 물건이 좋다고 제대로 평가받는 게 아니다. 아무리 (영화)비평이 안 읽히는 시대라지만 좋은 글을 읽기를 원하는 소수의 독자는 있기 마련이다. 나도 그런 독자에 속한다.

『성질』은 내 판단으로는 근자에 나온 가장 뛰어난 영화평론집이다. 글이 쉽지는 않지만 한 편의 영화를 깊이 있게 읽는다는 것이 무엇인지를 보여준다. 저자가 평하는 감독이나 작품이 널리 알려진 상업영화는 아니다. 홍상수, 장률, 지아장커, 알랭 기로디, 알랭 레네, 폴 토마스 앤더슨, 다르덴 형제, 테렌스 맬릭, 허우샤오시엔 등을 논한다. 특히 한 장을 할애한 데서 드러나듯이 홍상수 영화를 정한석은 매우 아낀다. 이것도 이 책이 일반 독자의 주목을 받지 못한 이유일 것이다. 미리 말하지만 나는 홍상수를 편애하는 저자의 관점에 동의하지 않는다. 『성질』에 실린 여러 편의 홍상수론을 읽고 나서도 왜 홍상수 영화가 정한석을 비롯한 영화평론가들 사이에서 높이 평가받는지 여전히 이해는 안 된다. 하지만 글을 읽으면서 정한석이 왜 홍상수 영화를 고평하는지는 알겠다. 뛰어난 평론은 미처 보지 못한 작품들, 선호하지 않는 작품을 다룬 글을 통해서도 관객과 독자를 설득한다. 인상 깊게 읽은 글은 영화의 형식과 기술적 측면을 다룬 「슬로 모션은 무엇에 쓰는 물건인가」, 「힘을 포획하는 힘, 영화의 역사 力士 필립 시모어 호프만을 기억하며」, 「운동은 모든 곳에 있다」 등의 글이다. 니체와 들뢰즈에 기대서 영화를 힘의 관점에서 접근하는 시각은 내가 문학작품을 읽을 때도 시사점이 되었다. 내 첫 번째 평론집 제목이 『힘의 포획』이다. 예컨대 이런 설명.

> 대니얼 데이 루이스와 메릴 스트립이 힘있게 연기하는 배우들이라면 호프만은 힘을 연기하는 배우에 속한다. 물론 호프만도 힘있게 연기하지만, 저들이 힘있게 연기하여 다종다양한 서사적 캐릭터의 무궁무진한 세계를 펼치려 하는 것과 다르게, 다니엘 데이 루이스가 링컨이 되고 메릴 스트립이 마거릿 대처가 되는 것과 다르게, 호프만은 힘 있는 연기로 영

화 속의 어떤 힘들 그 자체를 연기한다. 그럴 때 그가 가장 멋있다. 그러니 우리가 양자적 관계라고 지칭한 건 서사 구도 내에서 이 인물과 저 인물의 위치와 형세가 아니라 힘의 위치와 형세이며, 막강하다는 것은 서사나 인물의 세기나 크기가 아니라 힘의 세기와 크기다. 호프만이 연기하는 건 대개 '힘의 성격과 모양새와 크기와 세기와 속도'다. 혹은 그에 관련된 것들이다. 호프만은 힘을 포획하는 힘연기력으로 힘들을 포획한다.[111면]

배우의 연기력이 무슨 뜻인지를 이런 설명을 읽으면서 이해했다. 좋은 작품은 "서사나 인물의 세기나 크기가 아니라 힘의 세기와 크기"를 보여준다. 서사나 인물을 거창하게 제시하는 게 중요한 게 아니라 작은 서사나 인물을 다루더라도, 예를 들어서 가정에서 벌어지는 사소한 사건을 소재로 삼을 때에도 그 사건에서 드러나는 서사와 인물이 보여주는 "힘의 세기와 크기"가 영화의 수준을 결정한다. 평론의 기본인 분석과 해석의 역할을 인정하면서도 "영화적 경험의 현재적 밀도"를 강조하면서, 영화를 "보는 동안 감흥을 미루고 보고 나서 해독으로 뒤늦게 감흥을 되찾는 영화를 지지하지 못하겠다"[409면]라고 부연하는 이유다.

평론에서도 해독보다 감흥이 더 중요하다. 동의한다. 좋은 영화는 삶과 세계에 대한 명료한 정답을 주장하는 것이 아니라 "불투명한 해석적 긴장의 여지를 의식하면서, 이것이 곧장 투명하게 저것이 되지 않는 불일치의 운명과 부정의 에너지를 의식"[268면]한다. 정한석이 홍상수 영화를 지지하는 이유일 것이다. 되풀이 말하지만 『성질』이 술술 읽히는 책이 아니지만, 이 책은 영화를 본다는 것의 의미를 알아보려는 이들에게 큰 도움이 된다.

고레에다 영화의 내면

『영화를 찍으며 생각한 것』

현재 시점에서 내가 좋아하는 외국 작가를 세 명만 꼽는다면 제임스 조이스, W. G. 제발트, 미야베 미유키를 꼽는다. 영화가 나오면 꼭 보려고 하는 외국영화 감독을 세 명만 뽑으라면 어떨까? 현재로서는 고레에다 히로카즈, 크리스토퍼 놀런이 들어간다. 나머지 한 명은 모르겠다. 좋아하는 작가보다 감독이 훨씬 많은 게 이유다. 한국을 배경으로 한 영화 〈브로커〉를 보고 나서 고레에다 감독은 그의 정서가 뿌리내린 일본 사회와 문화를 배경으로 한 영화를 찍어야 자기 맛이 나온다고 생각을 했지만, 그래도 좋았다. 최근작 〈괴물〉이 좋다는데, 개봉을 기대한다. 고레에다가 쓴 영화산문집 『영화를 찍으며 생각한 것』2017, 이하 『영화를』을 읽었다. 영화산문집이라고 썼지만, 정확히 말하면 영화 일을 돌아보며 쓴 자서전이다. 영화 일반론이나 다른 감독이 만든 영화와 감독을 논하기보다는 자신이 만든 영화를 성찰적으로 돌아보는 책이다. 『영화를』은 1995년에 나온 영화 데뷔작인 〈환상의 빛〉부터 시작해서 영화감독이 되기 전 TV 다큐멘터리를 만들던 시절의 작품, 이 책이 일본에서 출간된 해인 2016년에 나온 〈태풍이 지나가고〉 까지를 다룬다. 『영화를』을 읽으면서 고레에다가 영화감독으로 활동하기 전에 TV 다큐멘터리를 많이 만들었다는 걸 알았다. 책에는 그가 만든 8편의 다큐멘터리에 대한 소개가 나온다. 다루는 주제들이 범상치 않다. 재일 조선인, 허울만 좋은 복지, 교육 등을 다룬다. 이런 쉽지 않은 소재를 다루는 시각은 이렇다.

> 제가 다큐멘터리에서 묘사하는 대상의 대부분은 공적인 부분입니다. 그래서 무언가 혹은 누군가를 비판해도 그 비판이 개인에 대한 공격으로 시종일관하지는 않습니다. 저는 그와 같은 개인을 낳는 사회구조 자체를 파악하는 시야의 넓이와 깊이를 소중히 여깁니다.[74면]

내가 고레에다를 좋아하는 이유가 잘 드러난다. 영화, 문학은 큰 이야기들, 거창한 사회, 국가 얘기를 직접적으로 다루지는 않는다. 언제나 개인을 다룬다. 그러나 그 개인의 이야기에 멈추는 것이 아니라 개인의 삶을 규정하는, 하지만 동시에 그런 사회와 국가 등 공동체의 힘에 굴복하지 않는 개인의 삶을 다룬다. 요는 그 관계의 탐색이다. 고레에다 영화가 그렇듯이 훌륭한 문학, 영화가 "개인에 대한 공격"이나 개인의 숭배에 머물지 않는 이유다. 손쉬운 공격이나 숭배는 쉽다. 개인을 다루는 것 자체가 아니라 어떤 시각에서 개인을 그리는가, "개인을 낳는 사회구조 자체를 파악하는 시야의 넓이와 깊이"가 관건이다.

자신이 쓰거나 만든 작품을 냉철하게 판단하는 건 힘들다. 그래서 작가나 감독이 자기 영화를 분석하는 걸 별로 신뢰하지 않는다. 비평이 필요한 이유다. 때로는 오직 그 작품을 만든 사람만이 할 수 있는 얘기도 있다. 영화같이 감독 혼자의 힘만이 아니라 여러 사람의 협력이 필요한 종합예술인 경우는 더욱 그렇다. 『영화를』이 눈길을 끄는 이유는 자신이 만든 작품에 대해 냉철한 시각과 성찰의 태도를 놓치지 않는 점이다. 이 책을 읽으면서 내가 좋아하는 고레에다 영화를 관통하는 키워드가 무엇인지를 알 수 있었다. 그것은 신중함이다. 조금 길지만 아래 인용문이 그 점을 드러낸다.

풍경을 그들 곁에서 가만히 바라보는 것. 그들 목소리에 귀 기울이는 것. 이를 통해 그들의 말을 독백모놀로그이 아닌 대화다이얼로그로 만드는 것. 그들 눈에 우리의 모습이 투영되어 보이는 것, 제가 원했던 건 이러했습니다. 이와 같은 태도는 통상적인 픽션 연출에서는 드물지도 모릅니다. 하지만 이는 제가 텔레비전 다큐멘터리 현장에서 발견한 대상과의 거리를 잡는 방법이자 시간과 공간을 공유하는 방법이고, 취재자로서의 윤리적 자세입니다. 〈아무도 모른다〉도 기본적으로는 이런 태도로 찍기로 결심했습니다. 알기 쉬운 흰색과 검은색의 대비가 아니라 회색 그러데이션으로 세계를 기술하려 했습니다. 〈아무도 모른다〉는 칸 국제영화제에서 80번에 가까운 취재를 받았는데, 가장 인상적이었던 건 '당신은 영화 등장인물에게 도덕적 판단을 내리지 않습니다. 아이를 버린 어머니조차 단죄하지 않지요'라는 지적이었습니다. 저는 이렇게 대답했습니다. '영화는 사람을 판가름하기 위해 있는 게 아니며 감독은 신도 재판관도 아닙니다. 악인을 등장시키면 이야기세계는 알기 쉬워질지도 모르지만, 그렇게 하지 않았기에 오히려 관객들은 이 영화를 자신의 문제로서 일상으로까지 끌어들여 돌아갈 수 있게 되지 않을까요.' 이 생각은 지금도 기본적으로 변함없습니다. 영화를 본 사람이 일상으로 돌아갈 때, 그 사람의 일상을 보는 방식이 변하거나 일 계기가 되기를 어제나 바랍니다.190~191면

이 문장은 영화 혹은 문학에서 취해야 할 "윤리적 자세"가 무엇인지를 설득력 있게 요약한다. 선부른 "도덕적 판단"을 내리지 않는다. 나는 이 구절을 읽으면서 자신의 주관적 입장그것이 정치적이든 무엇이든에 집착하지 않고 가능한 사안을 최대한 신중하게, 찬찬히 따져보려는 태도가 실종되어 가는 세태를 생각한다. 이 시대는 무엇이든지 자기 견해와 맞지 않으면 쉽게

욕하고 제쳐두고 "도덕적 판단"을 내린다. '우리' 편이 아니면 다 "악인"이다. 그러나 뛰어난 영화나 문학작품은 그런 신중하지 못한 이분법을 돌아보게 한다. 선과 악의 경계지대를 사유하게 만든다. "알기 쉬운 흰색과 검은색의 대비가 아니라 회색 그러데이션"이 세계의 진실에 가깝다는 걸 느끼게 한다. 고레에다 영화는 관객에게 자신의 "일상을 보는 방식"이 변하는 계기가 된다.

고레에다가 영화가 좋은 이유는 "회색 그러데이션"의 세계를 보여줄 때, 주장이나 설명이 아니라 설득력 있는 화면으로 표현한다는 것이다. 고레에다 영화의 매력이다. 일본의 대표적인 영화평론가인 하스미 시게이코가 내가 특히 좋아하는 고레에다 영화인 〈진짜로 일어날지도 몰라 기적〉에 대해 쓴 구절은 그 점을 잘 표현한다.

> 그나저나 일반적인 영화평론이라면 아이가 천진난만하고 생기있게 묘사되는 점을 좋게 보겠지만 하스미 씨는 완전히 달랐습니다. 장남이 수영을 하고 돌아오는 길에 버스 창가에 앉아 창밖에서 불어오는 바람에 머리카락이 나부끼는 장면과 구마모토의 하룻밤 묵은 집에서 할머니가 여자아이의 머리카락을 빗겨 주는 장면 그 두 장면에서 아이들의 표정이 어른으로 찍혀 있는 점이 훌륭하다, 라고 써 주신 것입니다.[376면]

세상사가 그렇듯이 영화에서도 진실은 디테일에 있다. 그 진실이 악에 관련된 것이든, 선에 관련된 것이든 그렇다. 고레에다 영화가 세상의 냉혹함을 보여줄 때도 일말의 따뜻함을 늘 견지하는 이유는 하스미가 지적하듯이 세부사항에 포착된 세상의 장면과 인물의 표정 때문이다. 우리는 거창한 이념과 주장에 기대서가 아니라 이런 사소해 보이는 장면과 표정 덕분에 세상을 산다. 그런 작품을 만들려면 무엇이 필요할까? "작품 만들기에는 기억과 관찰과 상상력 세 가지가 큰 부분을 차지하는데, 이 영화의 경우는 특히 관찰의 비중이 컸습니다."[392쪽] 감독이 〈그렇게 아버지가 된다〉를 두고 한 말이다. 작가나 감독에게는 기억과 상상력도 중요하지만, 더 중요한 건 세상과 인간에 대한 관찰력이다. 섬세하게 보지 않으면 디테일의 진실을 포착할 수 없다.

자신이 만든 영화와 다큐멘터리에 대한 자전적 회고가 큰 비중을 차지하지만, 책에는 고레에다가 같이 일했던 사람들인 제작진, 배우, 동료를 대하는 마음이 드러난다. 인간 고레에다가 어떤 사람인지를 알 수 있다. 영화라는 세계를 함께 살아가는 이들에 대한 그의 마음을 전하는 데는 글만이 아니라 고레에다가 작품을 만들면서 작업했던, 글과 함께 실린 영화 스틸, 콘티, 스케치, 메모, 시나리오 초고 표지도 역할을 한다. 이런 이미지들은 영화라는 독특한 매체가 어떻게 만들어지는지를 실감하게 해준다. 영화든 문학이든 좋은 작품을 만든 작가나 감독을 만나지 말라는 말이 있다. 언제나 작가보다 작품을 믿으라는 말도 있다. 기본적으로 동의한다. 작품은 단지 한 작가나 감독이 가진 의식과 정서의 표현만이 아니라 그들이 알지 못하는 무의식과 세계의 정서, 감각을 함축한다. 그 점에서 언제나 작품은 작가를 뛰어넘는다. 그러나 가끔은 작품의 세계와 작가의 삶이 같이 가는 예도 있다. 고레에다가 그런 경우라고 생각한다. 고레에다 영화를 좋아하는 이들이라면, 아니 그렇지 않더라도 영화애호가에게는 필독서라 할 만한 책이다.

인간 오즈와 감독 오즈

『꽁치가 먹고 싶습니다 – 오즈 야스지로』

20세기 영화사에서 빼놓을 수 없는 감독으로 꼽히는 오즈 야스지로는 그의 영화를 보지 않은 사람이더라도 그의 영화를 관통하는 특징에 대해서는 풍문으로라도 들었을 것이다. 오즈의 글을 모은 책 『꽁치가 먹고 싶습니다』2017, 이하 『꽁치』의 역자 후기는 그 특징을 이렇게 요약한다. "정적인 화면과 부감촬영, 사람 앉은키 높이에 앵글을 맞춘 '다다미 숏', 그리고 무엇보다 시절의 변화 속에서 달고 쓰게 와닿는 사람 관계를 바라보던 그윽한 눈길. 별다른 기교도 자극도 없이 평범한 일상을 평범한 채로 보여주는 그의 영화들." 나는 오즈의 모든 영화를 찾아보지는 않았지만, 이 책에 대본이 실린 〈동경 이야기〉는 미국 유학 시절에 처음 봤고 '아, 이런 영화가 있구나' 하면서 놀랐다. 그 뒤에도 몇 번 봤다. 얼마 전까지는 유튜브에도 영화가 올라와 있어서 쉽게 찾아볼 수 있었다. 아마추어 영화애호가가 보기에 지금 오즈 영화를 보는 것은 꽤 낯설다. 어떤 이가 보기에는 카메라가 거의 움직이지 않는 정적인 화면이나 유명한 다다미 숏도 지루하게 느낄 수 있다. 오즈 영화에는 극적인 사건도 없다. 화려한 액션도 없다. 배우들의 연기도 비판적으로 보면 연극적이다. 오즈가 영화를 만든 시대로부터 많은 시대가 흐른 것이다.

그러나 나 같은 문학평론가가 보기에 오즈의 영화는 영화의 미학적, 기술적 측면을 논외로 하더라도 지금은 사라져버린 시대의 자취를 느끼게 하는 것만으로도 뜻깊다. 오즈가 미시적으로 탐색했던 인간 관계, 특히 가족 관계의 양상은 오즈의 영화가 나온 시대와 지금 시대를 비교해보면 엄청난 변화가 있다. 그래서 누군가는 오즈의 영화를 보면서 종종 수동적으로 보이는 여성인물의 극화 방식을 비판적으로 평할 수 있다. 좋은 영화나 문학은 그것조차 그 작품이 나온 시대의 진실을 표현하는 방식으로 사용한다. 나는 오즈 영화를 보면서 지금은 사라진 것들의 가치를 문득 깨닫는다. 오즈 영화를 좋아하는 나 같은 이에게 『꽁치』는 뜻깊은 책이다. 이 책은 오즈가 1930년대 썼던 산문, 많은 영화를 만든 인정받는 감독이 된 뒤 30대 후반의 나이에 중일전쟁에 징집된 기간 틈틈이 기록했던 종군일지, 자신의 영화에 대한 자평이 실렸다. 맨 뒤에는 대표작인 〈도쿄 이야기〉의 감독용 각본이 실렸다. 이 책을 감독 오즈 야스지로가 아니라 인간 오즈를 알고 싶어서 읽을 수도 있다. 일상적으로 사람이 죽어가는 전쟁터의 생활을 기록한 일지는 예민한 관찰력을 지닌 감독 오즈의 면모를 보여준다.

> 1939년 1월 19일 목요일. 먹고 싶은 것은 장어구이, 배추절임, 흰쌀밥 차즈케. 종일 아무것도 안 함. 머리 상태도 나쁨. 하지만 하루만큼 돌아갈 날에 다가가고 있는 것만은 분명하니 그저 그뿐. 서른일곱이나 되어서 이런 식으로 하루를 보내는 것은 실로 아깝다.58면

종군일지에서 오즈는 전쟁에 대한 자신의 견해를 직접 표명하지 않는다. 하지만 그에게 전쟁은 아까운 시간을 보내는 시간일 뿐이다. 꽤 긴 분량의 종군일지에서 오즈는 날카로운 관찰력을 보여준다. 이 책에서 인간 오즈보다는 감독 오즈의 면모를 확인하고 싶은 나 같은 독자에게는 그 점

이 더 눈에 들어온다. 그런 관찰력은 전쟁터에 징집되기 전에 쓴 산문에서도 나타난다.

> 기차, 전차, 버스 등 공중의 교통기관은 현대 세태의 풍속화라고도 할 만한 것으로, 이러한 관점에서 보면 예컨대 통근의 왕복도 극히 흥미 깊으며 또한 유익한 시간이 되는 것이다. 원래 내 안에는 공상과 관찰이 함께 살고 있는 듯해 때에 따라 신문 잡지를 읽고, 생각을 하고, 연상하고, 따분해하고, 졸고, 그리고 또 같이 탄 사람에게 흥미와 관심을 빼앗긴다고 하는, 이점 지극히 평범한 승객인 것이나, 그래도 교통편 안에서의 기억이 어느샌가 머릿속 어딘가에 엄청나게 쌓여 있기는 하다. '모더놀로지'라는 게 있는데, 그런 것도 해보면 재미있을게 틀림없다.[21면]

오즈가 언급한 모더놀로지Modernology는 현대의 고고학, 즉 고현학考現學이다. 이 신조어는 일본의 건축 미학자이자 미술평론가인 곤 와지로今和次郎가 처음 사용한 개념이라고 한다. 현대인의 생활 양식을 고찰함으로써 현대의 진상을 밝히려는 새로운 학문이다. 곤 와지로는 1924년 간토 대지진 후 폐허로 남은 도쿄의 잔해를 스케치하며 고현학을 창안했다. 고현학은 고고학考古學이 고대 인류의 생활 문화를 연구하는 것과 대비되는 개념이다.

오즈의 영화는 고현학이 관심을 기울이는 "현대인의 생활 양식을 고찰함으로써 현대의 진상을 밝히려는" 영화라고 할 수 있다. 오즈가 주목한 생활 양식의 포인트는 가족이었다. 위의 인용에는 "공상과 관찰"과 그것에 기반해 "머릿속 어딘가에 엄청나게" 쌓이는 "기억"이 우리가 보게 되는 오즈 영화의 뿌리라는 걸 알려준다. 공상과 관찰과 기억을 강조하는 오즈의 시각은 배우의 자질을 논하는 데도 적용된다.

> 하지만 그저 테마를 이해한다고 곧장 연기가 성립하는 것은 아니다. 거기에는 배우로서 몸에 밴 소양이 없어서는 안 된다. 그 소양을 몸에 익히는 데 가장 중요한 것은 일상생활에서의 관찰력이지 않으면 안 된다. 배우는 평소 자기 주변의 다양한 계급, 잡다한 직업의 인간을 관찰하는 것을 잊어서는 안 된다.135면

그런데 "평소 자기 주변의 다양한 계급, 잡다한 직업의 인간을 관찰"하는 자질은 비단 배우에게만 요구되는 건 아니다. 작가를 비롯한 모든 예술가에게 필요한 능력이다. 세심한 관찰력이 없는 뛰어난 작가 혹은 감독을 나는 알지 못한다. 그 관찰은 단편적 관찰을 넘어서는 것이어야 한다.

> 일상적으로 주위의 인간을 관찰할 때 이 종합성이라는 것을 망각해서는 안 된다. 즉, 단절된 개인의 행위의 단편을 관찰하는 것이 아니라 총체와의 관계 속에서, 즉 그가 생활하는 하나의 협동체 안에서 그것을 관찰해야 한다. 그래야 그 행동을 뒷받침하는 기분을 살아 있는 모습으로 파악할 수 있고, 행동의 단편을 진정 영화적으로 관찰할 수 있다.140면

"종합성"의 관찰력은 감독과 배우 모두에게 필요하다. 연극처럼 영화도 행동action이 이끌어가는 예술이지만, 더 중요한 건 "행동을 뒷받침하는 기분"이다. 요체는 기분이다. 캐릭터의 기분을 포착하는 건 만만치 않다. 그걸 잘하는 게 감독과 작가의 몫이다. 〈동경 이야기〉의 엔딩에서 시아버지 슈키치와 며느리 노리코를 그리는 방법이 그것이다. 그 장면에서 중요한

건 그들의 행동이 아니라 그 행동으로 표현하는 "기분"이다. 관객은 그 기분에 감응한다.

오즈 영화를 좋아하는 독자에게는 자신의 작품을 회고하는 글들이 눈에 들어온다.

> 영화극은 단순한 실사와 달리 현실 그 자체의 재구성이며, 보다 완전한, 그리고 보다 납득 가능한 인생의 모습을 전하는 데 뜻을 두고 노력하는 것이다. 그것은 다른 여러 예술의 경우에도 적용할 수 있는 것이지만, 영화는 그 천분에 있어서도, 따라서 그 사명에 있어서도 굳이 그것들에 뒤져서는 안 되는 것이다. 이런 의미에서 영화극과 실사의 상이함이 그대로 영화 연기와 현실 자체의 상이함을 뜻하게 되는 것이다. 즉, 현실에서 출발해 끊임없이 현실에 비추어 반성되고, 종국에 현실보다 더욱 완전한, 그리고 더욱 납득 가능한 것이 되려는 노력, 그 위에 자신을 표현하면 그것이 영화 연기의 진수인 것이다.130면

당연한 얘기지만 오즈 영화는 그가 살았던 시대의 반영이 아니라 "현실 그 자체의 재구성"이었다. 영화는 현실에서 출발하되 "현실보다 더욱 완전한, 그리고 더욱 납득 가능한 것이 되려는 노력"의 결과물이다. 예컨대 〈동경 이야기〉에 그려지는 가족, 부모와 자식, 부모와 며느리의 관계는 당대 현실에 근거한 것이지만 오즈가 생각하고 "공상"하는 가족 관계를 탐구한 산물이다. 비유컨대 고흐의 해바라기가 현실의 해바라기가 아니듯이 오즈 영화의 가족은 현실의 가족이 아니다.

현실보다 더욱 완전한 세계를 영화로 만들려는 오즈의 시각은 영화의 제작을 감독이 완전히 통제해야 한다는 견해에서 나온 것이다. 종종 완벽

주의라고 평가되는 오즈의 영화관은 그의 영화에 출연했던 배우들의 즉흥 연기를 허락하지 않는 완고함을 낳기도 했다고 비판받기도 한다.

> 감독이라는 것은 극 전체의 템포라든지 기분 변화 등을 생각해 개개의 배우를 총체 안에 두고서 보는 사람이다. 예를 들어 컷과 컷 사이의 비약처럼 실제로 화면에 나타나지 않는 부분마저 감독의 머릿속에서는 다 메워져 있다. 그러니까 진짜 영화 연기라는 것은 어디까지나 감독의 연출 정신의 틀 안에서 진가가 발휘되지 않으면 안 되는 것이다.138면

나는 위에서 완고함이라는 부정적인 표현을 썼는데, "영화 연기"와 "감독의 연출 정신의 틀"의 관계에 대해서는 여러 논의가 가능할 것이다. 오즈가 회고하는 자신의 영화 〈가을 햇살〉1960, 컬러에 대한 자평이 영화를 만드는 그의 견해를 요약한다.

> 하나의 드라마를 감정으로 표현하는 것은 쉽죠. 울든지 웃든지, 그렇게 하면 슬픈 기분, 기쁜 기분을 관객에게 전할 수 있어요. 하지만 그건 단지 설명일 뿐이지, 아무리 감정에 호소해도 그 사람의 성격이나 품격은 표현할 수 없는 게 아닌가, 극적인 것을 전부 제거해서 울리지 않고 슬픔의 품격을 나타낸다. 극적인 기복을 그리지 않고 인생을 느끼게 한다. 이러한 연출을 전면적으로 해봤습니다.168면

지금 관객이 오즈의 영화를 보면 지루해하는 이유도 그의 영화에서는 "극적인 것"이 제거되었기 때문이다. 따지고 보면 우리의 삶도, 생활도 "극적인 기복"이 없다. 오즈 영화가 지닌 매력은 이렇게 "슬픔의 품격"을 그

리면서 관객이 "인생을 느끼게" 하기 때문이다. 이 책은 오즈 영화를 좋아하는, 꼭 그렇지 않더라도 영화애호가라면 권할 만한 책이다.

최상의 위안을 주는 영화

『감정과 욕망의 시간』

남다은 평론집 『감정과 욕망의 시간』2015, 이하 『감정과 욕망』을 다시 읽었다. 처음 책이 나왔을 때 통독했고 많이 배웠다. 다시 읽어도 여전히 배우는 지점이 있다. 이 책에 실린 글이 쉽지는 않다. 특정한 이론에 기대지 않은데도 글은 꽤 빡빡하다. 그 말은 저자의 고민이 만만치 않다는 뜻이다. 고민이 깊은 글이 마냥 쉬울 수는 없다. 나는 이 책에 실린 글에 나타난 관점, 예컨대 특정 감독에 대한 저자의 평가에 모두 동의하지는 않는다. 내가 굳이 예술영화나 독립영화를 찾아보지 않는 것처럼 취향과 평가는 상관할 바가 아니다. 여기에는 예술성과 대중성의 관계에 대한 해묵은 논쟁이 있다. 제작과 유통 과정에서 상업성을 문학보다 고려할 수밖에 없는 영화 '산업'의 맥락이 있다. 어쨌든 나는 남다은을 비롯한 영화평론가들이 몇몇 감독에 표하는 과도한 애정에는 공감하지 않는다. 당연히 여기에도 나의 편견이 작동할 것이다.

『감정과 욕망』에서 눈길을 끄는 건 영화를 보는 일, 영화를 해석하는 일, 영화에 대해 글을 쓰는 일을 숙고하는 저자의 자의식이다. 그런 자의식은 영화를 다른 예술과 구분 짓는 독특함을 고민하는 일이다. 나 같은 문학연구자 / 평론가는 영화를 볼 때도 자연스럽게 문학 텍스트를 읽는 틀에 기댄다. 그래서 캐릭터, 플롯, 서사, 구성 등에 주목한다. 이런 요소는 영화평론에서도 빼놓을 수 없는 분석 대상이다. 그러나 영화는 문자 매체가 아니라 이미지 매체이다. 좀 더 현학적으로 표현하면 영화는 이미지의 운동, 그리고 그 운동이 만들어내는 시간성의 매체다. 그래서 이런 저자의 지적이 눈에 들어온다.

> 초현실적이라고 하기에도 적절하지 않지만, 생생한 결로 내 눈앞에 살아나는 시간, 현실 속에서 내가 단 한 번도 느껴본 적 없는 이상한 시간의 결이 그 세계 안에서 깨어나고 있었다. 그 시간 안에서는 내가 이미 알고 있다고 여겨왔던 몸짓, 말, 사물, 자연 등 모든 것들이 전에는 내가 알지 못했던 느낌으로 숨을 쉬고 있었다.26면

영화 이미지가 보여주는 시간, 몸짓, 말, 사물, 자연은 영화 밖 현실의 재현이 아니다. 영화는 관객에게 그이가 알지 못하고 느끼지 못했던 "이상한 시간의 결"과 "알지 못했던 느낌"의 경험을 제공한다. 그렇게 해주는 영화가 좋은 영화다. 영화의 시간이 영화 밖 시간과 구별되는 이유다.

남다은에 따르면 영화에서 중요한 건 의미의 망이 아니다.

> 하늘에서 갑자기 떨어진 다친 새 한 마리가, 공사장 주변을 굴러다니는 작은 돌조각들이, 느닷없이 내리는 소나기가, 만찬을 즐기는 타인들을 부럽게 바라보는 주인공의 굴욕적인 시선이 의미의 망을 통과하지 않고도 그 자체로 빛날 수 있다니.27면

영화 이미지로 표현되는 대상의 모습들, 예컨대 새 한 마리, 작은 돌조각, 소나기, 시선은 그 자체로 감각의 충격을 준다. 이런 경험은 문학에서도 가능하긴 하다. 작품의 주제나 서사와 직접 관련되지 않지만 어떤 대

상을 묘사하는 문장이 그렇다. 그러나 문장의 충격은 영화가 보여주는 이미지의 충격보다 약하다. 가장 강한 감각은 이미지가 직접적으로 다가오는 시각이다. "의미의 망"을 통과하지 않는 감각의 충격이 가장 잘 표현되는 예술이 미술이나 영화인 이유다. 들뢰즈가 여러 번 분석했던 프란시스 베이컨의 그림이 좋은 예다. 여기에 이미지 예술의 힘이 있다. 되풀이 말해 좋은 영화는 우리가 이미 알고 있는 것을 다시 확인하는 데 멈추지 않는다. "영화를 살아 있게 하는 것은 앎의 확정성이 아니라 감각의 모호함이라는 사실을 비로소 경험하기 시작한 것이다."27면 영화는 관객에게 우리가 느끼고 있는 감각이 얼마나 정확한 것인지를 돌아보게 한다. 그런 탐색은 "다만 말해질 수 없고, 재현할 수 없는 공백을 채우는 대신, 우리의 실패를, 무능을 형상화하는 방식을 찾는 것, 창문에 보이는 내용이 아니라, 창문 자체로 시선을 돌리는 일에 대해 더 많이, 더 깊게 생각"193면하게 만든다.

영화에서도 형식이 중요하다. "창문에 보이는 내용"만 주목할 때 우리는 그 내용을 담는 영화의 "창문"을 보지 못한다. 창문이 영화의 형식이다. 영화에서 언뜻 보기에 중립적이라고 착각하는 카메라의 시점이 그렇다.

> 전쟁 영화가 현장감을 강조할 때, 그 효과는 대개의 경우 시점의 문제와 분리될 수 없다. 영화가 우리를 양 진영 중 어느 쪽의 시점에 더 동일시하게 만드는지, 혹은 어느 개별 인간의 시선으로 상황을 겪게 하는지에 따라 우리가 느끼는 현장감의 쾌감은 달라질 것이다.340면

내가 정신분석 비평을 강의하면서 몇 편의 영화를 논의할 때, 영화가 보여주는 내용만이 아니라 영화의 형식을 강조하는 이유다. 영화전문가

가 아닌 나로서는 영화의 형식에 대해 깊이 있는 강의는 못하지만, 문학에서 내용이 언제나 형식화된 내용이듯이 영화에서도 그렇다는 걸 알려주려고 한다. 한국영화를 다루는 남다은의 글에서 가장 눈길을 끄는 건 독립영화의 나쁜 경향을 예리하게 비판하는 대목이다.

> 현실이 이토록 힘에 겨운데, 영화가 그 현실보다 어떻게 나아갈 수 있겠는가, 하고 말입니다. 그렇다면 지금 제게 떠오른 두 분의 말씀을 전하고 싶습니다. "영화는 꼭 삶과 같은 게 아니에요. 그럴 거면 영화를 할 필요가 없습니다. 현실을 모방하는 건 아주 나쁜 버릇이지요"라고 장률 감독은 정성일 평론가와의 인터뷰에서 단호하게 말한 적이 있습니다. (…중략…) 영화로 분노하는 일보다, 분노의 틈에서 삶의 생기를 발견하고 필사적으로 껴안는 일이 훨씬 어렵다는 사실도 새삼 느낍니다. 우리의 세계에 카메라가 들어서는 순간, 우리가 함께 보지 못한 것과 본 것, 당신은 보았는데 저는 보지 못한 것, 저는 보았는데 당신이 보지 못한 것을 나누는 과정이 결국 감독과 평론가, 나아가 영화와 비평의 관계라고 저는 생각합니다.440~441면

저자의 고민은 문학(비평)에도 거의 그대로 적용된다. 문학은 현실의 모방이 아니다. 문학은 또 하나의 현실이다. "현실에 대한 꿈으로서, 욕망으로서. 기억으로서, 마음"으로서의 문학. 필요한 건 두 개의 현실을 견주고 비교하고 포개면서 '내'가 전부라고 믿는 현실의 모습을 되돌아보고 그 한계를 느끼는 것이다. 세계의 구멍을 깨닫는 것이다. '내'가 아는 세계의 부재와 '내'가 모르는 세계의 현존을 아는 것이다. 그러므로 어떤 작품이 현실을 충실히 재현하기에 훌륭하다는 식의 가치 평가는 온당하지 않다.

"현실을 모방하는 건 아주 나쁜 버릇"이다.

문학이나 영화는 "당신은 보았는데 저는 보지 못한 것, 저는 보았는데 당신이 보지 못한 것을 나누는 과정"이다. 그 과정이 필요한 이유? 누구도 현실의 진짜 모습, 전체 모습을 보았다고, 모방했다고, 재현했다고 말할 수 없다. 작가나 비평가는 거대한 현실의 바다 앞에 서 있는 철없는 아이와 같다. 자신이 본 것을 다른 사람이 본 것과 나누는 과정에서 미처 보지 못했던 현실의 어떤 면을 발견하고 감각하게 된다. 그건 이미 알고 있는 (혹은 그렇다고 믿고 있는) 현실의 모방이 아니라 아직 알지 못한 새로운 현실의 감각이다. 앞서 인용했던 "감각의 모호함"이다. 혹은 인식의 모호함이다. 우리는 무엇을 모르는지를 알기 위해 문학을 읽고 영화를 본다. 문학이 그렇듯이 좋은 영화는 우리가 살아가는 현실과는 다른 현실을 보여준다. 그게 영화의 창조성이다. 우리는 영화가 보여주는 다른 시간, 감각, 인물, 세계를 보면서 어떤 위안을 얻는다. "영화가 다른 무엇에 기대지 않고 오직 그 자신의 고요한 이미지와 리듬만으로 우리에게 해줄 수 있는 최상의 위안"이다.419면 내가 영화를 보는 이유도 "최상의 위안"을 얻기 위해서다. 『감정과 욕망』은 "최상의 위안"을 발견하려는 진솔한 고백이다.

영화 읽기를 도와주는 친구

『씨네21』

'우리가 영화를 애정하는 방법들'이란 부제가 달린 책 『영화평도 리콜이 되나요』에는 영화애호가시네필가 영화를 대하는 여러 흥미로운 글이 실렸다. 그중에서 영화잡지 역사를 회고하는 이화정 전 『씨네21』 기자의 글이 눈길을 끈다. 이런 대목이다.

> 『키노』와 『씨네21』의 출현은 그 선입견을 바꿀 일대 전환이 된 사건이었다. 매주 발행되는 기사와 인터뷰를 통해 우리는 좋은 한국영화가 없던 게 아니라, 그걸 발굴하고 평가해줄 시선이 부족했었다는 걸 깨닫게 됐다. 프랑스 누벨바그의 서막을 연 『카이에 뒤 시네마』나 미국의 『버라이어티』, 『할리우드 리포터』, 영국의 『엠파이어』, 일본의 『키네마 준보』같이 영화 리뷰와 영화계의 이슈를 전해줄 저널의 필요성이 서서히 대두되면서 1990년대에 영화잡지들이 나오기 시작했다. 이렇게 말하면 모두가 영화잡지의 창간을 열망했던 것같이 들리지만, 처음에는 누구도 성공을 기대하지 않았다. '어떻게 매주 영화로만 잡지 한 권을 발행할 콘텐츠를 채워 넣느냐' 하는 것이 우려 지점이었다. 그런데 웬걸, 막상 시작을 하고 보니 언론이 한 번도 다루지 않았던 새로운 영화와 감독, 배우들이 원석처럼 널려 있었다. 인물 발굴 기사와 심층 분석 기사가 영화와 덕업일치된 기자들의 열띤 취재를 통해 채워졌다. 먼저 기사화하는 사람이 임자라고 말할 정도로 발

견의 기쁨이 큰 글들이 써 내려져갔다.92면

좀 더 구체적으로 살펴보자면 1995년이 전환점이다. 1995년 4월 14일 『씨네21』 창간, 월간지 『키노』의 창간, 내게는 생소한 잡지인 『필름2.0』, 『무비위크』, 『씨네버스』 등이 이어서 나왔다. 이때는 내가 유학을 떠났던 시기와 겹친다. 한국영화 공간에서 영화잡지가 우후죽순처럼 나올 때 나는 찾아 읽지 못했다. 그때는 인터넷으로 외국에서 국내 잡지를 읽기가 어려웠다. 이들 중 지금까지 살아남은 잡지는 『씨네21』밖에 없다. 몇 년 뒤 유학을 마치고 귀국하고 나서 간혹 가판대에서 이 잡지를 사본 적은 있다. 정기구독을 한 건 10년쯤 된다. 귀국 후 여러 잡지를 구독했지만, 내가 지금 유일하게 구독하는 잡지는 『씨네21』뿐이다. 이 잡지에 대한 애정이 크다는 것이다.

『씨네21』은 2024년으로 창간 29주년을 맞았다. 그동안 1,450여 권의 잡지를 냈다. 『키노』와 함께 『씨네21』은 "1990년대 영화광들의 바이블"김도훈이 되었다. 『키노』는 2003년에 폐간되었으니 이제 영화잡지로는 『씨네21』만 남았다. 시대의 변화가 가져온 결과다. 영화애호가로서 나는 영화이론서나 체계적인 영화교육이 아니라 신뢰할 만한 영화평론가의 글과 책, 그리고 『씨네21』을 읽으면서 영화를 보고 해석하는 법을 배웠다. 영화만이 아니라 영화로 보는 시대와 문화도 배웠다. 예컨대 중문학자 유중하 교수가 연재했던 '영화로 보는 중국 사회와 문화' 기획이 그렇다. 유중하 교수의 연재는 나중에 책으로 나오면 꼭 구해보고 싶었는데, 아쉽게도 출간은 되지 않았다. 그 밖에도 쟁쟁한 영화평론가의 날카로운 글에서 영화의 내용과 주제만이 아니라 형식과 기법이 사용되는 법을 배웠다. 지금은 사라진 꼭지인 '전영객잔'이 그런 글이 실리는 공간이었다. 아마추어 영화애호가의 견해지만, 영화는 서사만으로도, 단편적인 이미지의 분석만으로도 설명될 수 없다. 그 이유는 영화는 언어보다는 비언어적인 이미지의 결합과 구성으로 서사가 전개된다는 점, 동시에 그 이미지가 결합하여 그래서 영화에서는 시간의 운동과 리듬이 중요해진다 서사를 구성하기 때문이다. 나는 서사, 특히 영화의 서사주제와 내용 등만을 사회학적 시각에서 분석한 평론은 재미있게 읽지 못한다. 그런 글은 뻔하다. 내가 흥미롭게 읽는 글은 영화만의 고유한 특징, 문학과 겹치는 점도 있지만, 문자 서사로서 문학과는 구분되는 영화의 고유성이미지의 결합과 리듬을 해명하는 글이다. 『씨네21』을 떠난 정한석 기자 / 평론가가 그런 글을 쓰는 예다. 현직 기자 중에서는 송경원의 글이 좋다. 송기자가 얼마 전부터 편집장이 되어서 비평 글을 못 쓰는 게 아쉽다.

최근 호인 1450호를 보면 『씨네21』이 어떻게 구성되는지 알 수 있다. 내가 먼저 읽는 꼭지인 '편집장의 말'은 그 주의 영화 동향에서 주목할 포인트를 짚는다. 이어서 주목받는 배우를 소개한다. 1450호에는 유다인 배우가 나왔다. 영화판에서 활동했던 영화인의 부고 기사도 싣는다. 이우정 영화사 대표의 부고 기사가 나왔다. Cover 란에서는 하마구치 류스케를 다뤘다. Interview 란에서는 〈오멘－저주의 시작〉 감독과 배우 인터뷰가 실렸다. 그리고 짧은 영화 리뷰 10여 편도 있다. 어떤 영화가 나오는지 정보를 제공해주는 꼭지다. 특집이라고 할 Special 란에서는 한국영화계의 현재이자 미래를 보여주는 감독, 배우, 제작자 / 프로듀서, 스태프 50인을 다룬다. Special 2로는 일본의 영화평론가 / 문학평론가 하스미 시게히코와 인터뷰를 하고 주요 저작을 소개한다. 하스미 비평에 대한 젊은 영화평론가들의 좌담도 실렸다. 하스미 평론에 대해 궁금했는데, 도움이 되는 기획이다. Feature 란에서는 주목해야 할 영화 몇 편을 소개한다. 비평

란인 Front line, Critique에서는 두 평론가가 영화 〈가여운 것들〉을 논의한다. 맨 뒤에 에세이 꼭지인 Closing 란이 있다. 매호가 대략 이렇게 구성된다. 한 호 분량이 130여 쪽이다. 읽기에 부담스럽지 않은 분량이다. 그런데 요즘 읽는 비평 글이 예전만큼 좋지 않다. 내용을 떠나서 글이 난삽하다. 잡지가 아니라 영화 학술지에 실릴 만한 글이 가끔 실린다. 필자들이 학술논문과 비평의 차이를 따져보길 바란다.

가끔 실리는 기획특집도 좋다. 2021년 3월에 나온 1297호의 '오즈 야스지로, 영화의 맛' 기획, 2020년 2월의 1243호 기생충 아카데미 수상, 2011년 4월 800호에 실린 〈설국열차〉를 중심으로 다룬 봉준호 감독 특집, 2008년 11월 680호 「영화화가 기대되는 인물−수수께끼 같은 역사적 인물 10인」도 좋았다. 10인에는 최치원, 정난정, 허균, 표철주, 운심, 김정희, 윤치호, 최영숙, 박헌영, 송기복과 송영섭 등이 포함된다. 나라면 임화를 추가하고 싶다. 별책 부록도 가끔 나온다. 1051호 창간 21주년 기념 별책 부록은 박찬욱 감독, 1100호 창간 22주년 기념 별책 부록은 봉준호 감독이었다. 그때까지 『씨네21』에 실린 두 감독 기사를 모은 부록이다. 주목할 만한 특집이 실린 호와 별책 부록은 지금도 자료 삼아 나는 갖고 있다. 잡지의 내용과는 관계없는 의문이지만, 이 잡지에서 현재 일하는 스태프 숫자를 세어 보니 60여 명이다. 적지 않은 스태프가 주간 영화잡지 발간으로 어떻게 먹고사나 하는 호기심 혹은 걱정이 든다. 『씨네21』은 오래전에 『한겨레』 신문사에서 분사해서 독립 법인이 되었다. 취재 기자는 편집장 포함 8명, 편집위원 1인전 기자인 김혜리 평론가이 활동한다. 문학도 그렇지만 영화도 나오는 작품이 질적으로 양적으로 좋지 않으면, 영화평론과 영화 저널리즘도 그렇게 되기 쉽다. 『씨네21』의 고민일 것이다. 독자로서 바라는 것 하나. 그때그때 나오는 영화 소개와 함께 고전 영화를 현재 시각에서 다시 읽는 글을 읽고 싶다. 딱딱한 영화사 연구가 아니라 영화평론 성격의 글, 가령 오즈 영화를 재조명한 기획 같은 글을 읽으면 좋겠다. 내가 영화를 재미있게 보게 도와주는 친구 같은 잡지인 『씨네21』이 점점 쪼그라드는 영화잡지 시장에서 오래 버티길 바란다.